北京师范大学文学院

WLT

美国《当代世界文学》杂志社

Chinese Edition of *World Literature Today*

当代世界文学

中国版

第二辑

张　健　丹尼尔·西蒙◎主　编

刘洪涛（常务）　张清华◎副主编

北京师范大学出版集团
BEIJING NORMAL UNIVERSITY PUBLISHING GROUP
北京师范大学出版社

图书在版编目(CIP)数据

当代世界文学：中国版.第2辑/张健，(美)丹尼尔·西蒙主编.—北京：北京师范大学出版社，2010.3
ISBN 978-7-303-10137-5

Ⅰ.①当… Ⅱ.①张…②丹… Ⅲ.①文学评论－世界－现代 Ⅳ.①I106

中国版本图书馆CIP数据核字(2009)第221383号

营 销 中 心 电 话　010-58802181 58808006
北师大出版社高等教育分社网　http://gaojiao.bnup.com.cn
电 子 信 箱　beishida168@126.com

出版发行：北京师范大学出版社 www.bnup.com.cn
北京新街口外大街19号
邮政编码：100875
印　　刷：北京联兴盛业印刷股份有限公司
经　　销：全国新华书店
开　　本：155 mm × 235 mm
印　　张：21.5
字　　数：252千字
版　　次：2010年3月第1版
印　　次：2010年3月第1次印刷
定　　价：42.00元

策划编辑：赵月华　　责任编辑：赵月华　王　强
美术编辑：高　霞　　装帧设计：高　霞
责任校对：李　菡　　责任印制：李　丽

World Literature Today

A Bimonthly Magazine of International Literature & Culture
Published at the University of Oklahoma Norman,
Oklahoma, USA Founded in 1927

Volume 82

前言（一）

张　健

经过半年多的努力，《当代世界文学》（中国版）第二辑终于编定，就要与广大读者见面了。

看过《当代世界文学》（中国版）第一辑的读者，一定会发现第二辑在体例上有了一些变化。我们舍弃了双语形式；除了精选英文原版《当代世界文学》（*World Literature Today*）2008年全年6期的文章和作品，本刊编辑部还专门约请了一批原创稿件。这样做的目的，是想增加刊物的有效容量，加强办刊的能动性和中国特色。我们希望本书在各方面都能不断改进，越办越好。

的确，全球化浪潮正推动着人类社会发生巨大变化。在文学领域，身份和血统上跨民族、跨国别、跨文化的作家大量涌现，正深刻地改变着世界文学的面貌。原版《当代世界文学》作为英语世界中一份有重要国际影响的世界文学类期刊，早已经在敏锐地追踪这种变化，更于2008年3月号推出了“全球化与全球文化”专栏，从不同侧面描述了世界文学在全球化浪潮影响下出现的新形式、新动向。其中的《移民、全球化与最近的非洲文学》一文，着眼于考察全球化引发的移民浪潮对近期用英语创作的次撒哈拉非洲文学的影响。作者肯定文化认同的矛盾、身份离散的痛苦带给这些作家的正面作用，但也注意到他们刻意为西方人阅读而写作的倾向，指出他们“缺乏对非洲的地点、人民、世界观和敏感性的真实的反映”。艾瑞克·齐奥尔科夫斯基的文章《宗教、文学和恐怖氛围：多律文化的暗示》，试图就全球化浪潮中出现的愈演愈烈的宗教与文化冲突，提出文学的解决之道。作者简要梳理了中世纪以来文学与宗教的紧密关系，论述了当代世界文学中反映宗教文化“多律”的作家作品，表达了用文学弘扬文化共生、反抗宗教恐吓的理想。

生态文学是当前学术界的一个热点话题。7月号“生态文学”专栏刊登的5篇文章，从不同角度关注全球化时代日益恶化的环境问题，总结生态文学的成果，探讨文学回应、关怀生态问题的有效途径。其中特别值得关注的是，专栏首发的美国生态文学研究学者赖尔德·克里蒂安森的《在全球化时代书写家园》一文。作者在文中指出，当家乡不再意味着一个个流域或动植物群落，而成为国家、省市、区县等行政区划的一部分；当原先将人与栖息地捆绑在一起的食物链被全球配送冲击得越来越松懈、脆弱；当人们越来越习惯于城市生活，甚至习惯于做世界公民之时，人与自己所生活的地方的私人联系就被斩断了，也就愈不可能关心脚下生活的那片土地。克里蒂安森因此呼吁，要对环境保护尽一份责任，应该首先学习作一个“地方性公民”，要“重新栖居”。正是在这样一种先进的生态学理念指导下，克里蒂安森肯定了美国地方性写作和自然写作的生态文学价值。克里蒂安森列举了美国当代一些生态作家及其作品，指出它们展示了美国不同地区生态的多样性，强化了美国文化中对地方性的认同感和归属感。此栏目中的《15部美国自然写作经典》提供了一份美国最具影响力的自然写作书目，其中包括2001年马利筋出版社邀请读者投票评选出的10部作品以及生态文学学者托马斯·里昂推荐的最近7年美国自然写作的5部重要作品。这15部作品，加上托马斯·里昂的扼要评述，描绘了美国生态文学的历史面貌。

在2000年的冬季号上，《当代世界文学》新任社长戴维斯-昂蒂亚诺曾发表过一篇声明，宣布在当时已经有73年历史的这份世界文学类期刊要走下“学术象牙塔的华座”“回归随笔”，“除像以前那样为文学教授提供资讯之外，还能够吸引非专业的读者”。这意味着《当代世界文学》要从一份纯学术期刊，转变为学术性与公众性兼顾的刊物，不仅在文体风格上追求可读性，内容方面也要突破“纯文学”的界限，贴近大众生活。《当代世界文学》杂志沿着这条路走到2006年，又从季刊改为双月刊，内容更加丰富，对世界文学范围的理解和报道也更加宽泛。2007年，杂志用专栏讨论了“濒危语言文学”和“绘本文学”，在2008年，又推出了“朗诵诗”和“书籍文化”两个专栏。这反映出《当代世界文学》将文学学术与大众紧密结合的努力，又向前迈出了一大步。

“表演派诗歌”并不是我们一般理解的朗诵诗，它是一种特殊的诗歌类型，专为朗诵而作，是文字与声音的复合体，并与现场音乐、视觉效果和观众互动相结合，带有即兴和表演的特点。现代意义上的朗诵诗产生于20世纪60年代，也有学者认为其根源可以追溯到20世纪初的达达主义。近20年来，朗诵诗出现了复兴趋势，正逐渐汇聚成一股世界潮流。《当代世界文学》1月号适时推出“朗诵诗”专栏，对这一文学潮流作了较全面的介绍。其中，斯科特·伍兹的《诗歌朗诵赛——艺术的最终民主》一文为读者描述了朗诵诗赛在美国和其他一些国家的繁荣盛景。还有文章评述2007年在牙买加举行的加勒比国际文学节以及在此期间举行的诗歌朗诵活动。该专栏还收录了雷切尔·麦克吉本斯、斯科特·伍兹、安吉拉·博伊斯、迈克尔·西莱利、托尼·布朗、马克·史密斯、杰克·麦卡锡共7位当代知名朗诵诗诗人的7篇作品，让我们领略了朗诵诗内容的丰富和形式的多样。

原版《当代世界文学》9月号推出的“书籍文化”专栏，把世界文学的外延拓展到其载体——书籍本身，通过由不同作者讲述爱书、读书、藏书、做书的故事，尽显书籍文化的无穷魅力。《林中小屋》的作者伯瑞·穆瑟是美国图书设计师、插图画家，从事插图工作30余年，创作了300多部作品。他在文章中讲述了自己如何从一个对书籍毫无兴趣的顽童，走上专业书籍插图之路以及他对儿童读物插图的意义、想象力的应用、插图的性质，如何作一个优秀插图画家等问题的思考。肖恩·理查德是美国一位古籍装帧修复工作者，长期从事图书和手稿的保护。他的《书卷人生——一位装帧艺人的思考》讲述了自己学艺的历程，修复文艺复兴时期意大利科学家伽利略的著作《星座报告》的经过，披露了其中的甘苦和秘辛，字里行间洋溢着对自己所从事工作的神圣感和自豪感以及对书卷人生的睿智感悟。本栏目还有对澳大利亚绘本作家、插图画家陈志勇的专访以及图书经销商艾伦·阿荷恩讲述在国际互联网和海量搜索引擎服务日益普遍的时代，自己经营初版书和珍本书贸易的秘笈，都值得一看。

去年年底，我们在与《当代世界文学》社长戴维斯－昂蒂亚诺教授和主编丹尼尔·西蒙博士商议后，决定中国版从第二期开始，留出一定篇幅，发表国内外学者的原创稿件。因此，除了我以上列举的来自原版《当代世界文学》的论文，本期我们还约了一组研究现当代中国文学的论文，它们或探讨中国当代文学的性质，或梳理域外杂志对中国文学的评论史，或研究中国作家创作中的世界性因素，总的思路是寻找中国文学与世界文学的联结与互动。今后，我们将就更多的当代世界文学专题约稿，也欢迎广大学者不吝赐稿。

自2007年北京师范大学文学院与美国《当代世界文学》杂志开启具有战略意义的合作以来，仅仅两年时间，我们已经取得了许多可喜的成果。2007年《当代世界文学》7—8月号“内部看中国”专栏编辑出版，2008年10月《当代世界文学》中国版创刊。除此之外，2008年10月在北京，我们双方还合作举办了“当代世界文学与中国”国际学术研讨会。这是一次高层次、高水平的国际学术会议。160多位来自不同国家和地区的作家、学者、批评家、刊物主编汇聚一堂，探讨当代世界文学的发展动态，探讨中国文学与世界文学的联系，探讨杂志期刊在促进世界文学交流中发挥的重要作用，探讨中国文学如何走向世界。代表们提供了高质量的论文，就诸多共同感兴趣的话题发表了高见，进行了充分的交流、对话、沟通，取得了丰硕的成果。2009年12月，就在《当代世界文学》中国版第二期出版之际，会议论文也将汇编成册，正式出版。

双方合作还产生了一个延伸成果，这就是纽曼华语文学奖（Newman Prize for Modern Chinese Literature）的设立。纽曼华语文学奖的主办方是美国俄克拉荷马大学美中关系研究所，每两年颁发一次，旨在表彰对华语写作做出杰出贡献的文学作品（含小说、散文、诗歌和戏剧）及其作者。纽曼奖以文学价值为唯一的衡量标准，不论是成就卓越的名家或是后起之秀，任何在世的坚持用华语写作的作者都有被推荐的资格。这一重要华语文学奖项是在北京师范大学与俄克拉荷马大学基于孔子学院的合作与激励下产生的。每一届评奖活动都会邀请一位来自北京师范大学的学者担任评委。首届纽曼华语文学奖评选于

2008年9月进行，我院的刘洪涛教授应邀作为评委参加。中国作家莫言以其《生死疲劳》获得首届纽曼奖。2008年10月的北京会议上，主办者授权《当代世界文学》杂志社社长宣布了这一振奋人心的消息。2009年7月号的《当代世界文学》杂志又专门为获奖者莫言开辟了专栏。就我所知，第二届纽曼奖评选的筹备工作已经启动，正式评选将于明年某个时候进行。谁将获奖，我们拭目以待。

随着北京师范大学文学院与《当代世界文学》杂志社之间的互信不断加深，共识不断增进，2009年8月，我们又启动了一项更加雄心勃勃的学术合作计划——实施“中国文学海外传播工程”。这项工程的核心是翻译出版一套“今日中国文学”丛书，共同在美国创办一份《今日中国文学》英文杂志，共同主办一次“中国文学海外传播研究”国际学术研讨会。目前这一重大项目已经获得国家汉语国际推广办公室批准立项，各项准备工作正在积极推进。预计明年夏季，第一批丛书和杂志的第一期将在美国面世。下半年“中国文学海外传播”国际学术研讨会将在北京师范大学召开。我们的主要目的是以较大的阵容，整体地推进，将中国文学真正介绍给国际主流社会，让中国文学获得更大的国际影响。

愿我们的合作不断加强和巩固，愿《当代世界文学》（中国版）越办越好！

前言（二）

丹尼尔·西蒙

2008 年是一个值得长久纪念的年份，不仅因为在北京举办了奥林匹克夏季运动会，还因为树立了一块东西方文学交流的里程碑。有史以来第一次，北京师范大学与俄克拉荷马大学通力合作，从《当代世界文学》2007 年全年发表的文章中萃取精华，以中英文双语形式，编辑出版了这份杂志的中国版。

2008 年 10 月，《当代世界文学》中国版第一辑出版。当月 16—18 日，北师大与《当代世界文学》杂志社联合举办的“当代世界文学与中国”国际学术讨论会召开。北京师范大学文学院院长张健、副院长刘洪涛作为东道主主持了会议。《当代世界文学》杂志社社长与俄克拉荷马大学文理学院院长率领包括罗纳德·施莱弗尔（Ronald Schleifer）、石江山（Jonathan Stalling）和艾伦·维利（Alan Velie）三位英语系教授在内的俄大师生代表团参加了本次大会。莫言、达莫若什、余华、格非、克瓦梅·道斯（Kwame Dawes）、王宁、童庆炳、张清华、张炜、托尼·巴恩斯通（Tony Barnstone）、乐黛云、迟子建、詹姆斯·拉根(James Ragan)、艾伟、毕飞宇 、顾彬、余中先、聂珍钊、张遇、蔚雅风（Afaa Michael Weaver)、赵毅衡、张炯、陈众议和方维规等作家和学者在全体会议上宣读了高质量的论文。

2008 年，《当代世界文学》继续展示了其编辑风格的多样性和活力。六期杂志每期都推出一个专栏。内容有朗诵诗、全球化与文学、环境文学、书籍文化，还有凯瑟琳·帕特森和北岛两位作家的专栏，前者获得 2007 年度纽斯塔特儿童文学奖；后者成为 2008 年举办的普特博世界文学会议特邀研究员。杂志在全年各期推出的其他重要作品还有艾加·克莱特（Etgar Keret)、多和田叶子（Yoko Tawada）和亚历克西斯·赖特(Alexis Wright)的小说，斯里兰卡、巴基斯坦、突尼斯、越南、南非、波罗的海诸共和国、葡萄牙等国的诗歌，对内奥米·克莱因（Naomi Klein）、朱诺特·迪亚斯（Junot Díaz）、克斯廷·埃克曼（Kerstin Ekman）等人的访谈，对电影制片人如丹尼·格洛弗（Danny Glover）和乔斯林·巴恩斯（Joslyn Barnes）、郭小橹（Xiaolu Guo）和米柯·曼彻夫斯基（Milcho Manchevs-ki）的专题报道，还有关于巴西、丹麦、塞内加尔、孟加拉国、黎巴嫩及许多其他国家作家的评论文章。来自国家公共广播电台的艾伦·丘斯（Alan Cheuse）和遍及世界的学者继续为许多不同语言的书籍撰写书评。国际犯罪与推理小说联合会主席麦迪逊·戴维斯（Madison Davis）在各期中都开设有关于国际犯罪与推理小说的专栏。本刊所节选的文章代表了世界文学和写作的前沿水平。2008 年，《当代世界文学》也因为在视觉设计方面的突出成就赢得了三项设计大奖，即俄克拉荷马专业记者协会奖（Oklahoma Society of Professional Journalists）、马格南杰作奖（Magnum Opus Award）和卓越奖（Apex Award of Excel-lence）。

展望未来，继两位中国作家哈金和多多已被推荐为 2010 年度纽斯塔特国际文学奖的候选人，中国文学还将继续在《当代世界文学》杂志的中占据显著位置。很快，首届纽曼华语文学奖获得者莫言的生平情况及其作品将在《当代世界文学》2009 年 7 月号上隆重刊发。正如戴维斯-昂蒂亚诺博士在北京会议的闭幕式上指出的，“世界各地，甚至是欧洲和亚洲的大都市，其视角在某种程度上都是地方性的，都局限于只关心自己的事……但我相信《当代世界文学》中国版将搭建一个成果斐然的世界论坛，这个平台将使得中国文学更有活力地融入世界文学，世界文学也将更深入地理解中国文学。《当代世界文学》中国版在促进东西方文化交流方面具有很大的潜力。”就此而言，2008 年是具有丰硕成果的一年，同时，我们希望这一“成果斐然的世界论坛”将带给我们一个更广阔的全球性视角，放眼看世界，而不是仅仅局限于我们身边的人和事。

2009 年 4 月于俄克拉荷马大学

（刘洪涛　译）

目　录

全球化与世界文学

生态文学

书籍文化

当代中国文学与世界

新书评论

Contents

PERFORMANCE POETRY

GLOBALIZATION AND WORLD LITERATURE

ENVIRONMENTAL LITERATURE

BOOK CULTURE

CONTEMPORARY CHINESE LITERATURE AND THE WORLD

WORLD LITERATURE IN REVIEW

诗歌选粹

诗 三 首

皮娅·塔芙德鲁普①

读 树

总有树能告诉我爸爸
我们在什么季节，它们在他头脑里
辉映，
桦树的白树干，
英雄般挺直
或沉静地摇曳。
有许多树没有一片叶，
——于是冬天了，这时缕缕阳光
照射进房间。
有许多树披上深绿色叶子
——于是夏天了，这时天色渐暗。
如果这些树叶转黄
只可能是秋天。
时间是今天
还是五十年前，
有什么区别？
只要在玻璃般清晰的

① 皮娅·塔芙德鲁普，1952年出生于哥本哈根。她已出版12部诗集，包括3部英文诗集：《春潮》（1989）、《诗十首》（1989）和《女王之门》（2001，大卫·麦克杜夫译）。2006年出版《塔可夫斯基的马》。她还出版了一部论著《漫步水上》，一部小说《投降者》以及两部戏剧。她的诗作已被译成三十多种语言，其中英文译诗发表在五十多种文学期刊上。塔芙德鲁普曾获北欧理事会文学奖（1999）和瑞典学院颁发的北欧奖（2006）。

童年记忆里找到了容身之处，
过了两小时
还是两分钟，
真有那么重要？
是我还是我妈妈
坐在那把椅子上，
又有什么关系？
只要我们觉得舒心，
是我姐姐还是我，
又能改变什么？
攀爬的重重阴影，
这么远了再也看不到了。
影子没什么意义，
因为此刻一只松鼠正在
樱桃树的枝条间纵身飞跃，
而这我们看得见。
新生的桦树枝条挥舞，
当下才重要。
当下
这儿有宁静，当下
太阳正穿过窗户照进来。
这儿越来越暖和，当下，
我们活着……
但如果这些树都被连根
拔起——
它们从群星铺上沥青的地方
缓缓飘浮出来
那时候会发生什么？

从一个生命的尊严

从一个生命的尊严
只剩下一把钥匙，
最后一个房间的钥匙一定要用
链子拴在裤子口袋上。
我爸爸
忘记上发条的手表，
指针指着
一直和曾经。
一页页日历
难以察觉地伸出许多
通往黑暗的捷径，
如果护士没有翻过它们。
收音机，
它最好应该放巴赫，
给胶带
粘在古典音乐台，
以免音符消失在
七个节目之后。
封闭在此刻，我服下
我的一剂梦——
倾听从不冷漠的
漫长独白组成的
荒野，
我彻底明白
血会变黑。
明白在这喧嚣的
地上
最后期限已经给出。

塔可夫斯基[1]的马

在一匹马呈现的
美之中——
它站在阳光下
长满草的田里，
父亲死后几天，
我坐着火车旅行
经过那儿——
我突然又看到他。
那绿意的
消逝……
塔可夫斯基的马
在电影《安德烈·鲁勃廖夫》
最后的画面里
散发出
欢悦的宁静气息，
以同样的宁静，我父亲出现了，
在他自己体内安息。
他用火焰
装殓，
我已经把他的骨灰瓮
带到了墓地。
存在不是
活得
没有痛苦。
我在自己内心，
像携带一个新的权威，
携带着他。

---

① 安德烈·塔可夫斯基，苏联电影人、作家和歌剧导演。——译者注。

舌头的威力——
欧律狄刻唱着歌。
马本质中的某种东西
使他浮现。
一个影子闪光，
现在他就在这儿。

选自《当代世界文学》2008 年 5—6 月刊
（大卫·麦克杜夫　译自丹麦语，程　文　译自英语）

美而不公正的风景[①]

加贝巴·巴德露恩[②]

我沿希尔伦格拉施特[③]向南，
在那儿鸽子伸着脖子
像许多问号在喷泉啄水。
然后在长街向左转，这时太阳滑落

走向大海而月亮取而代之
在希格纳尔山[④]上空。
在我上方，椋鸟咔嗒咔嗒啼叫
像许多打字机。

往更高处，在威尔街折向右，
海鸥像许多白风筝
迎着风飞舞。

我踏在这座城市古老的重重寂静之上。

---

① 这首诗描写的是南非第二大城市开普敦，该城起源于荷兰殖民者扬·范·里贝克（Jan Van Riebeeck）于1652年建立的船只停留点。——译者注。

② 加贝巴·巴德露恩，南非诗人，著有诗集《下一个身体中的梦》（2005）、《平凡生活博物馆》（2005）和《一百种寂静》（2006）。《下一个身体中的梦》是《星期日独立报》评选的2005年度“杰出图书”和《星期日时报》的“推荐图书”。2007年《一百种寂静》入围“约翰内斯堡大学创作作品奖”和“奥利弗·施莱纳奖”决赛。2005年巴德露恩获“戴姆勒-克莱斯勒南非诗歌奖”，并成为瑞典北欧非洲研究院的客座作家。她是意大利西维特拉·拉涅利基金研究员和2008年度信任非洲基金资助的南非威特沃特斯兰德大学驻校访问作家。——译者注。

③ 开普敦市北部街道名，有一座大喷泉，风景绝佳。荷兰鹿特丹市有运河名“The Herengracht”（“王公运河”）。——译者注。

④ 希格纳尔山是开普敦市的地标，位于该城西部，临海，高350米，顶部平坦。——译者注。

这就是山上那地方，艺术家们为
宁静和海港风光来过。
下方，城市显露自己。
我们仍走在他们画里那些整洁的街上。

在棱角分明的山下，它的蓝光，
椋鸟很冷，但是，看着它们，
我看到它们混乱而协调的饥饿的
可爱之处。

什么能解释
这真切而又不公正的美？

鸟群为了温暖和种子在黄昏群集。
对此诗歌不可畏怯。

画家们曾站在这座城市的
奴隶墓地，给街道画着速写。
画中有一抹
奴隶躯体隐秘的悲伤。

椋鸟一个接一个排成精确的图案
又沿着它们自己的飞行路线，
带温度的滑流，
自我的血迹，折回。

一开始空无一物，
然后又空无一物。

我周围，空气因历史而凝重。

两百年前，
奴隶不再能贩卖。

空无一物，又是空无一物。

我又看了看这涂着油彩的城市，黄昏时分
渐渐沉寂，连鸟群都噤声。
夕阳最后一抹余晖中，这座城市像白而硬的骨头
闪亮。

宾夕法尼亚州州学院

选自《当代世界文学》2008 年 7—8 月刊

（程　文　译）

诗二首：论爱德华·霍珀[①]画作

厄内斯特·法雷斯[②]

铁轨边的屋子（1925）

我幻想运气就被放在
伸手可及的地方。当然啦，这也分门别类。
比方说吧，那种临时应急的，
还有那种往回看
才明白的。运气还分差点儿意思
和纯属多余。同样的道理，我们有好运、
平运、记不起来的运气
和坏运气，也叫晦气。
有的运气让我们财源滚滚而有的
是一条角蝰、一条鲉鱼、一头野猪、一只椋鸟。
我看到一个幻象，几乎满是杂草和铁锈的
火车铁轨，把自己猛抛起来——
像一条锯齿线或者一柄利剑，
带着让你大吃一惊的虹光——
砸向没有阿喀琉斯之踵的明天。
我想象谁知道是什么的平原

---

① 爱德华·霍珀（1882—1967），美国著名现实主义画家和版画家。——译者注。

② 加泰罗尼亚诗人厄内斯特·法雷斯，1967年出生于依瓜拉达。他是《先锋报》文化副刊记者，已创作三卷诗歌：《东鳞西爪》（原文是加泰罗尼亚语 Clavar - ne una al mall i l'altra a l'enclusa，字面意思是“敲一下大铁锤又敲一下铁砧”。）（1996）、《蚊子》（1998）和《爱德华·霍珀》（2006），其中最后一部获巴塞罗那“花之竞赛”（原文是加泰罗尼亚语 Jocs Florals，意为“花的比赛”，是一种起源于中世纪南欧地区的传统诗歌竞赛，获胜者获得以花命名的荣誉奖励。）诗歌比赛的“金蔷薇”奖（原文是加泰罗尼亚语 Englantina d'Or（golden eglantine），Englantina 是一种原产于欧洲和西亚的蔷薇。）。他还编辑了一部当代加泰罗尼亚语诗歌选集——《二十一世纪二十一诗人》（2001）。在西班牙，《爱德华·霍珀》被改编为加泰罗尼亚语和西班牙语话剧搬上舞台。法雷斯诗作的英文版近来发表于《民族》《语言无界》和《卓兰诗刊》。——译者注。

和高山，从没人类的手碰过
更不能抵御气候侵袭，
听任东北风、倾盆大雨和酷热摆布。
但是幻想并不到此为止。
就像往日回忆中的一道裂缝，
另一个幻象震撼我的头脑：
我感觉自己在一幢
空空荡荡、充满预兆、幻影重重的
庞大维多利亚式房屋里守夜，
没有为我不能拥有的东西发疯，
但与世隔绝，绝妙的一例
最初的纯真。

纽约餐馆（约1922年）

我一天吃三顿，
一周就是二十一，
一月大概九十
一千零九十五
一年，而仅有的一次
我带你吃饭，我们又不合拍
又厌烦。我们充满
迟疑的声音陡然
提高超过那地方不协调的
窃窃私语，接下来，
就像这世上最自然的事儿，
沉默又回到我们之间。我抬起
头，看你一眼，冲你笑了笑，
飞快咕哝几句又垂下眼睛。
两眼细看烘脆面包棒、

调味瓶、刀叉匙、玻璃杯、
菜盘子、酒瓶子。就好像我们
服镇静剂晕乎了，我们数
到十再打开新话题，
或解释我们的意图，
或向侍者做手势
让他给我们拿水。
针对那些表明你如何选择
一个人来寄托分享感情的
希望的事实做出的
分析
建在脆弱不堪的基础上
还依赖一串由许多说不清
又不符合你曾经的希望的东西
串起来的无穷无尽的念珠。
我转身
去找侍者但是你告诉我
别，我们可以等得了。

选自《当代世界文学》2008 年 9—10 月刊

（韦努蒂　译自加泰罗尼亚语，程　文　译自英语）

诗三首

皮蕾妮·桑德拉林格姆[①]

飞鸟般的语言

这是巴黎、柏林、纽约，
这是数不清的城市中的任意一个，那些
我们寄身其中的无数国家中的任意一个，

我们在人群中悠闲地匆匆穿行
戛然而止，一瞬间噤声，

因为看见牙齿、手和腭，
因为对骨头的熟悉。

这些是反映我们自己面容的面孔，
流亡者的眼睛，它们将寻找

又寻找皮肤里的纹路，
骨骼里的亲缘，
陌生人手掌形状里的历史。

但是我们没有词语表达我们的损失，没有工具
量出我们流落异乡的长度。

在战争的黑色嚎叫前逃离，
我们抛下语言

---

① 皮蕾妮·桑德拉林格姆出生成长于斯里兰卡，美国笔会罗森塔尔会员，《书写属于我们双手的诗行》编者。

那些太沉重无法携带的词语。

宿命。家庭。命运。

这些是我们相逢于异乡，
打开我们语言中的每一个词，

去分享、去品味、去释放的时候，
我们还拥有的词语。

我们打开喉咙而语言，
像群鸟，从我们唇间突然飞起，词语

爆炸着穿越城市的条条街道，短促得
像炮火的猛烈。

水瓶座之后①

这是鱼的时代。人类
用四肢爬行而且沉默，
被升起的泥浆吞没。
鱼胜利了。蓝灰色
鳞片淹没我们的高塔，劈
开头发和舌头那
不可一世的傲气。

鱼群排成横列，涌上来
吞噬我们的土地，对着

① “新时代运动”（New AgeMovement，以占星术为基础的西方社会思潮）的重要概念之一是“水瓶座时代”，即认为世界现在处于水瓶座时代。——译者注。

受辱的天空咂着厚嘴唇。
鱼胜利了。

它们目空一切，
波动脊椎，因空气的
甘美而大口喘气。

海上贸易

（斯里兰卡）

声音在黑夜背后轰鸣，枪炮隆隆，
雷在天空撕裂的咽喉里跌倒。
远眺大海，我们看着光
闪耀着穿过水肿的黑夜。
更多武器，更多炸弹。
渔夫们把渔网丢在身后，
划进拍岸的潮水。

三藩市

选自《当代世界文学》2008年11—12月刊

（程　文　译）

国别文学综论

当代巴西文学中的女性声音

露茜安娜·纳莫拉多①

玛丽娜·克拉珊蒂在她出版于2005年的诗集《淡血》中的一首诗里强调，从男权制传统中遗留下来的语言是有偏见的："就像狗从它们的毛上甩掉/水和跳蚤/女人们/从她们的皮肤上甩掉/男性的词汇/好让她们能在行走时拥有轻盈的/步伐"（《帕拉·波德》）。克拉珊蒂请妇女们寻找一种声音来反抗占统治地位的男性文学标准，从而与其他的当代巴西女性作家们一起共同寻找属于女性自己的表达方式。

1938年利吉娅·福根德斯·泰勒斯在其父的资助下出版了她个人的首部短篇小说集，如今她已经创作出了25部作品，其中包括短篇小说集和长篇小说。她的作品主要讲述妇女同她们的家庭之间的扭曲关系。1964年至1985年的作品中有一种更加明显的政治语调。在她最近的一本故事集《发明和回忆》（2000）中，她借助对超自然力量的描绘来表现野蛮中的美，这种美在被压迫和被边缘化的过程中产生。泰勒斯表现了妇女生命中的种种局限。在她的笔下，女性人物有意逃避现实是导致她们自我身份缺失的重要因素之一。在《什么叫做孤独》中，第一人称叙述者回忆了她母亲的残忍，不断向女佣允诺，却从未兑现过任何承诺："下一个女佣也是一个孤儿，但她是个白人。她沉默寡言并且目不识丁，就像前一个一样，但是我听见我的母亲向她许诺（她也曾向前一个女佣这样许诺过）

① 露茜安娜·纳莫拉多是印第安纳大学葡萄牙语助理教授，主要研究现代葡萄牙、巴西和其他拉丁美洲文学中的后殖民身份和移居问题。

说，‘我将教你怎么读书。’”在泰勒斯的作品中，妇女之间亲密关系的形成时常受到诸如社会等级、年龄差异等因素的影响，但她们的失败却并不能简单地归因于对被压迫者的压迫。泰勒斯也强调了妇女与她们自己的过去之间的矛盾关系。在《西线依旧》里，叙述者在对其少年时代的回忆中，坦陈自己年少纯真，既迷人又不合情理，让人又爱又恨。在描写从熟悉的闭塞空间到毫无个性的城市环境的转换中，泰勒斯的作品还提及了大城市生活的冷漠无情，这样的生活导致了《男孩和老男人》的叙述者忽略了自己的直觉，原本她是可以避免谋杀一个孩子的。在《说不的日子》中，当一个政客和一位普通公民戏剧性地闲谈时，女主人公正在挣扎着告别日复一日的苦役、顺从和墨守成规。

在诗人和散文家阿德利娅·帕拉多的中篇小说《我要我的母亲》中，第一人称女性叙述者试图通过回想和重写自己的过去来理解自己。帕拉多诗歌和小说中的人物关注家庭和宗教主题，表现出对简单生活中的种种快乐的向往。例如，她将性描写为生活中自然而愉快的组成部分，将照顾小孩或准备饭菜这样的普通家庭琐事描写为女性日常的自我救赎。在帕拉多看来，写作是一种祷告的形式，她的作品总在追寻日常生活中的精神内涵。在《我要我的母亲》中，叙述人兼主人公身患重病，在疾病康复过程中，她逐渐认识到了女性所期望的那种“完美”是有很多局限性的。在她弥留之际，叙述人的母亲依然不忘自己照顾家庭的责任：“奥琳皮娅，去穿双鞋吧。屋里马上会有很多人……可怜的妈妈，不忍心看到我光着脚，而且在她的最后时刻还担心别的人会看到我光着脚。”几年以后，当主人公开始认识到自己在多么大的程度上继承了她母亲那种自我牺牲般的爱和责任感的时候，她惊讶不已。这本书的书名，是一种对保护的号召，它与主人公对女性不是确定和坚韧的产物而是怀疑和脆弱的产物这种认识相呼应。在她康复的整个过程中，主人公寄希望于她的女性朋友并得出结论说，女性之间的联盟是抵御自我牺牲的有效策略："我被女性拯救，这让我感到意外，格拉卡，乔安娜，露露，阿尔巴，比特医生，玛格特医生，安妮丝，埃尔扎，摩特斯和我的母亲，"主人公总结道。一方面主人公强调了女性在选择时的缺乏经验（《不遵从欲望的老毛病》），但具有讽刺意味的是她同时也承认了这种缺乏经验也常常会带来积极的结果："我梦见自己必须从两个礼物中挑一个。有人比我先挑了，给我留了我妈妈那件带毛的非常雅致的外套。"

莱阿·露夫特在其最近的作品中也清晰地表现了女性之间相互交流经验的种种益处。在编年体作品《思考即违背》(2004）中，露夫特频繁使用第一人称叙述并重新创造了一种对话的语气来吸引读者改变自我。此外，她还提醒我们在改变任何事物的时候都必须仔细观察它，思考，幻想，有时还要"忍受但不要妥协。"露夫特的编年体作品包括她对文学，女性话语和当前社会事件的种种思考，例如，在《一点沉默》中，她批评了当代话语将幸福与繁忙的社会生活相等同。（"如果她独自一人，那是因为她被抛弃了，没有人要她。"）僵化的天主教家庭价值观念以及对老年和两性的歧视，都被露夫特这位出身在巴西南里奥格兰州的德国移民后代重新审视——她将对偏见的纠正延伸到了与巴西人身份有关的问题上去："即便我努力地解释，没有人会相信我是和那些在塞尔瓦达的街道上买眉豆团的非洲黑人裔妇女一样的地道巴西人（《我们，巴西人》）"关于她的选题，露夫特说，什么让她感到害怕她就写什么。在她的 18 本书中（包括诗集、短篇小说、散文和编年史），她描写了死亡与时光的流逝，结婚与离婚，童年和老年的种种神秘以及最重要的妇女社会地位问题。在编年体作品《那些错误管理我们的人》中，露夫特在回忆自己童年时，以讽刺性的口吻再现了那一段时光，那时"守规矩就可以获得补偿"。这种认识不可避免地延伸到妇女的顺从史，并且提醒读者，在这样的岁月里，还有其他自我安慰的信念也都证明是一派谎言："政府会照顾我们的，权力总是向着诚实的人们。”莱阿·露夫特的散文和诗歌吸引人们关注那些无法被忽略的妇女在社会中的位置问题，尤其是她们照顾他人的历史任务和作为看护人及讲故事人的家庭角色，这似乎已经成为露夫特作品中的一大特色，典型的例子是她的诗《过度》：“每天晚上我窥视古老的卧室/看看回忆是否睡得香/他们刷牙了吗，他们完成作业了吗”（《不要说再见》）。

妇女介入社会是奈利达·皮农[①]的《来自沙漠的声音》（2004）的主题。在这部小说中，皮农通过浓墨重彩地描写斯卡哈拉扎德的恐惧和梦想，从而对《一千零一夜》的故事框架进行了扩充。皮农同时还描述了斯卡哈拉扎德通过讲述永远没有结尾的相互关联的故事来吸引哈里发，从而避免被杀害的绝妙计划，以及她的姐姐和一个黑人奴隶对该计划所作出的贡献。皮农探究了女性被限制的角色定位与其无限的想象力之间的矛盾，藉此来思考她们的文本创作。在《来自沙漠的声音》中，斯卡哈拉扎德承认父权制下的女性形象低人一等，从而保证了她可以有机会说话，这点可以从哈里发的逻辑中知晓：“但是因为这些人物在他看来是真实的，他简直不敢相信他们是由这个少不更事的年轻女子塑造出来的。”一旦哈里发认为斯卡哈拉扎德的故事是真事，他就无意中赋予了女性以力量。《来自沙漠的声音》在故事中表达了对建构女性集体记忆的支持。同时小说中描写性爱的文字也在唤起人们关注女性被压抑的欲望。

索尼娅·考丁霍最近的短篇小说集《黑色的羊和金发的朋友》（2006）也对艺术作为妇女解放的途径进行了探索。在她的故事和小说中，考丁霍所关注的妇女们在获得了经济独立后，却要面对许多新的问题，例如孤独，家庭破裂以及大众传

---

① 有关2004年普特博（Puterbaugh）世界文学大会的重要作家、巴西小说家奈利达·皮农的情况，见《当代世界文学》，2005（1）。

媒对中年妇女的视而不见。《黑色的羊》探讨的是衰老，性创伤，孤独，信仰的缺失、爱的救赎以及那些日常生活中是否有小小的愉悦。作为对一个崇尚物质利益并将女性和艺术家视为“无用”的社会的回应，考丁霍将艺术呈现为一种可能的缓解该矛盾的方式。在他的笔下，大城市被刻画成一个折磨并驱逐女性的敌人。绝大多数考丁霍笔下的人物在为经济独立和个人自由奋斗终生之后，开始怀疑这种奋斗的重要性。

玛丽娜·克拉珊蒂、利吉娅·福根德斯·泰勒斯、阿德利娅·帕拉多、莱阿·露夫特、奈利达·皮农和索尼娅·考丁霍等人的作品在强调女性在压迫性的家庭，充满暴力的城市，毫无特点的城市中心等各种恶劣环境中永无止境地挣扎的同时，也证明了女性在面对各种压迫时坚忍不拔的意志，就像克拉珊蒂的《自由在夜晚》一诗所表现的那样，妇女解放中的各种挫败并不足以阻止她们为其每天的成就感到自豪：

自由在夜晚

夜晚脱去胸衣
当白天结束
和它一同脱去的，
是僵硬乳房的责任。
夜晚脱去胸衣
剥去外壳
这压缩器
别人的肌肤。
解开身上的带子
有弹力的松紧带上的扣子
用剪刀剪开这
神奇的胸衣。

每晚女人们归来
从劳役中
解放她们神圣的肌肤
带子滑下她们的
双肩
两手在她们的背上相遇
解开扣子
在这孤寂的
卧室
她们的双乳
像船儿
起航。

（露茜安娜·纳莫拉多　译）

默默无闻却又文彩丰富，强烈地反叛却又热情地拥护传统的女性文学形式（童话、祈祷文、日记、书信），这样的特征使得21世纪的巴西女性文学总是对诸如性爱和母性、宗教和神秘主义、大城市生活、女性的职业生涯，教育和经济独立，婚姻和家庭生活等问题，忽而热情颂扬，忽而又悲观失望。尼西娅·弗拉里斯特（1810—1885）凭借其1832年翻译和改编的英国女权主义者玛丽·沃尔斯托卡拉夫特的《女性权利的证明》一书而成为巴黎第一位女权主义者。沿着由她开创的传统，当代巴西女性作家正在继续推进建立一个更加平等的社会，在那里“女性”的含义每天都在被重写着。

选自《当代世界文学》2008年1—2月刊
（邵信芳　译）

政治与当代丹麦小说

安娜·佩特森[1]

汉斯·豪格在对现代丹麦文化的分析论文中宣称："丹麦就像一部小说。"他特别挑选了几部小说，在他看来，这些小说铸就了现代的、世俗的丹麦，使人联想到班尼迪·安德森的关于"意想中的共同体"的论述：文化，尤其是"印刷出来的文化"，把集体思维转化为文字叙述，强化了一种共享的身份认同。有了艺术化的社会映像，人们更愿意承认自己是其中的一分子。然而，伴随文化发展的是对新领域的尝试，直到20世纪末，媒体还在不断地"解域"（也叫"去地域化"）文化。

传媒的大众消费正以史无前例的速度把多元化的世界带入千家万户。有了对异地文化和人的了解后，我们不再只对熟悉的东西感兴趣。起初，媒体的影响只扩大了公众讨论的范畴，尤其是对时事的讨论。传统上被认为的政治见解如今有更广泛的意义，其影响力触及艺术，尤其是当代小说。有趣的是，全球化意识这样的发展趋势同时也增强了人们对本民族或部落的归属感。

这个趋势给丹麦带来了一个新的变化。丹麦是一个繁荣发达的小国，人口种类单一，普遍受过高等教育。尽管最近受到移民潮的冲击，它政治舞台上走马灯式的人员更迭就像家庭冲突，最终在争夺中立派的纷争中结束。在18个（最新统计）活跃党派中，有11个在议会中取得了议席。总的来说，右派已经胜出；执政联盟是由老派的自由党人和其敢言的领导者，安德斯·福格·拉斯马森首相共同控制的，但当中还包括了一些

[1] 安娜·佩特森从事文学新闻的写作和北欧文学作品的翻译。她的最新译作有丹麦作家克里斯蒂安·乔根森的小说《特例》，挪威作家乌尼·维根的《为了荣誉》，基尔·波伦的《诺斯克库格的历史》等。

来自保守党和极右翼的（有人说是极右派）丹麦人民党的部长。他们争议的问题在整个欧洲都是为人所熟悉的：移民与否，多元文化的并存或融合，生态政治或经济的发展，反恐或外交等。

一　描述国家状况

我并不是唯一个注意到丹麦新小说中对“真实生活”里的时事和政治争论日益增多的评论员。延斯·莫根森在他2006年的综述中指出，在那些史诗式的小说中，“现实与虚构的界限已经模糊了”；作家们通过融合文章的体裁、将真实和虚构的材料相结合的方式来探讨当今的现实。在充满生机的丹麦文坛上活跃着热衷政治的各类作家。几十年来，新闻工作者努力把社会报道融入小说当中，而且有很多记者都在不断跨越事实与虚构的界限；另外，过去具有新闻特性的政治评论，也被用作小说、舞台和电影剧本的原材料。另一方面，为了满足国内市场对政治分析和人物传记的需求，新闻工作者尝试改变写作方法，使他们的作品读起来像小说一样，例如最近流行的《对话》刊物，就是基于与政治家的谈话内容为基础，以人物为中心的书。人们常用“新现实主义”一词来描述当今的丹麦文艺。在此，我觉得它还需要具备一些条件：总的来说，是跨体裁地把虚构与写实相结合——这是一种煞费苦心的以真实和虚构为基础的创作。

长时间以来，政治化的戏剧创作在英国已经成为潮流，如今，丹麦剧作家们也作了同样的尝试，当中有许多颇获好评。其中最著名的当数索尔·比约恩·克雷布斯的“混合媒体”剧《关于汤姆》。戏中“描述政治化的现实”的戏剧手法，和对在巴尔干战争中执行任务的丹麦驻联合国部队的同情的处理，赢得人们的赞誉。

伊布·邦德比约指出21世纪的丹麦电影对“丹麦性”

(Danishness) 的诠释变得更成熟、更复杂化，也更关注时事。[1]当代剧本中那些带有政治倾向的叙述描写都来源于对国内外“真实”地点的精准观察。丹麦人对他们的共同历史有深刻的了解，然而，时下的小说倾向于把它描绘成一个极度贫穷、荒远偏执、死气沉沉的北部传统乡村，在那里宽容是人们珍视的美德。通过电影或电视剧本的创作，作者当下所关心的事可以在银幕或是传媒上通过再现过去得以生动地展现。和文学一样，丹麦大众也同样偏爱国产的电影作品，尽管这样，邦德比约发现“区域主义”和“国际主义”的主题其实是并存的。

带有人文色彩的故事常被用来审察社会政策以及公众、媒体与政治家之间的相互影响。例如，汉纳·维贝克·霍尔斯特描写哥本哈根的政治殿堂克里斯蒂安堡中的政治争斗的系列电视剧本，就与尼古拉·阿塞尔导演的电影《国王的游戏》(2004) 这部关于克里斯蒂安堡的政治权力斗争与媒体间相互周旋的电影，有着惊人的相似之处。

莫滕·哈茨·卡普勒的执导的电影 *AFR* (2007) 是对福格·拉斯马森统治的直接攻击，其叙述中充满了被操控的“媒体引述”。安德斯·朗努·克拉伦德的剧本《如何除掉别人》(2007)，则是一部令人不安的影片，电影讲述了在某个未来社会里人们用“哥本哈根准则”来评定种族/社会低层人民。

这里，电影制作人——与许多丹麦知识分子和艺术家争论的焦点——就是“AFR”中的小丹麦对来自不同地区的移民聚居区和异教徒的摧残。

其他值得一提的传达政治信息的新电影包括克里斯托弗·古尔德布兰森的《秘密战争》(2006)。它记录了一次具有政治鼓动性的事件，事件讲述了丹麦士兵如何把阿富汗俘虏移交给美国，伊娃·穆尔瓦德的《幸福的敌人》(2006)，写的是一个年轻的阿富汗女人为改变妇女未来而作的政治斗争。

---

① 邦德比约：哥本哈根大学新闻媒体、认知与传播系教授。

二 政治小说

能清晰地把政治小说化的作品首推前新闻记者汉娜·维贝克·霍尔斯特的两部通俗小说《加冕的公主》和《弑君者》。这位熟知党派斗争的内行撩动起了知情丹麦人内心的躁动，但她最关心的是更广泛的权力问题，尤其是两性问题。小说《弑君者》讲述了在一次普选后，落选政党的副首阴谋得逞成功地推翻了领导，却在最后时刻被自己的妻子抢夺了权力的宝座。这也是其多年受压迫的一次公开报复行动。

这类题材在小说《对人的伤害》中再次出现。该书作者埃尔塞贝特·埃格霍尔姆以前也是新闻工作者，她把丹麦第二大城市阿赫斯，一个拥有大量穆斯林人口的港口城镇作为犯罪故事系列的背景。她作品中的人物经常讨论社会问题，如穆斯林社区内外受迫害的女性和男性所承受的压力。社会分裂的双方对移民的不同情感通过直接、诚实的方式表达了出来。著名新闻记者利夫·戴维森，前驻外记者兼东中欧事务专家，是又一个成功的，以时事为题材的优秀惊险小说作家。

最近刚退休的批评家约翰·克里斯蒂安·乔根森在一份左翼报纸（政治报）中叹惜“相当少的作家愿意参与公开讨论”，这一说法是不太正确的，这种抱怨与最具影响力的丹麦文学人物格奥尔格·布兰德斯（1842—1927）有关“文学应当把问题摆出来讨论”的宣言不谋而合。

我认为最近丹麦小说界中最富思想性的人物布兰德斯是时代的标志。杰特·卡尔斯堡《合上的书》虽然写于布兰德斯的黄金年代，其风格却是现代的，那些对读者讲述的心照不宣的题外话，从时空上打碎了古典小说的结构，此做法令某些批评家感到不安。人物遭受的磨难在一百年前就已存在，到现在仍具有争议性，例如对妇女的约束、对母亲身份和流产的社会约束，婚姻的作用以及对同性恋的接受。杰克布·俄赫斯堡是又一位极优秀的小说家，他对“普通人”的细致观察与诙谐描述使其被冠以社会写实主义者。

克里斯蒂安·乔根森的小说《例外》就更难定位了。它像是一部对“残酷政治”所作的长篇技术性分析。首先，它的犯罪情节涉及一些流窜杀人犯，他们从20世纪90年代巴尔干战争中学到杀人伎俩，并仔细观察了丹麦的青年城市居民是如何用非法手段谋取工作和影响力的。其次，它多次以仿学术口吻记述了有关种族灭绝的社会心理学。最后，小说中还运用了一连串相对简短生动的场面描写，描绘了对发生在肯尼亚的绑架、腐败、肆意谋杀等场面。

小说作家应该“把问题摆出来讨论”这一观点在丹麦并未被普遍接受。一位较年轻的批评家耐也思·林索在评论《政治报》上发表的《合上的书》一文时显得颇为不满：“报纸社论，致编辑的信，及类似的评论肯定‘比小说’更能阐述观点，表明立场。……当所有的媒体都对俄赫斯堡和卡尔斯堡疯狂推崇时（即使还有许多其他同样优秀的作家），那么，他们是从布兰德斯的角度来看待（文学）的了。”林索当然是正确的，确实有“许多其他同样优秀的作家”。

如果这个富于文化修养，甚至略带书卷气，拥有活力四射的出版事业的国家无法出版形式各异的优秀文学作品，那才是一件匪夷所思的事。其中有“社会现实主义者”，有“魔幻现实主义者”，而有些则是两者兼备。

当代丹麦小说界有一些常受称颂的作家，例如彼得·霍格、莫滕·拉姆斯兰和卡斯滕·詹森，他们最近的小说都备受青睐，被选中在英国和美国出版。其中霍格的《沉默的女孩》是一部超现实主义作品，它用多条线索描绘了一个洪水泛滥的哥本哈根，使读者既钦佩又惊愕。而拉姆斯兰的怪异家庭故事集《狗头》，以挪威和丹麦（大部分）为背景，叙述扣人心弦，诙谐有趣，催人泪下，深受每一个人，包括批评家和公众喜爱。

卡斯滕·詹森的《我们，溺水者》，则是一部更伟大和成功的作品。故事由精巧多层次的叙述展开，被认为是“现代丹麦诞生的编年史”，隐含了一个政治角度。小说记叙了从1848

年到 1945 年生长在海边村落马斯塔尔的三代人的故事：在马斯塔尔，男人出海，女人留下来照顾家庭，等候并为男人的安全担心。在丹麦，文学作品中的农村生活通常是指农业耕作，与航海有关的主题是少见的，而渗透全书的人物内外的暴力斗争也是不常见的。这本书以欧洲战争为背景，描述了有政治动机的暴力行为，始于 1848 年至 1851 年的丹德战争，一直持续到第二次世界大战结束。

三　界定丹麦性（Danishness）

寻找时事在小说中的角色有一种简单方法，即询问作者是否认为其作品在某种程度上是一种政治讨论。就这个问题，我询问了两位当代丹麦最善长表述的作家卡斯滕·詹森（生于 1952 年）和克里斯蒂安·乔根森（生于 1962 年）。

詹森是一位十分受人尊敬的自由左派批评家和政治评论家。他早期的作品是尖锐、富有争议性的社会评论，但他最著名的作品是“了解世界”旅游丛书（有几部已被译成英文）。在小说创作之前，乔根森学习了电影、剧本写作，也曾在哥本哈根附近的办公室和制片厂里工作过。他早期也写过一本追求情节并注重心理描写的小说，也就是后来改编成的篇幅更长，立意更深远的小说《例外》的前身。

我首先要谈谈克里斯蒂安·乔根森。《例外》是我感兴趣的一个绝佳例子。这部文学作品对充满政治谋略，非理性和暴力的世界提出了富有洞察力的看法，就像当代的诺迪克·马基亚弗利写的作品，对一个由政治操控的世界的非理性和暴力富有真知灼见。但乔根森告诉我，他并非想写一部“政治”小说，也不想对时事作评论。相反，对他来说最重要的是写一部文学作品，塑造一些令人信服的人物。以工作为背景，乔根森能够写出一个办公室里的社会动能，而不是沿袭传统小说将情节安排在非工作环境之中。

政治，从办公室阴谋到国际战争，是贯穿他作品的主题。那与“我们生活的现实”不是相符吗？乔根森犹豫地同意了。但当我提出把他的作品看做是“对现实政治的描述”时，他又否认了；他后来又补充说，“如果是的话，那也只是对现实的心理描写”，人物的政治信仰和行为“只是凸现出来了”而已。

乔根森认为文学是通过提高读者对他人的认识来扩大感知，这样一部小说，如果肯“花时间去细读”，比起其他文艺形式，包括电影，也比迄今为止的科学，能更好地探索内心世界。对政治争论的感知造就了新闻记者和他们所写的那一类小说。

一般来说，卡斯滕·詹森本人及他的小说是都不接受有关政治类丹麦小说“新浪潮”的整个想法的——但“新闻业则不同”。例如：他把《例外》看做是对邪恶本质的探讨，而将《弑君者》中整个精密的政治框架看做是为持女性主义主张的作者笔下的女性人物而设计的舞台。

詹森最近在一次北欧会议上发表了题为《全球化及其根源》的讲话。考虑到《我们，溺水者》的主题为“国家的根源”，会议选他就更顺理成章了。小说在描述马斯塔尔集体时断断续续地使用了第一人称“我们”，可以被理解为“我们，丹麦人”，而不止一位批评家把它卷入《第二次世界大战》看做是丹麦，或更广泛地说是欧洲文明的终结。

当被问及可否把文化当做集体身份的媒介时，詹森将团体归属感称之为“单面的思想”，基于粗略的估算“要么与别人不同，要么一致”。

至于丹麦性（Danishness）一词，仅仅是从詹森引用马斯塔尔的（或多或少）真实故事的魅力中派生出来的。尽管他承认他笔下的丹麦航海员是一个象征性角色，在那场把领土输给德国的战役一度“使丹麦更加内倾”的时候，那些航海的男人们心胸是广阔的，对世界充满好奇的。然而，他坚持说这与有关国家身份的新旧形式的政治争论毫无关系。

对文学的趋势作论断是不难的，而被别人，尤其是该书作者要求对其作品作重新思考也是有益处的。同样，记住一个作家把想象变成“真实生活”的作品中的起起伏伏也是有好处的。

然而，作者并不是唯一，或是最好的批判来源。不要去理会后现代批评家们的“读者为文本的附属”之说，只要知道作家也是人就足够了。你可能会赞成原作者的完美想象，但除非你把自己孤立起来，否则你又怎能避免媒体对政治问题和决策的热心关注呢？没有作家会喜欢自己的作品被当做是对潮流趋势的总结与概述，但我仍然认为，丹麦的学术气氛对身处其中的作家，包括他们中的佼佼者都有着深远的影响，无论是直接的还是间接的。

选自《当代世界文学》2008 年 1—2 月刊

（蔡芳细　译）

论侦探小说的“混搭”

——侦探小说的全球化创作范式探索

吉·麦迪逊·戴维斯①

我应邀来到布鲁塞尔，参加戴蒙德·布鲁特奖（钻石子弹奖）颁奖座谈会。我急切地走到一家以善做怡贝而出名的酒店，名叫“里昂之家”②，只要是欧洲人都喜欢来此聚会。我本想在晚宴上与组织者和与会者见面，包括钻石子弹奖的发起人、雷克斯钻石矿业的首席执行官西格·马勒。在此之前，我曾见过几个要来出席晚宴的人，其中有作家查尔斯·泰克斯，也有雷克斯矿业公司的玛丽-宝乐·安德瑞斯，还有杰出的佛兰芒批评家亨利-弗洛瑞斯·叶斯帕斯。我希望能通过那本书上的封面照片认出他来。

在东德克萨斯，“里昂之家”是个吃烧烤的好去处。该酒店铺设的是木质地板，在上面一走，嘎吱嘎吱直响。我扯着嗓子说明来意，心烦意乱的领班示意我上楼。进了一个房间，我看见几个人围坐在一张长桌前正彼此打招呼。我问：“是戴蒙德·布鲁特奖的座谈会吗?”

一个人上前紧紧握住我的手，请我就坐，随后给我倒了一杯酒，我也向其他客人做了自我介绍。他们彬彬有礼地跟我点头致意，随后又和同伴聊得不亦乐乎。我猜想，坐在桌子一端的那个家伙看起来像叶斯帕斯。

几杯酒下肚后，我才知道我坐错桌子了。那是比利时政府官员和欧洲议员代表之间召开的，以科技和发展为主题的会

---

① 吉·麦迪逊·戴维斯现担任国际侦探小说作家协会北美分会副理事，在俄克拉荷马大学新闻与大众传播盖洛德学院教授小说和电影剧本写作课程。他的最新的作品是《梵·高的阴谋》(2005)。

② Chez Leon 位于布鲁塞尔的一家餐厅，法文意为“在里昂的家里”。——译者注。

议。当然，他们对我的身份也很好奇。在欧洲，美国人在街上一露面，小商小贩们就会认出来，但这些科学家和官老爷们显然反应迟钝。我说的英语没有引起他们的注意。我蹩脚的法语也没有引起他们的注意。很显然，要把五花八门的欧洲语言和文化融汇成大一统的欧洲超级文化体，绝非易事。然而，被托马斯·弗里德曼所称作的这个“无聊的世界”的确成了人们顶礼膜拜的对象，其全球超文化的因素已显而易见。

T恤衫早已流传到遥远的亚马逊河，苹果播放器也在瓦加杜古震颤人们的耳膜。今年在比利时和德国，我已经看见了用当地语写成的《法律和秩序》片段。我的小说就以此写成，引起了不少人的兴趣（要知道，德国和比利时的法律体制和美国的法律体制源自于完全不同的传统，但这种现象依旧在延续）。尽管我见过兰尼·布里斯克本人，他喜欢以配音方式的变音和冗长的复合名词说俏皮话，我至今仍无法理解他的《用德语》所表达的观念。

和人物、语言以及文化联系特别密切的，莫过于其中的故事，但大众传媒技术正随全球化的潮流而四处蔓延。一个国家的通俗小说常常会在远离本土的遥远国度传播开来，让我们欣赏人类生存方式的多样性，同时也展示人类生活的相似性。

戴蒙德·布鲁特奖为奖励最优秀的佛兰芒语侦探小说而设立，但是，人们虽认为布鲁塞尔是一个佛兰芒人的城市，实际上却是个说法语的城市。这一点在此刻至关紧要，因为比利时正经历着一场政治危机，无法组建政府。积重难返的官僚体制使这个国家继续运作，似乎压根就没有发生危机。但是，人们却议论纷纷，探讨是否该解散这个创立于1830年，最初面积只有马里兰州大小的国家。对我而言，这场讨论具有讽刺意味的一点是：只有在欧盟背景下这场讨论才会发生。如果法国和德国在其边界虎视眈眈，比利时人就不会考虑分裂问题。同时，更大范围内的身份认同（译者注：一体化的欧洲）要求模糊各种文化界限，这也产生了一种思古幽情，开始对更为古老的民族特征、地域特征和语言特征寻求认同。捷克已经同斯洛伐克分离，英国也有政党极力主张苏格兰和爱尔兰独立。

侦探小说的文体今天似乎也处于类似的情形。经过一批英美作家如威尔金斯·柯林斯、埃德加·爱伦·坡、安娜·凯瑟琳·格林和《黑色面具》（译者注：也有人译作《黑侠》）创作群体的推波助澜，侦探小说似乎形成了一种国际化的叙事模式，在那些吸收了英美传统因素的跨文化中备受青睐。与此同时，通过融合本土传统和背景，它们也促进了本土文化的发展。

小说《斯塔尔》的作者帕特里克·康拉德获得了今年的戴蒙德·布鲁特奖。在2003年，他的小说《上帝之死》也曾使他获此殊荣。康拉德的文学生涯以诗人开始，但他同时也是电影剧本作家和制片人。他导演了由夏洛特·瑞普林和米歇尔·萨洛赞主演的电影《睫毛膏》，并与雨果·克劳斯合写了该影片的剧本。该电影讲述了一个乱伦和易装癖的奇特故事。该影片票房收入不佳，却也获得了一两项奖，开始小有名气。

康拉德出生于比利时的威尔瑞克，用佛兰芒语写作。他生活在法国，英语流利。随着欧盟各成员国边境的开放，很多北欧作家都在阳光灿烂的地中海国家定居。不管怎么说，康拉德是一位现代性十足的国际人士，但他曾考虑过用法语或英语写作，这难道仅仅是因为顾及更多的潜在读者？他一再向我强调：不是。他认为这样做会得不偿失。他不清楚到底会失去什么东西，但对小说而言，他认为佛兰芒语就是他自己的语言。他确信，不用母语写作，他就会失掉一些难以言说但又不可或缺的东西。

即便是事实，或许有一天这也会被视为一种奇谈怪论。各大出版商都隶属于各大跨国公司。兰登出版社（包括班塔姆、戴尔、道尔布迪、皇冠、科诺夫、维特吉、巴兰庭和其他一些出版公司）是总部位于德国居特斯洛的贝塔斯曼公司的分部。（斯图加特的）霍茨布林克公司拥有麦克米兰、圣马丁、法拉·斯特劳斯和吉洛克斯、托尔、亨利霍尔特等出版社。（伦敦的）培生公司拥有企鹅集团、威金和其他出版社。法国拉加戴尔集团拥有阿歇特出版公司，又收购了时代华纳出版社、利特尔出版集团以及布朗出版社。西蒙与舒斯特、袖珍图书和斯基伯纳等出版社均为哥伦比亚广播公司的子公司。就跨国公司而言，出版商有明确的目的，他们寻求那些能跨越国界的图书，因为这些图书通常会被电影公司改编成电影。因此，他们渴望在国际电影界一鸣惊人，获得越来越多的观众。目前，也有一种寻求侦探小说的趋势，这些小说使得票房率高的电影得以译制并且配以字幕。

然而，作者的文化倾向性无法更改。乔治·西默农的马戈探长①在美国有很多追随者，因为主人公和美国侦探小说中的那些鬼鬼祟祟的警察侦探颇有相似之处。同时，马戈在很多方面无疑是个让美国人着迷的法国人。在对马戈探长的塑造刻画中，西默农也采取了许多别出心裁的手法。几个荷兰作家和佛兰芒作家曾问我，他们书中需要什么东西才能吸引美国市场？我开玩笑说，他们可以假称荷兰和比利时都是斯堪的纳维亚国家，因为美国人对地理一窍不通。时下，出版界流行出版斯堪的纳维亚侦探小说，如同不久前流行拉美魔幻现实主义作品一样。由于贺宁·曼凯尔小说的流行，人们认为斯堪的纳维亚作家身手不凡。此刻，他们发现这些作品更容易被译成外文。各种流行的东西变化不定，但其影响却会继续存留。

曼凯尔小说的迷人之处，在于他的小说略带一点瑞典风格，这也影响了其他文化中创作侦探小说的作家。渐渐地，人们能跨越文化，相互走近，彼此欣赏。这不是说将来某天我们的审美品味会相同，而是说会有这种趋势。

奇怪的是，有资料显示，戴蒙德·布鲁特奖本身是先命名后策划的。比利时重要艺术家威姆·德沃伊依靠侦探小说写作

---

① 马戈探长是西默农“马戈探长”系列小说中的主人公。1930 年，作者首次以西默农本名出版第一部马戈探案《拉脱维亚人彼得》(*Pietr-le-Letton*)，接着共写了 80 多部“马戈探长”系列。

获得个人灵感。和其他任何类型的子弹[①]不同，戴蒙德·布鲁特奖奖章的形状是美国人所称的那种“指节铜环”的外形。每个指节环上嵌有五百克的白银和一颗钻石。就奖章形状来看，它或许是当今世界最独特的文学奖章。对我而言，正如有人指出的，在法语中这种武器被称为“poing americain”，即“美国拳头”。

爵士乐、黑色文学和指节铜环——这些都是美国对全球文化最独创的贡献。全球化或许会改变我们，但也会给我们带来机遇。

俄克拉荷马大学

选自《当代世界文学》2008 年 1—2 月刊

（王国礼、孟凡君　译）

① 戴蒙德·布鲁特（Diamond Bullet）的本意是钻石子弹。

波罗的海的新诗

岳流萤①

漫长的冬季里，鱼藏在厚厚的冰面底下。终于传来了清脆美妙的破冰之声，春水潺潺。苏联占领结束后，波罗的海沿岸国家的作家们忙碌起来了。他们自由了，又欢庆起古老传统里的仲夏节②，针对他们当地的情形写讽刺幽默的诗。这些诗，欧洲大陆的国家有翻译与交流，但遗憾的是，说英语的国家都还没有做这些事情。

“作家协会”这类机构仍然很重要：要么选择加入，作品就可以出版；要么作品写出来，却只能私下来流传。在拉脱维亚，成为作家协会会员是很荣耀的事情，好处很多。苏联占领期间，诚实的有才华的作家们仍然在表达民族主义的思想，不在乎有没有加入作家协会这个问题所引起的政治上的、经济上的难处。

以前，流亡在外的拉脱维亚人会在不同的城市组织歌会，为的是把早在书面语言出现以前就已在民间歌曲里承传的文化给保存下去。时间通常是六月的仲夏节。这个节日已逾数百年，也叫圣约翰之夜。现在，拉脱维亚人可以在拉脱维亚把它办成最盛大的节假日，穿着民族服装在乡间跳舞，向橡树致敬祈祷，还特别关爱任何名叫约翰的人。

拉脱维亚文学中心创建于2002年，目的是推动拉脱维亚小说、诗、戏剧、儿童文学的国际影响及传播。它的办法有：在

---

① 岳流萤（Inara Cedrins），美国艺术家，拉脱维亚语翻译家，作家，诗人。著作有《文化之旅：岳流萤诗集》。1998年她曾到过中国学习绘画，之后五年在中国清华大学、中央美院等大学教授写作和艺术。目前正在翻译《波罗的海地区诗集》和《新欧洲诗人》中的拉托维亚部分。

② the solstice，也就是夏至。——译者注。

国际书展上推出作家及作品，协调拉脱维亚文学在国外翻译出版，接待来访者，例如跨国界文学协会的访客。“文化资本基金”则是资助作家的，包括深入写作计划，解决居住问题，或者到国外参加读书会。如今，在温茨皮尔斯还有一幢作家公寓，由拉脱维亚籍的作家、翻译者以及国外来客居住，从事创作。冬天有散文节，秋天有诗会，当然，这些主要是面向他们国内，并没有怎么打算要吸引国外人士参与。

立陶宛的作家协会在维尔纽斯，是一幢很漂亮的巴洛克风格的楼，带有一间很大的酒吧。每年秋天，立陶宛都会在德鲁斯金宁卡依这座城市举行诗歌节，有立陶宛籍作家，也有国外来客，一起互动。这座城市春天也有诗歌节，但只有立陶宛籍作家，气氛倒更亲切了，虽然秋天的规模要大得多。

通过接触，我觉得这两个国家差别挺大的。拉脱维亚人基本上都信路德新教；立陶宛则尊奉罗马天主教。拉脱维亚人不太喜欢合作。这大概源自他们的农民本性，只想扫好自己门前的雪，相互间比较拘束，很容易有埋怨。我还记得，拉脱维亚曾有过一场荒谬的争论，说的是每个作家的作品是不是只能由同一个人来翻译。两年前，他们甚至在美国文学翻译工作者协会年会上讨论，一首诗已经有了一个翻译的版本，还能不能有另一个翻译版本。立陶宛人，我倒觉得更有激情，更灵活。在作家与翻译者之间，更多的是对话和友谊，而不是比着扣帽子，当然，我也得知，他们其实也曾有过这么一个阶段。

“立陶宛的书”成立于1998年，为的是向世界推广立陶宛文学，办法有配合国外的出版商及翻译者解决与立陶宛文学及翻译有关的问题。有专门的部门出版有关立陶宛文学及作家的信息，汇编并及时跟进已翻译成别国语言的立陶宛文学作品书目；为翻译者和出版商组织一些研讨会，以及帮助立陶宛作家到国外展览作品，朗读作品。“立陶宛文学翻译资助计划”开始于2001年，到目前为止，已将116部立陶宛作品翻译成22种外语。

爱沙尼亚仍然是非基督教国家，没有国教。六月有一个最盛大的节日，庆祝夏至日。早在 1922 年，在塔林成立了爱沙尼亚作家协会。但在爱沙尼亚并入苏联以后，1943 年又新成立了一个爱沙尼亚苏维埃作家协会组委会，当时还在莫斯科举办了成立大会，选举产生了这家新协会的理事会、常务委员会以及主席。爱沙尼亚苏维埃作家协会持续到 1958 年，然后更名为爱沙尼亚苏维埃社会主义共和国（SSR）的“作家协会”。不过，在 1944 年秋天战争时期，有一些爱沙尼亚作家们成功出逃，他们于 1945 年在斯德哥尔摩成立了爱沙尼亚海外作家协会。直到 1989 年，这两家协会才正式往来，两个阵营的作家们在赫尔辛基见面开会。

从 1991 年开始，爱沙尼亚的作家专业协会又更名为“爱沙尼亚作家协会”。2000 年，“爱沙尼亚海外作家协会”注销，会员们转入“爱沙尼亚作家协会”。塔林的这家协会很有活力，还在塔尔图有一个分部。这两处都给外出游历的作家们提供住所。

爱沙尼亚作家协会与爱沙尼亚出版协会，在 2001 年联合成立了爱沙尼亚文学信息中心，由爱沙尼亚文化部支持，为的是向海外推广爱沙尼亚文学。这些推介爱沙尼亚的信息，用好几种语言出版。除了与翻译者、作家、出版商们保持紧密联系，爱沙尼亚文学信息中心还与书展、文学界、各部委、大使馆、文化学术机构、图书馆、大学密切合作，包括爱尔沙亚国内的，也包括国外的。与文学方面的主题、翻译相关的研讨会旨在面向全世界，其中有“翻译者居住计划”，还有爱尔沙亚文学翻译成别国语言情况的数据库。

这几个波罗的海沿岸国家，相互间交流往往并不是用英语，而是用对方的语言。我到过尼泊尔，是印度的邻国。那里有人告诉我，“我们有着相同的传统，我们是相互了解的。”同样，这片地域上的居民庆祝着相同的节日，又同样有着历史传统，用诗歌抒发对这片土地的爱。

只有诗人才能做翻译诗歌的事情。网络大大加速了交流，还把诗同音乐、视频、艺术结合到一起。我们该说这就是最好的时光吗？

想象一下吧，把鱼钩抛下去，垂钓鲈鱼。鱼儿这就冒出来了！

2008 年 7 月

选自《当代世界文学》2008 年 11—12 月刊

（杨俊杰　译）

当代作家评论

论乌斯曼·塞姆班的重要性

埃金·阿德索肯①

非洲一位先哲曾经说过，陆地上的每一位老人去世，都好比一座图书馆被大火焚烧，一切都毁灭殆尽。这则箴言强调的是口述传统的重要价值。但是谈到伟大的非洲电影制作者——乌斯曼·塞姆班的逝世，这则箴言的意义则不同了。2007 年 6 月 10 日塞姆班去世的时候，他还有大量工作尚未完成。这听上去有些夸张，因为由于他的成功，他已经跻身世界最优秀导演之列，不应留有未完成的遗憾。在同时代的电影界内外的众多艺术家中，没有谁能够在视野的一致性，审美选择以及纯粹激进主义精神方面与这位伟大的艺术家相提并论。随着年纪的增长，他变得越来越激进。他 84 岁去世，在这个男性平均寿命 48 岁并逐渐递减的大陆上，这可以算得上是一个纪录。

作为一位广为人知的非洲电影先锋人物，塞姆班在出版了许多经典的长篇和短篇小说后，从 40 岁开始涉足电影制片业。40 多年来，他共制作了 33 部电影：《桑海帝国》（1963，纪录片）、《马车夫》（1963）、《尼亚伊城》（1964）、《黑女孩》（1965）、《汇款单》（1968）、《陶乌》（1970）、《天神》（1971）、《萨拉》（1974）、《外来人》（1976、1981）、《泰鲁易军营》（1989）、《戈尔沃》（1992）、《菲特·几尼》（2000）以及《穆拉戴》（2004）。据报道，他最知名的小说

---

① 埃金·阿德索肯，小说《天空中的根》的作者，任教于印第安纳大学布鲁明顿分校比较文学系。他的小说最近发表在《非洲》和《非洲文学》上。他是织巢鸟作家协会的创始成员，也是《格伦多拉评论》评论的合作编辑。

《上帝的木钻》（1961年，英文名译作God's Bits of Wood，1962年）正在筹拍之中，影片将由美籍非洲演员丹尼·格洛佛出演。2005年，塞姆班成为位于伦敦的英国电影研究院的成员。

塞姆班不仅是一位现代非洲知识分子，还是一位具有世界影响的进步导演。如果仅考虑20世纪非洲艺术界知识分子面临的最紧迫道德性挑战，那便是如何以一种亲密且变革性的方式对大众讲述故事。如何才能让代表这块陆地上最广大人口的人民（不只是为他们呼吁，还为他们创造艺术），通过相互矛盾的欧洲语言媒介与现代且由利益驱使的艺术形式，如小说和电影，把自己的故事传达给世界呢？由于这一问题中的重点不仅仅是与这块陆地上的人们对话，因此，艺术家们需要让读者或者受众看到他们所继承的遗产的重要价值，尽管多个世纪的奴隶制与殖民主义已经使人们不再相信这一点或者毁灭了其重要价值。艺术家们仍然要求读者或受众用敏锐的洞察力去发现这些遗产此时此地在这个世界上的意义。不同的作者用不同的方式面对这一挑战，但是粗略统计，不外乎三种形式：反帝国主义意识，政治参与，以及教导主义。这三种形式在塞姆班的作品中成功地融合在一起。

尽管塞姆班花了更多的时间在电影创作方面，但是他作品中的政治力量早在他于20世纪五六十年代早期创作的短篇小说中就已存在。塞姆班于1923年1月出生在塞内加尔南部的济金绍尔。少年时代的塞姆班在学校学习，为的是取得学校的证书。这是在一个法属殖民地从事书记员工作需要的通行证。但是由于攻击了一位老师，他被学校开除了，然后在达喀尔靠打零工度过了他早期的青年时光。20世纪四五十年代，他在第二次世界大战期间当过兵，在塞内加尔当过铁路工人，在马赛当过码头工人以及工会的组织者。这种非精英式的教育在他的生活中分具有重要的影响，这一点包括两个方面：首先，这在他的心底产生了一种发展于法国殖民教育体制以外的自我意识，它是与列奥波尔德—塞达—桑戈尔（1906—2001）时代的政治气氛截然相反的（桑戈尔在塞内加尔独立时成为塞总统并且统治了20年）。其次，他还从自己当兵，做码头工人以及工会会员的广泛经历中发展出一种与处于核心地位的黑人理想主义精神所不同的现实主义天赋，而当时的黑人文化与精神价值运动得到了桑戈尔的认同。《上帝的木钻》中的主人公巴卡约科明显是一个理想化的英雄，小说采用的马克思主义模式在某种程度上起到了翘翘板的作用。小说中对于“大人物”的赞美与这一人物在该社会体制下异化的批评之间取得了平衡。

塞姆班认识到电影是挣脱非洲语境下强加于想象性写作的语言与形式双重限制的一种方法。他于1961年在莫斯科高尔基学院学习电影。两年后，他制作并导演了《马车夫》（1963）。这是由非洲人执导和制作的第一部故事片。它讲述了一位达喀尔货车司机的故事。这位司机受雇送一位客户前往高原地带，但是他的廉价卡车由于闯入了精英聚居地而被没收了。这位货车司机的内心独白全部使用黑白胶片在外景地拍摄，加上法语配音。这部19分钟的电影捕捉了路人们介入性的凝视，证明了摄影机作为一种工具在公共领域的新用途。在此之前，有关这块陆地的最知名的电影除了法国电影制片人让·鲁什（于2004年逝世）的民族志电影，就要数殖民宣传类的电影了。塞姆班在他的职业生涯开端及整个过程中反复声称，电影院是一种夜校课堂，它也是控制有关这块陆地话语权的一种方法。事实上，在1965年与鲁什的历史性对话中，塞姆班就抨击了法籍非洲艺术家像研究昆虫一样拍摄有关非洲人的电影①。

① *The Short Century*: *Independence and Liberation Movements in Africa*, *1945—1994*, ed. Okwui Enwezor (Munich: Prestel, 2001), 440.

那一时期，他的另外两部电影：《黑女孩》(1965) 与《汇款单》(1968,) 继续着从非洲人的视角拍摄电影的计划。大卫·墨菲是研究塞姆班作品的一位作家，他曾经提出这两部电影中的有趣联系：这场让易昂·易卜拉希马卷入其中的有关金钱秩序的谈判是塞姆班声讨法国文化部基金政治的一种独有方式。当时的总理安德烈·马尔罗则支持《黑女孩》这部作品。这是一个受雇在一对法国夫妇家中当管家的黑人女孩故事。但要格外指出的是，这部电影的画外音采用莫里哀的口吻讲述故事。这在一部意欲强调主角的从属地位的电影让人难以置信，但是塞姆班却通过使用法国加勒比海地区一位女演员的声音取得了折衷效果。这并不是这位电影人唯一的一场抗争。虽然影片发行了沃罗夫语和法语两个版本，即使他对彩色电影的情感效果有疑虑，但他不得不同意影片使用彩色胶片。这一经历使得塞姆班坚信，此后要全面把握自己的作品，让这些作品都由纽约电影公司上市。

政治激进是塞姆班职业生涯的核心。塞内加尔相对谨慎的政治局面部分地使他避免像其他许多显赫的非洲作家一样流亡海外。但是，他与桑戈尔意见相左。他的第 5 部电影《萨拉》可以算作杰作。人们认为这部电影中的商会小头目是当时塞内加尔矮个子总统的讽刺肖像。同样，人们把玛丽·安托瓦内特的肖像被扔出商会这一事件作为打破旧秩序的标志，解读为对桑戈尔白人妻子的评价（这一连续镜头在塞内加尔上映时曾被剪掉）。《外来人》(1977) 是塞姆班对非洲内外存在的镇压力量的出色思考。这部影片直到 1981 年桑戈尔的任期结束以后才在塞内加尔上映。这部电影引起争论的原因正如其片名“Ceddo”所示，桑戈尔坚持认为双写字母“d”是不正确的。因此，官方在审批他的这部作品时千方百计予以阻挠。但是，政治上两个公开对立的人之间的对抗并不是基于个人的，这点不仅在塞内加尔如此，在其他各地同样适用。对于塞姆班来说，政治解放的问题与服务现代非洲社会中传统融合的挑战是密不可分的，这些传统包括技术、叙事以及艺术等方面。这一社会观念是把非洲大陆看做一个整体，忽视其中的内部界线。这一点在《萨拉》中拉玛卧室的地图中有所体现，拉玛是主人公艾尔·哈吉的爱女，性格坦率。这是一个自给自足的社会。塞姆班把非洲描绘为世界中心的做法使其倍受称赞，也被历史铭记。“为何做太阳花，并且总是抬头仰望太阳？”在费里德·波舍德的纪录片《非洲影像》（1982）中，他这样问道。正是塞姆班素材与方法的隐含性政治本质及其二者的融合，使其影片颇具启发性和说服力。

我们在思考塞姆班电影提出的问题以及探讨这些问题是如何提出的过程中去挑战他的电影。人们立刻会被对抗画面的真实性所吸引和激怒。例如，《泰鲁易军营》（1989）中受过教育的警官迪亚塔与他的士兵的对抗。这部电影讨论了从第二次世界大战返回的非洲士兵被集体谋杀的问题。虽然迪亚塔关于解放的辩护词具有说服力，但是我们也很难斥责未受过教育的士兵对与法国司令妥协的危险性的认识。在非洲过去的故事性代表作中，《外来人》在拒绝将传统习俗理想化方面，仅次于杨博·乌奥洛盖姆的小说《暴力的界限》。这一点在电影中由迪奥拉君主制所代表——他们是权利争夺者中最弱势的群体。只有“外来人”（“那些被拒绝的人”）值得电影的同情，而且我们很难错过这样有趣的一幕，即阿訇将其中一名外来人重新命名为“乌斯曼”。这一由导演在电影中演绎的转变标志着他的新伊斯兰身份（塞姆班在他的电影中出演小配角）。

在这些影片中，我们看到了尖锐的戏剧冲突以及古典的摹仿论。然而，塞姆班以其去殖民化的手法，对亚里士多德的经典戏剧结构做了大胆的改动：即采用道德冲突来推动戏剧情节发展。他使用过度但仍然清晰的方法呈现社会不同类属的辩证关系，这导致批评家们把他的作品与另一位艺术辩证法大家德国剧作家布莱希特相比较。但是这一方法并没有退化为教化。在一部影片的结尾，独具风格的演绎将解决方案看做是独立于影片框架之外的一种授权，就好像最后的结尾是真实生活中应该进行探讨的辩题。货车司机的内心独白使人心寒难过。但是，当他牵着自己的马回家时，他的妻子已然做出的无论如何也要养家糊口的决定则是他们走出磨难的一种自我怜惜。影片《汇款单》中邮递员对迪昂的挑战，要他为改变自己的境地做点事情的场景在1968年的时候也许让人感觉不快。在探讨女性英雄主义的三部曲影片中的第二部《穆拉戴》中，年轻的伊伯拉罕从法国回来以后，当面斥责了父亲对女性割礼的保守态度。那一幕谴责让人们想起拉玛对她父亲的反驳（“所有的一夫多妻者都是骗子”），以及影片《菲特·几尼》（2000年）中德吉与他长期失踪的父亲欧玛·帕扬之间的那场持久的论战。我们决不能过分简单地解读老少之战中无责任感的老一辈被打败是去殖民化的结果之一。

这些都是尖锐的画面，但是它们也显得有些笨拙。镜头是两极化的，但也是动态的，它从正面拍摄演员，是对政治辩论的更好支持。没有任何其他非洲的电影制作人展示这一特征；这一特征甚至在能够通过高科技展示细微差别的当代电影中都很少见。但是，这并非意味着塞姆班的作品中缺乏细微之处。在他的任何几部电影中都有不同层次的叙述，而且导演对形式的敏锐直觉让每一条主线都能够获得足够的重视。事实上，电影世界应该感谢这位打破陈规戒律的导演，感谢他那些由幽默感生发出来的笨拙讽刺。

塞姆班还计划拍摄19世纪抵抗法国殖民主义的领军人物萨摩力·杜尔的史诗电影。这部电影，即使拍摄完成的话，也不会公映。尽管人们认为非洲电影仍然受制于欧美的财政支持与发行问题，但像塞姆班这样的艺术家已经为缩小非洲艺术知识分子与环境的差距贡献了许多。因此，即使先哲关于一位老者的故去就好比一座巨大图书馆的焚毁的譬喻依然有效，我们仍旧希望能够从那场大火的灰烬中发展出伟大的艺术精神，拓宽人文的视野。

选自《当代世界文学》2008年1—2月刊

（师　曼　译）

与漫长的失败抗争

——2007年纽斯塔特文学奖获奖感言

凯瑟琳·帕特森[①]

能参加今晚的授奖仪式，我深感荣幸，这一点无需赘言。我们这些关心儿童、热爱少儿书籍的人都对纽斯塔特姐妹们怀着深切的感激，因为她们不只为通常的学术奖励慷慨解囊，而且对儿童文学的创作给予了特别的关注，这表明了全世界儿童在她们心目中的分量。

几年前，一位研究儿童心理疾病的教授在课堂上讲了一个故事，我一直牢记于心。一个小男孩和妈妈、姐姐一起在一家餐馆吃午饭。点菜的时候，服务员先问了妈妈和姐姐，然后转向这个男孩。

“先生，您要吃点什么？”她问。

妈妈答道：“他要一个汉堡。”

服务员甚至都没看她。

“他要一个汉堡，”姐姐有点不耐烦地说，“他从来都吃汉堡。”

服务员没有理她。“先生，您要吃点什么？”

小孩吓了一跳，直直地看着服务员。“我想吃个汉堡，”他说，“但我不喜欢洋葱。”

“很好，先生。一个不加洋葱的汉堡。您还要配汉堡的薯条吗？”

“行，还有番茄酱。”服务员点点头，记下了，然后径直去了厨房。那孩子转过头，得意洋洋地对妈妈说：“她真把我当回事儿。”

① 凯瑟琳·帕特森，美国作家，出生于20世纪30年代的中国上海。“第二次世界大战”时期，全家移民美国。作品包括诗集，读本和儿童小说。凯瑟琳·帕特森一生获奖无数，包括两届国家图书馆奖、美国纽伯瑞大奖等并被任命为青少年文学国家大使。

感谢你们，南茜、苏珊和凯茜。也感谢《当代世界文学》杂志以这种具体的、引人瞩目的方式宣告，你们把儿童当回事儿。

能够在米尔德雷德·泰勒和布莱恩·多伊勒之后获奖，让我对这份荣誉更加珍惜。我崇拜这两位作家，他们的作品不仅深受孩子喜爱，也深深打动了我这个成年人。泰勒获得第一届纽斯塔特奖时，我有幸担任评委，这是许多作家梦寐以求的事，因为他们都想知道神秘的评奖过程究竟是怎样的。

10月31号（2007年）是我75岁的生日。万圣节我就75岁了，这个数字让你们害怕吧？当人们问我这漫长的一生中写作生涯有多少年时，我总是问他们是否愿意听听我发表的第一篇作品。你们愿意听吗？那好，我给你们背一下。

拍，拍，拍。
这里有只老鼠。
可是猫在何处？
拍，拍，拍。

这就是我的处女作，发表在我就读的上海一家美国学校的校报上，旁边还有我老师的批注："二年级同学本周的作业没有达到我们通常的标准……"所以，我的处女作还是和别人对我的第一篇评论同时发表的。我敢肯定，艾茜·谢尔德老师做梦也不会想到，当年那个小凯特琳·沃姆多夫竟会成为一位获奖作家。但这就是现实。没人料到这样的结局，尤其是我。

早在艾茜·谢尔德老师遇到我之前好几年，我就喜欢上了读书。现在我仍然觉得自己的身份是读者，而不是作者。丹尼尔·西蒙第一次采访我时，问我最近读的哪本书给我印象最深，我说是特雷茜·吉德的《山外有山》。在我的热情推荐之后，不少没读过这本书的朋友立刻去买了一本，囫囵读了一遍，而另外一些读者则放在床头反复品味。在这本书里，吉德讲述了保罗·法尔默的经历。法尔默是一位优秀的医生，他把整个生命都奉献给了海地的一家小医院，而海地无疑是西半球最穷困的国家。可是正因为他太优秀，甚至有点疯狂，他同时也在秘鲁和俄罗斯尝试针对抗药性肺结核的全新疗法，在非洲试验治疗艾滋病的低价药品，还要定期返回麻省在哈佛医学院授课。这个人似乎连睡觉的工夫都没有，可是他虽然在几大洲之间不停地穿梭，真正占据他心思的却是每一位病人。

吉德讲到有一次他和法尔默一起出诊，去看一位肺结核病人。法尔默医生想确认一下，病人是否遵嘱服药。要到病人居住的破旧房子，他们必须在海地内陆的山岭间跋涉七个小时。正是这样的出诊为法尔默招来了批评——有时他赶两天的路，只是为了看几个病人，然而在法尔默看来，这种对每一位病人的关心才是他活着的理由。

法尔默所在的机构曾花两万美元将一位男孩从海地送到波士顿接受治疗，却徒劳无功，甚至都没能延长孩子的生命。在这次出诊的漫长路途中，吉德问法尔默对此怎么看，并提到他在波士顿的一位同事评论说，两万美元用在别处可以做很多事，花在这个孩子身上太可惜了。

"没错，"法尔默说，"可是这事还能有许多说法呢。比如，为什么那家航空公司挣了多么多钱，却不肯为他掏腰包呢？再比如，我可不可以这样说呢？我一直都在与漫长的失败抗争，一直都在说服别人也加入进来……我不会因为我们一直是失败者就放弃……"他接着说："像我这种背景的人……习惯于站在胜利者一边，而我们在这里所做的……却是与失败者一起奋斗。我们也想加入胜利者的队伍，但如果这意味着抛下失败者不管，代价就太大了。所以，你只能抗争下去。"

从法尔默医生的故事里我们可以领悟到，一个人并不是因为胜利而成为英雄。写一大堆书不能把你变成英雄，在大公司任职、领一大笔薪水也不能把你变成英雄。它与权力、名气、荣誉都没关系。它的真正含义是与失败者站在一起，永远不抛弃穷苦无助的人。是的，甘地、华伦柏格、马丁·路德·金是英雄，但无数默默无闻的人也是英雄，他们的名字永远不会上报纸，他们的脸永远不会上电视新闻。今晚在座的许多人也是如此，你们不会把自己当做英雄，但在世界永恒的账本里，你们的英雄身份却不可置疑。

过去的四十多年里，我一直在创作。我审视自己的所有小说，发现里面有许多最不可能被人们视为英雄的英雄。或许这是因为我总想和失败者站在一起，总想在世界所鄙视的人身上发现英雄的因子。

前面我替自己的处女作辩解了一番，现在我想介绍刚完成的一部作品，以此证明我在69年里还是有进步的。这部作品描绘的仍然是不像英雄的英雄——一些与漫长的失败抗争的人们。几个世纪以来，贫苦的工人一直在为一份能维持生计的工资而斗争，这场斗争离胜利还很遥远，即使是在我们这块富裕的土地上。我选择的故事发生在1912年的麻省劳伦斯市。25000名工人来自三十多个国家，说着四十五种语言，团结在一起，发动了史学家所称的“争取面包与玫瑰的罢工”。

罗萨是意大利移民的孩子，她竭力阻止妈妈和姐姐参加这场罢工，因为她的老师警告过她，罢工的领导人都是些亵渎上帝的无政府主义分子、社会主义分子，他们只想煽动暴乱。如果工人们执意受他们蛊惑，不仅不能获得什么结果，连现有的一切也会失去。一个星期天，罗萨参加完弥撒回来，却发现罢工的女工们正在她家厨房开会：

> 罗萨疲惫地在床沿坐下，脱掉湿透的鞋。她的脚快冻僵了。她揉着脚趾头，好让血循环得快些。要是能得到一双新鞋，她愿意拿什么交换？拿自己的灵魂交换都没问题！想到这儿，她不由得脊背发凉。不，不，她可不想把灵魂卖给魔鬼！
>
> “罗萨？是你吗？”妈妈总算注意到她回家了。最近一

个星期，罗萨时常觉得，妈妈几乎忘了她的存在，至少没把她放在心上。“罗萨，过来，你英语好，我们需要你帮忙。”罗萨不情愿地站起来。她疼痛的赤脚踩在地板上，觉得格外冷。“快啊，我们需要你，”妈妈催促道，又对其他人说，“罗萨的英语写得和老师一样棒，对吧?”听到妈妈的吹嘘，罗萨羞红了脸。

“罗萨，好姑娘，过来!”马里诺太太把罗萨拽到自己丰满的胸前，亲了亲她的双颊。“你已经是个大人了。你读几年级了?”

“六年级，”罗萨咕哝道，她的举动令她尴尬。

“她说什么?”马里诺太太说，“我没听清，工厂那边太吵了。”

“六年级，”妈妈高声嚷道。“她们班的第一名。”

“不错啊，姑娘，”马里诺太太说，满脸笑容看着罗萨，又用力亲了她一口。“好啦，好啦，你坐下吧。”她转向坐在厨房椅子上的两个女人，说，“起来，起来，给咱们的学生腾个座。”两个女人都站了起来。“不，你不用起来，帕特罗夫斯基太太，你的腿不灵便。”帕特罗夫斯基太太又坐下了。“罗萨，你就坐这儿。”她把手按在罗萨肩上，让她坐在紧靠桌子的那把椅子上。

罗萨的面前摆着一块白色的长方形大纸板，旁边放着一瓶墨水和一支一寸宽的画笔。看见有人竟然敢动自己心爱的学习用品，罗萨感觉一股怒气直冲心头。

“好啦，”马里诺太太说，“是这样的，我们想做一块很大的标语牌，今晚放到火车站去。上面的内容必须很好，字也得很漂亮。我们需要你来做，聪明的姑娘，行吗?”

她应该告诉马里诺太太和其他人自己憎恨这场罢工，也压根儿不想给她们写什么大标语牌吗?是的，她应该，但她知道自己不会这么做。她是个胆小鬼，再说妈妈已经夸下海口，她只好说，“你们想写什么呢？”

“我们想想，想想，想点非常好的东西。”所有的目光都集中到马里诺太太身上，大家都安静下来，气氛格外严肃。“你看，他们就给了一块纸板。只能做一个标语牌。所以内容必须很好很好才行，必须是游行队伍里最好的标语牌。”

所有的女人都低声附和，“是的，最好的标语牌。”

马里诺太太接着说，“我们要让比尔·黑伍德先生一下火车就看到我们的标语。我们要让纽约、波士顿那些大城市来的记者全看见我们的标语。”她的身子紧紧贴着罗萨，罗萨都能闻到她衣服上的汗味儿。“好啦，罗萨，你要把字写得又大，又漂亮，让比尔·黑伍德先生在火车窗户里都能看清楚，行吗？这样，他在下火车之前就知道我们不是好惹的。”

罗萨点着头。她还能怎么办呢？

“各位女士，我们在牌子上写什么呢？”

她们吃了一惊。难道出点子不是马里诺太太的分内之事吗？“我们，”贾鲁萨利斯太太犹豫地说，只用一只眼看着马里诺太太，“我们可以说，‘我们要面包。’这是头等重要的，对吧？我们是得有面包。”

“没错，没错，”马里诺太太显然很失望，“可是这不算好。别人都这么写。没有人不想要面包。”

“‘我们要面包’是好的口号，可它说的是真理，”帕特罗夫斯基太太胆怯地反驳道。其他人也低声表示赞同。可是马里诺太太害怕罗萨以为事情已经定了，就把她的右腕摁在桌子上，不让她立刻写。

这时，罗萨感觉到一只熟悉的手停在自己的头发上，轻轻地抚摸着。她抬起头，看见妈妈的脸。所有人都沉默地注视着她们。妈妈弄着罗萨肩头的一绺发卷。

“我想，”她平静地说，“我想我们需要的……不只是填饱肚子的面包……我们还需要别的东西。我们的心、我们的灵魂也需要食物。我们需要——该怎么说呢?——需要普契尼的音乐……需要让我们美丽的孩子们变得更美。”她俯下身，亲了手中的发卷一下。“我们需要玫瑰……”

妈妈的话被翻译给现场不懂英语的人听，大家都窃窃私语起来。当每个人都心领神会时，叹息像涟漪一样扩散开来。所有的女人，包括马里诺太太在内，都以崇敬的眼神望着妈妈。

安娜说：“你的话太美了，罗萨妈妈，可是太长，没法写在标语牌上。”

妈妈摇摇头，好像她刚从那不勒斯风景如画的乡下神游回来。“对，对，是太长了，不过罗萨有办法，是吧?”

马里诺太太松开罗萨的手腕。罗萨拿起画笔，伸手去蘸墨水。所有的女人都朝桌子探过身来。她能听到她们沉重的呼吸，闻到她们衣服上的臭味儿。

“别挤，别挤，”马里诺太太摊开胳膊喊道，“往后站，往后站！给她留出空间。别碰桌子！谁也别碰！”她们都服从了，甚至妈妈都退了一步。

罗萨蘸了一下画笔，在瓶沿小心翼翼地把多余的墨水抹掉。她深深吸了一口气，这个动作传染了厨房里的每个人。画笔落到白色的纸板上，她开始写第一行。她的字干净利落，毫不拖泥带水，即使芬奇老师在场，也会忍不住赞叹一番。

“我们要面包”——她写完了第一行。每个懂英文的人都点头称是，把它翻译给旁边的人听。当然，当然，他们都要面包。

“玫瑰也要”

妈妈倒吸了一口凉气。可是罗萨没有到此为止。她又蘸了一下笔，在“玫瑰”和“也”之间画了一个曲线完美的逗号。她怕万一芬奇老师看见标语牌，又会感慨这些无知的外国人连逗号都不知道加。她怕墨水滴下来，小心地把画刷放回瓶子里。

与此同时，安娜正在大声念第二行，念完又把整个标语又念了一遍。人群中似乎传来欢呼声，每个人都凑前来欣赏这幅杰作。

“别，别！”马里诺太太嚷道，又摊开了胳膊。“还没干呢。谁也别碰！太美了！啊，罗萨，我可爱的姑娘！这是世界上最好的标语！”她用两只发红的大手搂住罗萨的头，亲了亲她头发的分线，眼里涌出了欢乐的泪水。

妈妈的眼睛里也含着泪。“我不是说了吗，她是班里最棒的！”

虽然我们，至少大多数人，都希望别人把我们看作“最棒的人”，看作我们各自的小小世界中的英雄，但真正重要的不在于赢得名声和财富，而在于与漫长的失败抗争，与失败者休戚与共。

2004 年我去了一趟南非。那里的人们，无论黑人、白人、亚裔还是混血人，都在为 10 年来的自由而庆祝。是的，他们都承认前面还有许多坎坷的路，可是“看看，仅仅 10 年，我们就有了多大的进步！”当我们回想那些与种族隔离制度作斗争的年月，纳尔逊·曼德拉在监狱里苦熬 27 年的画面便浮现在眼前。他最终获释时，一位记者问他是否因为这些苦难而憎恨迫害自己的人。他答道，“最初的 13 年，我的确恨过他们。可是有一天我突然意识到，他们可以夺走我所有的东西，却夺不走我的头脑和我的心。也许他们会逼迫我放弃这两样东西，但我绝不会那样做。”于是在接下来的 14 年里，他致力于心灵的修炼，正是他心灵的力量帮助祖国实现了和平的革命。他拒绝诉诸暴力与报复，拒绝变得和他的迫害者一样，他是真正的英雄，他把漫长的失败奇迹般的、神迹般的变成了征服仇恨的胜利——一种世界在此之前从未领略过的胜利。

还有一个来自南非种族隔离时代的故事，也是我很喜欢的。故事讲的是一个星期天的早晨，图图主教正在圣乔治大教堂讲道。和平时一样，聚会的人们必须闯过包围大教堂的宪兵封锁线，但他们每个星期日都勇敢地聚集在这里做礼拜。然而图图主教这次讲道时，一大群宪兵直接冲进了教堂圣所，将信徒们围在中间，虎视眈眈地等着主教或信徒的言谈举止给他们一个抓人的口实。你们可以想象现场的人们是多么恐惧。这些种族隔离政权的爪牙既然连圣所都敢亵渎，在镇压抗议者时他们难道会有什么忌惮？

主教突然停下来，沉默了很长时间，逐一扫视侵入教堂的宪兵。最后，他用一种平静、几乎是开玩笑的语气说："你们很强大，非常强大，可是我们敬拜的这位比你们更强大。你们为什么不加入胜利者一边呢？"

刚才一直噤若寒蝉的信徒们此时都站起身来，自发地跳起了舞。很快，他们就手舞足蹈地从宪兵旁边跑过去，穿过大门和庭院，从包围教堂的宪兵中间冲到了大街上，结果没有人被捕。警察完全不知道怎样对付这些以舞蹈对抗压迫的"国家公敌"。

从某种意义上说，我们这些为儿童工作的人都是在与漫长的失败抗争。在这个成年人创造的世界上，儿童是真正的失败者。在我们的有生之年，谁也不敢保证见到这样的图景：每一片大陆上的孩子都有足够的食物和洁净水，都有容身之处，都远离战火，不受暴力和疾病的威胁——至于每个孩子都有好的学校可上，有好的书可看，丰富他们的精神，驰骋他们的想象，那更是奢望了。即使在我们富庶的美国，这些目标也远未达成，政客们觉得给富人减税比给孩子提供医疗援助更值得操心。为孩子们工作的确是一场看不到胜利的斗争，很容易让人灰心丧气。

可是朋友们，不要忘记，既然我们知道孩子的价值，我们的任务就是和他们这些失败者同呼吸，共命运。为了他们，我们万万不可向绝望和犬儒主义投降。相反，我们要直面傲慢的权力、邪恶的贪婪和与犯罪无异的冷漠，手拉着手，跳着舞，在漫长的失败中成为奇迹般的英雄。

2007 年 9 月 28 日作于俄克拉荷马大学

选自《当代世界文学》2008 年 5—6 月刊

（李永毅　译）

从私人空间到政治空间，再到私人空间

——阿洛伊斯·豪奇尼格小说中的亲密与疏离

苔丝·路易斯①

奥地利作家阿洛伊斯·豪奇尼格（Alois Hotschnig）的六部篇幅不长、却意蕴深厚的小说往往会使批评家们联想到托马斯·伯恩哈德②和弗兰兹·卡夫卡这样杰出的作家。虽然两位大师的影响在豪奇尼格的小说中清晰可辨，但我们在豪奇尼格那里听到的是一种与众不同的声音。在充满韵律、寓意的字里行间，豪奇尼格耕耘出了富有挑战性的文学天地。其实，这是一片类似于伯恩哈德和卡夫卡的文学天地：它承载着历史与罪责的重负，理智与疯狂之间脆弱的疆界，人类关系中的黑色喜剧和悲哀。然而，豪奇尼格的笔触似乎刻意地追求狭窄，这种狭窄的笔触却给他的作品带来了无与伦比的亲切感。他书中的声音不是在对着读者空洞地述说，他们牢牢地擒住了我们的注意力，将我们带入到他们的内心世界。随着强烈聚焦、重复不断与彷徨逃避的交替更迭，豪奇尼格的文字将我们在面对现实，或者，往往是回避现实时所运用的心理机制和发自良知的声音戏剧化了。

豪奇尼格的作品，因其风格独特、文笔优美以及精湛的艺术表现力而大受欢迎，并赢得多项奥地利和国际文学大奖，其中包括“安娜·西格斯文学奖”（1993 年，颁于柏林艺术学

① 苔丝·路易斯是欧洲文学评论家兼翻译家，《新标准》《读书论坛》《美国学者》《华尔街日报》以及《哈德森评论》等刊物的撰稿人及顾问编辑。

② 托马斯·伯恩哈德（Thomas Bernhard）（1931—1989）由于强烈的批判现实主义精神，在奥地利是一位最具争议的作家，又因其在小说、戏剧和诗歌等创作领域的巨大成就，他在当代德语文坛上占据了无可争辩的地位。伯恩哈德的代表作有长篇小说《寒霜》《历代大师》，戏剧《鲍里斯的生日》《英雄广场》等。他先后获得数十种重要的文学奖项，包括德国最重要的毕希纳文学奖、奥地利国家奖等。——译者注。

院)、“罗伯特·默西尔奖”(德国文学奖),“伊塔洛·斯韦沃文学奖”(2002年,意大利文学奖),“奥地利文学奖”,特别是最近获得“2007年蒂罗尔国家艺术奖”。这一系列奖项折射出豪奇尼格通过敏于关注于局部的多棱镜,对于普世人文关怀的细致体察和绝妙把握。豪奇尼格并没有像彼得·汉德克①那样,将细致入微的观察行为转变为某种形而上学的研究,也没有像埃尔弗里德·耶利内克②那样,将局部瑕疵和语言天赋转化为针对社会、政治和意识形态的批评。

在近期的一次采访中,豪奇尼格道出了他创作背后的主要动机:“甚至还是个孩子的时候,我就能够敏锐地察觉到环绕我周围的种种边缘化和排斥的势力——对讲斯洛文尼亚语的少数民族的歧视,此外,还有对于我的直系圈子里的残疾人和不幸的被社会遗弃者的歧视。在我的文本中,我探讨了出现在家庭内部、发生在卡林西亚(奥地利南部省份)或蒂罗尔(奥地利第三大省),甚至普遍存在于奥地利地方观念中的种种形式的狭隘和局限。我认识到这种狭隘并不受限于特定的区域或场所。这纯粹是一种思想观念的狭隘,一种跨越国界的现象。正是为了反抗这种狭隘的思想观念,我才进行写作。”

其实,豪奇尼格早期的两部中篇小说《完结》(1989)和《一种幸福》(1990)最清楚不过地展示出人的情感压抑和肉体束缚所经历的痛苦搏斗。《完结》是发自家庭内部的一声怒吼,抗议农场生活的野蛮和情感暴力。亚瑟是一名工作在疗养所的医护人员,对他年迈的父亲——如今已是一位由他看护的病

---

① 彼得·汉德克(Peter Handke):奥地利先锋派剧作家和小说家,2007年度“柏林海因里希·海涅文学奖”的得主,1942年出生在奥地利的格里芬,20世纪60年代中期在西德成长起来的剧作家,被誉为自贝克特以来最重要的后现代派作家。——译者注。

② 埃尔弗里德·耶利内克(Elfriede Jelinek):奥地利女性主义剧作家和小说家。耶利内克从小就开始学习钢琴、管风琴和八孔长笛,后来她进入维也纳音乐学院学习作曲。在音乐学习的同时,她还在维也纳大学学习戏剧和艺术史。耶利内克重要的三部小说《做情人的女人们》《美妙的年代》和《钢琴教师》征服了德国读者。1998年曾荣获德语文学的最高奖:毕希纳文学奖;2004年荣获诺贝尔文学奖。《钢琴教师》拍成电影后获得电影大奖。——译者注。

人——讲了一番话。儿子的话围绕家里过去所发生的事件及其造成的心灵创伤。所发生的一切构成了一段世代相传、充满怨恨的往事。豪奇尼格精心编排了叙述者语无伦次的疯话。它跌宕起伏，但是当叙述由浸透着怨恨激愤的悲痛欲绝，逐步升级，滑向歇斯底里的边缘之时，亚瑟也惊恐地意识到自己一如当年的父亲一般凶恶可怕。

《一种幸福》恰似《完结》的姊妹篇，也是一部构思奇妙、表现精神痛苦的内心独白小说。它记录了一个遭人厌恶和轻视的孩子，最终将其内化为对他人的厌恶和敌视的经历。豪奇尼格描绘了受害者充满负罪感和固有的心理快感之间纠结的矛盾心理。两部作品语言精妙，流畅生动，富于感染力。

责任和赎罪是豪奇尼格第一部小说《达·芬奇之手》（1992，1999）所聚焦的更大主题。这部豪奇尼格唯一被译成英文的小说实质上是一部谋杀案侦探小说，然而，谋杀案却是次要的。豪奇尼格将多重声音交织成一缕冥想，在此，我们对于自己和他人的成见限制了我们与这些声音产生共鸣。

柯特·韦拉斯在一起肇事逃逸的事故中造成一对中年夫妇死亡，并致使他们 24 岁的女儿安娜陷于昏迷之中。为此，他惶惶不可终日，随后他加入了一个救护服务队，企图以挽救他人的生命来抵偿自己的罪过，同时，他访遍了因斯布鲁克市（奥地利蒂罗尔省的首府）的所有医院，寻找安娜。一经找到她，柯特便全身心地照顾她，帮助她恢复健康。在将近一年的时间里，医生们尽了最大努力，最终还是放弃了唤醒她的任何希望。柯特不仅对着昏迷中的安娜讲话，而且还想方设法了解她的过去。

待安娜最终醒来，柯特决心帮助她恢复成他所设想的安娜形象。但是，她真实的、堕落的过去令她羞愧万分。为此，安娜和柯特决定为逃避过去承受所能够承受的所有罪责。

豪奇尼格的第四部小说《赦罪》，于 1995 年在维也纳剧院首次以戏剧的形式公演。剧中，豪奇尼格再次以更直接的方式探索人的罪恶。在此，他通过世代相传的罪孽和施恶者与旁观者合谋作恶的镜头折射出人的罪恶。这出戏集中于一个儿子的死亡，而这不过是乔治和路德维格兄弟俩精心上演的一出恶作剧，目的是要让他们的父亲蒙羞并促使他放弃右翼的政治抱负。乔治赶回家为路德维格守灵，因为已得到路德维格神秘死亡的报告。几十年前，他们身为教师的父亲厄恩斯特·韦什姆曾屡次侮辱他班上的女学生，但是厄恩斯特掩盖了自己的丑行，表面上却装成一位正人君子，并以帮助青少年走上正道来开始他的政治生涯。乔治羞愧于自己未能救助那些遭受父亲伤害的女孩子们，羞愧于未能揭发自己的父亲，最终下决心阻止父亲的丑行。乔治时常以直接或间接的方式，让他的父亲面对他的恶行所造成的损害。乔治数次拧开棺木的盖子，可是并没有打开。他坚信路德维格没有死，他活着。

韦什姆家族内部两代人之间的冲突暗示着国家内部，甚至欧洲范围内存在着的同样激烈的冲突。但是，最终任何冲突也没有得到有效解决。厄恩斯特没有为自己的罪恶悔过而得到赦免——这终究不过是一场复仇的闹剧。

对比伯恩哈德极具争议的戏剧《英雄广场》，《赦罪》存在着明显的模仿痕迹。《英雄广场》一剧中，一位犹太籍教授返回了他在维也纳的家中。在德国吞并奥地利之后，他曾被驱逐出家门。然而，现在终于回家了他却自杀了，因为他所看到的奥地利与过去被纳粹占领时期的奥地利没有什么两样。不过，豪奇尼格避免了《英雄广场》中的偏激成分，过度的尖锐、过深的积怨。事实上，《赦罪》也有偏激的成分，只是比较控制。三幕剧的舞台上动作很少。每一幕的对白都转向父亲的罪孽，以及儿子们因此而遭受的折磨。《赦罪》是一出不同凡响、引人入胜的戏剧，但是，豪奇尼格在小说中非常有效的重复和不确定性在戏剧中却削弱了戏剧的张力。

另一位路德维格是豪奇尼格下一部小说《路德维奇·齐

默》(2000)的主人公。小说中，豪奇尼格再度涉及发生在奥地利、以及个人身上由过去所遭受的压抑而造成的危害。这部小说的背景是豪奇尼格的家乡，位于奥地利最南端的卡林西亚省，总督约格·海德尔在20世纪90年代末，同时还担任具有仇外心理的奥地利极右翼自由党主席。通过这个党派的支持，海德尔于2000年就任联合政府主席。但他一上任就遭到来自国际的谴责并被迫下台。海德尔还由于他关于第三帝国[1]的“有序就业政策”的言论以及将集中营称作“监狱营地”而臭名昭著。小说《路德维奇·齐默》中的人物非常适时地演绎了这段沉重的历史，真切地折射出他们与当地劳改营种种曲折复杂的关系。《路德维奇·齐默》采用了奥地利文学艺术门类中的一种重要的转喻变体，这是一种以接近神话的比喻来暗指家庭或家乡观念的修辞方法。

W. G. 泽巴尔德[2]在关于奥地利文学的文章《陌生的家乡》中，考察了家乡观念的向心性。无论是创作田园诗还是起草公告，奥地利的作家们在写作中，无论以怎样的体裁，几乎都会毫无例外地努力与家乡对立的形象靠近。泽巴尔德写道：“恢复真实写作的路程如此漫长，这一点毫不奇怪。”

我们需要世代的更替和具有道德与美学价值的作品来抵消和平衡法西斯主义的影响。这样的书正在孕育之中，并会不断面世。正是在所列举的有关家乡的作品中，一切都显得不真实，令人难以容忍。现代作家在家乡长大从而获得了合法地位。时至今日，要想在奥地利轻松自在地生活显然不是件容易的事情，特别是当历史的幽灵仍频繁出现，不住地提醒着人们那种家的陌生感。

豪奇尼格出生于1959年，属于泽巴尔德所讨论的那一代人的后代，即伯恩哈德那一代人的后代。伯恩哈德出生于1931

① 指1933—1945年间希特勒统治时期的德国。——译者注。

② W. G. 泽巴尔德(Winfred Georg Sebald, 1944—2001)：德国作家和学者，被众多批评家推举为当代最伟大的作家之一。

年，其他作家彼得·汉德克、杰哈德·罗斯①和彼得·罗塞②均出生于1942年。那种符合奥地利国情的文学仍然势头强劲。近年来，出现了一种稳定的小说趋势，即通过家族史或区域发展史来拷问过去。去年最为成功的两部奥地利小说便属于家族史小说，或者财产继承小说，伊娃·梅纳斯③的《维也纳》和阿尔诺·盖格尔④的《我们过得还行》。

泽巴尔德的小说《移民》中的一句给人印象至深的话可以作为小说《路德维奇·齐默》的铭文："因此，他们永远都会回归于我们——去世的人。"去世的人，首先，似乎确定是被埋葬的人。库尔特·韦伯继承了位于奥西齐湖畔的一处小型房舍。尽管小时候他常去那里，但是他的邻居对他却表现出怀疑和敌意。当一位上了年纪的妇人走进他的房子并把自己关在一间暗室里不出来时，过去的一切竟出乎意料地、神秘地出现在眼前。这间屋子曾经是她的旧情人路德维格的避难所，在他被出卖给盖世太保并被作为政治犯羁押到毛特豪森集中营之前，她曾住在这里。

《路德维奇·齐默》的首篇引语就充满着种阴森不祥的语气：

> 我本不该接受这份遗产，一切的不幸便由此开始。这

---

① 杰哈德·罗斯（Gerhard Roth）：奥地利小说家、散文作家和戏剧家。杰拉德的第一部作品《爱因斯坦传》（1972）描写一位妄想偏执的主人公，精心刻划出他细致入微的思想变化，一经发表便大获成功。今天他仍被誉为当代德语国家最为重要的作家之一。——译者注。

② 彼得·罗塞（Peter Rosei）：奥地利文学家。罗塞曾就读于维也纳大学，于1968年获得法学博士学位。而自1972年以后，他却成为一位自由撰稿人。他在文学上的突破得益于1977年发表的小说《谁是埃德加·艾伦？》并于1984年由迈克尔·哈尼克拍摄成电影。他的主要作品有《银河》（1981）《面具》（1995）《大都市维也纳》（2005）等。——译者注。

③ 伊娃·梅纳斯（Eva Menasse）：奥地利作家和新闻记者。她是一位成功的职业记者。然而，伊娃后来放弃了新闻工作转而创作小说。她的第一部小说《维也纳》（*Vienna*）被译成英文，并于2007年入选在英国设立的"独立的外国小说奖"。——译者注。

④ 阿尔诺·盖格尔（Arno Geiger）：奥地利小说家。他曾在因斯布鲁克大学和维也纳大学学习德语文学、古代史和比较文学。阿尔诺在不到十年的时间里创作了四部长篇小说：《旋转木马的小学校》（1997）《鬼火》（1999）《美丽朋友》（2002）及《我们过得还行》（2005）。阿尔诺·盖格尔曾获得5项重要文学大奖。——译者注。

处房子，在我之前就曾给别人带来过不幸，我真不该搬进这所房子，从一开始我就不该考虑菲拉赫的兰兹克林城堡，甚至应该完全避开卡林西亚。

尽管忐忑难安，噩梦不断，库尔特还是揭开了这所房子背后的秘密，那间密室、那些老照片、旧信件和古老物件所隐藏的故事。当库尔特给路德维格的旧情人看那些旧照片和文字资料时，她竟向他断言道："我们的出身就预示着我们的灭亡。"这句话同样适宜于那些宁可失忆，也不愿活在过去罪恶的噩梦中的人们。

豪奇尼格最新的一部故事集《孩子们不放心》（2006）无论在篇幅还是风格上都迥异于他的早期作品。尽管他的散文洋洋洒洒稍显松散游移，而他的小说却更显紧致亲切。贯穿书中九篇故事的是一种超现实漂流意识，一种自我的滑落。身份至多是暂时的。这种身份意识的不确定性不可避免会导致亲密感的失落，而错乱的亲密感往往会蜕变为窥视癖。

在第一篇故事《这样的宁静，那样的嘈杂》中，一名男子竟完全卷入了邻居的生活。他怎么也琢磨不透他邻居的癖好：一连几天，一动不动躺在帆布躺椅里。当他的更富于侵入性的行为遭到拒绝时，他无法抗拒"想要潜入他们的身体里的渴望。"他甚至偷偷溜进邻居的躺椅里，直到痴迷此道、陷得更深的人将他逐开并取而代之。在另一个故事里，一名男子感到朋友的邻居在召唤自己。这个女人，抱怨他长久不归，给他看卡尔，一个像极了叙述者的玩具娃娃。叙述者对这个女人和玩具娃娃日渐陷入一种病态的痴迷，每一次去看她，都会发现更多的玩具娃娃，每一个玩具娃娃都展示出他生平的不同阶段以及他人的生活。在最后一篇故事《你不了解他们，他们是陌生人》中，一名男子回到家却发现他公寓的门上换上了一个陌生人的名字。待他走进公寓，他就像齐利格[1]一样走进了一个陌生的身份。起初这种情况只是偶尔发生，后来天天如此，直到新旧身份的交替变化固定为一种不变的新身份。

并不是所有的故事都是如此不可思议的奇幻旅程，不过所有的故事都蕴藏着不祥的预感。在故事《或许在此时》中，一家人预感到沃尔特叔叔要来造访。沃尔特已有多年没有来过，但是家里的每件事大家都期望他能够在场，而现在这种期盼更加热切。他的缺席比任何在场的人都更有效地影响着家庭成员的自我意识和彼此的交流。甚至在最为直白的故事《遭遇》中，一段对于群蚁攻击一只垂死的甲壳虫的细致入微的描写都没能摆脱对窥视癖的认同感。对于这只甲虫临死的痛苦，豪齐尼格不惜笔墨，精准、甚至富于肉感的描写似有不妥，假如不算是猥亵的话。

豪奇尼格的早期作品所反映的外部力量——限制、控制甚至窒息人物内心世界的社会、政治、家族势力——现已渐趋衰弱，而自我由于界限的缺失却受到伤害。在这些故事中，身份是从内部成形和解体的。故事《事出有因》可被看作是豪奇尼格小说中这种新趋势的具有反讽意味的自评。叙述者一觉醒来发现他周围的一切比梦中所看到的更加陌生。镜中自己的样子也只是时而熟悉，时而陌生。书桌上堆放着的是他难以辨认的便笺和手稿，眼前看到的是句子的碎片和混杂拼凑之物，其中“血统”和“没落”这样的字眼被轮番划掉和改写。他已经变成一个连自己也不认识的陌生人了。

在故事集《孩子们不放心》中，豪奇尼格探讨了亲密拓扑学及其诱惑和威胁，以及亲密如何造就了人的自我意识。亲密，以其神秘、流动和诱惑证明：每一丝亲密都如同外部世界

---

① 《齐利格》（*Zelig*）由美国制片人伍迪·艾伦执导的一部仿纪录片风格的电影。影片的背景设在20世纪二三十年代，主人公是一位雷纳德·齐利格（Leonard Zelig）。他可以像变色龙一样，改变自己的神态样貌以融入不同的环境。——译者注。

一样充满危险。豪奇尼格最优秀的作品都在亲密与疏离之间——与自我以及与他人的疏离之间——保持了一种不稳定的平衡。

豪奇尼格的早期作品极富洞察力地阐明了薇拉·凯瑟令人沮丧的观察结论："不管你的心如何靠近另一个人的心，那另一个人的心永远都是一片黑暗的森林。"① 而他近期的作品表明，我们自己的心同样也无法参透。

选自《当代世界文学》2008年5—6月刊

（张瑞卿　译）

① 这段话选自薇拉·凯瑟的小说《教授的房子》（*The Professor's House*, 1925）。薇拉·凯瑟（Willa Cather：1873—1947）美国著名小说家。她一生著述丰厚，着力表现"美国拓荒时代"的典型人物。其主要作品有《我们中的一位》（1922）、《哦，拓荒者！》（1913）、《死神来迎接大主教》（1927）以及《我的安东妮亚》（1918）等。——译者注。

作家如行者：论维克拉姆·塞斯的作品

丽塔·乔希[①]

维克拉姆·塞斯的作品具有十分突出和鲜明的文化混杂性特征。他的小说背景构设在不同国家和文化之间，跨越印度、中国、美国和英国，这反映出他熟谙东、西方文化。他幼年在印度长大，之后在牛津大学、斯坦福大学和中国的南京大学求学。[②] 表面上，他的作品的内容和风格似乎缺少连续性，因为他不断变化写作体裁和小说语境。然而，透过作品最终流露出的是他在个人/家庭视域内对家庭和人际关系的十分传统的关注。他哀叹印度社会因受西方消费主义、现代化和父权制衰落的影响而消失的稳定、自足和个人之间的交流往来。音乐作为陪衬反复出现在他的作品中，塞斯用它来强调艺术超越文化所产生的凝聚力，那也是他逃避文化冲突的方式之一。本文简要回顾塞斯的一系列作品之后，重点考察三部小说——《金门》(1986)、《如意郎君》(1993) 和《均衡的音乐》(1999)——用以说明塞斯笔下所呈现的文化景观。

塞斯出版过 4 部诗集：《图谱》(1981)、《拙政园》(1985)、《今夜入眠的诸位》(1990) 以及散文体寓言《残暴故事集》(1991)。他还把王维、李白和杜甫的诗歌译成英语 (1992)。此外，他写过歌剧剧本《阿里昂和海豚》(1994)，它讲述了阿里昂遭遇海难，孤独地在海上和一只海豚作伴，但海豚最后被人类抛弃并遭杀害的故事。这是一部典型的悲剧作

---

① 丽塔·乔希执教于印度德里大学行·拉姆妇女学院。她出版过大量关于劳伦斯和印度小说的作品。目前正撰写关于维克拉姆·塞斯和萨尔曼·拉什迪的专著。

② 塞斯生于印度加尔各答，就读于汤布里奇公学，以后游学东西方著名大学。先后在英国牛津大学学习哲学、政治学和经济学，美国斯坦福大学学习经济学，中国南京大学学习中国古典诗词。——译者注。

品，与塞斯惯用的挖苦和嘲讽的基调截然不同。另外，他还把自己从西藏到尼泊尔的登山游历写进《从天池而来》（1993）。《两次生命》（2005）则记录了做牙医的印度舅舅山蒂和他的德国爱人亨妮的感人经历。

在《两次生命》中，山蒂和亨妮迁居英国，试图融入当地的文化。亨妮是犹太人。她的母亲和姐妹死在奥斯维辛集中营，而她侥幸逃脱了大屠杀的厄运。后来，她嫁给了一个和她搭伙租房的印度人。这本小说跨越整个20世纪，讲述了不同层面的流散和时空错置的经历。该书也谈及战争给山蒂和亨妮造成的影响。20世纪70年代，塞斯在汤布里奇中学上学，当别人把虾仁放在挖空的苹果招待他时，他吃下了那些苹果。他也遭遇了英国本地男学生的挑衅，也通过暗中偷看别人学会了使用西方刀叉，这是印度学生必须认同的西方文化元素之一（那时你会意识到别人对你的评价不是智力而是对无聊西方文化规范的熟悉程度）。在汤布里奇，他接触到西蒙和加芬克尔的音乐。在牛津，他对大提琴产生了兴趣，巴赫也拉近了他和西方古典音乐之间的距离。

《两次生命》记录了流散经历和陌生感受的方方面面，以及和塞斯一样来自印度在西方求学的留学生由于不熟悉西方文化而产生的拒斥感。流散话题是当代印度英语作品中一个重要特征，显见于萨尔曼·拉什迪，阿米塔夫·戈什，钟芭·拉希莉等作家作品。[①] 塞斯本人就是流散文化的传承者，尽管他在作品中选择从一个观察者/评论家的角度写作，并非从移民者的角度来谈论各个国度及其文化，但是正如阿米塔夫·戈什在《印度文化的流散性》一文中谈及印度流散作家的贡献时认为：

① 印度作家萨尔曼·拉什迪被看作当代英国文坛上的领军人物，被誉为“后殖民”文学的“教父”，有人把他和奈保尔与石黑一雄并称是英国文坛上的“移民三”。拉什迪的代表作是《午夜孩子》等。印度作家阿米塔夫·戈什是享誉世界的当代印度中青年作家的代表，他的《罂粟海》入围2008年布克奖的角逐。钟芭·拉希莉生于伦敦，成长于美国罗德岛的印裔作家。她的多篇小说收录在《全美最佳小说》中，曾获欧·亨利短篇小说奖。——译者注。

"现代印度流散性……不仅是世界文化中的最重要的动力之一……流散性同样体现在一些享誉世界的优秀作家身上。"(《伊斯兰玛仪教派和印度人》)。

塞斯在第一部诗集《图谱》中，通过《迪瓦里》的诗行表达了对流散生活方式的焦虑。"整个世界对于我的手足意味着流放/那些身在异乡心在家乡的人啊/漂泊他乡的仍在漂泊的人啊。"诗集中他还表达了双性恋的倾向——在西方尽管同性恋身份可以公开，但在印度还需要遮遮掩掩。塞斯在诗歌《怀疑》中认为："男同性恋和异性恋严格分类中/我的身份是什么？/不知所措还是大胆坦白？"在《金门》中，塞斯同情地描述了爱德和菲尔的同性恋关系，但当爱德饱受罪恶的折磨并求助于《圣经》的宽慰时，他对此不乏些许嘲讽，因为《圣经》诅咒同性恋。

《拙政园》共分三个部分：中国诗歌、印度诗歌和美国诗歌，每个部分都用恰当的代表国家的树种命名——栗树（印度)、梧桐（中国)、槲树（美国加州)。中国部分的诗歌表现了作者对静心安神的中国园林艺术和中国民乐二胡。《今夜入眠的诸位》再现了诗歌的多样性——诗中的人物代表历史上受压抑的声音，进行了一段段激情独白——我们听见了不幸诗人迦利布①的声音，一个奥斯维辛集中营里受难者的控诉，一个艾滋病患者的呻吟、一个目睹投放广岛原子弹的医生的哽咽。塞斯在他的小说中保持了喜剧风格，他的诗歌则展示了与战争相关的忧郁主题。在《残暴故事集》中，塞斯创作了新的寓言故事，例如"大象和角鸷鸟"，它表达了塞斯对环境的关注。人类在宾谷湾修建大坝，一只反叛的角鸷鸟领导一支武装队伍反抗人类的行为，不幸最终被杀。寓言揭露了第三世界政治的本质——民主幌子掩饰下的强权。

---

① 迦利布（Mirza Asadullah Khan Ghalib：1797—1869)，印度诗人、散文作家。他的诗善于运用波斯传统的比喻和典故，富于幽默感，充满哲理，感情充沛，文字流畅。他的主要著作有波斯语写的《诗全集》《散文全集》《五篇集》等；用乌尔都语发表的《迦利布诗选》《印度的芬芳》《乌尔都语精粹》《天赋的智慧》等。——译者注。

受普希金《叶甫盖尼·奥涅金》的启发，塞斯《金门》也采用了十四行诗体。他使用这种陈旧的诗体和他要表达的主题——20世纪80年代加州雅皮士的生活和爱情——并不矛盾。对于城市中的印度人，对于各个流散民族来说，20世纪80年代的加州代表一个有关富庶和淘金的美国梦。塞斯尝试着揭露这种追求的幻灭和外表浮华、内心焦虑的分裂状态。第一首十四行诗，约翰，一个成功的雅皮士，扪心自问："我死后，谁会伤心？谁会流泪？会有这样的人吗?"开篇的十四行诗带着这样令人焦虑的问题拉开了小说序幕，这也成为小说的中心议题：主人公在一个富裕的社会寻找爱情和意义，却发现了社会中充斥着无处不在的孤独。

约翰在报纸上登了广告后，得到了他的前女友珍妮·早川由美的帮助，她是一个日籍移民，温柔绵羊乐队的鼓手。约翰爱上了律师利兹，但她嫁给了他的朋友菲尔。菲尔和利兹的哥哥爱德是同性恋恋人。后来，珍妮死于一场车祸。这种复杂和短暂的关系凸显出塞斯笔下资本主义社会中个人空间的崩溃。他的笔下有些人物想通过喂养宠物来缓解孤独——爱德养蜥蜴、利兹养猫——反倒加强了这些人物令人绝望的孤独感。

金门大桥见证了人类高超的工艺，象征着进取和技能：是济慈笔下希腊古瓮的现代对应物。它也是穿越时光留下的人造物品，一种艺术的永恒与生命的非永恒之间痛苦的对照。塞斯完成《金门》后，放弃了研究经济学和在美国创业的机会回到印度。这部小说或许反映了他对事业和精神需求之间能否契合的深刻的自我反思。小说中他创造了一个反映自己的幽默形象——金·塔维什（Kim Tarvesh)，这个名字是维克拉姆·塞斯（Vikram Seth）把自己名字字母的顺序颠倒后造出的新词："宴会上一个不快乐的客人……可怜的金·塔维什——我们不得不想起/他毕竟是个经济学家。"

小说中出现的音乐展现了生命中不和谐的音符，尤其是温柔绵羊乐队发出的刺耳音乐。塞斯还谈到了流行音乐。甲壳虫乐队的音乐代表了现代社会生活的实质："'女孩'带来的只是挫折，而'金钱'留给他更多的烦恼。"

《如意郎君》和《金门》形成了鲜明的对比。故事发生在20世纪50年代早期的印度，1952年印度大选还没开始。小说在某个意义上表达了他寻找社会不和谐根源的诉求：在现代即独立后印度社会中存在着世俗主义和现代化之间无法调和的冲突。小说的女主人公鲁帕·梅拉为女儿拉塔寻找适合的丈夫。拉塔和穆斯林青年卡波尔有过短暂的恋情，但是在印度，印度教和穆斯林教派联姻是不可思议的。于是拉塔的选择缩小为一个毕业于牛津大学年轻的诗人阿米特·卡特奇，他是法官的儿子，拉塔发现其家人趋炎附势。小说中这个人物似乎是塞斯的影子。她的第二个选择（也是她最终的选择）名叫哈里什，一个自我奋斗、操着一口乡村英语的制鞋商人。这个人物身上有着塞斯父亲的影子。作品出版时塞斯在一段访谈中坦言他部分赞同简·奥斯丁"半包办婚姻"的观点，但是同时，他又在《印度斯坦时报》上谈到探讨小说中"半历史地形"的兴趣。书中布拉姆图尔——一个虚构的城镇——是发生重要事件的地点。它成为印度北部若干城镇的缩影；如贝纳瑞、拉克那伍、阿拉汗巴德。那是典型的印度北部的城镇，它融合了古代印度莫卧尔时期、殖民地时期和现代印度的建筑风格。布拉姆图尔浓缩了北部印度圣洁恒河岸边的生活状态。那里有一所大学：莫卧尔时期保留下来的建筑——巴萨特陵；一个时髦的商业区——纳比干耶；一个制革业阶层居住点——布拉姆图尔老城区；一个妓女聚集地——塔布兹·卡·巴扎；一个殖民地手工艺作坊——苏比坡俱乐部，还有边界上的哨卡。并且塞斯绘制了这个城镇的地形图以缅怀印度北方省级城镇发生过的有代表性的历史事件。然而，塞斯没能提及先前小说中与金门大桥相关的具有隐含意义的任何建筑。

《均衡的音乐》确定了塞斯的大都市身份并表现了他深谙西方古典音乐的功底，这个爱好在印度人中并不多见。书中古典音乐成为一个隐喻，用以表明当代欧洲高雅文化艺术传统持久的拯救力量和地位。在马基昂四重奏中，麦克是小提琴手，成为乐队演奏和私下人际关系的基石。他们形成了私密的团体，彼此保持着亲密和友爱的情感。塞斯赋予这种建立在共同情感上的生活以特殊的意义。古典音乐超越了国界和时代，麦克从维也纳和威尼斯出发来到伦敦，在那里他演奏舒曼和舒伯特的乐曲。快乐的“鳟鱼”（五重奏）在他阴郁日子里带给他安慰。

屠夫的儿子麦克很早就已经结婚，但十年后，一场争吵过后他们分手了。他们对音乐的热爱和接受的训练填补了社会阶层的差别。在音乐的世界里，乐手们的级别取决于他们在乐队中的位次。塞斯很俗套地把朱丽叶刻画为耳聋和已婚的妇女，麦克在公车上毫无缘由地遇见她（受电影《日瓦戈医生》的影响），通过一个朋友偷偷摸摸索要她的电话号码。塞斯时常关注无果的爱情或是无疾而终的爱情。朱丽叶和麦克相遇并分手，但他们在音乐上找到了各自真正的成就感。因此无果的爱情在小说中轻易得到补救。麦克从一个乐手恢复为听者，像观众一样倾听着朱丽叶——用女性主义术语来说就是进行角色的转变，朱丽叶是主动的演奏者而麦克是被动的听者。或者说，听她演奏，成为男性偷窥的合理方式。他的另一个不幸的情人，弗吉妮耶得到的只是麦克简短的忏悔，但她似乎并不在乎，塞斯也许想要麦克逃脱所有道德责任。

托尼尼小提琴是另外一个隐喻，也是小说中的主人公。和金门大桥一样，正是小提琴这个永恒的人造物品和糊涂的麦克保持着长久的关系。弗若比夫人决定把无价的托尼尼送给屠夫的儿子麦克。麦克作为一个出身贫寒但通过自己的努力和才能获得阶层和地位的男子，像《如意郎君》中的哈里什一样赢得了自己的奖品。这里塞斯赞颂中产阶层的意图显而易见。

尽管塞斯在不同的小说中所使用的语境不同，但他表达了一些常见的主题。私人领域政治而非公共领域政治是塞斯不变的关注，这显露出他对19世纪英国和俄罗斯小说的怀恋。这一点上与拉什迪、戈什和米司徒不同，在精神上他和老一代印度作家R.K.纳拉扬和安妮特·德塞伊更为接近。①

印度何以就是塞斯？塞斯又为何称为都市化的代表？他的根在哪里？这些问题是塞斯常被问到的问题。这也说明他难以被归于某一种当代小说的类别。作为一个国际作家，一个地球村和世界公民——他仍然难以归类。

德里大学

选自《当代世界文学》2008年5—6月刊

（王　楠　译）

① R.K.纳拉扬（R.K.Harayan）：印度英语女性作家，主要作品是《黑房间》。安妮特·德塞伊（Anita Desai）：享誉世界的印度女性文学大师，曾经三度获得英国布克奖提名。——译者注。

混搭：迈克尔·查邦对流派风格的创造性运用

吉·麦迪逊·戴维斯

迈克尔·查邦的小说《意第绪警察协会》（又译《犹太警察工会》）是2007年最引人注目的侦探小说，因同获两项大奖而名声大噪：美国推理小说作家协会颁发的埃德加·爱伦·坡奖和国际侦探小说协会北美分会颁发的达塞尔·汉梅特奖。尽管当年几乎所有的侦探小说都角逐这两项大奖，但同一个人的小说不太可能同时名列这两项大奖最终角逐者的前五名。埃德加获奖提名委员会倾向于选择那些更贴近传统推理悬念小说题材的大众化小说，而汉梅特提名委员会则以“精英文学”为标准，倾向于那些更为深刻，更具文学性的小说。例如，1991年以来，埃德加奖主要授予那些为侦探小说读者群所熟悉的著名作家，如劳伦斯·布洛克、玛格丽特·马伦、T. 杰斐逊·帕克、詹姆斯·李·伯克、迪克·弗朗西斯等作家。尽管有几个作家（如T. 杰斐逊·帕克）在两大奖项中均获得了提名，而汉梅特获奖提名委员会各方兼顾，入选了诺尔曼·梅勒、罗伯逊·戴维斯、考麦克·麦卡锡、杰罗姆·夏林和其他在侦探小说界名气并不是很大的作家（如今年的获奖者吉尔·亚当逊和被提名者卡蒂·埃斯蒂尔）。然而，《意第绪警察协会》不仅有幸获上述两项大奖提名，而且获得了“美国纳布兰科幻小说与科幻小说家奖”中的“最佳小说奖”。

迈克尔·查邦的第一部小说《匹茨堡秘事》（1988）（又译《匹茨堡神秘事件》）创下当时新人小说最高预付版税的纪录（155 000美元），在读者中声名鹊起。很明显，查邦取得了很多作家可望而不可及的成就。或许，这是因为他的小说展示了一种杰出的才能：在自如地把握体裁风格以取悦读者的同时，还调动其丰富的想象力使其灵活多变，令文学界刮目相看。那是一种略带愧疚的喜悦，却又不让人感到愧疚。《卡瓦里埃与克雷奇遇记》（2000）就是为了与以漫画书为代表的通俗文化竞争而创作的小说（后又与人合写了《蜘蛛侠Ⅱ》的剧本）。他曾指出，他担心“有人会问我那小说到底在讲什么，在我一提到‘漫画书’这个词时，我能看见他们眼神中……有很多时候我在想‘哦，天哪，没有人想看这本书。’不过，事实证明，一切如意。”① 2001 年获得了普利策奖的小说也“如意”吗？他的小说《最后的决断》重新采用了福尔摩斯的探案模式，尤其是亚瑟·柯南·道尔的小说《最后的致谢》（1917）的模式，这表明福尔摩斯已经隐退了。②

《意第绪警察协会》忠实而毫不夸张地融合了传统硬汉派侦探小说中的几乎所有因素，证明了传统形式所具有的持久的生命力。同时，该小说又在传统形式基础上进行了前无古人的想象和创新。查邦曾经说过，他很荣幸能够和钱德勒、汉梅特、罗斯·麦克唐纳以及艾萨克·巴别尔一起共享此荣。他（在译作中）认为，巴别尔和侦探小说“有一种奇特的血缘关系”。在创作硬汉派侦探小说时，最大的困难之一就是如何使这种以推理为主要特点的小说形成一种简约的风格。“我想，我必须创造一种全新的语言和方言。对我而言，写作中最耗费时间的事情是找到恰当的人物语言风格。我写的句子要比通常的句子更短。”③

小说的主人公迈耶·兰茨曼既是一个侦探，也是一个酒鬼。雷蒙德·钱德勒在《谋杀的简单艺术》一文中，对侦探的类型进行了精彩的描述。而在很多方面，兰茨曼的形象与这些描述十分吻合。他虽然贫穷，但是为人诚实正直，鄙视欺诈和虚伪，同情弱者。他了解他们的缺点、孤独和忧伤，因为他了解自己。当发现尚未降生的孩子因有遗传病而堕胎后，他和妻

① 蒂莫西·霍德勒：《米歇尔·查邦的问题与答案》，载《细节》2008（6）。
② 查邦十一二岁时创作的首部作品为有关福尔摩斯的故事。
③ 帕特丽夏·科恩：《冷酷的选择》，载《纽约时报》，2007（4）。

子宾娜·盖尔布菲斯的婚姻关系就结束了，而宾娜在警察局中又是他的上司。和大多数侦探小说的开头一样，有人发现一具死尸。被害人就住在迈耶所在的那栋破旧不堪的公寓楼的上一层。似乎没有人在乎那个倒霉的酒鬼是否被谋杀，甚至连警察也是这样。不论破案与否，也不论案情重要与否，所有的谋杀案必须在两个月之内结案，因为警察局很快就要解散（原因会随后解释）。不久迈耶就会发现很多人不想让自己（他是一名警察而不是一名私家侦探）调查一个名叫伊曼纽尔·拉斯克的死者，这个人行为怪异，与一个天才象棋手重名。很快迈耶就克服重重困难，坚持与有组织的罪犯作斗争，最后终于揭开了兰斯克的谋杀之谜。

和最优秀的硬汉派侦探小说类似，兰茨曼经常险象环生，会碰到特定情形下独有的形形色色的怪人。迈耶的助手贝尔科·谢门茨是一个具有特里吉特和犹太人血统的混血儿，经常以一根特里吉特棒为武器。沃鲍沃斯家族笃信犹太教，他们是类似黑手党的黑帮角色，也有一个令人生畏的“教父”——拉比·斯皮尔曼。迈耶也因妹妹拿阿米（一名飞行员）的意外死亡而伤心欲绝，拿阿米似乎是因为他调查兰斯克的死因而被谋杀。其他怪异的人物包括“边界专家”，他通过绳索栅栏和象棋手的设计，找出了安息日规则的漏洞。利用象棋作为推理线索在推理小说中非常普遍。

单以这种描写方式来看，《意第绪警察协会》似乎像一部传统的钱德勒式的小说——这一点毫无疑问，小说写得相当好。但是，查邦通过借鉴多样的历史经验，通过运用科幻小说中常用的技巧，将其侦探小说提升到了更高的层次。很多小说在描述美国南北战争时假设南方军队获胜，或第二次世界大战德国获胜，但查邦小说中呈现的历史只存在着轻微的偏差，却产生了巨大的影响。他假定犹太人复国者无法在耶路撒冷定都建国。那些迫于第二次世界大战而流落他乡的犹太人只能暂时在美国阿拉斯加州的努特卡周围获得一片聚居地。难以置信的是，这种假设是基于哈罗德·伊克斯的真实建议之上的，此人为罗斯福政府的内政部长。在这部小说中，美国政府与犹太人的这种协定即将到期，犹太人实际上成了非法侨民。小说的这一情节梗概听起来有些荒诞可笑，但在实际描写中，作者将其刻画得合情合理，真实可信。查邦对此未做太多的解释，这是该书的精彩之处。小说背景浅显易懂，不言自明。例如，描述柏林被原子弹炸毁的惨状也力求逼真，如同描述原子弹轰炸广岛的情形一般。但这一切是如何发生的？作者并没有具体解释，更没有长篇大论地对典型的历史进行“戏说”。查邦很重视侦探小说的创作，历史的“戏说”即小说的“事实”。

角谷美智子在《纽约时报》撰文指责说，这个故事“呆板笨拙地变成了超现实的讽刺”，但读者为兰茨曼所处的困境所吸引，他们根本不在乎这些。如果读者都不在乎，这种描写何以是呆板笨拙的？另外一部小说——《马耳他猎鹰》——的故事可追溯到1928年12月6日至10日。该小说借鉴了旧金山的新闻报道和这些报道中细致又准确的内部细节。马耳他猎鹰指的是一个叫古特曼的肥胖家伙，一个痴迷的收藏家，在世界各地闯荡，企图占有一只奇异的黑鸟等，但他那离奇的故事却被湮没在全书严格的现实主义基调中。或许这两部小说的魅力在于他们自信而娴熟的创作手法。我们能毫不费力地接受这种超现实的故事。超现实是我们生活的一部分，尤其是实实在在的犯罪现象的一部分。想一想最新报道中有多少怪异的故事，就能明白这一点。还记得奥地利那个把女儿关在地下室，让女儿的大部分时间都在地下室度过的家伙吗？把这件事写成一部可信的小说又会如何？我们喜欢那些能把“不可信”的故事变为可信的作家，喜欢那些让我们毫不介意的作家。谁会在乎《夺宝奇兵》的故事是否可信呢？卢卡斯和斯皮尔伯格投身于他们的电影魔幻世界，而查邦也致力于自己的小说魔幻世界。戴维·马梅将其称作创造审美距离——它让我们忽略了结构的虚构而相信小说的情节。这就是讲故事者的工作。令人遗憾的是，大多数人达不到这个水平。曾在电影《血迷宫》《米勒的十字路口》《法戈》[1] 等影片中获得奥斯卡奖，成功改编了《老无所依》（2005 年汉梅特奖提名作品）的乔尔和伊桑·科恩兄弟开始把查邦的小说搬上银幕。公正地说，他们完全能够胜任这一工作。

俄克拉荷马大学

选自《当代世界文学》2008 年 11—12 月刊

（王国礼、孟凡君　译）

① 该影片有很多中文译名如《冰雪暴》《雪花膏离奇命案》《笨贼满天飞》《法高镇》等。——译者注。

表演派诗歌

诗歌朗诵赛

——艺术的最终民主

斯科特·伍兹[①]

每到星期五晚上，就会有一百多号人在“新波多黎各人诗人酒吧”外排队，等着看一场诗歌表演；仅仅这一个地方，每周就有好几场这样的艺术表演。当大门打开、室内座无虚席的时候，场外的人还在继续排队，即使表演已经开始了也不散去。这是要另付十美元服务费的，还不管座儿……为的是一场诗歌朗诵会。当然，星期五晚上开的不是随便什么诗歌朗诵会；星期五晚上和另一个晚上是“新波多黎各人”举行诗歌朗诵赛的时间。任何一个看过诗歌朗诵赛的人都会告诉你：“这不是你们英语文学教授的那种诗歌朗诵会。”

诗歌朗诵赛是21年前由一个叫马克·史密斯的建筑工人在芝加哥创设的。他厌倦了学院式的朗诵会和好老弟[②]式的出版网络，决心设计一种要求观众互动的表演形式，任何人只要有一首诗就可以参加。史密斯是这样实现他的目标的：由他创设的表演形式允许诗人在一群观众面前朗诵自己的作品；裁判从观众中挑选，他们以奥运会采用的1—10分等级制给诗歌打分。这简直酷毙了，是个极好的实验，是把人们吸引到诗歌里来的一个小伎俩，它在全世界范围内为诗歌赢得了爱好者，使人们

---

① 斯科特·伍兹是朗诵赛诗诗人，诗歌朗诵赛公司的董事长，并主持“作家团体诗歌之夜”（在俄亥俄州哥伦布市举行的系列开放话筒现场秀）。在2006年4月，他成为了第一个完成24小时个人诗歌朗诵的诗人，这一壮举在2007年被他本人超越，他又连续朗诵了24小时，这次没有一首是重复的（www. blackair. org）。

② 指白种男人。——译者注。

对诗歌产生了兴趣，这势头毫无衰退的迹象。

和大多数记者在他们撰写的关于诗歌朗诵赛的报道中所说的不同，诗歌朗诵赛不是一种艺术形式。诗歌朗诵赛是一种手段、一种花招，目的是要让大家相信，诗歌其实很酷，不像乏味的英文课和积满灰尘的诗选给人的那种印象，大家有时间应该亲近一下诗歌。给诗歌披上拳击或竞赛的外衣能够迎合现代人在艺术中追求轰动效应的喜欢，但只要方法得当，还不至于变成纯粹的模仿搞笑或者娱乐。好的朗诵赛既好玩又热闹，而且随处可见既写得好又朗诵得好的诗歌。要是这些元素缺了任何一个，还是可以把这个活动称为诗歌朗诵赛，没有什么不妥的，但它的使命可能就无法完成了。人们可以舒舒服服待在家里，通过互联网，在一天里的任何时间把好诗传到他们那儿，假如他们刚好想起要这样做的话。相比之下，朗诵赛提供的体验作品的方式是任何书或电脑所不及的，你甚至可以通过你的参与左右这个活动的进程。事实上，朗诵赛大大促进了这一想法。

值得注意的是，“朗诵赛”运动不再局限于吵闹的酒吧和小餐馆；它已经为它的拥护者创设了合法的有奖竞赛。目前有三个国家认可的年度竞赛；一个在全球范围内监管诗歌朗诵赛权益和为朗诵赛注册的非营利性组织（叫“诗歌朗诵赛公司”，很贴切的名字）；众多的朗诵赛出版物、纪录片和电影。五十个州中的大多数都有定期举行的朗诵赛；朗诵赛出现在每一个大洲上。新加坡和加拿大有朗诵赛，南非和牙买加也有。在欧洲，诗歌朗诵赛多得不胜枚举；甚至连南极洲都把“曾经可行的伎俩”（Gimmick That Could）搂到了它那冰冷、不毛的胸口。近二十年来，朗诵赛和其他任何一种诗人借以表达自我的途径相比，把公共集会场所和麦克风给了更多的诗人，它的影响仍在不断扩大。

朗诵赛自然也有人批评；任何一种平民主义艺术都如此。文学批评家哈罗德·布鲁姆在《巴黎评论》上发表了也许是流传最广的嘲讽朗诵赛的言论：他把它称为“艺术之死”。声名卓著的诗人劳伦斯·费林盖提（Lawrence Ferlinghetti）几年前在《旧金山记事报》上抛出了他自己说过的一句声名狼藉的话："朗诵赛扼杀了诗歌。"这些以及许多其他的批评主要来自那些几乎没看过朗诵赛的人，这些人仍然认为，那些在爬满常青藤的院校里藏着的几乎没人读的书才是诗歌应该待的地方；尽管如此，这些批评并非全无可取之处。朗诵赛最好的批评者来自它自己的阵营，要么是那些想把质量标准移植到朗诵作品的通俗易懂之上的诗人（搞朗诵赛的人中间有一个很普遍的意见：找裁判不要找那些只是当晚碰巧走进某个酒吧的人），要么是那些赶不上火车只好朝火车扔石头的诗人。朗诵赛的门户开放政策允许有大量相同的主题和相同的表演样式，而在传统的出版圈里获得很大发展的是与众不同的朗诵赛诗人。每天有越来越多的朗诵赛诗人获得这样的发展，书页和舞台的分界线显然和十年、二十年前不同了，但是你们当地的朗诵赛和主流出版业之间仍然隔着相当大的一段距离。请注意，并不是因为诗歌业景气：一部诗集能卖出几千本就相当于唱片业里卖出一张金唱片了。然而，目前诗歌实际拥有的爱好者很可能就是因为前一天晚上看了一场朗诵赛才踏进门来的。广泛意义上的诗歌应该大大感谢朗诵赛；不信问问那些老师和教育机构，他们改变了教学大纲，图书馆里有了最近出版的基于朗诵赛的诗选，如《朗诵的革命》，或者那本由朗诵赛的创始人马克·史密斯策划的大部头书《傻瓜朗诵赛诗歌入门大全》。

没有诗歌就不会有诗歌朗诵赛，不过，要是诗歌不能满足人类分享和自我表达的基本需求，那它早在几百年前就死了。朗诵赛力求每次上场击球的时候同时实现这两种需求；最成功的朗诵赛特别重视要让你挥棒击打每一个投球，要让你给自己判定界外球。它把诗歌带出了教室，放回到大众手中，他们当中的许多人并没有多高的资格或目的，他们只不过想在晚上出来玩儿的时候，除了再看一场电影之外，找点别的事做做。

艺术中的真正民主

每个人都批评艺术；我们要么喜欢这幅画、这首歌或这部电影，要么我们不喜欢。照此模式看来，诗歌朗诵赛扬起的尘埃比应有的要多。诗歌朗诵赛使得这种关系公开化，诗人不仅能从听众的参与程度，也能从由听众中随机选出的裁判所给的分数中得到实时的反馈。它是艺术中最纯粹的民主形式，这一点在大多数的批评解读中都丢失了。

当然，诗歌朗诵赛并不是真正的竞赛，一般也不会请著名的、有学问的裁判。朗诵赛代表了这样一种思想，即艺术属于大众，不属于机构或制造潮流的人。在诗歌朗诵赛中，普通人的批评是必需的。朗诵赛证明，为大众而作的艺术终究是属于大众的；这还不够：他们的意见必须得到公开，这样才称得上是真正的朗诵赛。

诗歌的妙处在于任何人都能写首诗。诗歌的病根也在于此。诗歌朗诵赛把这一妙处/病根的规则扩展到大多数艺术家都不敢承受的程度：当众的评判和暗含的劝诫。当然，艺术类周报上的评论家已经足够多了，但是朗诵赛绝不在乎职业评论家或学院派里那些老唱反调的人。它只关心让平常老百姓平日里常常想着诗歌。

在任何研究或生活的领域里，变化随意识而来。朗诵赛虽不大肆鼓吹说，这就是它的一个目标，但毫无疑问，这个规则只在现代诗歌的这一领域才频频起作用。通过这件似乎无害的事情——让人们对诗歌产生兴趣——朗诵赛希望能让人们尽情地用感官去感受语言之美和周围世界之美，同时也希望能让人们思考，怎样用诗歌展示给他们的东西去影响他们周围的世界。

俄亥俄州哥伦布市

选自《当代世界文学》2008 年 1—2 月刊

（程　文　译）

朗诵赛诗七首

为杜阿·哈利勒而作

雷切尔·麦克吉本斯①

那天早上我发现我弟弟在沙发后面，
手里捧着我的宠物仓鼠，稳得
像端一碗鲜血，一股新的怒气
在我全身窜走，到我的嗓子口
勒紧，就像一条拴狗链。

我抽他耳光，咬他肩膀。
他一失手，仓鼠掉到了地板上。我爸爸送的
复活节礼物。我的！我抓起它，
把它举到他面前，用力地捏，
直到它在挤压之下瘫软下来。

我弟弟一句话也说不出。我把这断了气的东西
放到他的小手上，溜达着向门厅的另一端走去，
像个监狱看守一样吹着口哨。那天夜里，我在全
　　家人都睡着的时候
哭了几个小时，为我心爱的宠物
那软垂的脊柱而责怪我弟弟，
祈求正义的惩罚，恳请诸神
把他从床上一把抓走，

① 雷切尔·麦克吉本斯是在布鲁克林工作的作家，“纽约市都市词语”（Uirban Word NYC）的诗歌导师。她是2007年纽约艺术基金会的诗歌研究员和2007年手推车奖的被提名者。

扔给在我们屋后的田地里
争相狂咬的野狗群。

昨天，我哀悼一个
不幸落到坏蛋手里的女孩。女孩的
舅舅们把她从家里拖出来，剥光
她的衣服，露出窄窄的臀部和尚未发育的乳房，
拿混凝土块猛砸她的头，
她的胸部被一群高傲的男人踢得陷了下去。

当她的鲜血像一群蜂窝遭捅的蜜蜂一样
从她的身体里涌出时，当牙齿从她口中
像新采的珍珠那样散落时，他们的神晕厥了。

当他们把她和一条狗合葬在路边时，
人群中的一个小孩静静地看着，
想了解女人的柔软。

此刻我的弟弟，睡在八千里之外，
正坐在床上，嘴里咒骂着我的名字，
他的两只手滚烫，并抽搐着。

慰安妇的金子

斯科特·伍兹

1

她十二岁时，士兵们来找她，
把她拽进一辆灰色卡车的后部。

她数了数她的家和兵营之间

有几棵开花的树：87。

那个地方的每一样给予她
安宁的东西，她都叫做神：

“你，”她对味噌汤说，“是肚子之神。”
“你，”她对她姐妹们的背说，“是温暖之神。”
“你，”她对蟋蟀说，“是好玩的音乐之神。”

每天晚上，当士兵们占有她的时候，
慰安妇相信她的神都睡着了。

她不愿相信他们已经抛弃了她。
她不愿相信刺刀比男人好。

她学着喜欢上了医院枕头里漂白剂的味道，
在一颗发霉的米粒中寻找救赎。

“你，”她对她的伤疤说，“是记忆之神。”
“你们，”她对虱子说，“是分享之神。”
“你，”她对她的羞辱说，“是人性之神。”

那张榻榻米始终没能成为好床，慰安妇是
一位能感觉到豌豆和弹簧的公主。

士兵们哭泣的那天她知道战争结束了。
只有战争结束才能使他们不碰她的姐妹，

他们跪在泥地里摆着自杀的姿势，
满腔荣誉和绝望。

她曾经见过那样的表情。
对慰安妇而言战争永远不会结束。

“你们，”她对他们的眼泪说，“是报应之神。”
“你，”她对河流说，“是洗礼之神。”
“你，”她对远处的火车汽笛说，“是自由之神。”

2

我在我的工作地点见到她，
她正在寻找录像带上的条形码，

我没等她要求就帮了她，
和她交换手势，直到我们说起话来。

她离开了房间，又折回来，说：
“茶歇时间。你真好，”

她塞给我的四粒糖温暖了我的手心。
慰安妇不相信善心不必回报。

慰安妇当初向五十二位不同的神祈祷，
现在仍给他们中的大多数上香。

他们中的一些没有跟她来到此地。
他们中的一些改换了面容，朝着太阳吠叫。

我立即剥开一粒柠檬糖，
当着她的面放到舌头上。

她需要知道她的宝贝最后不会落到

员工办公室没人用的桌子里或被悄悄丢进垃圾
　　桶里。

她需要知道我和她相信的是同样的神。
她需要知道蟋蟀的歌在我听来是一样的，
需要知道她的宝贝绝不仅仅是糖果。

“你，”我对纸说，“是命运之神。”
“你，”我对笔说，“是机会之神。”
“你，”我对慰安妇说，“是爱的女神。”

叫诗人们安静

安吉拉·博伊斯①

嘘……
叫诗人们安静
把他们投进后面的房间
用所指相同的
一无所指的
词语抽他们
叫他们闭嘴
他们用暗语谈论革命
音量盖过了华彩乐段的节拍声
和爵士乐的咩咩声

---

① 安吉拉·伊丽莎白·博伊斯（1974—2005）的父母是西印度群岛移民，她出生于加利福尼亚的小镇巴斯托，毕业于加利福尼亚大学圣迭戈分校。博伊斯1993年开始表演她的诗歌，那时她并不知道她的名字意为“上帝神圣誓约的天国使者”。她出过几种小本诗集，包括《自决》、《在奴隶之歌中》和《词语将会》。博伊斯是光盘《分解图》和《诺莫性诗人》（诺莫是马里的多贡人崇拜的神灵；“诺莫性诗人”由五人组成，博伊斯是其中之一。）的主要表演者，她获得过“2001年灵魂之声女性朗诵艺术家”称号，是2001年奥斯丁国际诗歌艺术节的冠军和2001年全国诗歌朗诵赛的第5名。她的音频作品集《哀歌》于1999年出版发行。

他们发动战争的种种方法
叛乱的种种计划
奴隶歌曲早已无人理会
他们会把我们变成输不起的人
选她当上帝
把种子种在不贫瘠的草地里
以和平教育他们的孩子

我的诗的最佳用途

迈克尔·西莱利①

在诗歌朗诵会上，没人留意我提到
塞拉利昂。没人对乌鸦喜欢我的肩膀
有所感触。对我那首关于怪兽的十四行诗
没有一声假笑。对关于她和分币的明喻
没有嗬或嗯嗯呣呣。没有一个人欣赏
跟海龟肚子的青绿色有联系的
句法。然后，一阵礼貌的掌声，像一阵不情愿的
微风，我又回到
场外，和我三岁的侄子坐在一起，还有一叠
紧紧卷着的诗稿。他拿起那些稿纸，由我那没有
感染力的词句
卷成的白色长圆筒，像拿麦克风一样
举到嘴边，模拟一种我已经记不起来的
语言。接着他拿它当警棍，把一位妇女
打醒了。然后它变成了指挥棒，他拿着前后挥舞
直到

---

① 迈克尔·西莱利是“纽约市都市词语”的执行董事和得奖课程《嘻哈诗歌与经典》（牛奶杯奖）的作者。他的第一部标准长度的诗集《龙虾与下流老杂种》将于今年春季由松弛出版社出版。《我的诗的最佳用途》首次出现在《高沙漠区的声音：2005 年全国诗歌朗诵赛诗选》中，该诗也将出现在《龙虾与下流老杂种》中。

快得看不清。一会儿功夫，纸卷又成了望远镜。
　　一端
扩大一点，变成一只扩音器，再大一点，一座电
　　缆塔，而最佳的用途是——
一顶笨蛋高帽[①]。

任务说明

托尼·布朗[②]

我们的任务是

在公众集会上捣蛋
向安闲自在的人扔石头
讥笑电视
折磨大路货

在世界大蒸汽室的干净衣服堆里舞蹈
做爱/被爱/被关注
当他们企图切断我们与自由教堂的联系
我们冲着战争和贪婪的刀刃跳华尔兹。

在凌晨两点注视对方的眼睛
说话像花朵而动作像白痴
为我们庞大而敏感的自我撰写激昂的演说
公函长篇小说中篇小说书信和广告

找到一个独自哭泣的孩子并施以援手

① 旧时学校中作为惩罚给成绩差的学生戴的一种圆锥形纸帽。

② 托尼·布朗现年47岁，是来自马萨诸塞州伍斯特市的诗人和自由作家，他三十多年来一直从事写作、表演和出版工作，从20世纪90年代初开始参与伍斯特地区的朗诵赛活动。

把一位老妇人从她的电摇椅上扶起来
听那些在她那孤独的父权制岁月里发生的大屠杀
　　的故事
用一行诗挡住子弹并把它们重新铸成铅笔的石墨芯

我们的任务（要是我们愿意接受的话）
使我们——我们所有人——甚至比尔·盖茨
（在理论上）
参与一场大规模的接龙即兴创作
带头跳一支舌头和面颊以及碰撞和扭摆的舞蹈
阿摩司[①]安迪萨柯万泽蒂[②]
滑板朋克[③]暴女[④]和其他任何人
拿史诗和俳句往乏味的循规蹈矩的脸上砸
像粉线一样弹击的说唱乐
从马路直接到舞台的双重拍子
色情作品的低语声把我们悄悄送回家
尾韵像嘴唇一样紧密吻合
词句切割塑造得恰到好处以符合
简短尖锐的诗歌的
白热化的迸发
和长线的神魂颠倒的冒牌“挎掉派”的然而本质
　　纯洁的关于痛苦和庞大的哥特式绞刑架笑声
　　的故事

朋友们我们的任务是

---

① 公元前8世纪的希伯来先知。

② 尼古拉·萨柯（1891—1927）与巴托洛梅奥·万泽蒂（1888—1927）为意大利籍美国无政府主义者，两人被控杀人抢劫，于1927年以电刑处死；此案曾引起世界各地抗议，被认为判决系出于政治偏见。

③ 朋克摇滚的一种，在滑板运动者中流行。

④ 女权朋克的一种。

诗歌
我们执行的任务只有我们才能界定

那么就欣赏吧，老兄——

其他地方和时代的诗人已经死了
他们曾做过我们今晚在这儿轻松为之的事
每当我们拿起那支笔走到话筒前或者
（但愿上帝禁止这样的事情！）互相聆听
他们就站在我们旁边
所以：不要让任何人来定义你的声音
假如你需要一个领诵者那么就领诵吧——
你领诵
这样许多声音就将汇集到同一个任务里
就像暴风云聚拢来产生闪电
闪电过后留下雷声
总有一天
他们也会这样说
我们

我曾想成为

马克·史密斯[①]

我曾想成为那么多
比我厉害的东西。

---

① 马克·史密斯是国际诗歌朗诵赛运动的创建者。正如 PBS 电视系列片《诗歌合众国》中所说的，“1987 年，马克·史密斯在芝加哥的绿磨坊酒家为诗歌朗诵赛找到了家，一股新的诗歌就此开始。”他曾在肯尼迪中心、史密森学会、戈尔韦的库特艺术节、丹麦的罗斯基勒艺术节、奥格斯堡的 ABC 布莱希特艺术节和澳大利亚的昆士兰诗歌艺术节进行过表演，曾在 CNN、《60 分钟》（CBS 新闻台的一档电视新闻节目）和全国公共广播网上做过节目。他在原始资料出版公司（Sourcebooks）出版的《朗诵革命》和《回归的朗诵革命》中担任朗诵者，与乔·克雷纳克合著《傻瓜朗诵赛诗歌入门大全》（阿尔法/企鹅）。

积木搭的高塔。
系得那样紧的鞋带。
均匀地一直抹到
面包四角的果酱。
我曾想变得那么美好。
笑容在每个人的脸上。
十指交叉握着的手。一张干净的桌子。
所有的数字
一位数一位数地加起来
一目了然。
我曾想站到恃强欺弱的人
和弱小的孩子中间。
准备挨拳头。准备还手。
我曾想做正确的事。
把口水嘬回到我的嘴巴里。
把像口香糖一样嚼过的秘密
从椅子下面刮掉。
把愚蠢、从众的笑声
从空气中吹走。
我曾想站到一个小行星上
在我头的上方挥动一根粗大的链条,
把一艘外太空的钩状探测器
扔进宇宙的心脏。
通过爱……
无论我曾想爱什么,
想何时爱,
想怎样爱……
我曾想打“终极连接赛”。

那么发生了什么?

在那场大革命中发生了什么？
在我们把爸爸钉在地板上之后？
在我们叫妈妈吃下羞辱之后？
在我们把所有的古老和传统
卷成雪茄大小的大麻烟，
吸进满屋满屋的人性，
希望同化所有的不同
用我们的自燃
给世界加热之后？

当小行星上的链条
从我们的手中滑脱时
发生了什么？
当我们爱的人
爱上了别人？
当我们的笑声变成了无声的笑？
当口水从我们的牙缝间
又快又狠地射出？
当我们揍孩子时？

我们的梦想发生了什么事？
我发生了什么事？

我曾想阅读所有
讲永远正确的真理的书。
我曾想把我的鞋带系紧。
把果酱均匀地一直抹到面包的四角。
造一座塔，一座高塔。
拼出每个人的名字，
从头到尾，

从尾到头
四面八方，
里里外外。
我曾那么那么迫切地
想成为那么多东西，
而不至于这一切都
崩溃。

当心你所提的要求

杰克·麦卡锡①

我刚长到可以
一个人走到外面的人行道上，
每天我都会哭喊着回家，
因为被同一个小女孩打了。

我叫杰克，家里的长子，
每个人都喜欢我，
无缘无故的恶意让我不知所措，
只要她一打我，
我就像个婴儿一样哇哇大哭。

我知道男孩子是不应该哭的，
但是他们也不应该打女孩子，
当我父亲说“你也打她”时，
我惊呆了。

---

① 杰克·麦卡锡自称为“单人表演诗的家伙”，他被认为是全国诗歌朗诵赛场上的传奇人物。《波士顿环球报》称：“在诗歌世界里，他是个摇滚明星。”麦卡锡曾是两个全国朗诵赛参赛队的成员，出过四本诗集和一张光盘。他在电影《朗诵赛国度》中扮演一个吸引人的小角色，在2000年个人诗歌朗诵锦标赛中闯进半决赛。他的网址是www. standupoet. net。

我觉得这听起来是个好主意，
但是如今我记得的唯一一件
和那个女孩子有关的事情
是我真的打了她以后
她脸上露出的表情。

她没有哭；而是
把眼睛眯起来了，我想，
“杰克，你刚才犯了个要命的错误”，
她真个把我的屎都打出来了。
好几年我都没再听我父亲的建议。

我终于学会了打架——
仅足以保护我自己——
不受女孩子欺负——
但真正的问题是哭，
到现在也没有解决。

哦，我不再哭喊了，不再抽泣，不再发出
声音，我只有一触即发的泪管，总是
对着所有不该流泪的东西流泪：听汤姆·博戴特
　　说“我们会
把灯开着给你”；[①] 看到《粉雄救兵》[②] 的最后一
　　幕我会哭。

看电影时我讨厌那些
轻易不动感情就把我俘虏的情节

① 汤姆·博戴特：(1955—)，美国作家、配音演员、广播主持人；引语系他为某汽车旅馆所做广告的最后一句话。

② 美国一电视真人秀节目，内容关于5个有品位的同性恋男子如何改造邋遢直男。

它们直接进入我的双眼，
可我一点办法也没有，
为此我恨我自己。

为慎重起见在主要场景后
四分钟才偷偷擤鼻涕；
我的女儿们把我看透了，还有我的妻子；
她们都知道在哪一刻斜着瞥我一眼
最恰到好处。她们把我想成什么样了？

在现实生活中遇到伤心事
我再也不哭了。十七岁我妈妈死的时候
我一滴泪没落，爸爸死了也没。
对于我的第一次婚姻我从没哭过。

但如今事情有了好结果时我却经常哭：
人之常情的意外之举；
突然发现，尽管不可能，
居然有人深深地爱我。

我觉得这就是我从没想过要儿子的全部原因。
我总认为我的儿子到时会像我，
他要哭的时候我就会想起
自己生活中每一个无法磨灭的羞辱，

某句话或某个动作
就会泄露我在想什么，
他会误解，会以为我是为他而感到羞耻。
他一辈子都会这么想下去。

女儿好办：你把她们抱起来，
搂着她们，你说："好了好了。
一切都会变好的。"
在那一刻你真的相信
你可以把够多的弄得

够妥。爱的劳动要求不高。
假如你因为生活中所有无法避免的
无缘无故的恶意而和她们一起哭一会儿，
那样的哭是不会让人感到羞耻的。

但是有好几年我最担心的是
我可能要应付一个啼哭的儿子的那一刻。
但是我没有儿子。
一度差一点儿就有了，在生了梅根之后，没生
　　凯瑟琳之前；
医生警告我们说，情况有些不太对劲，

琼分娩的时候他们说，
婴儿生出来将是个死胎。
结果不是：极为短暂地，
在他死之前，我听到了他的啼哭。

选自《当代世界文学》2008 年 1—2 月刊

（赵　元　译）

自然的奥义从空中吹过①

——2007年卡拉巴什文学节报道

玛丽昂·维妮克②

“如果什么时候你讲我这个故事，要说那是我出生的年份。”听特伦斯·海耶斯，来自匹兹堡身高6英尺5英寸的非裔美国诗人，念完他貌似简单的诗作《同一座城市》的最后一行，我喘了口气。

妙啊不可思议，我压低声音感叹道。

坐我旁边的家伙，一个头发灰白目光柔和的牙买加人，听到我说话就转过头来。“对呀，哥们儿，”他说。然后他就掉头转向同伴，一个女人，裹着印了字的头巾，戴着深色大墨镜，和一位年龄大一些的女士，穿紫色连衣裙，戴金属框眼镜，还有一个可爱小女孩，黑眼睛苏珊，穿着黄色泳衣，在旁边大海的起伏波涛间时隐时现。

我们坐在撑起来的尖顶大帐篷里，面朝一座由凉亭充当的舞台。舞台每个角上都立着水泥柱，每根都盘绕着一条彩色马赛克蛇。更远处，加勒比海一路波光闪闪直到巴拿马。这是第七届卡巴拉什国际文学节的最后一个下午，文学节于五月的最后一个周末在牙买加南海岸一个小旅游点“杰克之家”举行。

帐篷里有两千人，两侧的草地上人更多。我对丈夫说，如果在美国办诗歌朗诵会摆上这么多座位，你最好请玛雅·安杰洛。③ 但

---

① 原文为“A Natural Mystic Blowing through the Air”，是牙买加音乐家罗伯特·鲍勃·马利（1945—1981）的歌曲《自然的奥义》（“Natural Mystic”）中的歌词。

② 玛丽昂·维妮克是五部非虚构叙事作品的作者，美国全国公共广播电台《天下事》栏目的时事评论员。更多信息请参见www. marionwinik. com。

③ 玛雅·安杰洛（1928— ），美国著名回忆录作者、诗人。主要作品有：自传《我知道关在笼子里的鸟为什么歌唱》（1969），诗集《我死之前只要给我一口清凉的水》（1971）。

是很明显，在牙买加，无论是对国际文学，还是卡里尔·菲力普斯①和玛丽斯·孔戴②这样的著名作家，还是玛克辛·凯斯和南非的肖恩·约翰逊这样名气不大的作家，还是我们的第二代玛雅·安杰洛们，也就是伊丽莎白·亚历山大、琳达·苏珊·杰克逊和帕特里西亚·史密斯（她们在一个名为“美丽美国”的节目里一起朗诵），这里都有更广泛的听众。

卡拉巴什节的日程上每三人一组按字母顺序朗诵，所以最后出场的是史密斯，一个表演天才，他的诗一会儿让你心碎，一会儿让你开怀大笑。女孩X是史密斯家乡芝加哥一个9岁女孩，1997年遭虐待而失明，她对那些想要治好她眼睛的人说：“你们可以留着/我的眼睛。”史密斯从她的口气迅速过渡到“特瑞尔非洲中心主义理发店”、“费德宫”和“狂野风格大商场”那位满嘴脏话的老板。“我告诉你，如今妇女已经解放了。你再也不能爬到她们身上上下抽动，就像你五分钟内跑到随便什么地方。”朗诵完毕，同组朗诵的三个人一起重新回到舞台，接受观众长时间的起立鼓掌。琳达·杰克逊说她从没过经历过这样的事情。

谁又经历过呢？

按文学节的创办者和艺术总监、小说家科林·钱纳的说法，卡拉巴什节吸引来的观众其中四分之三是牙买加人；他的同谋，诗人夸梅·道斯，总结了观众的组成：“我们的主要观众群是35岁以上的妇女，其次是她们带来的男人和小孩。”

于是这儿有许多柳枝般清瘦的拉斯特法里③信徒，长长的

---

① 卡里尔·菲力普斯（1958— ），是有加勒比海地区背景的英国小说家，现为耶鲁大学教授及哥伦比亚大学巴纳德学院客座教授。

② 玛丽斯·孔戴：（1930— ），瓜德罗普岛人，法语历史小说作家，代表作为小说《塞古》（1984—1985）。

③ Rasta是口语Rastafarian的缩略形式，即拉斯特法里信徒。拉斯特法里运动（Rastafari movement），又被称为拉斯特法里教（Rastafarianism），是20世纪30年代开始从牙买加兴起的一个黑人基督教宗教运动。雷鬼乐（Reggae）深受拉斯特法里运动影响，同时，随着雷鬼乐风靡全球，拉斯特法里运动也得到了广泛传播。现在，据估计全球拉斯特法里信徒已经超过100万人。

“骇人”式发绺掖在钩针编织的苏格兰便帽里。你在迈阿密图书节或《纽约客》节上看不到这些家伙，但在这儿他们正给观众端上有机伊泰尔素食①和芒果思木西，照看着儿孙，坐在一根靠近舞台台口的长满绒毛的树干上消磨时光，一口一口地抽着大麻。这儿既有附近村子来的本地人，也有从金斯敦赶来的上班族——看看他们的鞋子我就能说出他们的不同：有的是灰扑扑的人字拖鞋，有的是装饰着青绿色珠子的凉鞋。穿着打扮最入时的是后来在晚上出现的伴侣们：午夜时分朗诵结束，雷鬼乐海滩晚会接着开始，直到黎明。

鲍勃从1966年到1981年去世这段时间的妻子丽塔·马利，还有鲍勃最小孩子的母亲、前世界小姐辛迪·布雷克斯皮尔，她们都来了（尽管不在一起）。电视剧《流动陆军外科医院》的演员迈克·法雷尔在屋子里谈他的新回忆录，罗杰·格温沃·史密斯，因斯派克·李的电影为人熟知，以一段名为《谁杀了鲍勃·马利?》（但不是真讲这事儿）的独角多媒体表演拉开了本届文学节的帷幕。国际文学圈里的人包括一对儿瘦得皮包骨的英国男孩，他们为《泰晤士报文学副刊》和《新政治家》写稿；卡林·罗马诺，获普利策奖提名的批评家，在费城工作；还有那些必不可少的漂亮女人，她们身穿黑色衣服，扛着摄影摄像设备。

至于像我们这样的游客，这儿仅有少数几个，而且大多数还都是我们带来的。“我们”指我丈夫，哲学教授、纸牌魔术师、雷鬼乐成瘾者克里斯平·萨特威尔；这一伙是指一群美国人，我们和他们一起住在“彩虹之树”别墅，这是一家旅馆，顺着公路往南走就是，我们家租住这儿度假已经好几年了。

牙买加南海岸不好走，从蒙特哥贝的机场出发，一路颠簸

---

① I-tal是拉斯特法里文化中一种受到祝福的食物，不受现代化学制品污染，食用时不加防腐剂、辛辣调味品或食盐。

穿越丛林，需要近三小时车程才能抵达。世世代代，这个地区只是一条渔村串起来的项链，挂在桑塔克鲁兹山脉与圣伊丽莎白教区的崎岖陆岬之间。“杰克之家”所在的小镇“金银滩”，得名于1932年开业的“金银滩”饭店。这家饭店还在营业，不过死气沉沉——但是小镇没有卡拉巴什节的时候，这地方就真的只有一片沉寂可以称道了。有些天我们漫步海滩好几英里都看不到一个人影儿。

沿相反方向，从“彩虹之树”出发，一路漫步，所能看到的不过是几间有本地特色的酒吧和卖牙买加辣酱的小店，一群群山羊，以及难得一见的过路车辆。院落灰尘弥漫、满是孩子，海岸线上停泊着许多色彩鲜艳的双桅平底船，空心煤渣砖房子有的在建造有的在修理，进度不一。最后，我就会来到“杰克之家”，充满魔力的绿洲，幢幢度假别墅俯瞰大海，还有一座露天酒吧和手工烧制瓷砖铺设的海水游泳池。它于1993年由一对白种牙买加人夫妇佩里和萨丽·亨泽尔开办。佩里是雷鬼音乐电影开山之作《不速之客》的导演，今年11月刚刚去世；他的艺术指导、妻子萨丽，一个超凡脱俗的白发仙子，继续在这庄园里四处飘荡，修建露天淋浴房，把彩色玻璃瓶嵌进拉毛粉饰的房子来开出具有民间艺术风格的彩色玻璃窗。总经理是他们的儿子杰森。

大部分牙买加旅游业中最糟糕的事情——我觉得也是犯罪问题的潜在原因——是像“凉鞋”和“微风”这样的营业性旅游点与岛上的现实生活彻底隔绝。“金银滩”的情况与此恰恰相反。这些小饭店和旅馆赚的钱不仅通过工资和小费，还通过基金和奖学金计划流向社区，这些计划由像杰森·亨泽尔和弗吉尼亚州人“彩虹之树”业主卡伦·肯尼迪与皮特·肯尼迪夫妇这样的人运行。这种更加自觉的经济关系促成了内涵更丰富的社会关系——“杰克之家”的客人在海滩上和当地人一起参加派对消磨夜晚。在“彩虹之树”，我们的孩子们在村子里临时组织的比赛里踢足球。

卡拉巴什节是怎么飞落到这儿的，就像一只蝴蝶在金合欢树枝上？2000 年，杰森的姐妹贾斯汀·亨泽尔，在蒙特哥贝结识科林·钱纳，贾斯汀建立的艺术中心在那儿主办了一场钱纳小说《徒劳地等待》朗诵会。那一年晚些时候，钱纳介绍她结识了道斯，钱纳和道斯还分享了在牙买加办文学节的设想。问题在于，他俩都不在牙买加。（钱纳常住纽约，道斯在南卡罗莱纳；都教书。）他们需要一个现场制作人，他们还需要场地，最好免费。

他们很快就找齐了这两样。“我问杰森我们能不能用‘杰克之家’，于是从那以后他每年都把整个饭店拿出来免费给我们用一段时间。”亨泽尔说。

星期六下午的朗诵是文学节的招牌节目；出场阵容包括马丽斯·孔戴，迈克尔·翁达切[①]和卡里尔·菲利普斯。（记住，是按字母顺序。）尽管下了场猛烈的倾盆大雨，朗诵还是吸引了满满一屋子观众。国家级报纸《牙买加新闻集锦》在其生动的文学节报道中称之为“现已几乎成为常规的卡拉巴什之雨”。有趣的是，这些文学小说的超级明星都把他们的大部分时间用在了朗诵回忆录。

70 岁的小说家马丽斯·孔戴端坐着，身穿飘动的白衣，用她带很浓瓜德罗普口音的法语解释说，她将只读《来自心灵的传说：我童年的真实故事》中的一页。然后她丈夫兼译者，理查德·菲尔考克斯，将接替她朗读，于是我们可以受益于他较少外国腔的英语发音。“我出生在一个非常古怪的家庭，”她以介绍的方式说道。“每件四（事）都不准做：不准讲克雷哟尔话（克里奥尔语），不准出去玩狂欢节，不准在垓（街）上吃任何东斯（西）。”

迈克尔·翁达切纤细的白发在气压涡旋里根根竖起。他接

① 菲利普·迈克尔·翁达切（1943— ），出生于斯里兰卡的加拿大小说家、诗人，其小说《英国病人》获布克奖，并改编为同名电影。

在孔戴后面，读了他那部总的来说是悲剧的《在家奔跑》中一段少见的热闹滑稽的人物速写，讲的是他祖母及她的假乳房。“拉拉出名的最大本钱是她是锡兰第一个做乳房切除手术的女人……她总是把这新奇玩意儿解下来给佣人们看，她们都给它震住了，她还给小狗钦迪特看，小狗总会啃那块泡沫橡胶，就好像那是嫩鸡肉。”

等到卡里尔·菲利普斯登上舞台的时候，雨已经下了几个小时。“欢迎来到阳光灿烂的牙买加。”这位英俊得惊人的作者，用他优雅得惊人的英国口音，面无表情地说道。菲利普斯读的是《成长的烦恼》，一段叙事性幻灯演示，通过十段人物速写来讲述他成为一个作家的时刻。在倒数第二部分，他游历加利福尼亚，买了一本书，封面上有一张照片很像他本人。“他读完理查德·赖特的《土生子》时，天快黑了，海滩空无一人。但是此刻他明白了他想要如何安排此生。接着，后来某个时候，他满怀感激地发现单纯的雄心正在消褪，取而代之的是某种要强大不知多少的东西：目标。”

两个非常清楚这种目标的男人正坐在听众中看着。两个牙买加作家，肩并肩：那对“神人一体”① 来说意味着什么？夸梅·道斯，魅力四射、体格健壮的父亲般的形象，脸宽腿长，他为每位登台朗诵的诗人做的热情洋溢、带牙买加口音的介绍是把整个活动串联起来的主线。科林·钱纳，漂亮的“骇人”式发辫用印度印花大手帕扎起来，戴蓝色镜面飞行员眼镜，完全冷淡、懒散，然后突然又充满力度和活力。

钱纳和道斯 1995 年通过电话，那时候一个他俩共同的熟人，比他们多少要年轻一点儿的牙买加作家罗翰·普雷斯顿（现在是《明尼阿波利斯星论坛报》剧评家），迫切感到他们应该互相结识，于是就开了个电话会议把他们介绍给对方。钱纳满腹狐疑地参加了这个活动。“老实说，我从上世纪 80 年代早

① 原文“I and I”是拉斯特法里术语，指上帝（Jah）与人的统一体。

期就怀有强烈的嫉妒，那时我打开《集锦报》看到一篇整整两页横贯两版的文章，讲的是一个叫夸梅·道斯的剧作家，”钱纳最近回忆道，“我就是个好妒忌的人。又妒忌又多疑。你知道为什么吗？牙买加在吹捧大人物的儿子们那些很一般的业绩上算得上成果辉煌[①]。所以刚开始我跟夸梅搭话是为了证实我的怀疑。但是我们聊得越多，我越感到他是我遇见过的最酷的人之一——更何况他真的在乎写作，还跟我一样热爱雷鬼乐而且也尊重它。”

道斯和钱纳共同的热忱自那以后将使他们建立热切而又认真的合作关系，投身于革新发育不良的牙买加文学，使其向它那活跃的姊妹艺术、在全世界备受喜爱的牙买加音乐看齐。他们最终走到一起，结伴四处旅行，在美国、加拿大、英国等地的写作讲习班讲课，于是这个设想逐步变成了一项计划。在火车上、飞机上、汽车里、饭店酒吧里，卡拉巴什文学节及相关的讲习班和出版项目，诞生了。

正如钱纳在一部2006年卡拉巴什作家工作室短篇小说选集《铁气球》的序言中指出的，牙买加音乐事业的活力是以结伴游荡这一基本活动为基础的——艺术家们和其他艺术家们一起消磨时间，满怀抱负的和更富阅历的，熟手和大师。怎样在文学当中创造出可与之比拟的环境呢？也许艺术节能够成为其中一部分——但不是像许多这些老江湖在其中受过罪的那种，观众寥寥无几，音响一塌糊涂，宣传推广散漫无序，图书销售则根本不存在。

道斯和钱纳下了决心，他们的文学节将与此截然相反。作家将在不受干扰的30分钟时段里朗诵，尽管朗诵没有报酬，他们可以拿到丰厚的每日津贴，而且艺术节前后都会应邀在“杰克之家”消闲娱乐。他们的新书和旧作将在书店上架；辣酱猪

① 原注：内维尔·道斯最著名的作品是《最后的魔法》（1960），这是一部关于牙买加种族问题的小说。

肉辣得够味儿，红带啤酒挂满水珠冰凉爽口；而且，正如后来事实所显示的，他们将向也许是许多人这辈子所能见到的人数最多、反应最热烈的观众演出自己的作品。

这些观众将一分钱也不用交就能入场。他们将得到一份安排得非常漂亮的日程表，不用费心在同时进行的活动中选择。有充足的食物和饮料，也不必非要安安静静坐上很长时间不可——可是一旦坐下来，他们将享受绝佳的舞台视线和音响。

他们还会欣赏到正跻身世界最知名之列的开放麦克现场活动。今年白天时段的数十位朗诵者包括：一位戴着高塔般头饰的美丽女孩儿，她朗诵了一首描写公厕里的东西的诗；不同年龄的牙买加人，他们提出了政治和道德建议；还有一些西印度群岛风格的朗诵赛诗人，镇定自若的主持人，牙买加小说家马龙·詹姆斯不得不把他们拽下舞台。詹姆斯还不得不打断了一位芝加哥来的白人妇女，她写了首多少可以算是史诗的玩意儿，讲她的宠物狗性方面的麻烦。

文学节还包括一个时段，由文学圈外的牙买加名人朗诵一部里程碑式的加勒比海地区小说作品。今年的小说是威·苏·奈保尔的《神秘的按摩师》，朗诵者有辛迪·布雷克斯皮尔、人类学家巴里·舍瓦纳、一位著名金融家和一位艺术顾问。

日程还包括公布“英联邦奖”，这是一个重要国际奖项，每年颁给分布在欧洲、南亚、非洲、加拿大、加勒比海、东南亚和南太平洋的英联邦地区的最佳处女作（五千英镑）和最佳图书（一万英镑）。传统上这个颁奖仪式非常老派，在英国举行，办得郑重其事，按道斯的说法，“有总督、女王出席宴会以及诸如此类的事情。因为这个原因，也因为英联邦本身的历史联想，刚开始他们的组织者跟我们谈关于办颁奖仪式的事儿，我们的第一反应是，我不这么认为。”

然而，英联邦的人一再说他们愿意抛开那些礼服并按我们的方式办事。“于是，就像我们做任何决定时所做的那样，我们自问，对这事儿雷鬼乐会怎么说?”道斯回忆道。经过一番考虑，认定雷鬼乐会说，“好吧，伙计。”抛开英联邦的历史，这个奖项站在了反对后殖民压迫的立场上，它认可那些奋斗不息、熬过了英联邦压迫的人们的呼声和故事。

所有四位“处女作奖”和“最佳图书奖”决赛入围者都要参加进来朗诵作品，获胜者保密，直到艺术节的尾声——因此造成了一阵奥斯卡式赌谁将获胜的热潮。这很难裁决，但我断定裁判会选择德·伊·贝沙的《汪达尔爱情》的勃勃雄心以及初生牛犊式的想象力成就，此书追溯一个法国—加拿大联姻家庭的历程，他们遭到诅咒，一半后代是巨人，另一半是侏儒。

如果我选对了贝沙，我推断，他们会把“最佳图书奖”给新西兰的劳埃德·琼斯，他的作品是《皮普先生》，从中我可以看到类似的富于创造力的勇气。布干维尔岛20世纪90年代饱受战争蹂躏，并处在巴布亚新几内亚对其长达10年之久的海上封锁中。这个故事以此为背景，由一个13岁的乡村女孩讲述。她的学校失去老师的时候，村子里的最后一个白人男子带着他唯一的书《远大前程》来到了学校，并开始给学生们朗读。皮普对他们来说变得如此真实，以至于他基本上摆脱了书页的限制，有了自己的生命。

不管怎样，他们俩我都押中了，赢了一杯美味可口的皮那可拉达。在获奖感言中，德尼·贝沙告诉观众写《汪达尔爱情》已经花了他8年时间，那几年他到处找活干，上工地、搞绿化、拆房子、进工厂。当他失去勇气的时候，他说，“我会从头到尾一连十遍重读我最喜欢的一些书，不是为了学什么东西，而是提醒自己我为什么热爱写作。”来到卡拉巴什，在数以千计的文学爱好者中间，听着这些妙不可言的朗诵，他再次想起了“卡里尔·菲利普斯称之为目标的东西。”

至此，要做的事只剩下结束本届文学节了，舞台上雷鬼乐传奇巨星云集，他们领着大家齐声合唱，此时，夕阳从背后照亮科林·钱纳根根石笋般的“骇人”式发绺，落到夸梅·道斯的太阳墨镜镜框下，在贾斯汀·亨泽尔的步话机上闪闪发亮。所有人都和那些赶来欢庆“卡拉巴什文学节”的爱好者们、梦想家们和朗诵者们一起摇摆、歌唱。

选自《当代世界文学》2008 年 1—2 月刊

（程　文　译）

“新尼泊尔”的多何俪歌曲

安娜·斯蒂尔[1]

五月下旬昌迪普尼玛节期间，在尼泊尔戈卡地区的一场通宵歌会上，一次多何俪对歌发生了新奇的变化：男歌手要求和他对唱的女歌手带他一起走，这和传统风尚正相反。

跟女伴们商量过后，她答道：“Laijanu ta timile parne ho—maile laanu paryo ke garne ho?”（应该是你带我走呀——现在我得带你走，该怎么办?）

轮到他了，他的回答是：“Pheri timi hasera bola na—Naya Nepal, naya ho chalana!”（再次欢笑着说话吧——这是新尼泊尔，风俗习惯也是新的!）

新尼泊尔，新风尚

“新尼泊尔”一词起初是指一套新的政治制度，但是它已经开始表示目前发生在尼泊尔的所有政治和社会变化。问题悬而未决：这许多人寄予厚望的新尼泊尔，它将会像什么呢?性别等级会像上文对歌中所暗示的那样颠倒过来吗？哪些旧的东西该弃如敝屣，哪些新的东西该欣然接纳呢？变化正在迅速发生，而且通常很难断言它们是该当做 *bikas*（发展进步）来唱赞歌还是该当做 *bikriti*（腐化堕落）加以斥逐。有一种音乐体裁很好地体现了这种进退两难的困境，那就是尼泊尔多何俪歌曲。

多何俪是一种由一问一答的歌组成的音乐形式，它由男女

[1] 安娜·斯蒂尔在哥伦比亚大学攻读博士学位，在尼泊尔从事《人种志》实地调查工作。关于多何俪歌曲的更多信息以及对学术资料的广泛征引，即将出现于她的博士论文。

对唱，在整个尼泊尔喜马拉雅山脉的山麓丘陵地区以多种多样的变体形式表演。“多何俪”意思是“一来一回”，指的是歌手之间对唱即兴创作的对句。多何俪植根于尼泊尔农村山区到处可见的一种风俗，即通过歌曲来商谈恋爱与婚姻，尤其风行于尼泊尔本地的贾纳贾提族群中，他们对男女交往的限制要比那些印度教种姓社会宽松得多。多何俪歌手用语言表演，把词语缩短或拉长以放进规定的20音节或28音节对句，用词语的方言变体来保证完全韵。诙谐风趣、即兴创作的歌词极受青睐，精湛高超的声乐技巧和马多尔鼓热闹欢腾、引得观者随之起舞的鼓点也同样如此。

过去10年间，随着武装冲突和尼泊尔农村地区的经济困难造成越来越多人移民到首都和国外，这一基于山区农村的音乐体裁成为遍及全国的商业现象。多何俪音乐录制品现已构成几乎所有尼泊尔唱片公司的销量基础，超过五十家加德满都夜总会—饭店提供夜间演出。移民工人光顾多何俪饭店，与饭店里的演员对唱或聆听别人演唱并随之起舞，沉浸于对他们村庄的记忆；村子里的年轻人前往加德满都，在饭店里表演，梦想着在音乐行业取得成功。各种全国比赛激起了他们的希望，提供现金奖励和旅行到异地比赛的机会。随着它们通过磁带、影碟、电台和电视流传，加德满都录制的多何俪歌曲如今在最遥远的村庄回响。饭店—夜总会这一流行趋势已经在全尼泊尔的大小城市风靡一时。多何俪产业将它的产品作为文化遗产销售，成为人民的音乐，成为民族的声音。从乡村走向都市，又以商品化了的形式返回乡村——正如在世界上许多地方，民族音乐学家史蒂文·费尔德称之为“欢呼的”和“担忧的”两种声音互争短长，力图描述和评估迅速发生的变化——人们担心：我们是在“发展”多何俪，把它提升到新高度，还是我们已经出卖了我们本来的淳朴？

传统面面观：多何俪的乡村遗产

要他们描述多何俪的传统场景时，多数人首先提到夜间歌会，例如古隆族群的“罗蒂”：一个组织起来的场合，未婚青年男女相聚其中通宵歌唱，伴奏的只有马多尔鼓。男子坐在一边，女子在另一边，领唱者在即兴谈话式的二重唱中一来一回演唱对句。任何一方首先对不出对句就“失败”。如果男子赢了，他赢得迎娶这位姑娘的权利；如果女子获胜，她赢得保持单身的权利。目标是不断唱出即兴发挥的机智歌词；过去世代中富于传奇色彩的歌手们据说可以连唱七天七夜。“尼泊尔全国文化组织”的克里施纳·古隆这样解释对歌是怎样进行的：首先歌手向举办地致谢，外来者赞美他们此刻置身其中的周围环境的种种好处。接下来对歌就会进行到双方自我介绍，然后可能会有一些更具挑逗性的话题。到了对歌接近尾声的时候，通常是天方破晓，歌手会互相道别直到下次歌声中再会。过去和现在都存在许多场合，其中人们只为取乐一来一回即兴演唱对句，而不涉及任何婚姻义务。10年武装冲突中，尼泊尔农村的夜间集会几乎销声匿迹；随着该国迈向和平，它们也才刚刚开始恢复。即便这样，夜间歌会及其调情戏谑吸引了公众的强烈兴趣，为其他场合中的多何俪提供了样板——全国比赛、城市中的饭店以及唱片业。

多何俪竞赛：节日和集市

通往今日多何俪的道路也许始于1983年，那时一位教育和体育部官员沙拉德·钱德拉·沙，启动了一项全国范围的多何俪赛事，以联赛形式与“尼泊尔全国运动会”一起举行。各种其他组织举办的竞赛也开始流行而且直到今天仍盛行不衰。三男三女组成歌队轮流比赛，一支队伍中的男选手与另一支队伍中的女选手对唱，然后反过来同样进行。起初，在地区级别的比赛中位列第一、第二名和第三名的歌队可以到加德满都为奖金和在那时全国唯一的广播电台尼泊尔广播电台录音的机会而战。今天现金奖励保留了下来，但是多家调频广播电台和唱片业的兴起已经使得尼泊尔广播电台的诱惑几乎过时了。据前尼泊尔全国民歌和多何俪歌曲学会主席阿马尔·比拉西·古隆介绍，比赛把更多非贾那贾提人带进多何俪，成为表演者或观众，并提高了它在全国范围的影响力。今天比赛常常是“乡镇集市”型节日的组成部分，在那儿多何俪是最有吸引力的活动，招徕了成千上万各年龄的观众。该学会现在举办国家级赛事并试图对人们演唱的内容加以限制。裁判和主持人提醒选手演唱文明、简易的歌词，要人人能“消化”而且人人能听懂；禁止党派政治、种姓歧视和露骨地提到性。歌队选择流行曲调，演唱歌曲的内容包括自我介绍、回忆起来让人满怀柔情或愤恨不已的爱情、共同度过的求学岁月和离别的痛苦。在竞赛中成功之后，许多多何俪歌手离开他们的村庄到地区中心城市的饭店中碰运气，努力打开通往加德满都或演艺明星界的道路。

加德满都之梦：饭店多何俪

当全尼泊尔所有种姓、族群和文化的人汇聚加德满都，对歌唱、舞蹈和男女交往的种种耳熟能详的环境约束再也不能维持其影响力了。人们不得不学习新规则、新唱法、新台风。目标再也不是尽可能长时间歌唱，而是尽可能满足更多消费者。于是就有了较短的歌曲和更直接的歌词，因为歌手们必须很快进入正题。有时歌手会与舞台上的合作者演唱，另一些时候则与主顾对唱。虽然性方面的影射和色情的比喻在乡村和竞赛多何俪中也颇受青睐，城市夜总会却常常把这一特点推向极端。如果说，在她的村子里直接歌唱对男子的欲望对妇女来说是禁忌，在加德满都多何俪饭店就会有一些男顾客明确要求那样做。

女性歌手一定要学会取悦顾客而又不对他们许诺太多，正如新人歌手朱努领悟到的，有一次她逢场作戏承诺跟她的对唱者过夜，结果招致这位顾客跟夜总会保安挥拳相向。阅历丰富的饭店歌手米娜被扣了一大笔工资，因为向一位男顾客发了火，这人一直色迷迷地要求“从这朵娇美的鲜花畅饮甘露。”听到她暗讽他的非分之想是不当的，像“一只过分贪婪的大黄蜂”，他和同伴不付钱就离开了，这笔生意损失的责任就完全落到了米娜头上。男歌手同样有时也很难适应饭店多何俪的快节奏，他们那些诗情画意的对句可能会因为人们偏好更有挑逗性的抒情小调而备受冷落。

从乡村多何俪到饭店多何俪，变化的不仅仅是歌词——表演者运用身体的方式也显著改变了。多何俪饭店歌手过去习惯于按夜间乡村集会的方式坐着表演，乐器演奏者在舞台上坐在他们中间，一道围栏把他们与舞池隔开。此后，舞厅业大佬切西林·舍尔帕进入了多何俪行业，要求他的所有歌手都站起来并跳舞。这个做法传播开来，现在加德满都50多家多何俪饭店没有哪一家以拥有坐着唱的表演者而自豪。最后一家跟进的是“拉丽古兰斯多何俪桑结”，靠近加德满都北部的长途汽车站。“做决定的是艺人们，”老板基兰·舍尔昌说，“他们觉得这样更好看，而且我们不得不跟其他场子竞争。”

多何俪中的舞蹈表演风尚出现在多何俪饭店之间竞争激烈的时期，每一家都在寻找超过或者跟上对手的出路。很快，一些多何俪饭店就开始追随舞厅在其他方面的领先步伐，也就是说，进入性行业。绝大部分女性多何俪歌手不是妓女。但是很多多何俪饭店中的女侍者被老板们大力怂恿，如果不是武力胁迫，同时去出卖色相。梅努卡·塔帕是前多何俪歌手，现在负责一个防止年轻姑娘们被胁迫进行性交易的非政府组织，她这样回忆她在一间多何俪饭店工作时的情形：“警察、军人、黑帮模样的男子会向老板索要女孩子，老板不敢说不。他们会强迫女侍者去。我们艺人要多受到一点儿尊重，但环境依然恶劣。”

梅努卡在她工作的饭店成功地建立了一个工会，结果她却受到恐吓而彻底离开了这个行业。现在她和外国志愿者一起组织实施她的非政府组织“保卫尼泊尔”的工作计划。回想起成为歌手的梦想时，她仍然满怀伤感。

多何俪与唱片业

“如今绝大部分音乐公司实际上都是多何俪公司——那就是他们制作的全部东西。我们尽量每样东西都做一点，但是没有民间多何俪我们就无法生存。”尼泊尔的第一家私营音乐公司“音乐尼泊尔”的创办人桑托什·沙尔马这样描述多何俪对他的生意的重要性。尽管他对“dohori”一词的用法包括了对句形式的独唱民间（lok）歌曲，但这仅仅是技术性细节，因为这些歌曲被竞赛歌手和饭店娱乐圈采用时也常常当做多何俪演唱。如今唱片业提供旋律，用在大多数演唱多何俪的场合——无论是遥远的乡村还是加德满都的饭店。调频电台、电视多何俪节目和兴隆的磁带销售保证了全国都听到同一种多何俪歌曲。

当许多多何俪乐迷第一次听说他们从录音制品上听到的多何俪歌词是预先写好的，而不是即兴创作的，这对他们是一件意外的事。录制的多何俪歌曲是当做诗歌来制作的，词作者力求叙事完整和韵脚完美。声音才是居于最优越地位的，在录制多何俪行业，这一点比多何俪世界的其他方面都更加真切。大多数著名录音棚多何俪歌手甚至连一行都不能即兴演唱；相反，他们靠嗓音出了名。资深录音棚歌手碧玛·库玛丽·杜拉以“乡村尼泊尔之声”而广为人知，她这样解释为什么她的现场表演这么少：“我愿意只是因为我的嗓子而为人所知。”仅仅作为歌喉而为人所知对女歌手而言大有好处——她们身体的其余部分和她们的私生活就离商品化和盘剥更远从而更安全一些。在录音棚里，举止稳重端庄，身上裹着纱丽的35岁上下女人向青春的渴慕传情达意，更因为多声道录音允许歌曲的各个部分单独录制，她们可能从未见过她们歌里的男性演唱者，甚至不知道他们的歌词是什么内容。她们的名誉保持完好无损，她们的名气随着她们唱的每一首歌增长，完全没有那些在表演中依赖身体的歌手面对的种种难题。

然而，如今已几乎不可能刚开始职业生涯就做录音棚歌手，而且初出茅庐的男女常常会发现他们在加德满都的饭店里演唱得更多了。是否必须在饭店演唱是衡量成功与否的标尺；许多饭店表演者都梦想着有一天他们可以从专辑拿到版税并受邀去海外演出，从而把饭店舞台上的苦役抛到身后。有几位近期获得成功的女性录音棚歌手，例如萨尔米拉·古隆和希拉·艾尔，在获得录音艺人的名声之后很长时期仍继续饭店演唱生涯。对这一现象意味着什么还没有定论：这些歌手的成功有没有让饭店职业变得对妇女来说更能接受？或者仅仅是唱片业屈尊俯就一个“较低层次”？丽塔·塔帕·玛加尔，目前加德满都薪酬最高的女性饭店表演者之一，在自己名下有两部专辑，还拥有学士学位，并上了很多年音乐和舞蹈课程。“我试过退出夜间工作（演唱多何俪）并找一份白天上班的工作，”她说，“但我就是离不开。它令人上瘾！”

就像那些持续许多个日日夜夜的富有传奇色彩的多何俪歌曲，关于多何俪的变化以及它们更广的社会意义的讨论似乎也会无休无止地进行下去。那些哀叹这些变化的人抱怨说，在录制和即兴创作多何俪之中，歌词都变得过于“自由”；各种竞赛受到操纵；饭店是卖淫中心；总而言之，这种文化遗产形式的商业化是尼泊尔荣誉的污点。于1998年开了加德满都第二家多何俪饭店的甘亚·辛格·古隆说，为促进尼泊尔民族认同，保存古老文化，并把这种山区—乡村艺术形式带到城市，这两个愿望曾激励过他。但是，他接着说，这个行业不断激发起来的保存文化的高尚动机现在变得不过是个谎言。另一些人，例如沙拉德·钱德拉·沙，他们举办的富于新意的比赛在新的环境里赋予日渐衰落的传统新的生命，他们更为乐观，强调竞赛、饭店和唱片业提供了许多潜在可能性，以维系多何俪并把它引向新方向。“现在不管发生了什么，多何俪都不会被遗忘，”他认为。多何俪表演的各种新环境划出新的社会界限，与此同时它们也在发挥作用改变旧有的社会界限，而多何俪出现在尼泊尔生活的方方面面，这确保它不可能轻易消亡。不同社会背景的尼泊尔人正集中精力塑造他们国家的未来，多何俪将继续在“新尼泊尔”多种声音的持续不断对话中发挥作用。

哥伦比亚大学

选自《当代世界文学》2008 年 1—2 月刊

（程　文　译）

全球化与世界文学

先着眼本地再着手全球

——选择性地方主义的兴起

扎克·梅司特①

在21世纪的第一个10年里，也许世界正变得更加平坦，不同的文明正处于冲突之中，世界末日的到来也并非杞人忧天。然而尽管过去20年间全球化理论的流行和通讯的进步，大多数人生活的根基本上仍扎在地方。

想一想每个周末下午，数以百万计的球迷们在全世界的大小城镇里穿上T恤衫，胸前印着他们省、市或者区的名字。不少人把主队的队旗画在脸上，高唱着颂扬当地光荣历史的战歌。在观看金莺棒球队（以马里兰州州鸟命名）的比赛时，巴尔的摩的球迷们吃着蟹肉饼，喝着百威啤酒。在观看西甲巴塞罗那队的比赛中，球迷们起一面十英尺高的加泰罗尼亚大旗。别去在意那些挑拣蟹肉的工人可能是从中美洲来的，或者那面大旗的产地是北非。场上的球员来自于世界各地，可能对巴尔的摩或者巴塞罗那并无感情。但是来自观众席的自豪与骄傲却仍分省市国界，土生土长②。全球化看来似乎遇到了它的对手——有选择性的地方主义。其结果是把20世纪60年代的格言颠了个个儿。越来越多的人现如今为了能够着手全球而先着眼本地。

---

① 扎克·梅司特现任俄克拉荷马大学副教务长，主管国际项目。他同时在国际和区域研究学院担任威廉姆·J. 克罗地缘政治教授，并任国际项目中心主任。

② 富兰克林·弗尔2004年的畅销之作《足球化世界：全球化的另类理论》，探讨了体育——全球化这对暗喻（哈珀，2004）。

跨国长期跟踪问卷调查的数据显示，世界各地的人们对全球化给他们生活带来的好处表示感谢。大多数人对自由贸易的一般理念、跨国集团和指挥市场的无形之手表示支持。《纽约时报》专栏作家暨《世界是平的》一书的作者托马斯·弗里德曼描述的未来是“有越来越多的人能够用前所未见的对等力量，方便无障碍地竞争、联系以及合作。”对此观点有人表示同意。但同时《佩尤全球态度项目》的调查也显示，来自48个国家的45000人的“关于全球化的世界观尚处于成形阶段，有细微差别，模棱两可，有时甚至有内在的矛盾。”

不少人深切地关注着作为一名21世纪的全球好公民到底意味着什么。这种忧虑并没有全盘否定威尔逊派国际主义者或者新保守主义者的世界观。（多元化民主的观点以及成为世界大生产链上一员的做法，比起自给自足的方式来更有利于发展经济和政治。这已被世人广为接受。）这场讨论也不是由那些想关闭或废除国际货币基金组织、世界贸易组织和世界银行的抗议人士所掌控的。大概除了极少数独裁政府之外，没有人希望——甚至觉得可能可以——让世界回到一个闭关锁国的，内战连连的时代。

然而，资本、劳动力和创意在这个越来越没有国界的世界里能够无拘无束地自由流动，这才是人们真正关注的。在西方和发展中国家里，大多数人都希望控制移民，加强边境安全。在非洲、亚洲以及中东，宗教与道德仍然手拉着手，不过在西欧不是这样。关于上帝的信仰和良善的标准，美国以及美洲很多地方对两者的关系并没有明确的统一看法。民主在国际上仍被人拥护，但仅仅是在对其自身有利之时。问卷所调查的发展中国家中有百分之三十把经济繁荣置于基本的民主自由之前。在俄罗斯，人们以二比一的比例认为要恢复俄罗斯在世界上的地位，需要一位强人领袖而非民主。

东欧人民仍然害怕来自政府的过度管制。发达国家和发展中国家在通讯技术上的差距在继续拉大。妇女权益的平等和同性恋者的被接纳程度仍不平均，世界各地的大多数人对环境的恶化表示忧虑。这难道就是1989年柏林墙轰然倒下，瓦茨拉夫·哈维尔和平地游行在布拉格街头时人们所想象的世界吗？

政治学家法兰西斯·福山在20世纪90年代初撰书认为，当代意识形态上的重大冲突已经结束。在政治自由主义和经济自由主义两条战线上的胜利将有可能把“大同社会”传遍全球。到那时“人类意识形态的发展进步与对西方自由民主制的普世奉行将成为亲民政权的最终形式。”① 美国的外交政策制定者也在这个10年看到了新时代的开端。美国总统比尔·克林顿的国家安全顾问安东尼·雷克，1993年在霍普金斯大学高级国际关系研究学院（SAIS）对一班未来的外交家讲话时指出：“围堵政策的后继者必为扩展策略—扩大拥有市场民主制度的自由世界……我们可以让这个机会从身边溜走。或者我们可以动员我们国家去推广民主，开拓市场，开拓未来。”② 实实在在的成效是有的：北爱尔兰争端经过谈判最终平息，然后有了经济繁荣。阿尔法特和拉宾在白宫前的草坪上握手，在第二次巴勒斯坦大起义之前有那么一段短暂的和平。土耳其人和希腊人放下武器，在大地震后互相帮助。纳尔逊·曼德拉走出监狱，重获自由。南非的种族隔离也以出奇的和平的方式被废除。

然而伴随90年代而来的动乱也遍布五湖四海：波斯尼亚、索马里、伊拉克、东帝汶、海地、利比里亚、车臣、塞拉利昂、科索沃、布隆迪、卢旺达。哈佛政治学家塞缪尔·亨廷顿认为“冷战”的结束可能仅把“你站在哪一边”的问题变成了“你是谁”。

---

① 弗朗西斯·福山最初在美国1989年夏的《国家利益》季刊杂志上发表自己的观点，随后将其出版《历史的终点和最后的人》（自由书局，1992）。

② 安东尼·雷克，总统国家安全事务助理，《从围堵到扩展》，约翰霍普金斯大学高等国际研究院，华盛顿特区，1993年9月21日。

在美国和世界各地，为着手全球而先着眼本地的呼声日益高涨。要改变战争进程，遏制核武扩散，停止种族屠杀，对这些事情采取集体行动并非易事。然而居民们仍可理智地选择如何保护他们自己的社区，抵制全球化浪潮带来的污泥浊水。这些决定反过来将会波及四方。

以“慢餐”运动为例，1989 年发端于意大利的皮埃蒙特地区（即使在意大利这样一个以美食闻名的国度，该地区的美食文化，巴罗洛葡萄酒和巴巴瑞斯柯葡萄酒依然享有盛名），慢餐的宗旨一直是“对抗快餐和快节奏的生活，挽救本地饮食传统，提高人们对下咽之物产地和味道日益消退的兴趣，以及关注我们的饮食选择对世界其他地方造成的影响。”时至今日慢餐在世界各地拥有超过八万名会员。在美国几乎每所大学校园里都有一个农家小馆，原料新鲜，产自当地。

由交通和环境构成的一系列问题，从另外的角度考验着哪些城市和拥挤的郊区以 21 世纪的世界公民的眼光，从本地做起。纽约市长暨即将参选的美国总统的独立竞选人麦克·布隆伯格在放眼全球的同时不忘从本地做起。他今年早些时候宣布，未来的五年内要用利于保护环境的混合动力汽车取代纽约所有的出租车。为了纽约市有更好的环境可持续性，到 2030 年将温室气体的排放减少三成，布隆伯格的提议是这个宏伟的计划的一部分。

经济学家穆罕默德·尤努斯以他开创和发展的“微额贷款”的服务，满足了本地需要继而产生了全球影响，荣获 2006 年诺贝尔和平奖。作为一名吉大港大学的年轻教授，他从自己的口袋里借贷 27 美金给一群贫困的手工艺人，后来作为担保人帮他们从传统银行里贷出了一笔更多的钱。他因而产生了创建格拉明乡村银行的想法。这家银行为帮助世界上的穷人发展经济提供了新思路。尤努斯就是先着眼本地，再着手全球的。

就像全球化的批评者常常忽视它积极的一面一样，那些狂热的拥护者对它的消极面有时也视而不见。诺贝尔经济学奖得主约瑟夫·斯蒂格里茨认为全球化使得“富人和穷人之间的差距进一步拉大，让越来越多的第三世界处于极度贫困状态，人均每日生活费不足一美元。”水涨但并未让所有的船高。在90年代里，世界总收入增加二点五个百分点，然而贫困人口的具体数字实际上却增加了。

着手本地但着眼世界也可能是危险的。疾病（“非典”，疯牛病，禽流感等等）如未能在本地得到控制，一夜之间便可能造成大流行。校园里的电脑病毒本是同学之间开玩笑而写的，却可能让遥远国度里的商用软件崩溃。在一个大陆上制造的大规模杀伤性武器，能对若干个时区之外的地方造成破坏。政局不稳的国家——饥荒不断，缺乏清洁用水，基本的医疗以及教育——威胁着半个地球之遥的国家的安全。如果只需花一块美金便能给发展中国家的一名儿童注射麻疹疫苗，那为什么到现在还尚未付诸行动？

另一派流行的全球化理论家，从较为冷硬的现实主义角度出发，认为21世纪残酷一面是让人振奋的，而非不祥的威胁。经济学家保罗·克鲁格曼曾指出：“一栋挨着一栋的样式相仿，风格雷同的房子或公寓可能确实难看，但和村里的茅屋以及城里的贫民窟比起来，已经算是天堂了。在办公楼里穿着西装和计算机打交道，信不信由你，总比在水田里挣断腰更诱人。”①

在教授关于全球化的课程时，我让学生对比1987年（他们大概是那年前后生的）和2007年。作为乐观的20岁的毛头青年，他们都注意到了全球通讯的普遍变化，从互联网开始，到个人电脑，手机，DVD，等等。我每次都从政治的角度补充道，1987年的大二学生如果想学国际关系学，则必须学关于苏联历史和政治的课。接下来我们就开始讨论20年以来地缘政治

① 保罗·克鲁格曼：《WTO的敌人：反对世界贸易组织的伪论点》，载《石板》，1999（11）。

的显著变化。最后在讲课结束时，我让学生们想象一下 2027 年，当他们都步入中年以后，再来讨论同样的问题会是一个什么样的光景。无一例外，学生们满怀希望地说交通以及科学将会有重大飞跃，日常生活的质量总体上将得到提高，世界上大多数地方能实现自由和民主。在承认全球化会有一些消极面的同时，他们看到的仍是一个光明的未来。如果他们对未来 20 年的看法是对的，那积极的改变将很可能会从他们开始—努力在本地，在他们的城市、乡镇和世界的各个社区找到全球问题的解决方案。

俄克拉荷马大学

选自《当代世界文学》2008 年 3—4 月刊

（吴永安　译）

移民、全球化与最近的非洲文学

塔鲁尔·奥杰德[①]

理查德·普瑞布指出，非洲作家作为一个整体可以说是“世界上最具跨文化性和跨民族性的群体，远超越其他任何地区”。非洲作家由于自身具有的身体的、社会文化的、心理的以及其他形式的混乱感——这些形式渗透到了他们独特的创作之中，成为了世界范围的移民和全球化现象的一部分。移民、全球化，和与之相关的流亡、跨民族性，以及跨界地区等现象对于海外非洲人文学作品中的文化身份认同、审美观、内容和形式都具有重要影响。尽管生活在海外的非洲人有用阿拉伯语、法语和葡萄牙语创作的，但是我在本文中只打算集中探讨生活在西方，用英语创作的次撒哈拉非洲作家的文学作品。对小说的重点强调反映了小说这一文学形式在当代文学景观中的流行。

生活在西方的次撒哈拉非洲作家根据他们独特背景和经历分别对他们的生活条件做出回应，有时产生的是一般的结果，而有时产生的则是特殊的结果。一般而言，20世纪四五十年代出生的非洲人与那些在20世纪六十年代以后以及在海外出生的非洲人所作的回应是不同的。那些20世纪40年代和50年代出生的非洲人在非洲长大并且在那里上学。在他们的创作中，这些作家倾向于将其本土的非洲环境与新的西方环境加以比较。这些非洲作家带着怀旧的情怀来审视他们熟知的非洲，并且通常在异国他乡保持自己的非洲身份。

在《生了个小人的上帝》中，现生活在加拿大多伦多的埃

---

① 塔鲁尔·奥杰德：《当代世界文学》编委会成员，2000年担任纽斯塔特国际文学奖评委，提名尼日利亚作家费米·奥索菲桑竞争该奖项。

塞俄比亚作家尼加·梅茨利基亚（1958年出生），通过一个令人着迷的悲剧爱情故事，反映了18世纪和19世纪封建的阿比西尼亚的社会阶级系统、伦理的以及宗教的种种斗争。如今在俄亥俄州立大学任教的南非作家查克斯·穆达（1948年出生）在《红色心脏》中描写的是同样的事情。他不仅再现了科萨民俗，而且描写了南非科萨人[①]地区的英国殖民化，以及数代对立的本土宗教团体。齐马卢姆·恩万科（1949年出生）是尼日利亚诗人。他在来美国学习、工作之前已经打下了深厚的伊博人[②]文化基础。他在《心灵深处》里用乌达拉树的意象唤起了传统的非洲精神。

这些作品充满了怀旧感，故事都以具体时间地点为背景。梅茨利基亚的《生了个小人的上帝》和穆达的《红色心脏》分别描绘了阿比西尼亚（今埃塞俄比亚）和南非的科萨地区独特具体的风土人情。这些作家使用优美婉约的语言描绘了当地特有的植被、河流、山川，勾起读者无限的回忆与怀念之情。

生活在西方的较年长非洲作家们的这些作品，有大篇幅的对故土民俗的描绘。《生了个小人的上帝》充斥着民俗。玛乌—利莎和阿马的追随者之间的冲突贯穿着整篇小说。小说的主人公古都是一名诗人兼专业演员，他不仅叙述故事，也讲谜语和其他传统的比喻。《红色心脏》同样也讲述了诸如昂卡乌瑟[③]这样的科萨先知的神秘故事。昂卡乌瑟分开了波浪，让阿马科萨通过，却淹死了他们的敌人。这些作家们对神话

---

① 科萨人（Xhosa），生活在南非东岬角的一个民族，他们于17世纪由扎伊尔迁徙而来，内部又包括许多不同的宗族。科萨部落拥有非常丰富的文化遗产并且在南非的发展中发挥了重要作用。1994年，在民主选举中当选为第一任南非总统的纳尔逊·曼德拉是最著名的科萨人。如今仍然保持着传统风俗习惯和生活方式的科萨人仍然以他们精美绝伦的串珠工艺品而闻名。科萨人实行一夫多妻制，土地公有，按需分配。——译者注。

② 伊博人，指生活在西非尼日利亚东部的居民，他们所说的“伊博语”（见下文）属于几内亚语族的克瓦语。“Igbo”又作“Ibo”。——译者注。

③ 昂卡乌瑟（Nongqawuse：1840—1898），著名的科萨人女先知。其所发出的种种预言导致了在1856年至1857年的科萨人牲畜大屠杀危机中达到高峰的千禧年运动。——译者注。

的依赖是其文化身份的一种表述。

这些作家对于其抛诸身后的非洲有着深刻的理解，在讨论要发展还是要人民"红色"的民族性，要发展还要保持纯朴原始的生态环境（传统草药依赖该环境生长）的大争论中，他们为非洲的道德、民族及发展问题献计献策。这些作家喜欢赞美古代的美德，他们认为当代非洲可以吸收这些古代美德以变得强大；因此，他们也喜欢运用英雄主义和怀旧的语言，在这种语言中，过去岁月呈现在人们面前。

1960 年以后出生的非洲人（有些是移民的后代），充其量对非洲只具有模糊的记忆，对非洲的传统环境和社会的记忆更是如此，而且他们也没有被人们当做法国人、英国人、葡萄牙人、德国人、荷兰人，或美国人，有些甚至还未被接纳为所在国的国民。这些非洲作家所写的作品与他们那些拥有很多非洲经验的同道截然不同。这个群体中的很多人遭受了与非洲大陆心理隔离的痛苦。用阿德桑米的话来说，这些"后殖民的孩子们"，是在西方接受教育的，他们之所以想象非洲，是因为他们从身体上和文化上都没有体验过非洲大陆。

老一辈作家所呈示的历史感似乎正在丧失。克里斯·阿巴尼的《恩赐之地》和色菲·阿塔的《万善将至》分别是以 20 世纪 80 年代和 20 世纪 70—90 年代为背景的，然而，这两部作品并不像《生了个小人的上帝》与《红色心脏》那样对历史细节着重强调。而且，在年轻一代流亡作家的作品中，极少有对民俗描写的初步尝试。

年轻代非洲流亡作家的大多数小说探讨的往往是成长的主题。阿巴尼的《恩赐之地》、齐马曼达·恩戈兹·阿迪奇的《紫色的木槿》，以及乌佐丁玛·依维拉的《没有民族的野兽》全部探索的都是这一主题。随着故事的主人公埃尔维斯在拉戈斯的玛洛科贫民窟暴力和毒品充斥的环境中长大，阿巴尼为他画了一幅肖像；在阿迪奇的小说中，故事叙述人、严厉的天主教徒尤金的女儿卡姆比利，在前往阿巴和恩苏卡的旅行中，在与她祖父恩努库老爹、婶婶伊菲奥玛，以及整个家庭的接触中逐渐被改变了。卡姆比利扑到父亲阿马迪身上是她的成长经历中的性觉醒的一部分。依维拉的《没有民族的野兽》中的儿童士兵主人公兼叙述人遭受了残酷的暴力折磨，最后想去上学并过上正常儿童的生活。

尽管梅茨利基亚和穆达等老一辈非洲流亡作家对历史持一种浪漫的解读，并且对非洲的文化、社会和环境充满乡愁，但是阿巴尼（1966 年出生）和依维拉（1982 年出生）等更年轻一代的作家则对非洲历史持更加批判的态度，而且对非洲文化往往表现出一种冷漠态度，指出这一点是非常重要的。就此而言，阿迪奇对恩努库老爹以及其信仰的传统宗教的正面描绘非常罕见。

年轻一代非洲作家的一个重要比喻是暴力。生活在美国的非洲作家的最近两部作品——阿巴尼的《恩赐之地》和依维拉的《没有民族的野兽》（2005）——很好地解释了这种现象。在阿巴尼的小说中，他描写了强奸、吸毒以及买卖人体器官等现象。

在海外生活和写作的一些非洲作家的语言有别于非洲本土作家，别具一格。就一个由尼日尔人讲述的关于尼日尔人的故事而言，阿巴尼使用的语言并非西非人所用的英语。蜻蜓、蚊蝇、褐石屋，以及其他的措辞方式表明，这位非洲作家在努力使用他的外国读者们的语言。

同样，依维拉将其小说的背景设置在非洲，并且赋予了少年阿古（他夸耀自己读了很多东西，但是所受教育实则有限）与洋泾浜伊博语毫无关联的稚嫩英语，但是他为这个男孩创造了属于他自己独一无二的古怪语言。由于没怎么上过学，他给已是复数形式的“feet”再加上一个“s”，以及其他一些不合语法的表达方式和行为都能被读者理解。

然而，像“听”“棚屋”“懒汉”，以及大多数体鸣乐器①等单词使得这个故事易于为西方读者所理解，而不仅仅是对孩子教育、文化，以及社会背景的反映。

另外两个非洲作家，尼日利亚人色菲·阿塔（1964 年出生）和加纳人穆罕默德·纳什胡·阿里（1971 年出生）表面上似乎总为西方或美国读者写作。阿塔对于在拉戈斯的尼日利亚人中稀松平常的服装款式和食品种类这些简单的文化符号加以解释。例如，她写道：“裹腰是妇女们围绕在她们腰际的布。”她还解释说：“一般的佣人我们叫做男仆、女仆。”穆罕默德·阿里在其短篇小说集《宗果街的先知》中也是这样处理的。在《马拉姆·西勒》中，他写道：“阿比巴想方设法收回萨马杜欠他们的钱，这笔钱是 80 塞地②——约合 4 美元。”在同一个故事中，他写道：“她脖子上的血管根根直立，就像每年的摔跤比赛上的魔力（魔法）斗士一样。”这位在布鲁克林安营扎寨的作家将 *akpeteshie* 这样的加纳术语解释为“廉价的烈性酒”。他在讲述故事时也解释伊斯兰术语。

这种考虑到潜在的非非洲或西方读群，并且被移民和全球化影响的写作方式并不只存在于年轻一代的非洲流亡作家之中，年长的作家也会采用。在《红色心脏》中，穆达就科萨人的术语和习俗作了很多解释，但他似乎并不只瞄准西方读者，而是世界范围内的非科萨人。

许多非洲作家，尤其是那些稍年长的作家，他们通过频繁的访问重新与他们的非洲之根联系起来。用乌尔利希·贝克的独创词语来说，这些作家践行着“一人多家制”，并且对多个地方怀有浓重的归属感。恩万科就隶属于这类作家，因为尽管他在美国工作，但心却时刻与尼日利亚故乡联系在一起。我们可以在《心灵深处》中看出这一点，诗人在这部作品中探索了

① 体鸣乐器，指无需皮、膜覆蒙的打击乐器，由具有弹性的木料或金属制成，本身能震动发声，如锣、铙钹、钢片琴等。——译者注。

② 塞地（cedi），加纳钱币单位，简写为。——译者注。

由乌达拉树所象征的传统非洲生活。

大多数非西方人都将全球化视为全球西方化，认为它威胁并要摧毁文化多样性。目前，一些非洲文学作品仅仅或主要为了满足西方读者而创作。例如，阿巴尼和依维拉的作品，其中似乎缺少了一份对非洲的乡土、人民、世界观及情感的真实反映。就此方面而言，将一部长篇小说的背景设置在非洲成为了一种方便工具，而起不到真实反映或烘托人物的艺术作用。

西方及其文学传统可以进一步唤醒海外非洲作家的创作意识。有趣的是，阿巴尼和依维拉两人，像特斯·昂乌姆在《把它告诉女人》中以及厄恩斯特·厄门尤努在《我们祖国的传说》中所作的一样，描绘了传统和现代尼日利亚伊博社会中的同性恋生活方式。西方的生活赋予了这些作家以勇气和自由去表达和暴露这一现象。同样，定居在法国（她在那儿既受欢迎又臭名昭著）的喀麦隆作家卡利克塞·比亚拉（1961 年出生）创作的即描写女同性恋主义、性虐待、女性自残以及其他表现肉欲色情的长篇小说。这些主题可以在西方公开地被讨论，但是在她本土的非洲却往往是受压制的。于是，在总体上自由的西方赋予了作家自由去书写在非洲被视为禁忌的主题。

有些非洲流亡小说反映的是移民生活，即便有一些小说描写返乡题材，但如此也丰富了题材的多样性。在阿迪奇的小说中，慈祥的伊菲奥玛、狂热的尤金，同她的孩子们一道去了美国，她女儿在那里写道："我们不再笑。"尽管移民到发达的西方是对非洲贫困生活的一种解脱，但迁移却也给人们带来了种种心理上的，精神上的诸多问题。阿巴尼笔下的费利西亚也把前往美国当做是对失效的尼日利亚社会的一种逃避。

如同由于某种原因离开非洲的人获得了解脱一样，那些带着问题回到非洲的人物形象也最终获得了自我满足感。总体而言，这是一种新型的异化。在穆达的《红色心脏》中，卡马古不仅为南非的新民主感到幻灭，也因为有海外经历而遭到人们的歧视。他不熟悉新的“自由舞蹈”，因而找不到工作。然而，他所创立的合作社组织以及他的智力贡献却使科罗拉社区受益。

在我的小说《活动分子》中，主人公离开美国前往他的尼日尔三角洲故乡，却面临着挫折与不适，以及其他难题。不过最后，随着他使尼日尔三角洲的普通老百姓意识到他们所受的剥削以及环境的恶化，他的努力产生了结果。当他担任了尼日尔三角洲政府的总督时，他创建了一个处理环境和矿业问题的部门，承担起解决污染、健康以及边缘化问题的责任。

旅居西方的非洲作家的创作中存在着丰富的形式实验，尤其是在诗歌方面。在诗歌集《玛迪巴》中，奥加加·伊弗沃多（1966 年出生）在一系列向纳尔逊·曼德拉致敬的诗歌中采用了十四行诗形式。他严格遵循十四行诗的形式，以致这 27 首十四行诗象征了曼德拉由于其反种族隔离的种种活动而在罗奔岛最高级别戒备的监狱里度过的那些岁月。恩万科的诗歌以及我自己最近的诗都特别追求形式，这样就回应了频频针对第三代非洲诗人、认为他们牺牲形式而更多关注内容的批评。恩万科的《心灵深处》中的大多数诗歌是以规则的诗节为特色的。

海外的非洲作家书写非洲和非洲经验的现象方兴未艾。过去只有寥寥几个海外非洲作家书写非洲。现在，由于移民和全球化，有那么多的作家居于非洲大陆之外而书写它。尽管这种现象仍在继续，我们依旧可以从目前旅居西方的非洲作家关于非洲的作品（包括小说、戏剧、诗歌）中得到一些明确清晰的结论。由于生活在非洲故土之外的全球化时代的西方世界，这些作家在主题、题材、风格及以体裁形式等方面不断创新改变。当代的非洲移民似乎正在经历杜波伊斯①在20世纪中期所描绘的“双重意识”，即“两重身份——美国人、黑人；两种灵魂，两种思想”——的“独特感觉”。我们无法预料创作中的新方向将会在何种程度上证明这个问题：这些作家是否仍然是非洲作家或者已是属于另一种社会文化现实的作家？随着时间的流逝，海外的非洲作家或许可以发展他们自己的流亡者身份。移民和全球化现象对于非洲文学具有巨大的影响，为非洲文学的发展壮大以及对当代非洲状况的描绘提供了多样化的视角。

北卡罗莱纳大学

选自《当代世界文学》2008年3—4月刊

（姚建彬　译）

① 威廉·E. B. 杜波伊斯（William Edward Burghardt DuBois：1868—1963），美国著名黑人学者、美国社会学创始人、黑人民族主义的杰出先驱、泛非洲主义之父。——译者注。

老舍笔下的留学生人物：全球与本土的辩证关系

黄承元①

夏志清先生曾指出，现代中国作家耽溺于“中国”这一命题。这种跟中国摆脱不了的情怀，源自20世纪初的作家在自身及外来文化间的挣扎。本文探讨现代中国文学中“他者”和全球与本土辩证关系，特别是“历史的孽子”在中国著名幽默及讽刺大师老舍（1899—1966）的作品中的地位。中国20世纪全球主义的话语可以回溯至老舍笔下的中国海外留学生。老舍1934年的短篇小说《牺牲》只是其中一个例子。在20世纪初的中国，现代化进程深入社会生活的各个领域，当中包括文学场景。跨文化交流的经验深深烙印在现代性的摸索过程中。

老舍本人对国族主义及全球主义都抱有存疑态度，而他对自己的这种定位以及含糊的文化地域性和自己作为文化中介者这一角色等，都抱有自觉意识（他曾经旅居英国、美国、新加坡等地）。诚如王德威的研究显示，与他那一代的作家相比，老舍具有突出的喜剧才华和幽默意识。但除此以外，老舍的独特处在于他没有堕入东西文化和道德价值的两极化思维中。

老舍的中篇小说《牺牲》探讨的一个问题就是个人能否在不同文化认同和身份之间来去自如。老舍的小说里面那些自诩为文化中介的人往往对全球主义抱持幻想，并以此揭露胡适和陈独秀这一代知识分子在中西文化论战中对西方文明偏重物质主义的片面理解。老舍的小说，不但批评了同期人物的“自我东方化”倾向（即建构一个永远与“非中国人”相对立的“中国”），同时也对物质主义世界观提出质疑。这些张力以闹剧形式表现于小说的诙谐情节，也体现在其夸张化和塑造成小丑般

---

① 黄承元：美国宾州州立大学助理教授，兼麻省理工学院研究员，从事比较文学及中国文学研究，著有*Chinese Shakespeares: Two Centuries of Cultural Exchange*（美国哥伦比亚大学出版社，2009）等著作。

的角色里面。留学生人物因此经常出现在老舍小说中。

基于各种原因，在中国现代性的话语中，美国占有特别的位置。老舍小说中多次出现的一个主题，就是有关文化身份认同的争论。不论是《牺牲》还是《文博士》，都对物质主义的世界观作出相类似的嘲讽与呵斥。一如毛博士和文博士，上海的都市风尚追求一种与消费主义密不可分的所谓国际化生活：身穿美国制衣服，用日本制仪器观看欧洲歌剧，或享用西式餐肴，与此同时又能过中国的节日，用中国旧思维生活。尽管自己曾经旅居多个国家也认同多元文化主义，但老舍质疑在两种文化之间生活的可能性。他批评这种单纯通过引进西方技术把中国现代化的企图，也不信任那些在国外自居为中国代言人，在国内则以优越姿态担当西方文化引介者的知识分子。因此，他笔下便出现了一系列的“海外留学生”。他们不是住在西方，就是回到了中国，继而在自己所一知半解的西方知识与中国当下现实之间徘徊挣扎。老舍讽刺的对象，就是那些从欧美回国洋洋得意的人物。

《牺牲》写一个人物沉沦的故事。主人公坚持所有人都必须尊称他为“毛博士”。这个短篇小说的情节围绕着毛博士的个人习性以及他那有关“美国精神”的荒谬论调。他经常给他的大学同事老梅“上课”，吹嘘自己的美国经验。他劝告同胞家里都要有浴缸，因为它被视为文化建设的象征。对他来说，回国是不情愿但又有胜利意义的举措。从海外留学归来的他，自认为精英阶层，看不起同胞，但是又不得不回国。于是“牺牲”和“要是在美国”成为他挂在嘴边的口头禅。毛博士不论在他的“西方”观念与民族身份之间，还是在其“国际化”外表与中国现实之间，都存在许多落差，最终使他落得讲话无人明白，继而什么也不（能）说的下场。他的自恋和自我沉溺把问题弄得更糟。故事的叙事者说得很贴切：毛博士是一个“半生不熟”“四不像”，不完全像中国人，也不完全像外国人。当然，故事中那些与毛博士相反，坚持本土主义（拒绝接纳非中国元素）的人物也受到老舍的嘲讽。

毛博士与其他角色的交流，彰显了新的文化认同和与生俱来的文化身份之间的张力。衡量一个城市的文明程度（或未开化程度）时，毛博士奉其所见闻的美国城市生活特征为圭臬，凡是越接近这些特征的便越好。他每每以西洋奇观作为比较基础，矫饰地重塑中国文化和物质生活的病根性。毛博士凡事仿效美国的做法，形成了一道两难式，使他那套带有物质主义的世界主义观与叙事者所维护的中国人的生活价值观，宛然成为两个对立面。叙事者不时以批判的角度，记述毛博士对一切“美国”事物的痴迷。他那套空洞造作的世界主义观，目的不外乎是以此指斥没出过洋的中国人。毛博士的远景里面理想的美国式生活，其实是中产阶层的家庭生活。奈何当时中国的中产阶层人数仍少，不足以成为塑造社会体制和潮流的重要力量。但事实上，他连两个文化各自的社会阶级都没有看出来。对中产生活的憧憬，投射成一幅家居景象，被他扩大为“美国”的唯一文化图像。从西式物质文明（浴缸和沙发）到西式的家庭结构（核心家庭），毛博士照单全收，每天念兹在兹。但是当他结婚以后，他的家庭中传统中国的性别分工依旧。滑稽的图像衍生喜剧的效果。结婚后的毛博士根本买不起钢丝床、浴缸、沙发。到了最后还是经济和社会的流动性，而非文化身分，主宰一个人的生活模式。《牺牲》的结尾充满愁思的弦外之音，在笑语中带着悲情。毛博士的天真使他在两个文化之间苦苦挣扎。

在中国现代文学中，除却他的滑稽行径和习性，毛博士并不是一个孤立的人物类型。他是个放纵的孤独者，与中国现代文学中为人熟悉的孤独者，如鲁迅的悲剧角色阿 Q 等不同。但是毛博士的特征，跟鲁迅笔下的魏连殳，甚至自恋的孔乙己和阿 Q 有某些相同之处。《牺牲》描画出一幅失败的世界主义图像，也流露出对消费主义作为文化全球主义根本的嘲讽。此外，毛博士也是早期“留学生文学”的典范。“留学生文学”

是“旅行文学”的一个子类，于19世纪晚期在中国出现，1930年代为其繁盛期。许多作家纷纷在作品中分享其留学经验。中国作家把他们的游历用纪录（如梁启超）或虚构的形式（如老舍）表达出来，反映出跨文化的空间和距离。毛博士在老舍的小说里可能是一个不显眼的角色，但他并不是单独的例子。类似的角色也出现在老舍的其他作品中，如《文博士》以及鲁迅《阿Q正传》里被称为假洋鬼子的钱先生长子、钱钟书《围城》中的张吉民和森鸥外《舞姬》中的太田丰大郎。

“假洋鬼子”傲慢地用西洋手杖将自己与本地人区别开来。他与阿Q和其他角色用洋泾浜英语打招呼。同样地，在美国读书，及后在上海银行工作的张吉民偏好别人叫他的英文名字Jimmy。《围城》的主角、曾留学欧洲的方鸿渐，就在一个相亲的场合对张吉民满口的洋泾浜感到啼笑皆非。至于小说中另一角色韩学愈，在日本侵华期间于一所中国内陆大学（三间大学）当起教授，后来被发现是买了假的博士文凭。但在别人的眼中，他的白人妻子的美国身份（其实是“白俄”）却能为他“美国文凭”的真实性撑腰，因此也就不再质疑。这些角色用不同的方式寻找西方时，都表现出毛博士的物质主义世界观。在这些作品中，很多角色乐于展现“西方”的物质主义世界观，但他们深层的中国式思维使他们不能成为真正的现代全球主义者。这些文化中介者的问题不在于他们对种族的背叛，而是他们没有能力真正理解西方，或内化另一文化的思维方式。

我们可以把《牺牲》视为探讨全球主义可行性的作品。毛博士和叙述者代表了保守派和改革派自相矛盾的论述。毛博士期望自己的西方学历和经验，能让他凌驾于国人之上。他机械式地把美国的标准套用于自己对美式生活的憧憬里面，而没有意识到阶级分别与文化分别是同等重要的。整个故事除此以外，并没有直接地解构爱国主义、沙文主义或西方功利主义。毛博士以及相对应的老梅、叙事者等，都是在寻找与对方相反的元素来定义自己的文化身份。

老舍以故事形式表现全球与本土的辩证关系，似乎想要探讨人们是否只要通过出生或文化适应，就无法拒绝让“本土”定义自己。他把众角色置于不同传统交接的十字路口上，行文同时受到英国及近代中国揭露小说的具体影响。小说角色受到特定话语定型，这种话语反映了沙文主义的匮乏以及相反的情况。比方说，毛博士把文化身份印记进行去本质化，此举跟其他角色行为中相对应的意识形态投射呈反差，使全球主义成为引发“理所当然”式回响的接口。很明显，老舍本人对“文化孽子”这课题深感兴趣。老舍的问题是为20世纪初期读者提出的，但对21世纪读者来说仍具有意义。

生态文学

在全球化时代书写家园

勒尼德·克里斯滕森[①]

尽管旅客、货物及新闻在全世界范围内传送已不是什么新鲜事，但是，只是最近以来，我们才开始把我们自身想象为一个全球性共同体。如今能够立马得知你在利马的朋友病情是否好转或东京是否下雨这样的能力，实在太平常了，没有什么可惊奇的。亚洲的股市立即对美国下挫的利率作出反应；一台电脑元件在日本生产，组装在北卡罗莱纳，关于电脑的各种询问由印度解答。——这种现象也不能再激起人们的讨论。对于我们中那些生活在最发达社会的人们来说，这是一个很小的世界，并且还在一天天变小。

然而，在上述贸易与信息的全球网络之下旋转着的是我们一直栖居的星球，只不过被消耗得更厉害罢了。随着科技的发展，弓箭刀枪变成了巡航导弹，楔形文字演化为集成电路板，但我们对环境的影响也更加严重。在一个较小的范围内，人类栖居的各种影响仍然是地方性的：在耗尽了附近木材的情况下，豪德诺索尼人[②]会把他们的村子搬迁到上游去，直到森林恢复生机。而现代人类的栖居对于环境的冲击则更加强烈，可以将酸雨和食物链上的杀虫剂传送过防卫得最好的国界。目前，在伴随全球化时代到来的危机之中，我们发现工业化正在

① 勒尼德·克里斯滕森是佛蒙特州普特尼一所环境人文学院——绿山学院的英语及环境研究副教授。

② 豪德诺索尼人（Haudenosaunee）即易洛魁人，他们是欧洲人抵达北美之前的土著印第安人。——译者注。

改变全球的气候；人们开始捕捉到加利福尼亚高速公路上的车流与冲毁孟加拉国许多家庭的洪水①之间的密切联系。

在这样的时代，我们或许会期望我们的生态作家们将他们全部的注意力转向气候变化、乱砍滥伐、水短缺或发展中国家工业污染等全球性问题。不过，在某种令人惊讶的程度上，这些论题仅仅被留给了新闻记者们和科学家们。当我们翻阅诗人、小说家和散文家们的著作之时，发现他们中的很多人与故乡的关系非常密切，仍然在书写亚克谷②或黑水池塘③，帮助我们欣赏世外桃源的美景比人类更多的世界。乍看之下，在全球性危机时代对于这些地方的关注或许有些天真，如果不能说是杳不相涉的话。即便是比尔·麦克吉本第一次把公众的注意力转向了全球性气候变化，而他最近的一本书关注的却是漫步穿越尚普兰湖流域。一个曾在书中大声疾呼世界上再偏远荒凉地方也已经受到人类活动的污染，并给书贯上可怕标题《自然终结》的作家，竟会在二十年后，在人们已因其警告而醒悟的今天开始撰写田园乡村题材，这怎么可能？

我的意思并不是要主张在生态文学中完全缺乏全球视角。作为当代生态文学第一发源地《俄里翁》杂志的最近几期登载了来自尼加拉瓜、日本以及南极洲的文章，还有几篇集中探讨了全球化的环境影响。大学生们如今在生态文学课程上阅读奇努瓦·阿契贝、赫默罗·阿瑞狄斯、阿荣德哈迪·罗伊的作

---

① 作者在这句话中使用了“双关”的修辞手法，前半句所说的“车流”（a flood of cars）比喻性地使用了后半句的“洪水”（flood）一词。作者意在让我们去关注人类的栖居同全球环境恶化之间的内在关联；即便是在那些表面上看来相隔很遥远的不同地域发生的不同事情，它们之间也是有联系的。——译者注。

② 亚克山谷（Yaak Valley）：位于美国蒙大拿州遥远的西北角上，属于占地500000英亩的科特奈国家森林公园的一部分。自20世纪60年代以来，回归土地派、嬉皮士以及其他各路环境保护人士开始在此定居，他们对于推动当地的环保进程起到了重要作用。下文提到的巴斯笔下的亚克山谷就是指此而言的。——译者注。

③ 黑水塘（Blackwater Pond）：美国马里兰州东马里兰湖区的一池塘名。下文提及的诗人玛丽·奥立佛曾经创作了以《在黑水塘》为题的诗集。诗人以亲身体验为基础，用简朴平实的语言，对黑水塘周边生态有详尽而颇富诗意的描绘。就思考人类自身与其所属环境之间的亲密关系而言，《在黑水塘》是一个不可多得的文本。——译者注。

品。然而，一般来说，如果有些读者因为大多数当代生态写作执拗地关注地方而极为反感，我们也不必为之感到奇怪。对于巴瑞·洛佩兹或彼得·马提森的每一个来自北极或喜马拉雅的动人故事来说，似乎有好几打作家激情满怀地描绘着他们自己的方寸之地的风貌。

然而，我们不应该认为这样的文学忽略了全球化的种种现实。事实上，这样的文学或许是对全球化的一种回应，因为对于全球性环境的诸多难题来说，最根本性的解决之道有时就是地方性的。的确，为了限定碳排放额度，我们必须从国内和国际范围采取行动，但是这样的行动仅仅是延缓了由工业化的不可持续形式导致的危害。与此同时，一如麦克吉本和其他人目前所争辩的，我们必须巩固各个的共同体并且创造能够在历经矿物燃料衰落之后仍然能够挺过来的地方经济。当石油储备不断减少，油价上涨，当田畦里胡萝卜真实告诉我们从加利福尼亚出发的运输费时，我们才切实体会到地方农场、园艺以及地窖的重要性。

按照某些人的看法，如果我们愈加彻底地将我们自己想象为全球公民，就愈不可能关心我们所栖居的这个星球。“不管人们是如何把这个世界当做一个整体来热爱”，温德尔·贝瑞评论道：“他也只有通过负责任地生活在这个世界的某个微小的部分才能充分地生活。”我们与自己所生活的地方缺少私人联系，反而创造了促使地方性、全国性以及全球性环境恶化的条件。我们所谓的环境问题实质上只是一个更深层问题的表征而已：把自身等同于有机物的本质误解。我们已经忘记了“不存在个体这样的事物”，一如生物学家尼尔·埃温登所解释的，“只有‘存在于环境中的个体’，即只有作为地方组成部分的个体，个体是由地方所界定的。”①

我们中的许多人还没有感到自己与那些容纳我们、滋养我

① 埃温登：《超越生态学》，载《北美评论》，1978年冬季号。

们并接纳所有废物的生态环境之间有什么个人联系，也不对环境承担任何义务。如果我们的确曾经感受到了这份联结，那么我们每天所做的选择看起来就会非常不同。同我们生活在其中的地方建立联结的最快捷途径就是逐渐学会把自我视为我们的地方共同体——人类的和生物的两种共同体——的组成部分。一旦我们意识到无地方性的危险，许多生态文学对于地方性持续不断的强调就有意义了。

虽然美国风光存在着令人惊异的多样性，每一个有几千人的小镇看起来却带着某种版本的类似面具。那些在美国国内旅行的人们知道我说的是什么意思，而且很多人对于每一家假日酒店、每一家皮萨屋都跟最近去过的一样这一事实感到心安理得。高速公路切开的每一个地方本身——典型的生物群落以及被称为生物区的地貌——仅仅是背景。我们不是将自己的家乡理解为一个个流域或许多植被群落，而是理解为人类的种种建构物：一个个的县、一个个的邮政编码、一个个的国家。我们穿梭于机场、办公室匝道和购物中心之间。因此，我们像一个民族被流放了，远离自己的家园。但是与被迫离开故土的千百万人不一样，我们是自愿的。我们是如此彻底地从地方的独特性中解放了出来，以致我们甚至都不知道我们正在失去的是什么东西。

没有什么东西会比这种情况更加不自然，更加危险。虽然宗教和哲学传统一再强调人类是如何的独一无二——无论是从灵魂还是高度进化的大脑而言——但是作为继承人的我们大多都忘却了这一点，即在服饰和精心修剪的秀发之下，我们仍然是哺乳动物。像其他的哺乳动物一样，只有通过获得水、矿物质和热量，我们的生命才变得可能。许多动物从它们最邻近的环境中获取这些必需品，然后它们在体内经过转换又返回自然：吸入的氧气被作为二氧化碳而呼出，而水和食物则在体内充分循环后将多余的矿物质返还给土壤。生命终结之际，动物的尸体就反过来滋养它们的邻居。这种投入和产出是封闭式循环，将生物融入到它们的环境中去。

这也是人类和他们的栖息地之间的历史关系。然而，随着时间的流逝，技术已经使得我们可以将这些循环远远地延伸出我们最接近的环境。我们学会了保存热量的运输方式，并且学会了从别的地方交易货物。尽管这种情况已经持续了数千年，使界定了文明的大多数进步得以实现，但仅仅是在最近，我们的存活才变得如此依赖在其他环境中发生的事情。一个世纪以前，屠夫的牛肉也许可以通过铁路到达市镇，但是大多数美国家庭仍然种植他们自己的某些食物；如今，那些一度将我们同我们的栖居地紧紧地捆绑在一起的循环路径已经扩张得如此遥远，以致我们从而再也看不见它们了。我们已经逐渐相信，食物来自超市，而水则出自水龙头；至于我们的废气物上哪儿去，我们宁可不知道。

当人们不再明白他们的卡路里自何而来时，要关注生产了卡路里的环境就变得愈加艰难。当然，这种断裂远远超出了食物。只要我们刻意回避负面新闻，就可以永远活在自己的幻想中：我们每天所做的选择是自己的事情，与他人无关。除非我们不怕麻烦去调查，否则一个辛辛那提家庭住宅后面的露天平台就只能是一个新露台。正在露台上享受午餐的那个家庭丝毫感觉不到任加利福尼斜坡泥石流掩藏的无数鲑鱼或那些因无木可伐而失掉工作的伐木工人跟自己有任何关系。几乎我们所有的便利设施都在某个地方留下了印记，不管是我们膝盖上的电脑，还是我们的冰箱内的草莓，或者是我们的火炉中的热量。假如我们对于它们的生产——露天开采的铜矿、顺流而下的杀虫剂、为了保证获得石油而丧失的生物——所留下的痕迹做过多的思考，那么它们的吸引力就失去了光泽。但更轻松的方法是宁愿不去了解事物从何而来。

即便在全球化扩大了我们的选择与其环境影响之间的距离的情况下，一种草根运动正在走向生物学上所说的地方主义。在整个美国，越来越多的人们正在寻找地方上的食物来源以及其他由附近出产的产品（见证了过去10年来农民市场以及社区支持农业[①]的成长）。有些人使他们自身专注于他们所在生物区的深刻历史，研究深入到了地质构造，并试图将当地人的栖居放到更大的环境去评价各种可能性。其他的人则把日记和彩色铅笔带到田间地头，因为他们发现为邻居们画素描提高了他们的感知力。

当然，成为一个地方性公民需要比全球公民需要更多的时间和努力。我们会打湿靴子或受到伤害，甚至曾经离群避世的奢侈幻想也最终被打破。但是我们一定能找回曾经被遗忘、认为理所当然的亲密关系。我们之中那些想要了解栖居地的人不仅仅是被一种责任感所吸引，更是被一种愿望所牵引，一种想要归属于某个东西的愿望，这个东西比所谓的市场人口统计学更大，更深远。这种了解人类怎样才能更好与其生活的地方相处——我们称之为生物开发论或再定居理论——之中去的过程是当代环境主义的一个不可或缺的组成部分，而且也是我们地方文学的直接灵感。

故事讲述人总是把诗人的心和自然主义者的眼睛转向地方风貌，这种情况并没有什么新奇之处。从一开始，最有价值的篇章就几乎肯定是那些帮助人们明白他们的栖居地的故事：当小溪枯竭之时到哪里去找到水，当草叶变黄之际北美驯鹿可以到哪里去啃草。当格鲁斯卡贝[②]猎获的猎物超过了他能够消耗的量时会发生什么事情呢？只有当人们开始依赖于别的人供应他们的基本需求时，环境才会逐渐消失为背景，仅仅成为人类种种活剧的一个布景。

盎格鲁-美国的“自然写作”出现于18世纪的中叶丝毫

---

① 社区支持农业（Community-supported agriculture，缩写为CSA）是一种农业与食品配置的社会—经济模式。社区支持农业由承诺为农场运作提供帮助的个人共同体组成。这样一来，耕地就成为了共同体的农场，耕种者和消费者互相帮助，共同分享食品生产的风险与利益。——译者注。

② 格鲁斯卡贝（Gluskabe），是北美创世神话中的文化英雄。他身形伟岸，威力无比，被描绘为佩诺布斯科特人印第安民族创世神话的造物主。——译者注。

都不奇怪，那正是在工业化社会及其生态后果变得日趋明显之时。但是，吉尔伯特·怀特的《博物志与塞尔伯恩的古迹》(1789）在描绘地方生物的生命激情之外并没有遵循浪漫主义的风格。然而，在下一个世纪，在逃避了被投入工作的世界的喧闹之后，威廉·华兹华斯和亨利·梭罗两人都瞥见了把自己和一个生物区等同意味着什么。梭罗尤其是一个具有非常出色本能的自然主义者，如果他能够活到下一个世纪，他就会发现他的某些预感已经被正在出现的生态科学所证实了。但是，文学中现代生态意识的到来要等到1949年，其时，阿尔多·利奥波德发表了《沙县年鉴》。

利奥波德的伟大天才就是汲取了生态学对有机物及其环境的研究的教训，并且推导出了它们对于我们自己的种类的含义。他意识到人类是一个最为不寻常的种类，这个种类由于具有卓越的大脑，已经学会了逃避把其他的物种限制起来的环境的束缚。利奥波德意识到，除非我们演化出一种自制的伦理，就没有东西能够阻止我们耗尽四面八方的资源。他认可自己所阐述的这样一种伦理——“当一种东西倾向于保存生物群落的整体性、稳定性和美的时候，它就是正确的”，但更为重要的是，他坚持认为，这样的一种伦理“把人类的角色从土地社群的征服者变成了其普通的成员和公民。”①

当然，我们不习惯于把我们自身看得如此卑微，但是从来就不缺少渴望试验利奥波德立场的作家。对于大多数人来说，认可生态群落中的成员这一过程开始于逐渐认识到我们置身何处：这一独特地方的独特之处是什么？为什么那些山的形状如此？此地占优势的植物是什么？为什么占优势？此地生活着其他什么动物？哪些动物被驱逐出去了？来自我们屋顶上的水，或者车道上散落的汽油，是在哪儿消失的？一步一步地，一英亩一英亩地，我们可以用一生的时光去了解我们的地方。对于

---

① 利奥波德：《沙县年鉴》，204页、224页、225页，牛津，牛津大学出版社，1949。

伯恩德·海因里希或盖瑞·保罗·纳班这样的作家来说，迄今所习得的教训已经是汗牛充栋了。

我们所处的全球化时代几乎见证了所有创作中地区认同这一题材的繁荣。也许没有人比盖瑞·斯恩德尔更加用心地承担了这一任务，他把自己的一部诗集献给了他所在的生物区——内华达州西纳的圣璜山脉①。他1974年出版的诗集《龟岛》是一部再定居的宣言，包括了叙述这个地区深厚的历史以及将地方的植物群和动物群介绍给读者（甚至辨认可吃的蘑菇）的诗歌。尽管并非所有的生态诗人都赞同斯恩德尔生物区的观点，但是已有相当多的诗人表现出了对地方栖居地的关注，他们的作品反映了人们与居住地之间来之不易的亲密感，以及这种亲密感带来的回报。例如，当玛丽·奥立佛的读者在追随她的诗歌的字里行间对事物真谛扣人心弦的顿悟时，或许甚至都意识不到他们正在学习科德角半岛②的生态知识。

同样，我们无论是在巴巴拉·金索福的小说《奢侈的夏天》还是在戴维·詹姆斯·敦肯的小说《河流为什么》——中，也都发现了远比地点的意义要丰富得多的风景。描绘人类与自然相互影响的最伟大篇章出自温德尔·巴瑞之手，他对于肯塔基河上农村生活的描绘揭示了在他接管家庭农场之后所发现的意想不到的丰富性。尽管有些读者或许会认为巴瑞对于威廉港的描绘有点过于条理化，但是《吉贝尔乌鸦》这样的长篇小说却提醒我们，我们能够轻而易举地瞥见小范围社群各种必不可少的功能。有关生物区的最为出色的小说之一出自瑞克·巴斯之手。巴斯笔下的蒙大拿州雅克谷生物区为另一部中篇小

---

① 圣璜山脉是内华达州西纳群山北山麓南育巴河与中育巴河之间绵延约24英里的山脉，地理坐标为北纬39°22′40″，西经121°01′33″。在加利福尼亚淘金潮时代，该山脉以水压采矿而闻名。在20世纪90年代，地质与矿产部门在此地开展研究，以期重新开采金矿。附近的南育巴河州立公园及马拉科夫·狄金斯历史公园是较为著名的旅游去处。——译者注。

② 科德角（Cape Cod），一般美国人提到它时往往略作（那个）“角”，指美国东北部马萨诸塞州最东边的一个半岛，是欧洲人在北美的最早殖民地之一，如今与下辖十五镇的巴恩斯塔博尔县延伸范围相近，有两座桥联通美国大陆，为夏季旅游胜地。——译者注。

说《纤维》提供了灵感。在这部小说结尾的几页中，巴斯出奇不意地从故事中站出来——“当然，没有故事：路易斯安那州过去没有违法事件、没有授权，也没有仙木”——去公开谴责他写作之际周围正进行的工业破坏，并且提供了读者可联系的相关政客的住址。[①]

如果说有种文类对生物区充满感情的话，那就是非虚构类文学作品。尽管像托马斯·费尔柴尔德·谢尔曼的《冰碛上的一个地方》这样抒情的深度历史著作凤毛麟角，但是他的书为那些准备发现自己的生物区的读者们提供了一个极为出色的典范。而且当我们欣赏理查德·尼尔森对于阿拉斯加州内陆走廊生活的描绘，或者分享特里·坦皮斯特·威廉斯来自大盐湖岸边的洞见时，我们也发现他们在描绘人文气息更浓的地方风貌时同样优秀。例如，雅尼斯·瑞必须要逐渐了解她们家过去的废品旧货栈的破烂边缘，以便了解一度覆盖着从南卡罗莱纳州直到佛罗里达州的近海岸平原的长叶松森林。她寻找残存的小海湾与其说是找寻往昔曾经存在的物件，倒不如说是在找寻重生的物件。即便是工业的倾卸场也有一段值得学习的自然史，一如罗伯特·萨利文·瑞利在他对划船穿越新泽西州草地的描绘中所证明的。

当然，虽然地方写作并不是什么新鲜玩意，但是在过去它一直被批评家们作为二流的文学而抛弃了，认为它过于狭隘而不值得给与很多关注。当罗伯特·弗洛斯特或薇拉·凯瑟这些著名的地区性作家获得成功之时，人们假定他们在普遍事物中发现了超越地方性细节的东西，这是有根据的。我想提出这一见解：大部分以地区为基础的创作，不管多么具有地方性，讨论的都是普遍性的事物，因为我们迫切需要那些典范，那些帮助我们找到归属感的典范。

许多生态文学对地方性的强调揭示了一种原始冲动，正是

---

① 巴斯：《纤维》，45页，雅典城，乔治亚大学出版社，1998。

这种冲动吸引人们参与到农村集市，道路大扫除以及社区协会中去。一如西恩德尔解释的，“仅仅‘热爱自然’或者仅仅想‘与盖亚①和谐共处’是不够的。我们同自然世界的关系发生于某个地方，而且它必定在信息和经验方面有很好的基础。”立足于本地的地区性优势，借助于自身的生活体验，我们才能加深对环境的认识和同情，才能有可能更充分持久地生活在全球化时代。

绿山学院

选自《当代世界文学》2008 年 7—8 月刊

（姚建彬　译）

① 盖亚，希腊神话中指奥林波斯老神系统中的地母（大地女神），英语中拼写为“Gaia”或“Gaea”均可，唯读音有别。本文作者以“Gaia”指代大地。——译者注。

十五部美国自然写作经典

托马斯·里昂[①]

2001年9月，马利筋出版社（Milkweed Editions）举办了一场为期一月的评选活动，邀请读者投票选出十部美国描写自然的佳作。以下是这些图书的名单，并附有托马斯·里昂（Thomas J. Lyon）的点评。为编辑本期《当代世界文学》的“生态文学”专栏，我们邀请里昂教授从最近七年新出版的自然写作中另挑选出五部，加上他的点评，一并提供给读者。

1.《大漠孤行》（*Desert Solitaire*, 1968），作者：爱德华·艾比（Edward Abbey）

同他对文明的评论一样，艾比对沙漠的感悟同样奔放不羁，不受习俗束缚。此作品一直被誉为经典之作。

2.《瓦尔登湖，或林中生活》（*Walden; or Life in the Woods*, 1854），作者：亨利·戴维·梭罗（Henry David Thoreau）

一部举世闻名的著作，它以简朴生活为智慧，并对我们居住的自然与环境作了最纯粹的欣赏。

3.《沙乡年鉴》（*A Sand County Almanac*, 1949），作者：奥尔多·利奥波德（Aldo Leopold）

现代经典名著之一。作者用他优雅、简练的散文进行探

① 托马斯·里昂担任犹他州立大学英语教授多年，是一位德高望重的作家，编辑和文学学者，编著有《美国西部文学史》、《无与伦比的土地：美国自然写作导读》、《伟大而奇特的美》及《自然术语》。在其职业生涯中，里昂担任过西部文学协会的主席，并担任协会期刊《美国西部文学》的主编。他于1987年获得西部文学协会的杰出成就奖，于1996年获得Deb & Edith Wylder奖。

索，以理解生态、从蛮荒到文明的必然性，以及“土地伦理”之必要性（这或许是最具革命性的思想）等重要问题。

4.《朝觐汀克溪》（*Pilgrim at Tinker Creek*，1974）作者：安妮·狄勒德（Annie Dillard）

此作品中对自然的观察深刻揭示了有关生死、意义和身份的诸多问题。对于作者来讲，弗吉尼亚的汀克溪蕴涵了宇宙全部精神的复杂性。

5.《寂静的春天》（*Silent Spring*，1962），作者：蕾切尔·卡逊（Rachel Carson）

本书研究了一个仍然颇具价值、仍然紧迫的重要课题。卡逊精心收集证据，通过细致的推理和深刻的生态洞察力，展示了一个被化学制品充斥的环境意味着什么。历史以及进一步的调查都印证了她的分析。

6.《避难所：家庭与环境的非自然历史》（*Refuge：An Unnatural History of Family and Place*，1991），作者：泰利·泰姆皮斯特·威廉姆斯（Terry Tempest Williams）

随着大盐湖水平面上升到史无前例的高度，鸟类赖以生存的湖边湿地被咸水淹没，作者的母亲也因癌症逐渐走向死亡。威廉姆斯娴熟而又感人地将这两个维度的内容交织在一起。

7.《新诗选》（*New and Selected Poems*，1992），作者：玛丽·奥利弗（Mary Oliver）

“国家图书奖”和“普利策奖”得主玛丽·奥利弗的诗歌对自然的描述以其雄辩有力，明确清晰而著称。

8.《北极之梦》(*Arctic Dreams：Imagination and Desire in a Northern Landscape*，1986)，作者：巴里·洛佩兹(Barry Lopez)

作者的足迹跨越了辽阔的北极，沉思着我们视野以外的伟大抉择。

9.《旷野的慰藉》(*The Solace of Open Spaces*, 1984)，作者：格里特尔·埃尔利希（Gretel Ehrlich）

作品赞叹怀俄明州高原地区的浩瀚和严峻，以及被这种基本力量塑造的当地人民的生活。

10.《天尽头的房子：在科德角海滩一年的生活经历》(*The Outermost House*: *A Year of Life on the Great Beach of Cape Cod*, 1928)，作者：亨利·贝斯顿（Henry Beston)

从科德角海滩一年的生活经历看文学对“一年”之自然含义的经典呼唤。

2001—2008年间的五部自然写作

1.《马歇尔·撒奥斯和魔鬼山传奇：体验原始生活》(*Marshal South and the Ghost Mountain Chronicles*: *An Experiment in Primitive Living*, 2005)，编者：戴安娜·林赛（Diana Lindsay)

马歇尔·撒奥斯携妻子坦尼亚居住在圣地亚哥以东沙漠的一个遥远、干旱的山脊，帮助抚养了当地的三个孩子，还不可思议地为《沙漠杂志》撰写了卓有远见的文章。这个家庭就这样维持了16年多，直至1946年坦尼亚要求离婚。两年后，马歇尔去世。编辑林赛对马歇尔的生活进行了研究，整理和出版了他的文章，还附有许多有趣的照片。

2.《没有我们的世界》(*The World Without Us*, 2007)，艾伦·魏斯曼（Alan Weisman)

作者想象智人（现代人的学名）突然消亡，然后对没有智人的世界作了合理的猜测。读者一定会为世界回复原状之迅速而感到诧异。如果从地质时间的尺度来思考，将有助于理解魏斯曼的调查结果。

3. 《高处不胜寒》（*Danger on Peaks*, 2004），加里·斯奈德（Gary Snyder）

自然是斯奈德诗歌的思想和灵魂。这部作品是“诗”和“散文”的奇异混合体。这其实并没有什么关系。斯奈德根本就不在乎这种细微差别，因为读者最终都能够非常精确地看出作者的出发点。

4. 《失乐园》（*Losing the Garden*, 2005），作者：劳拉·沃特曼（Laura Waterman）

盖伊·沃特曼莫名其妙（其实一点都不莫名其妙）地自杀了，他是在新罕布什尔州怀特山脉的拉法叶峰上把自己冻死的。他的遗孀劳拉·沃特曼在该书中向读者道出了事情的原委。令人惊异的是，她或许非常清楚盖伊的打算。整部著作集中叙述的是，他们是如何长期在那片土地上共同劳作、维持生计的。

5. 《动物的构建：动物建筑的自然史》（*Built by Animals: The Natural History of Animal Architecture*, 2007），作者：迈克·汉赛尔（Mike Hansell）

汉赛尔是格拉斯哥大学退休教授，研究动物建筑学，专注于奇迹与科学。一本对园丁鸟筑巢的科学研究之作被他写得富有美感，充满对大自然的折服。信不信由你，这本书是一部真正引人入胜的作品。

选自《当代世界文学》2008 年 7—8 月刊

（刘洪涛　译）

森林的女主人

——克斯汀·艾克曼访谈

安娜·佩特森[1]

克斯汀·艾克曼[2]与她音乐家兼林务员的丈夫波尔杰·弗勒林生活在林地中。林地和森林就是他们家的一部分，对于他们来说意义重大。他们在斯德哥尔摩市中心有一个与外界隔绝的藏身之所，那是别墅区里的一套房子，是独一无二的文学社团的聚集地。克斯汀自然是其中的一分子。那是一个让人身心放松的地方，不显眼但很舒适，有着落地窗和一尘不染的木地板。

在这个安静、颇为小资的地方，克斯汀·艾克曼的身份与她周围的环境配合得天衣无缝。她轻松优雅的举止背后蕴藏着深刻的思想。她为我端上了咖啡和苹果蛋糕（我猜是她亲手做的）后，我们便开始交谈。她先礼貌地解释了用速溶咖啡的原因，说她只是偶尔在这套房间住住。我问她是否想念大城市，以及大城市所提供的都市化的东西？

“不太想，尤其是购物、人群或是璀璨的灯光。但令人愉快的事情当然是有的，就拿前晚来说吧，”她挑起了话题，说她应邀参加一个富有吸引力的文学活动，“跟朋友见面聊天总是很愉快的。而且，我也喜欢晚上到剧院看戏之类活动。”

事实上，她似乎很懂得如何平衡自己的多重身份——文学

---

① 安娜·佩特森是翻译家，文学评论家，通晓北欧多个国家语言，翻译过北欧地区许多著名当代作家的作品，近斯译著有丹麦作家克里斯汀·约格森的《例外》，挪威作家马维维坎的《为了光荣》以及吉尔·坡伦的小说《挪威森林史》。

② 克斯汀·艾克曼（kerstin Ekman）：瑞典著名侦探小说家，于1978年当选为瑞典院士。其代作《黑水》曾获瑞典最佳侦探小说奖以及北欧理事会文学奖。目前居住在瑞典北部山区的小村落里。共创作了17部小说，题材涉及侦探推理，心理及社会伦理等方面。

界名流，需要安静的作家，以及热心户外的女自然主义者。无论是私底下还是在公开场合，她绝对处于主导地位，冷静、干脆、幽默，天马行空，又很亲切（我曾在一次大型的小说阅读会上听过她的演讲）。在家里，她一方面总是不知疲倦地阅读写作；一方面又过着能干的农村妇女的生活，对林业和狩猎有着浓厚的兴趣，观察大自然，带着（或不带）她的狗在林中散步，思考，甚至在一些不可思议的地方作笔记。

她曾说过，她并不害怕在森林里独处。她曾不止一次在晚上半梦半醒的时候，为屋子里的恐惧所缠绕，而逃到了外面的安全地带。

关于写作技巧

我问："《森林之主》的写作计划是什么时候成形的？"她答道："我很久以前就有这个想法，大概是20世纪70年代，从那时起我就一直在为它作准备，从没有放弃。当然，我的许多书里都写到过森林。"

她提到《时间森林》可能是她的"森林丛书"中写得最好的一本（至少我这样认为），她还顺便提到从托马斯·曼那里获得的灵感。

"曼的书有什么特别之处吗？也许是《魔山》，一部描写神秘大自然的成长小说吗？"

"不，我指的是曼的全部作品，如约瑟夫系列就是把微型小品文融入到小说叙述的很好例子。"

而这正是艾克曼在《时间森林》里所做的事。长久以来，她对小品文形式就有浓厚的兴趣。这是一种介于个人与文学之间的栩栩如生的文字，不需要一直保持文绉绉或是新闻体的风格，而是充满想象力的。你可以随心所欲地打破结构的框架或是改变风格和节奏。她几次谈到《森林之主》的语言表达，语气混杂着作家的超然与深度。"我喜欢一种超越平常懒散的语言。气候变化是严肃的问题，但我不会去写生活方式之类的问题。政治语言常常是枯燥的，甚至是丑陋的。当我遇到困难时，某些题材能帮助我的写作，例如绿色的森林等。

我们还谈到那些分析透彻，常带有尖锐批判的争辩性文章以及政治的意图曾否影响她的语言表达。她说："不，从来没有。但我希望人们了解我的想法，尤其是那些商业性林业中的强硬派。幸好他们的人数在不断减少。"

从其他书籍得到的写作灵感常使得她中断对森林的研究和观察等综合活动。例如在 90 年代末，许多的写作材料都已就绪，而恰好那时，《狼皮》的写作灵感不期而至。

巧直线性的还是周期性的？

"森林丛书"根据主题可细分为：《绿林》《冷杉》《生物》《死亡花园》《变形空间》《大灾难》和《路尽头》。我问克斯汀·艾克曼这个构思是什么时候形成的？

"很久以前，我一直都有这些想法。虽然细节有变化，但我对某些事是很清晰的。如把《水道》放在最后一部《路尽头》的开头。"

《水道》系列是源自艾克曼与波尔杰一次到沼泽保护区的旅行。她在文中热情而精确地描写了那儿的美丽风光，而且还描写了过去排水工人面对着一大片湿地和沼泽时的极度恐惧。她不但引用了大量文学资料，而且还讨论了森林水资源、生态系统和各种工程对森林水节约的威胁等问题。

值得一提的是，她文字的风格也一直在变化，这段文字描述的是排干湖泊后的后果，而另一页上却是一首散文诗：

> 水从不停歇，它在森林呼吸时上升到空中
> 形成了云，蓄着水珠，随后落下来，回归大地
> 月亮完成了一次环行，天空与大海中的水已轮回了

三次。

山中小湖泛着光，沼泽涨满了水

春天里溪水奔流，浸没了沼地

湖水外流，恰为融化的雪水预备了一个深深的碗。

水不断地从地面上升又回归的过程是大自然中反复出现的现象之一，其中蕴含着必然的内在联系。

森林有助于人格培养吗？

有一组半怀旧、半讽刺的文章写的是瑞典儿童过去从森林中学到的东西：童话故事，采摘浆果和蘑菇的乐趣，旧的教科书还强调木材是非常有用的经济资源，其中就包括着森林对人格培养的影响力。最近有一本书叫《瑞典人人道吗？》（2006），其中讨论了“典型瑞典人”的形成过程，并一开始就认定，至少到最近，“森林”对国民品格有主要影响。

克斯汀·艾克曼赞成这种看法吗？“不，那不是我的想法。我对国民品格的争论并不感兴趣。”然而，矛盾的是：“有时我想，我们共通的是对森林的畏惧。教科书对荒野风景的态度是模棱两可：壮观和重要性，没错——但必须控制它，一处井然的风景，最重要的是要有用。人们依然保留这些观点。夏天我们从城镇搬到乡下的房子，这只是从一幢整洁的花园洋房走到另一幢罢了。一方面是对荒野的征服；一方面又宣称对其热爱，这是《森林之主》中那些精彩讽刺段落的主题。”

然而，讽刺很快便转化为忧伤。艾克曼谈起作家兼自然学者斯滕·塞兰德在《瑞典的生活风景》（1957），一篇以科学为背景的生物历史论著中流露出深切的伤感。塞兰德与她惺惺相惜，不仅因为他文章写得好，学识渊博，而且因为他在环境灾难成为茶余饭后的话题之前便意识到人类自满的潜在危险。

死亡文明

克斯汀·艾克曼说我们是生活在“死亡的文明”里（瑞典语就是那样，让你从旧词中创造出新词）。她的《森林之主》始作于越战时期脱叶剂的使用，时间上正好与瑞典森林业最具侵略性的阶段相吻合。用浓密单一的灌木林取代被砍得精光的古老森林。数个世纪以来，工业化和战争已导致欧洲中部的广大土地遭荒废，而现在的荒废率已上升。——这是不是她的意思呢？她并没有直接地回答：“古老的森林有自己的生命周期。它永不休止地演绎着繁荣和衰亡的生命循环，创造了历史和新生命。宗教，与大自然一样，周而复始，自我更新是其神秘所在。这两者如今都被抛弃了。人们喜欢用直线模式去思考，直线有始点，就必须有终点，而终点就是死亡。”

构建还是发现风景？

在《森林之主》一书中，作者选定西蒙·莎玛为代表人物，表达了文明人对人与自然关系的平静思考。艾克曼以《风景与记忆》（1995）为例子，莎玛把所有的风景都看做是凭人的意像创作出来的历史油画。如果是这样的话，他归结说：“对变革发怒和为损失悲伤都是与本题无关的。生态系统自身的适应力强，每次在受到干扰后，它都会恢复到某种平衡状态。”

但对于一个在荒凉而繁忙的泰晤士河口小镇埃塞克斯长大的人来说，这不是他唯一可能的思维方式吗？克斯汀对此置之一笑，她继续说：“莎玛并不承认风景本身是有含义的，它们的存在比人类要早得多。”对她而言，“风景”一词指的是乡村、已被开发的或真正荒野——“未被接触过的”。荒野是必要的存在。

在这里引用一句她书中的话显得很合适：“呼吸因为森林的存在才变成一种可能。”我推断呼吸在这里代表精神，然而艾克曼否定了我的看法。她说：“森林为空气供应氧气。”她把自已归为“让‘步’的人”。（也就是：在非人的存在面前停驻，观察和学习。）

“林奈的著作，”她说：“对我们这些‘让步的人’来说是一个胜利。专注正是获取知识的真缔。物种这一概念只出现了150年，一些在这里生存的物种也许还不能往北迁移。我们有很多东西要学习，是不能仅靠谷歌搜索快速获取的。”利德曼也是这么认为的。我们都不抗拒科技，那样是不理性的。这不是关于情感的争议，而是价值观。哲学家斯文·埃里克·利德曼在《无尽的奇遇》（2001）中谈到知识的本质，以及信息与知识之间的差别，“这是需要兴趣和创造力才能做到的”。

保护大自然不民主吗？

正在成长中的一辈的态度如何呢？他们能与自然风光感同身受，为它们遭到破坏而感到悲伤，能理解自然学者们的研究吗？人们对自然的态度是不是变得无所谓呢？毕竟，对如何对待半神秘的“荒野”指手画脚本身就是对民主的一种干扰。

在限制方面，克斯汀·艾克曼同我们大多数人一样是模棱两可的。首先必须遏止人类的行为。我们需要国家公园，列出处于频危状态的动植物，并进行立法保护。“你知道，有些人抵触‘赤色名单’。但是，我们必须拥有在土地上劳动、获益谋生的权力。我们需要这个权力。波尔杰用心地经营着我们的森林，合理地砍伐木材。可是砍伐会激怒某些人，就如我们邻居的女人便认为我们破坏了她的风景。”

克斯汀·艾克曼不但支持当地的旅游业，而且还积极主动地通过收集材料建立网站（www. hotagen. com）方式来支持她原来的居住地。也许是大部分人对单独走入森林感到恐惧，一些户外活动的规模到了荒谬的程度，有的是徒步者，有的是鸟类观察者。我们自然而然地讲到了艾克曼在《森林之主》中谴责的大规模的越野活动。越野运动本是很好的运动，但瑞典人对它实在是太狂热了，到目前为止，仅仅是瑞典的赛事，参赛者就已达到数以万计（还有国际性赛事），其对大自然的恶劣影响就可想而知了。

“通常和我联系的都是些积极向上，为兴趣所驱的人，但那些越野者却是不可理喻。我发表的关于打猎的言论似乎没使任何人感到不安，不过也许那些动物权益人士是不读书的。”

危机四伏的荒野

克斯汀·艾克曼了解她所谓之自然中的“邪恶和危险”。她的书中对狩猎和其处理方式有鲜明的表述。“人们接受狩猎，他们认识到它是乡村生活的一部分。”不过你讲述了许多关于狩猎的耸人听闻的故事，你怎么看待人们出于恐惧的驱使去除掉每一只乡村里的狼和熊？野生动物法例表明食肉动物再一次在瑞典森林里出没。保护的另一方面是当其数量超出了控制范围时对它们采取必要的猎杀。

讲到这一点，我们的谈话氛围发生了改变。最近的活生生的记忆被摆在眼前。“去年十月有一只熊偷偷潜入他们从前的村庄瓦尔舍宾，先是咬死了一只狗，而后又杀死了前来院子察看的男人。”那人是她的一个朋友，她栩栩如生地述说着，至今仍对此十分悲伤。顷刻之间，这位小说家进行了强有力的叙述。

随后气氛又发生了变化。“警察认可对熊的射杀，但法律却不允许。这种情况说明熊的数量太多了。当地人了解这一点，对于猎杀驯鹿感到忧心忡忡。他们的呼声是应该听取的，要得到猎杀许可是很难的。去年夏末，天气干旱导致野生浆果欠收，熊是处于饥饿状态的。没有任何动物的生命应该驾驭在人命之上。”

没有争议了吗?

我们说到的另一件事就是她的故事《狼》被改编成电影的事。当时她正要前往挪威参加影片的首映礼，然后返回她的家瓦尔舍宾去，因为那是《狼》在瑞典的首映地。说到这部电影，艾克曼本能的警惕性和熟练的语言表达能力酝酿出了云山雾罩的效果。

“是的，这个故事关于真实的人，这些人坚持老派的生活方式，畜牧鹿群之类的事。准确地说，它又是虚构的。剧本由艾克曼亲自操笔，为的是要给她的《狼》三部曲的最后一卷加上一段插曲。它是关于那些自认与现代化格格不入的人，同时也是关于荒野的双重危机；失控的荒野与法令的力量。克莱门斯是萨米的一个养鹿人，对土地和动物有深刻的认识，除此之外便知之甚少。他无视法律，杀死了一只狼，陷入了可怕的困境中。这可能只是小说、虚构故事而已，但与饥饿的熊吃人的真事又何其相似。

一种争论?“完全不是。”克斯汀·艾克曼说：“我是一名作家，不是政策制定者，也无意加入关于现代狩猎立法的公开争论。”也许情况是这样，但本地人似乎都喜欢它，并把艾克曼视为胜利者。

热爱大自然

我曾不时地尝试把话题引向克斯汀·艾克曼写作自然的深情和充满想象力的一面，但都没成功。我引用她小说中的例子又一次尝试。其中有一篇用绝佳的语言讲述了来自地球之外的曙光如何引领一位15世纪的牧师发现神的秘密的故事。同时，在另一时空，一位身处困境的女人如何从湖水火焰般的光辉中获得救赎。克斯汀·艾克曼纠正了我的猜想，说这两个事件都是光幻觉的实例。“这种幻象是病态的，精神失衡的症状。”是的，但…… 我想寻求的是那种难以表述的，能够驱使艺术家创作的东西。

尽管艾克曼认为她的文集是不同时期背景题材的收集汇拢，其结构却不是直线性的，在最后回归到早期的话题。也许话题二字并不准确，而是回到像她那样看待大自然并成为她林中散步的好伙伴的人中去。观察家安妮·迪拉德受到其称赞，但并不在艾克曼的同伴之列，吉尔伯特·怀特倒是与她志同道合。

2008 年 2 月

选自《当代世界文学》2008 年 7—8 月刊

（蔡芳细　译）

记忆中的风景：克斯汀·艾克曼与自然

安娜·佩特森

原始风景是克斯汀·艾克曼的作品的一部分，这部分把她与同时代的世界级作家区分开来。她对人与“自然”关系的深切关注，投入和坚持都是独一无二的。“自然为何物”？安妮的《黑水》（1993）中的主要人物形象，反映了作者的观点：“安妮有一条坚定不移的信念，那就是：世上万物皆为自然。我们都为自然的元素。无论多雄伟的城市最终都会坍塌沦为废墟，成为飞鹰筑造的巢穴，慵懒的蜥蜴晒日光浴的断壁残垣。或是成为丛林，或是布满神秘的岩石阵的枞树林。”

森林之主

克斯汀·艾克曼的新书《森林之主》（2007）探讨了自然及其延伸的多重含义。在决意摆脱小说框框的时候，她汇集了一系列的以“森林”为主题的论文，随心所欲地在各种不同的话题里游走，其中涉及文学，历史，科技和政治。有时候，轻松的、跳跃式的写作风格变得个人化，甚至私密化，而有时候又是咄咄逼人的，愤怒的。总的来说，她的书读起来就像是因纽特人描述荒野景色的故事图一样。正如罗伯特·麦克法兰在《荒芜之地》中写到的那样：“人的记忆和自然参参迭迭，永无穷尽”。在同一篇文章里，他还引用了人类学家理查德·内尔森关于故事图画的感悟：“一个人穿过大自然时，不管周遭是多么的荒芜，偏远……他决不是孤单的。周围的景物是有意识、有感知、有人性的，它们能感觉到。”

要将形象直观的图画转变成文学形式并不容易。但这恰是艾克曼在《森林之主》中想做的事情。正如她在前言中所述："道路是曲折的，有时候甚至会戛然而止。你会碰到一些无法意料的、充满敌意和危险的、诱惑你去逃避的东西，但终是要靠自己找到出路。"

驯服的瑞典荒野

克斯汀·艾克曼从来不长期远离她自己的祖国瑞典。这也并非该作者首次偏离全球化的书籍市场而深入到本土文化。在国外，她的书备受推崇，有些还很畅销，尤其是荒野罪犯故事《黑水》。然而，要是她不那么"瑞典化"，换句话说，要是她不刻意地、满怀激情地固守其本土文化，她的作品也许会有更大的读者群。

理解他人的文化是很困难的事情，远比多元文化论者承认这一点要难。外来者与他人的距离感多源自置身于异域文化的处境中。城市化使得人们有更多的共同点，但大自然依然对人的塑造起着重要的作用。瑞典文化看起来容易理解，表面上，这个世俗的（前新教）国度没有什么稀奇古怪，它自信、繁荣、民主。但是，瑞典的奇特之处部分源自这个国度与北部风光的爱恨交织的复杂关系，在于这个国度的美丽富绕、严酷倔强。这也是艾克曼的伟大之处，当然也包括她的遥不可及，她的作品包含了许多对于本土读者来说也显得遥远和陌生的东西。

克斯汀·艾克曼在瑞典中部长大，那里人口稀少，是工业和教育中心。那里的人野心勃勃，渴望变得更加富裕和国际化。林业、矿业和水电这些制造财富的原始资源，直接影响着当地的自然风光，经济的成功使人们抛弃了许多原有文化特色的东西。这个过程在艾克曼的作品中留下了深刻的印记。在大学毕业后的工作期间，她写了一些"经典的"犯罪推理小说。仅至1967年，她名下就有了7部小说，虚构现实主义已经悄然进入她的写作模式中。这些小说很受欢迎，但从1970年起，作为一个全职作家，埃克曼作了更深远的尝试。

对于艾克曼有着重要意义的北部乡村是小说《黑暗与乌饭树丛林》（1972）中村庄的背景。书一开始便精确地描述了其中的一位只有在绘画时才感到满足的女性形象：面色红润，天真，“将村庄置于托盘之上”，但不让人感到可笑。她对待现实的方式并不仅在于她像无知的女人那样，竭尽浑身解数地去让一切变“对”，也在于她对艺术与现实关系的理解。在她看来，艺术为现实的替代品，实物与她的意象两者间并没有什么区别。她关注的是真实的东西，然后将其用新物质再创作，使其成为浓缩的现实。

这读起来似乎暗示了随之而来的事情：四部卡特林娜霍尔姆系列小说（1974—1983）准确地记录了一个小镇的变迁。无论是写作手法还是对20世纪社会巨变的分析都很成熟。

这一系列诙谐地暗讽了她日益富裕起来的，不断被污染的乡村家园。在最后一卷中，风景已经变成了神秘的存在。“一旦离开被人性污染的地方，我便强烈地感受到我之所见的意义。那块奇形怪状的石头，那些树枝、那些溪边小草以及它们数小时或数天前被奔流的雨水压弯倒向一边的无可获知的含义。是的，这个荒野之地是充满含义的。”

风景的含义是什么？

自此以后，艾克曼就醉心于研究荒野大自然及它的“含义”。她尝试用‘非人类思想’去解读风景以及记忆——“真实的”历史。《狗》（1986）就是这方面的一部佳作，它描写了一只迷失在北部湖畔和森林中的小猎狗，靠着本能和运气，在第一年幸存下来的故事。没有插图，没有历史纵横感，只是不断地通过尝试和犯错来认知。在《时间森林》（1988）

中，那个缺失历史感的头脑属于一个来自灌丛林里的妖怪。这个妖怪500年的寿命给予他充足的时间去学习，而知识的获得慢慢把他演化为一个近乎于人类的“人”。作者玩笑式地把历史当做是一个知识罐头。但是，魔法生物终不能真正离开森林，一旦荒野消失，它们就会遭殃。艾克曼曾编过一个神话，讲述了砍伐作业如何致使高沼地小精灵种族逐渐灭亡的故事。《远古的符号》（2000）是一本精彩的小故事书，里面有一只会讲话的乌鸦和一位匪夷所思的，能够记住一切的远古人。

就这些书所蕴含的智慧、学问和精彩程度而论，假如没有《狼皮》（1999—2003）系列小说，艾克曼的小说的天平会倾向于神秘主义。在《狼皮》三部曲中，她的写作主要关注了两个部分：人类文化与道德思想的变化，和20世纪北部风光的变迁。现代化的社会历史交织在严密的叙事中，富有浓厚的艺术、文学和宗教意味。

遥远的荒野依然存在，拒绝被赋予含义与秩序，虽然逐渐也被人们无穷尽的贪欲驯服。原始森林又一次构成她的主题。在一次访问中，艾克曼评论说：“我时常做笔记，我很难描述当我看到（那些被砍伐光的山坡）时的心情，语言显得那么乏力。”很难相信这样一个天生的作家会感到语言真的“乏力”。而显然，本能和洞察力使其不断改变自己的写作风格和形式。在《森林之主》中，艾克曼选择了题材广泛的纪实性文体。

作家的两难处境

当代作家常被塑造成公众人物。艾克曼自我保护的方法是——成为一名作家，从来不对媒体提出的时事问题作任何评论。“我不参加政策争论，我只是一名作家。”对于将她的书籍改编成电影，她毫无兴趣。“我写书，而不是电影剧本。”而且

“我不喜欢将其瘦身为电影剧本”。

艾克曼渴望宁静，这点也在家中得到满足。“我的文化遗产是瑞典的，我不喜欢长时间离开家。”她决心在写作中融汇自己的思想，倡导她认为正确的思想，使其透彻、雅致的看法更为人所知。在捍卫荒野之前，最广为流传的例子是她与同伴作家拉斯·于伦斯滕在1989年一同拒绝担任瑞典科学院的工作（不可以辞职），原因是后者没有正式遣责针对萨尔曼·拉什迪的死亡威胁。这个时代的矛盾在于传统遁世的“文学作家”被要求发表时政和道德评论。比起大多数人，艾克曼的聪明之处是让这种矛盾来为自己所用。

苏格兰阿伯丁市

选自《当代世界文学》2008年7—8月刊

（蔡芳细　译）

风，水，事实和小说

罗伯特·戴[①]

当我还是一个住在美国堪萨斯州的年轻小伙儿时，酷爱读小说。那时觉得堂吉诃德眼中的世界比桑丘·潘沙要精彩得多：在西班牙，远处山坡上的不是风车，而是身披铠甲、全副武装的骑士。塞万提斯明白，没有骑士，谈何冒险；没有冒险，又谈何故事。风车或许是用来抽水或磨面的，但在这里却也能为小说创作帮大忙。我当时并不完全明白这些，只是一知半解。

此外，也是在那个时候，我接受了马克·吐温笔下哈克·费恩的世界观——《汤姆·索亚历险记》中汤姆描绘着大盗、葬礼和珠宝的传奇以及在《哈克贝利·费恩历险记》的结尾处，他按照那些经典传奇中的法则将黑奴吉姆从想象中的牢笼中永久释放——所有这一切只不过是那个汤姆·索亚的愚蠢幻想罢了，他还想指挥我去刷他家的篱笆：没那么麻利。

对哈克来说，实实在在的世界才够真实：爸爸的标记（左脚靴跟上的十字架可以驱魔），小筏沿密西西比河顺流而下途经的美景、喧嚣、气息（接近傍晚时天色渐暗，像要下雨；炽热的闪电划破了天空，天空低了下来，叶子开始颤抖……），圣彼德斯堡的大妈向莎拉·威廉斯（即哈克）抛出的铅团子，这个铅团子差点暴露了自己，因为作为“女孩”是不能像男孩一样并腿接球的，理应舒展开裙子和双腿。同时，哈克还通过了这位大妈的另一个考验，即牛马是如何站起来的问题（我也能通过考验，但那时我是堪萨斯人）。在小说最后，哈克心中

① 罗伯特·戴：小说家，著有《最后的牛道》等作品，获过多个文学奖项。

有关吉姆命运的思索和挣扎，对年少时的我来说，也显得特别真实。在马克·吐温的帮助下，哈克和我都通过了考验。启蒙运动的光芒在这本19世纪的美国小说中熠熠发光，但当时的我对此并不知晓。

现在，我一半的时间都住在西部堪萨斯州。“西部”(West)这个单词中的首字母“W”总是大写，似乎表明西部地区不仅有其独特的生态环境和地貌特征，并且还代表着一种政治和文化上的独立性：世界有五千年的历史了；男人的配偶被叫做“妻子”；溪流干涸了；“美国的其他地区”这一短语成为一个专有名词。每个单词首字母都大写，似乎指的是另外一个国家。“堪萨斯”的意思是“南风中的人们”。

一个农民来到布莱合作社。“拯救世界委员会”的成员们正品尝着牛仔咖啡和妻子们烤的面包卷。农民说：“这样下去风会把小麦连根刮走的。”而我们正努力地驱赶着冬天，期待着春天。园丁们已经种下了番茄；洋葱都开始长了，小萝卜也冒芽了。虽然我们知道可能会有迟来的暴风雪。

“我的篱笆上爬满了风滚草，我都看不见篱笆了。”一位饲养野牛的农场主说，说着他拍打着帽子上的灰尘，坐了下来。大风已经刮了整整一星期了，而且是昼夜不停。

接下来的时间里我们要解决布莱和怀特伍曼镇的各种问题了，如果他们愿意也可添加一些美国其他地区的问题以及一些共同的困境：昂贵的油价。

狂风敲打着窗棂，合作社里的灯随着风的节奏忽明忽暗。一位种小麦的农民说：“我们好像居住在风暴中的沙特阿拉伯”。

我的另一半时间住在法国西南部，那里是一片水乡泽国：贝格拉克、佩萨克、凯迪拉克、让萨克（这些地名里都有法语中水这个单词的词根）。这个被水环绕的地区也生产酒和白兰地等许多上品的饮料。一些小镇和村落的名字一听就让人垂涎三尺：柯纳克、阿马涅克（都是著名的白兰地产区）。水上还有磨坊：克劳磨坊、皮克罗克磨坊。这两处磨坊都在我那所17世纪的石房子附近，位于三个卡斯特隆丘葡萄园交界处的山坡上。

法国的这一地区离西班牙边境只有三小时车程，若驾车半天就能到达曼恰平原（西班牙平原降雨不多）。二十年来，我曾开车在那几个地方往返过多次，从圣塞瓦斯蒂安（海明威把罗伯特·科恩和勃莱特·阿什利夫人打发到了此地，却把杰克·巴恩斯和其他伙伴留在了巴黎蒙帕纳斯大街疯狂饮酒）到毕尔巴鄂以及该市的古根海姆博物馆，由此向南沿着堂·吉诃德历险的路线：格拉纳达、萨拉曼卡、塞戈维亚、萨维利亚（最近一次旅行中，我在这儿理了发。当然，小说变为事实了）。

我在西班牙驾车旅行时无意中发现风车越来越多了。最初远处山坡上的一些风车让我颇感意外，一时间竟不能确定（不像桑丘）那是什么。几年前，在穆尔特湾附近开车时，我曾看见一长排风车，像一列哨兵遥望着大西洋。他们在遥望什么？风！

今年我在驾车旅行时，在布尔格斯北部看到风车犹如大部队一般密密麻麻地排列着。快到马德里时，南部还有些小军团。它们集合在一起形成庞大的风车十字军，但集合的目的却不是为了驱赶异教徒，而是为了西班牙人民拥有干净明亮的家园。

以前在西班牙高速公路上也能看见著名的黑西班牙公牛的巨型广告牌。公牛的形象很完整，连睾丸也暴露在画上。但我得知，几年前马德里政府认为这些裸露睾丸的公牛画面有点过分了，所以开始逐渐取下这些广告板。但是，爱牛的西班牙人却抗议。显然，他们也爱风车，风车倍增的数量就可以说明一切。我猜想，恐怕堂吉诃德也不会将现代的风车当成游侠骑士。这句话太草率了：堂吉诃德可能依然会认错。对我来说，他们更像是芭蕾舞者：设计风格和动作都很优雅。它们实用又美丽，舞着属于自己的圆圈。

当你在大学阅读文学的时候，阅读的目的是寻找主题或意义，而不是风和水。老师教导你说，桑丘和哈克是现实主义者；汤姆和堂吉诃德是浪漫主义者。《堂吉诃德》和《哈克贝利·费恩历险记》的主题表现的正是这两种世界观的“冲突”(我记得以前一位教授曾这样说)。事实与小说对照在一起，哪个世界是你的？这是我们文学研究中会遇到的明确问题，毫无疑问，这也是一次课堂作业的题目——死板地教授书本就等于偷窃了书的灵魂，但若适时地进行解释效果就完全不同了。

关于“意义”，我近来的看法是：小说中的“意义”是一个伦理道德问题，换句话说，也就是人类活动的问题，涉及伦理和行为习惯。哈克和堂吉诃德以及汤姆和桑丘可以“重生”是因为我们明白了他们在属于他们的世界中行走、骑马或乘竹筏流浪等行为方式在我们的世界仍有意义。这种意义使我们略过现实主义和浪漫主义，进入到另外一种叙述方式里。在那里，我们关注到了靴子上的标记，像风车一般的骑士们、曼恰平原、平原上的牧羊人、已故牧羊人的歌声，甚至还想起来了生于圣路易斯的著名诗人曾经吟唱的河上那个“强壮棕色的神”。我们，就如那些优秀的小说一样，也是由无数当地的事实拼接而成。事实转化成小说，就如同风滚草的篱笆。

堪萨斯州西部缺水又缺人。溪流干涸了。为了灌溉玉米我们去各种地下河流中抽水，我们把它们叫做地下蓄水层。造成的结果是，雨水不再随着犁走。从前开拓者总向往着那些尚未开发的土地，而现在他们的后代们却没有走祖宗的老路，他们选择了离去，到城市去，到有水的地方（至少有瓶装水）。西部堪萨斯并不是妖娆的水乡。我们的水井中涌动着的是石油。

西部平原上不少的郡县和小镇上，农家庭园里的丁烷灯早已熄灭了。布莱没有故事了。几年前银行也关闭了。合作社只在早上开门，但也并不是每个早上都开。“拯救世界委员会”

的会员一年比一年少，不久前连开会的地方也没有了，连途经市镇南边的运粮火车也显得格外孤单。这里空无一人。只有风还在执着地呼啸。

美国堪萨斯州布莱市

选自《当代世界文学》2008 年 7—8 月刊

（贾燕芹　译）

书籍文化

林中小屋

伯瑞·穆瑟①

当您从后门步入我家客厅时，首先映入眼帘的是书籍。有成百上千本书（大多系《圣经》的有关资料和人文学者的作品）存放在后厅里；可以毫不夸张地说，房间的另一头则是家里名副其实的图书馆，其间也藏有数千册书；画室里有两千册参考书；楼梯间也藏有几百本参考书；楼上的卧室里更是珍藏了两千本的小说、诗册和其他非小说类作品——在床头上方，宛如一扇书墙；更有甚者，楼下的浴室里精心收藏了许多言情作品、摄影作品和各种刊物，以供客人消遣。

这与我童年的经历大不相同。家里那时储藏的运动用品和枪支远远多过书籍。我母亲常在床上或屋前走廊里阅读——她读的是诸如《女士家庭指南》杂志和《恒久琥珀》之类的小说读物；父亲读的是本地报刊；维尔玛姑妈读玛丽·培克·埃迪写的《圣经解答科学与健康》；几个堂兄弟则读《圣经》；而我和弟弟倒是啥书都不看。可悲的是，我甚至都记不得家里有谁曾为我朗读过啥样的作品，不过，我倒真切地记得，我与对门邻家的女孩曾一起读《小小黑人》，那女孩儿名叫叶帆妮娃·沃特梅，记得是在她家后门走廊里由她母亲为我们朗读的。那时候，家里还有少许一部分书是被装在单个书箱里的，或者是与一些室内植物，或者是与各种各样小摆设共享书架的。例如，电影《奔腾的年代》中的一只

---

① 伯瑞·穆瑟：美国教育家，图书设计师，插图画家，散文家，印刷家。本文是作者2006年6月20日在明尼苏达大学所作的儿童文学巡回演讲，选自《克兰文集》。

道具鞋，它是我父亲在运动用品拍卖集市上淘来的。除了《读者文摘》的简易版小说之外，我们家里我只对百科全书类的书有印象。记得家里有本《标准美国百科全书》，尽管只有头二卷：字母排序从“A”到“Art”，从“Art”到“Boo”，我之所以能够很清晰地记得这些，是因为“解剖”（“Anatomy”）一词在“A”到“Art”之间，该词条下排了一幅“透明人体”图片和手绘的人体图。图中的人体腹部露出了内脏，所有的脏器上都有正确的标记，腹部的一块表皮正好下垂，遮住了人体的私处，极像一块遮羞布，人体的双眼空空大大、黑暗阴沉，看起来同五旬节的传教士并无二致。

在我10岁时，姑妈维尔玛和叔叔鲍勃给我和弟弟送来了《世界百科全书》作为圣诞礼物。于是，我把罗马角斗士、飞机以及很多动物的图片都从书上撕了下来，因为觉得这本书太麻烦，对我来说，只欣赏书上的图片就已经大饱眼福了。

迄今为止，我仍然保留着两卷本的《标准美国百科全书》和1950年出版的《世界百科全书》的大部分内容。

毋庸置疑，我和很多人有所不同，由于我的童年没有文学爱好与之相伴，因而也就没有自己最欣赏的故事为我的孩子们去复述，反倒记得孩子们曾经为我朗读过一些故事。当然，我也为孩子们讲过《瑞穆斯叔叔的故事》，可它并非来自我童年的阅读，而是通过观看1946年沃特·迪斯尼电影《南方的歌》而记忆起来的。虽说向我的孩子们大声朗读《瑞穆斯叔叔的故事》是件愉快的事，但有时也令人泄气和烦恼不已，因为朗读中经常会遇到一些难以表述的黑人嘎勒方言。尽管如此，我还是对此津津乐道，因为这可以使我想起自己田纳西州查塔努加镇的童年时光，在我意识到自己周围的偏狭和恶意之前，那可是一段甜蜜时光的回忆啊！

当我的小家庭于1967年向北迁移时，我发现，那年出版的一本小书使我和孩子们都欣喜若狂，它是由莫里斯·桑达克[①]写的一本叫做《乱七八糟，砰!》或称为《丰富人生》的书。我也为孩子们朗读埃德加·爱伦·坡[②]的短篇故事。

令人啼笑皆非的是，我为孩子们创作的第一本书居然是六个《大哥兔》的故事集。这本故事集后来于1968年由范·戴克·帕克斯收录和改编，并由哈考特·布瑞斯出版公司出版，书的名字就叫作《跳》。听说桑达克曾获邀来注释这本故事集，但他拒绝了，其实，我真的不知道这种说法是否属实，不过，果真如此的话，那我就很幸运了。因为，那一年我已经46岁了，并且出版了《白鲸》[③]《神曲》《奥德赛》《伊尼德》[④]《弗兰肯斯坦》[⑤]《红字》《哈克贝利·费恩历险记》等一系列名著注释本，以及其他一百部名著注释本。我还为《爱丽丝奇境漫游记》《爱丽丝魔镜大揭秘》《绿野仙踪》，以及简·尤伦的小说《淑女与默尔曼》[⑥] 作过注释。

尽管标准规范告诉我，《爱丽丝奇境漫游记》等作品当属儿童书籍范畴，但我却不以为然，因为，在我为这些作品注释并添加图像时，我运用则是一种明显的成人视角。每当我阅读爱丽丝及其魔镜时，我仿佛是在梦魇中，而《绿野仙踪》读起

---

① 莫里斯·桑达克（Maurice Sendak，1928—　），美国作家，儿童文学插图画家。——译者注。

② 埃德加·爱伦·坡（Edgar Allan Poe，1809—1949），美国诗人，短篇小说家和文学评论家，尤其以侦探和科幻小说著名。——译者注。

③ 《白鲸》（*Mobi Dick*），美国作家赫尔曼·麦尔维尔（Herman Melville）所著的小说，反映人类如果残忍地对待自然界就必将遭到自然界的报复这个主题。——译者注。

④ 《伊尼德》（*The Aeneid*），古罗马作家维吉尔（Virgil）所著的长篇史诗。维吉尔史诗没有人们口头文学的特点，是欧洲“文人史诗”的开端，使古代史诗在人物、结构、诗歌格律等方面进一步获得了定型。这部史诗的风格不像《荷马史诗》那样活泼明快，而是严肃、哀婉、朦胧的。——译者注。

⑤ 《弗兰肯斯坦》（*Frankenstein*），又译《科学怪人》，西方文学中的第一部“科学幻想小说”诞生于日内瓦湖畔，出自玛丽·雪莱（Mary Woolstonecraft Shelley，1797—1851）之手。——译者注。

⑥ 《淑女与默尔曼》（*Lady & Merman*），简·尤伦（Jane Yolen，1939—　）的小说，Merman：男性人鱼。简·尤伦为美国著名作家，著有许多童话小说，被誉为当代美国的安徒生。——译者注。

来倒像是“美国版的爱丽丝”。确切地说，我把爱丽丝的模型镶嵌在了多萝西身上，用一些比政治评论更为尖刻的话语对之加以评论，就像罗纳多·里根扮演男巫一样，使得我的奥兹男巫有点类似政治般的噩梦味道。尤伦的《淑女与默尔曼》是一则令人心碎的孤寂、冷漠故事，这使我难以想象，如果把这本书读给孩子们听，情形又会怎样。

那么，为什么我又会将这些儿童作品的经典看成是成人作品呢？

原因其实很简单，我对儿童读物一向持有偏见。在过往的15年里，我苦心孤诣地致力于几部令人兴奋的大作，而把儿童文学臆测为孩子们的游戏而已，啊……什么样的作品堪与荷马、维吉尔、但丁的作品相提并论呢？

如今，我终于明白了自己的臆测是有问题的，因为没有作品可以超越真理。令人不安的事实是，我的创作理念每每会受到美国流行标准的左右。实际上，我们的确生活在这样一个社会中，儿童以及那些为儿童工作的人们常常被忽略，可正是这些人在教育儿童，并为儿童进行创作。你只要将NBA球员的中等工资和NEA（美国国家教育协会）老师的中等工资作一番比较，或者把联邦政府用于武器、各种桥梁和企业福利的预算资金与计划用于赞助教育项目的基金作一番比较，就能明白我的意思了。

因此，当我应邀为《跳》作图解时，我完全没有喜不自禁、急不可耐地跃跃欲试。我认为，这工作于我而言可谓大材小用。说句老实话，我当时对一位老朋友说，我还不能确信自己是否真的愿意为儿童读物做图解，记得我当时是这样说的：“在我为《圣经》作图解时，我不愿意听到人们说这部《圣经》的插图作家是伯瑞·穆瑟——儿童书籍插图画家……”

令人欣慰的是，1999年由我图解的《圣经》出版了，这刚好是新旧世纪交替之时。自我创作《大哥兔》和《跳》至今已有23年的光阴了，如果这期间我没有为68本儿童书籍做设计和图解的话，那么，我图解的这本《圣经》是不可能像现在这样成为一部精彩杰作的。

如果我可以从无畏的纯朴先人那儿借用一个创造性的言词，那么，我要说的是，自己严重“错误低估”了《跳》的图解工作。我原以为，这只不过是件名牌仿制工作，易如反掌，但实际上却是件相当棘手和复杂的工作，这是我所始料不及的。我很快意识到，创造一个“大哥狐”的新形象，对自己综合创新能力的挑战不亚于创造《神曲》中引导但丁走出“沼泽地”的碧儿翠丝的新形象，或者不亚于创造《绿野仙踪》里疯狂帽商的新形象。

我现在清楚地明白了，《跳》是楔子之尖梢——它解放了我的思想、打开了我的眼界，我从中找到了用图解来描述故事的良策，这可是我以前不曾想到的图解功能，说句玩笑话，这件事酷似诺曼·罗克韦尔①和沃特·迪斯尼的故事。更不消说，起初我在阿拉巴马州奥本大学从事艺术研究时，我的初衷就是要成为迪斯尼或华纳兄弟公司的漫画作家。

然而，世事难料，我在大学生涯的中途涉猎到一些抽象绘画的工作，当然，这种绘画是一种“严肃”的艺术，容不得任何缺乏科学和医学的所谓素材图解。数年之后，在伦纳德·巴斯②——我们时代伟大的书籍设计者和插图画家的指导下，我开始致力于手工书籍的艺术创作和工艺设计。我为那些书籍绘上许多独立的图画，那些镶嵌了我的蚀刻版画和雕刻画的书籍看起来仿佛成了小型的艺术画廊（书成了陈列我图画的场所，而图画则成了主角），不像是一本统一连贯的书：作为书的话，图画是书的一部分（画只是配角）。就是这种自命不凡、喧宾夺主、唯我独尊的态度让我对儿童书籍一直抱持偏见，更不用

① 诺曼·罗克韦尔（Norman Rockwel，1894—1978），美国著名画家和插图艺术家。——译者注。

② 伦纳德·巴斯（Leonard Baskin，1922—2000），美国雕刻和绘画艺术家，插图画家，作家和教育家。——译者注。

说，巴斯在1973年因其《豪西雅字母》赢得了卡尔德科特大奖[1]。

不过，我的老朋友“大哥兔”那时出现了，它的形状有些活泼敏捷，要多可爱就有多可爱，就是这个“大哥兔”，让我立马纠正了自己的偏见。

听到我自己现在才这么说，似乎有些愚不可及——因为这个道理如此显而易见，可我却等到活泼泼的“大哥兔”出现时才明白这个道理：图画的创作不在于主题或“读者”因素，其核心在于创意，和制作技巧。为什么我却没有更早知晓这个道理呢？其实，我早已知悉，只不过，我以为自己的大脑中有种复杂的世俗偏见，而这与天真无邪的儿童读物是格格不入的。

想来我是多么地执迷不悟，多么地误入歧途啊！

好画始终是好画，无论它一开始的永久安放处是一本儿童读物的页面间，抑或是在欧洲某个博物馆的墙上。女作家弗兰纳里·奥康纳[2]说过：“唯有匀称的东西，上帝和后人方能用上。”我太赞成她的这个观点了，好书始终都是好书，就这么回事，画亦如此。

创作一个故事或一幅画（或一首诗、一首曲子）的过程总是始于游戏。诗人理查德·威尔伯[3]曾经说过，所有的艺术——不管它的意图有多么严肃——必定始于一种游戏感，我对此深信不疑。游戏是想象力的先祖，而想象力则是“心灵的眼睛”（约瑟夫·朱伯特），它也是“大脑的氧气”（P. J. 贝利）。嬉戏的想象力具有引领知觉（领悟力）的作用，它可以颠倒现实，并让它倒转过来——或许还能将藏匿其中的东西挖掘出来，无论是怎样地手忙脚乱和乒乓作响，折腾一番之后，

---

① 卡尔德科特大奖（Caldecott Honor），起始于1971年，是美国图书协会的儿童图书馆服务协会颁发给儿童读物以奖章和引用的高级荣誉。——译者注。

② 弗兰纳里·奥康纳（Flannery O'Connor，1925—1964），美国女作家，其小说特色为将喜剧与悲惨和残忍结合。

③ 理查德·威尔伯（Richard Wilbur，1921—　），美国诗人，曾赢得美国诗坛普利策奖（Pulitzer Prize for Poetry）、艾略特奖，福特基金会奖等多个奖项。——译者注。

我们到底得到了什么样的结果呢？想象力其实是一种梦幻状态，事物在其间呈现出一种若隐若现的不确定形态，于是，最终得到的结果自然也就是捉摸不定的了。

想象力最后是以一种思想浮现出来的。

驱使人们演绎出这种反常顽童般把戏的原由只能是普通人的猜测，然而，如果不运用想象力，无人可以写出诗、故事或者创作绘画来。诗人 E. E. 肯明斯[①]曾经说过，他确信自己“不值一提，啥也不是，只是自我内心情感的信徒和想象力的真实代表。”乔治·肖伯纳也曾说过，做梦和想象足以将一个爱尔兰人逼疯，因为那是一种难耐的折磨。肖伯纳补充说，“除此之外，只有威斯忌可以做到”。

诚然，想象只不过是一种想法而已，它只是一摊墨迹，宛如不成型的胚胎。读者是无法读懂这种想法的，观察家也难以明晓这种想法，如果这种想法想要激发同读者与观众的任何一种关联或对话的话，那么，它就必须要被转换成一种具体的表达：即音调（旋律）、诗歌或图画，创作就是完成这种转换的过程。

在绘画过程中，所谓构图，就是将组成整幅画面的各种不同的图画元素（线条、形状、浓淡色度、对比度、颜色、节奏等）搭配组合，再把它们变成和谐一致、统一平衡的一幅图画，换而言之，就是在一定背景和视角下的协调、在外观和特征方面的统一、在构造和形态上的平衡。一幅图画的精美与否取决于构思和组织这些图画元素的技巧，上帝可以作证，它与作者的主观因素毫不搭界。

这道理在音乐、散文、诗歌方面的创作也大致相仿，只不过一幅画的基本元素（线条、形状和色调）变成了诗歌的声音、节奏和格律，或者变成了音乐的节奏、音色和音程，无论

---

① 诗人 E. E. 肯明斯，美国著名诗人，美国 20 世纪现代主义诗歌中的典范，他的诗以形式怪异著称。在诗歌的创作中他不顾传统，大胆对诗歌的形式进行创新，打破常规，创造出自己的诗歌模式。——译者注。

其具体的观众和演出怎样，但那些元素变成和谐协调、统一平衡的整体过程却是一样的——总之是要做成一件精美的东西（或者至少在外观上看起来醒目的东西），它可以用来交流（不管其是多么的不明确），并有可能在一星期甚至一年之后还能够让人难以忘怀。

毫无疑问，音乐、图画、诗歌、小说从来不是始于自我表达的欲望。约翰·加德纳[①]曾说过"从古至今，作家静心写作从来都不是为了表达他自己，他之所以静心写这样或那样的故事，或将此形式与彼形式相混合，其目的是创造新的东西"，加德纳还说过："无论自我表达带来什么样的愉悦，它都是偶然生成的，并且是自然而然生成的"。

我想辩解的还有：虚构的想法绝非来自上苍，研究者告诉我们，顿悟（即"啊哈"）的瞬间通常都是不竟然而发生在一些奇怪的地点：即三个"B"单词开头的地点——床上（Bed）、洗手间（Bath）、公共汽车上（Bus）……或者是当你早晨在煮咖啡时，据说，这样的机缘是因为这些地点是我们手头空闲时常处之地。"即便看似心血来潮，而我们的大脑其实早已在独自思考着那个问题了"，这是心理学家荷基斯·索亚[②]在其新书《人类创造力：人类创新之科学》中所说的，他的研究也表明"创造的过程相差无几"，无论是艺术、科学抑或商业，其创造过程都是一种"产生思想，评价思想，实现思想"的行为。

在传道书和传道者看来，世上没有一件东西是新的，这种看法并没有错。当人们回答"是"时，其实也只能算曾经"是"（古希腊赫拉克利特认为：前水已非后水，没有人能在同一河流中漂流两次）。也就是说，每样事物都有其前身。毕加索得益于来自军团的非洲石膏面像而产生灵感；吐鲁兹·劳特

---

① 约翰·加德纳（John Gardner，1933—1982），美国颇有争议的小说作家，文学批评家，寓言家，学者和翻译。——译者注。

② 荷基斯·索亚（R. Keith Sawyer），美国教育家，现芝加哥大学的心理学博士，专长于儿童教育和创造力和科学创新能力的研究。——译者注。

雷克①借助于日本人的印模，卡尔·奥佛②借助于世界各地的民乐激发创作灵感。实际上，就像索亚提到的那样，"没有人能够在每件事情上都具有创造力的天赋，一个人只能在自己的领域里努力工作。不妨以音乐为例，我们必须学习已经创作出来的每件作品，然而，如果同时从事多项音乐创作，那就有可能会孕育出一种不期而遇的联想和新的创意来"。

啊，千真万确，那是一种始料未及的联想，一种新的创意！

举例来说，这就是为什么我在《绿野仙踪》中塑造的邪恶女巫角色是如此之妙，读者一眼就可看出她是个女巫，因为我用了足够多的陈腔滥调对她进行刻画，这样一来，读者就决不会搞错了女巫这个事实。我内心深处的评判者似乎在喃喃自语地告诉我说，这样做有失含蓄，像是不可饶恕的败笔，而我内心的另一位评判者却赞同我如此而为，并认为，若不是为了体现人物的身份，这种刻画是有过分之嫌的（为了体现人物的身份，过分刻画也是需要的）。因此，人物身份的刻画是第一要着——它几乎与黑色的轮廓、背景的纹理以及两者之间的对比同样不可或缺。我希望有听众来提问我，南茜·里根与此有何关联，我明白自己为什么会用到南茜·里根——还有她丈夫（就像我前面提到的）和杰里夫·韦尔，就像乔克先生、乔治一世（一起出现），也像里根随身携带的灵巧小玩意，形形色色的其他里根内阁人员一样（同时出场）。我希望你能够自我反问一下，并给出自己的答案来，因为你的结论或许与我的结论正好一样奏效，也许你的结论甚至更好，因为，尽我所知，你的结论无疑是不带有偏见的。（上帝啊，要是观众不提这些无畏的问题，那我今天在这里又能有什么乐趣呢？）一幅好画就像一部好小说，通过引导读者

① 吐鲁兹·劳特雷克（Toulouse Lautrec，1864—1901），法国画家，印刷家，图案设计者，插图艺术家。——译者注。

② 卡尔·奥佛（Carl Orff，1895—1982），20世纪德国作曲家，当代颇有影响的音乐教育家。——译者注。

提问，并回答尽量多的问题而获得成功，它是作品对话的重要部分。

不妨举个例子，所有英语文学中最有名的句子之一是“称我为被唾弃的人”①，它是通过一种简单的陈述句来引导读者的。但是，读者不禁要问：告诉我，谁是真正被唾弃的人呢？他为什么要求别人称之为被唾弃的人呢？会不会那不是他的真名？阿莫赫斯特学院教授、著名学者麦尔维尔告诉我，在最近的《白鲸》研究中，艾亚·佩雷茨也问过“谁是被唾弃的人？”这样的问题，随后，他给出了自己发现的原创性答案，令人叫绝。

在佩雷茨看来，《白鲸》讲述了一个被唾弃人的故事，他是恐怖海难事件中的唯一幸存者和目击者，他所有的朋友都在这场海难中丧生了，被卷进到了一个没有石头和标记的史前墓穴中。他似乎想要分担其朋友们的厄运，于是，他在海上就决意丢弃自己原有的名字，同意使用《圣经》中的“被唾弃的人”这个名字，借以表明他的自暴自弃和茫然迷失。从此，他便祈求他人称自己是“被唾弃的人”，而不再使用他已有的名字，此事一直不为后人知晓。

然而，我所提到的对话却总是以一口孤井而开始。对我来说，当我孑然一人在画室里全神贯注于图像、印刷和图像设计时，这种对话便开始了。此时此地的我，真真切切的是孤身一人，是大写字母 A 的“孤单”（Alone），就像但丁《神曲》中说的那样，“白昼正在消失，唯我独自一人”②。如果一开始我就对自己不满的话，那我又如何奢谈为我的读者完成怎样的作品？即使这样，仍有一种对话在我的内心里进行着，有时对话甚至变得相当具有争论性。当我通过画画的方式书写句子和充实段落时，我内心深处有个声音在说：“留下它，它很棒，穆瑟，不要把它扔掉。”

---

① 《白鲸》中的台词，“被唾弃的人”一词来源于《圣经》中的“Ishmael”。——译者注。

② “而我独自一人”，原来自意大利诗人但丁的长诗《神曲》中的诗句，原文为意大利语“Io sol uno”。——译者注。

另一个评判的声音却在说："不要听他的，穆瑟，它是垃圾，它不能留在作品中，扔掉它吧，重新开始。"

第一个声音是懒惰和自我满足的声音，虽然有时它是对的，但更多时候，它却是一种幼稚无知的表现，就像一个孩童央求着不肯丢弃尿布的哭声。对于一个作家来说，即使你知道没有那个句子，整个作品会更好，但由于你太过中意自己写的句子了，以至于你舍不得删掉。而对于一个画家来说，保留一幅不好的画也是一种诱惑，尽管他心里明白，整幅画中只有少部分是可以保留下来的。

第二个声音虽然是挑剔和指责的声音，但却是诚实的、客观的声音，而且很多时候还是正确的声音。然而，似乎无人喜欢别人对自己的宝贝作品吹毛求疵，即使这种声音来自你自己也不爱听的内心深处。对于一个雕刻家来说，即便是那么一小丁点儿雕刻糟蹋了其他各部分，但这就意味着整幅雕刻不得不废弃，不管你是否已经在此花了10或15个小时；对于一个制片人来说，在制作室的地板上丢下许多废弃胶片，是再自然不过的事了。

在某地某次的演讲中，我曾说过："我再也不为儿童图绘书籍了，我只为成人创作作品，我只创作自己的作品，每当我为自己创作作品时，我心里在想，我是唯一的读者"。

如今，我已经进入暮年，开始意识到自己的想法只有一部分是正确的。尽管我仍然相信歌德的观点，那就是自娱自乐；我也赞同弗兰纳里·奥康纳的观点，那就是：写作和画画是为了发现我正在想的是什么，或某个人物角色将会变成什么样子；与此同时，也像阿尔弗雷德·凯金那样，工作是为了自我学习，为了理解自己，为了让自己满意。如果有什么人欣赏我的工作的话；或者通过阅读我的作品而把他带入另一个时空；或者被我的作品逗乐；或者……天知道，也许能够从中获益；或者令他们的人生有所感悟，那么，这就是一种回报。于我而言，创作作品完全是为了满足自我需求，这是一种想让作品日臻完善的需求——创作一幅优美图画的渴望，犹如作者期望写出优美的句子一样，仿佛一种想要发现通往瀑布仙境的新路径之期盼。这种期望，就是想看到旧的、熟悉的角色在新的服饰里被装扮成或者显示出与通常那个旧角色毫无关联的另一种特异的性格来。我想特意问一下大家，你们到底有多少人会真正地对大笑的耶稣看得顺眼？

我从事插图工作已经35年多了，创作了300多部书。在我看来，图解不单单是将图片粘进书里而称其为“插图”，它其实是一件远比“插图”要复杂得多，深奥得多的工作，我觉得，我这样说是有一定权威性的。那种对插图工作的误解，就是“插图”为什么会在美术大家庭成员中变得低人一等的原因，它意味着图像与真正的艺术是对立的。更为不幸的是，插图工作者和那些图解作品出版商并没有为改变这种错误印象做出更多的努力。

作为一名插图画家，当美术大家庭声称插图不算艺术时，我承认，它至少有些地方是正确的，但正是出于同样的原因，所有的绘画和雕刻最终也都算不上是艺术了。

然而，我要郑重声明，插图完全称得上是艺术——就像雕刻和绘画可以成为艺术一样。不仅如此，当插图是艺术时，它总存在于一种罕见而又神秘的场合，这种机会仅仅出现于构成作品的素材是超现实的，作品呈现出一种超越其自身的品质，并使它能够触动人类思想和心灵的精神世界，就像洛克威尔·肯特为①《贝奥武甫》② 所作的插图那样。

与绘画和雕刻（式样单纯）有所不同的是，插图最大的差别体现在它无法保持其独立性。它从来不是一个需要自我完善

① 洛克威尔·肯特（Rockwell Kent, 1882—1971），美国画家，印刷家，插图艺术家，作家。——译者注。

② 《贝奥武甫》(*Beowulf*)，英雄叙事长诗，是盎格鲁撒克逊人的伟大文学杰作，故事可以追溯到公元6世纪，忠实呈现了维京人早期时代的风貌。可以说是后来流行的中世纪剑与魔法题材的祖先，是很多奇幻文学的灵感来源。在英国，贝奥武甫就相当于中国的张飞、关羽、赵云之类的史诗英雄。——译者注。

的独立个体，相反，插图是一种集体智慧的艺术，如同戏剧文学、电影制作和建筑学一样，它与文学、神学和科学密切相关。插图工艺要做得美观，就必须同时从插图艺术本身和之外去获取养分。插图可以对科学方法和严肃文本进行图解阐释；图解过的书就像一幅画或一件雕刻，是一件经过深思熟虑，精工细琢而完成的作品；它不仅是由一些可塑性的元素精巧编排而成的；而且是文本、风格和图像之间的协调、平衡和智慧"联姻"；同时还是纸张、印刷和装订的融合。如果这几个方面都做工精良的话，那么，这样的图书就能超越受时空的限制，摆脱时代盲行的潮流束缚而流芳百世。

然而，插图艺术的确也有其不足之处，最不可饶恕的是，插图中往往画了一些平庸的图像，使得图面看上去粗制滥造、浅薄贫乏，毫无含蓄意蕴，而且制作工艺笨拙滑稽，在形式和结构上通常过分强调内容，注重令人厌倦的细枝末节，这是很外行的做法。很多儿童读物的图像乍看逗人喜爱，实则形似，它们本该是要蒙羞受辱遭谴责的，而如今，似乎唯有上帝，方能拯救这种困境了。

另一个或许是难以避免的缺点是，插图通常会把图像固定得太过呆滞，在处理科技素材时——就像"解剖人"，或者有时像雷奥纳多设计的机械小车那样，这倒是一个优点；在处理故事和文件时，这则是一个带来可怕障碍的缺点，它几乎限制了大多数独立思考的读者去展开想象的翅膀，以有别于插图画家的意图，去想象其他另一番不同的情景和角色——不妨想想约翰·丹尼尔为爱丽丝系列的书所作的插图，就不难理解了。

为了避免左右为难，与训练有素的作家一样，有经验的插图画家从不在插图中把故事的所有细节都传达给他（她）的读者。插图画家应该像作家那样，尽可能多地给读者留下足够的想象空间，作品的意境则要保持朦胧、隐晦和含蓄，唯有如此，图像的感染力才会真正在作品中得以保存。

因此，我——作为在儿童文学领域被改良过的一个偏执狂，如今也能为你着想了，给你的建议就是：为儿童书籍插图是（或至少应该是）一种艺术形式——只要能够把持住至高无上的标准。与其他门类艺术相比，插图这种艺术形式无须顾影自怜，甘拜下风，当然，除非插图做得很差，否则，它应该是当之无愧的一门艺术。在其他任何形式的艺术家面前，儿童插图艺术家或其他任何读物的插图艺术家们大可不该有身处劣势或位居二流之感，只要自己的作品制作得尽善尽美就行。

想要尽善尽美地制作一本书，就得明白插图是一门集思广益的艺术，就像我之前提到过的，它与戏剧文学、电影制作和建筑学一样都是社会艺术，建筑学尤为如此。20 年前，当我设计和建造自住小屋时，我才领会到这种类比的真实性：从一些草图开始，然后构建模型和样品；雇佣挖土工人挖出一条通路；与钻井工人签约，让他开挖一口水井；着手联系电力、电话公司，拉进电线、电话线；最后雇佣建筑工人挖沟、浇铸石脚、铺设地基、架起梁柱、搭好墙框。建房工作就是这样进展下去的，足足几个月里，工地上挤满工人，堆满机械设备，一切都显得那么杂乱无章。

然后，所有这些东西在旦夕之间便消失无踪了。建筑完工，举家搬入之后，所有的工具和工程都遁迹无影了。最终的结果是，一所整齐划一、舒适宜人的房屋（充满美丽憧憬）坐落在森林中了。

一本书的制作也理应如此。把一本制作好了的书托在你的掌心里，你会觉得非常赏心悦目——编辑、助理、艺术指导、印刷者、造纸商——所有的工人——都解散了；虽然印刷设备、造纸机、刀具、剪切器、装订机器、打包设备等都悄无声息，但这本书却是如此安详地躺在你的掌心里，仿佛是一件整齐划一、舒适宜人的物品（同样充满美丽憧憬）。如今，仅仅是书的物质形式得以延存——作为书山书海中的心灵火花——

这是神奇、永恒的生命火花，是作者与读者之间闪烁出来的顿悟的火花、心领神会的火花。当然，有时候，如果插图工作完成得非常出色的话，那么，这种火花就会因插图作者而倍加生辉。

女士们、先生们，谢谢大家！

选自《当代世界文学》2008 年 9—10 月刊

（华如梅 译、陆道夫 校）

陈志勇[1]访谈

丹尼尔·林[2]

丹尼尔·林问（以下简称问）： 您从小起画画，念高中和读大学时就投了不少稿。能谈谈您的创作思路吗？这些年又是怎么变化的？

陈志勇 （以下简称陈）：我的思路这些年确实有变化，尽管技巧基本上还是那些，还是高中时候学习的那些技能，比方说怎么运用透视法、比例分割，怎么用画布、油墨和铅笔等等。我的绘画风格经历了好几个阶段，都是种类方面的变化，是横向跨越的，而不是纵向前进的。我尝试了好几种不同种类的绘画再现方法，有抽象，概念艺术，素描，政治漫画，当然，还有故事插画，开始的时候是给短篇科幻小说，慢慢地，在我读大学的时候就“专业”了许多。顺便说一句，我并不是学插画的科班出身，我也从来没想到干插画这一行当。有很长一段时间，我并不知道自己干什么行当比较好。不过，我倒是学了美术和英文，主要是理论与批评，而非实务。绘画与写作，差不多是我当爱好而在干的，与学习没什么关系。

不过，在大学里写了那么多分析文章，倒是有一个效果，我现在做插画设计的时候，更在意研究方面

---

① 陈志勇（Shaun Tan），澳洲华侨，童书插画家，上世纪60年代移民到澳洲，毕业于华盛顿大学艺术系以及英语文学系，代表作品有：《观像镜》《兔子》。他的图画书作品获得过许多国际大奖，曾获世界奇幻奖年度艺术家的殊荣。

② 丹尼尔·林：《当代世界文学》实习编辑，新加坡裔，俄克拉荷马大学写作专业本科学生。

的事情；读得很杂，做笔记，画好几百张素描，然后才有能拿得出去的作品，剩下满满一个抽屉的草稿。我也比从前更有耐性，一般来说总会放更多的时间在构思上，不断地想点子、然后换点子，而不是直接扑上去画。我觉得，总得先在结构方面是完善的，经得起推敲，就像一段精彩的论证一样。

问：您有中国、英国、爱尔兰的血统，这些文化传承助益了您的创作吗，比如在你表述的主题或话题方面？

陈：偶尔才是这样的，我觉得。我的父亲是马来西亚的华人，他二十来岁的时候就来了澳大利亚，这也直接影响了我要研究移民体验，才有了插画图书《抵岸》（卷尾补页有好几张脸孔，其中有一张脸孔是我的父亲）。我觉得，倒是作为一个澳大利亚人，沐浴在澳大利亚的风光里（尤其是澳大利亚西海岸的风光，作家温顿（Tim Winton）曾给出了最好的描写），更多地哺育了我的创作。确实，我有许多绘画，里面是别国的风光，还常常涌动烦恼的身份问题，或者，至少有错了位的身份问题。我觉得，这其实还是跟我在没有什么历史记忆的城外远郊环境里长大有关系，毕竟，这是世界上最偏僻的一国之都，这个国家愿意接受自己的历史是不清不楚的，愿意接受眼前的这些风光不断地在变。

问：《失物招领》马上就要拍成动画短片，您的有些故事也正在改编成戏。这些不同的艺术形式是怎么影响、改变你的故事的呢？

陈：刚开始的时候，主要是技巧方面有难度，毕竟，这些都需要语言及图画以外的别的媒介。改编成戏，与写书相比，需要更多的调度方面的工作。花费也更多，总是要通过协作来做事，而且，要是排戏，还得考虑空间与时间方面的事情。这是在一个有创造力的团队里作为一分子工作，这是最重要的一个差别；这就是说，工作的时候必然要向别人的新想法敞开，不是只有自己这一个作者。

转变为不同的形式，这确实会大大影响每个故事的色调与情节。在改编《绯红树》和《抵岸》的时候，要往书里加一些更戏剧性的动作和性格发展，可原作是不看重这些的。要弄得多一些意会的东西，而不要很具体。而且，读者往往会厌倦电影、戏剧这些媒介的，除非有某种东西能快起来。所以我发现，表演在讲故事方面是一种很“快”的形式，而一本插画的图书则要慢得多。我制作图书，所怀的意图是，读者得读上两遍乃至三遍，不断丰富对其中细节的认识，但关于电影和戏剧，就不可能这样做——这是一种非常线性，需要有舞美设计的媒介。在一定程度上，必须要更精准地预计好观众们的反应。

问：《抵岸》是一个主要用深色调（比如深褐色）讲述的故事，而《失物招领》《兔子》，还有别的，在色彩方面是明快的，要亮很多。在您的绘画里，色彩起到了什么作用，是怎么影响您讲故事的？

陈：色彩，有时候是概念性的，有时候是情感式的，而通常，是两者兼有。所谓概念性的，我是指像《抵岸》里深褐色那样的东西，因为这本图书就是想营造老照片的氛围，要带出这样的联想。在《绯红树》

中，树的绯红让树在灰色的背景中很夺目，暗示着某种积极、闪光的东西，却又不至于很具体。在这本书里，色彩的转换也意味着不同世界的急剧转换，正好，如梦幻一般的不连续性也是这个故事的主题的一部分（如果你觉得可以这样来说的话）。《失物招领》里的世界很柔和，因为这个地方的人已基本上丢失了想象力，他们的生活的方方面面都工业化了、科室化了。

通常，我并不刻意去关注色彩本身或者光的性质，也不刻意去想布景该是深色的，还是亮一点，像正午时分，该是暖洋洋的，热情的，还是冷冰冰的，排斥性的。往往是一个很直觉的过程，起决定作用的是记忆，还有关于“感觉什么是对路的”的感觉。也很容易不满意，因为你的创作总是要通过印刷来发行，而印刷总是不太精确。

问： 很多读者认为，画书①都是一些小孩子看的简单的，没什么艺术价值的东西。画书怎么才可以跻身精致艺术的王国，小孩子和大人都愿意读呢？

陈： 是啊，从读者的感觉这一层面来说，画书就是一门不太站得住脚的艺术，当然，我真搞不懂为什么大家都会有这样的感觉。与画书很相似的，有动画短片，有类型绘画展（画面数量相同），还有成年人读的短篇小说。确实，绝大多数的画书是写给小朋友们的，可我觉得，这其实是一种文化习俗——国家不同，情况也就会不同。艺术家们写了那么多的书，虽然在形式方面确实有各种各样的精致可供选择，

---

① 也可译作“绘本”，下同。——译者注。

但在内容方面就只有两种成分，那就是语言和画面。当然，关于“写给大龄读者们的画书”的兴趣一直在提升，所以，我觉得读者的问题正是慢慢地不是话题了，真是谢天谢地。像“视觉素养（visual literacy)”这样的概念，还有像“漫画小说（graphic novels)”这样的术语，确实很有益于界定我的创作，以及其他对插画书很感兴趣却并不一定对儿童文学有兴趣的艺术家们的创作。

问：您在接受《明言》采访时说，“我想要做的最后一件事就是去重复，因为那肯定会是成功的。”① 纯商业性的小说往往就是这样的，因为作家们只需要在一个已经成功的框架内进行创作。画书也有这样的分类吗？有些是纯商业性的，有些是艺术性的？要是有这样的分类，又分别是怎样给画书领域做出贡献的？

陈：哦，我不觉得只要什么东西取得了商业上的成功，就要在艺术方面向它靠拢，抑或反过来。因为有太多的反例，那些作品既很有市场，又很美，复杂，出人意料，富有挑战意味。其实，主要的问题是，销售和市场开发方面的策划常常会压制编辑方面的决定，总是要郑重地考虑原创性的作品怎样才能有商业上的成功。如果作品真的有原创性，我倒觉得，这方面的事情倒是没法知道的。当然，出版商们（创作者们也一样）要赚钱，所以，这不是纯粹艺术的事情，每个很严肃地从事插画创作的人都不能不看到这一点。创作一本全是色彩的书，比起创作像平装本小说这样的东西，成本要多很多，所以，这件事情是要牢牢记在心

① 陈志勇2007年接受《明言》(*Articulate*) 采访时说。——译者注。

里的。诀窍就在于找到可能的平衡。

问：你曾提到过麦克劳德（Scott McCloud）[①]的一个说法，画板与画板之间是有缝隙的，动作、时间、关系可以在其中驰骋。对于一个故事来说，这些缝隙究竟有多重要？在你的写作和插画里，是怎么使用这些缝隙的？

陈：有一点我是学会了的，那就是要大度地面对读者，要由得他们的想象力把不同的图像、文本“连成线”。通常，我设计的时候，先是写很多、画很多，弄出一大堆的东西摆出来，描述多多，解释多多，然后就着手抹去，找出核心的东西，留下一组相对比较简明，而且往往有些像谜一样的图像或者文字片断，去掉脚手架之类的东西。我发现，我没有明言的东西，至少跟我所摆出来的东西同样重要。任何细节，但凡有可能伤害某个观念的普遍性，我也都要去掉，比方说一些与地方、人情或事物直接相关的具体的东西，因为我所期待的，是读者们用他们自己个人的体会把这些“缝隙”填上，从而必定不同于我自己的体会。

问：您在《画书：为谁而作》这篇文章里解释说，画书并没有具体的时间进展，任何人只要想看了，就可以看这些画面，不会受到直线叙事的束缚。可是，《抵岸》又包含了一系列事件，时间的本质完整地流露在其中，整个故事不断地在前进着。您是怎么做到在画书

---

① 斯科特·麦克劳德（Scott McCloud），美国著名漫画作家，1960年出生于波士顿，作品包括超人系列漫画。他还是一位漫画理论家，《理解漫画》（*Understanding Comics*）系统介绍了漫画这门艺术的历史以及创作手法。——译者注。

中不用语言却把时间这一要素表现出来的？一方面是让故事直线前进；另一方面是要让读者阅读、享受画书却并不会受到时间的束缚，你在这两者之间找到了平衡吗？

陈：我真是觉得《抵岸》在这件事情是极好的例子。是直线的前进，却又不会有时间的束缚。时间这个要素完整地流露在其中，却并没有你在书面语言、口语、戏剧或者电影里可能会发现的那种固定的速率或者节拍。有的读者可能会很快地翻完这本书，就好像这是个小故事，但有的读者会花上好几个小时。关键就在于，读者有没有在思索背景细节、重复的视觉要素和图案诸如此类的东西，而这些，并不是故事所必要的。可是，对于那些花了时间来观察这些东西的人来说，这些东西带给了他们一些别的维度。

问：独自创作画书，与别人合作，这两件事情哪件挑战更大一些？有怎样的不同呢？

陈：独自创作，也许挑战更多一些；在合作的时候，有一半的问题都解决了，因为文本往往先于插画就有了，我所要做的事情就是配合好，解释好。只需要把别人的想法反弹回去，这在有的时候确实是很容易的。不过，我最满意的创作方式还是要通盘安排文本与图像，还有装帧设计，这是讲故事方面第三个重要的要素，因为我能够很自如游走于这些东西中，特别是能够拿捏好细微的分寸，有时候，在别的作者根本不会觉得有什么问题的地方，我还会作一些彻底的改动。还是拿《抵岸》作例子。开始的时候，这是一本画书，还有一点文本内容（采取的形式是一些短句，是一个年纪较大的移民在回想曾经的旅程)，但我不动声色地全删掉了。另外，我写出来的故事带出了一些图像，可由于这些图像，我又把故事彻底地改过，有时候还完全放弃了原来的情调和主题。

问：在您的网站上，您写了这样的话："在我最近的所有作品里，文本与插画是两个各自独立的叙事，却又是以相同的方式相互作用，由于彼此的互文而开启出了新的内涵。"在讲故事方面，带图画的小说与画书有什么样的不同呢？

陈：我觉得这两者的分量一样重，没有什么不同，像所有的艺术类型或艺术形式一样。关键在于插画者的做法，究竟只是装点文本呢，还是用某种方式来对文本进行阐释，甚至还带来一些作家并没有提到的内容。插图小说比较难操作后一种做法，毕竟，留给插图者的空间是非常少的，但也并不就是不可能的。我真的觉得不同种类的插图之间的主要差别只在于艺术家究竟是想去装点，还是想阐释，把文本的内涵"推"到出乎意外的境地。

问：您眼下正在做什么样的设计呢？

陈：我还弄好一本插图短篇小说集《远郊区的故事》，很有意思的，文字与图像在比例上与众不同，因为文本与插图有着同样多的页码。像我的其他书一样，并没有明确该是什么样的读者来读。在有些方面，这些故事说到了童年，说到了孩子般地看世界（我自己在城外远郊成长的经历是这种处理手法的根基)，却也涉及一些成年人的话题，比如政治，婚姻。在每个故事里，都有很古怪、没法解释的事情，而这其实都发生在一个一般说来很普普通通的地方。一个小小交换生来拜访，或者家里发现又有了一个房间，又或者，一头水牛生活在一片空旷的地带，提供着并不怎么清楚的建议。我并不很清楚每一种文本与图像的组合究竟都有着怎样的意味。像从前一样，我还是把这留给每一位读者来决定吧。

2008年6月

选自《当代世界文学》2008年9—10月刊

（杨俊杰　译）

当下景观：图书收藏家的黄金时代

艾伦·阿荷恩①

在过去的10多年里，随着国际互联网和海量搜索引擎服务的引入，图书贸易——图书收藏家，图书经销商，图书管理员，售书书童等都发生了巨大的变化。迄今为止，我妻子帕特西娅和我已经从事了50多年的图书贸易。在20世纪50年代，我们一开始是以图书收藏家而起家的，在60年代和70年代初，我们每年都要发行一些图书目录（以艾伦·阿荷恩初版图书的名义发行），1976年开办了“羽毛笔书店”，专售图书和艺术品。起初，我们的目标并不是为了赚钱，而是想通过售卖一些复制品和有关童子军旅行的书籍来维持我们的图书收藏。我们最终实现了这个目标，至少可以说是部分地实现了这个目标，因为当时并没有多少盈利。

多年来，我们一直在从事着我们的图书贸易，期间变故多多。最大的变化就是五六十年代图书馆藏书量的消失，再就是，不少大书店也都关门歇业了。现如今，这些大书店一般都开在远离大城市的地方，要么因为市中心的租金高，要么因为近郊不合理的店面面积。

尽管过去30多年来发生了这些变化，但我们对这些变化却是有备无患的。国际互联网完全改变了我们的售书方式，藏书方式和购书方式。虽然互联网面世不久（从1995年起，我们书店就开始使用互联网，并有自己的主页），但直到20世纪90年代末，网上图书销售的数量才日渐增加。以往需要好多年才能查到的图书，如今使用互联网，马上就能准确查到。在1998

① 艾伦和帕特西娅·阿荷恩夫妇都是美国古籍书商协会（the Antiquarian Bookseller's Association）会员，1962年成为书商，至今一直以专门销售初版图书为特色。两人于1976年开办了一家名曰“羽毛笔”（the Quill&Brush）的书店（店名意在主营图书和艺术品）。选文是艾伦对当下图书收藏的黄金时代所作的思考。

年初的“高级图书交易会”（Advance Book Exchange，ABE）上，互联网网上在线的“经销商”和订购者就多达1500家，脱销的图书总量大约为400万册。截至1999年中期，网上在线销售商和图书销售量分别是4500家和1200万册。如今，我们相信，在交易会上，13500家的图书订货商可以带来1000万册的图书销售量。

毫无疑问，如此巨量图书的轻而易“购”，大大降低了一般图书的价格。很久以前（比如1997年），图书收藏家或经销商们的国际图书贸易一般都以各自收到的图书目录清单为准，参照当地书店里的库存量，有时甚至还得亲自去往另一个城市进行实地考察。现如今，全球各地的书名和不计其数的各种图书，可以轻而易举地从互联网上查找到。

图书的价格是由供求关系来决定的。通常情况下，如果供过于求，价格就会下降。举例来说，假如你藏有200册某套书的初版精装本，其价格就不会高于10年前同样版本的这套书。这就为那些收藏家们以合理的价格去购买各自心仪的藏本提供了黄金机会。我们知道，有相当多的某一类图书是要历经数年之后才会升值的。与此同时，我们也注意到，同样的藏本在5年前有20册或30册，到了现在或许只有两三本了。网上售卖的或许有20册，但其中有18本有可能是再版书、馆藏书、甚至是没有护封的旧书。有一天，我们在寻找帕特里克·奥布赖恩[①]的英国初版书，这本完好无损的初版书竟然卖到500至600美元不等。网上可以买到的只有6册，但全都不在美国，其中英国有3册，澳洲有2册，新西兰有1册。我们相信，假如早几年就着手收藏这本书，那肯定会找到更多。

尼克·巴斯本在其《温柔的疯狂》[②]（1995）一书中称19

---

① 帕特里克·奥布赖恩（Patrick O'Brian，1914—），英国小说家和翻译家，主要代表作品是《怒海争锋》《奥布里·马修林》系列小说。——译者注。

② 文学杂志编辑尼克·巴斯本（Nick Basbanes，1943—）在本书中记录了各种各样的书痴及其藏书行为。他们对书籍的狂热和痴迷，对珍版书籍的收藏和贡献跃然纸上。本书曾获得美国非小说类国家图书评论奖，《纽约时报》年度著名图书奖。——译者注。

世纪末、20世纪初为藏书的“黄金时代”，当宏伟的国家图书馆建筑成为智慧和功名象征的60年之时。我们认为，从现在开始展望，差不多10年之后将是图书收藏的黄金时代，由于图书供应量的增加，值得收藏的图书价格被迫下降，那时，精明的消费者正好可以趁机吸纳一些图书精品了。

我们不仅为1975年到2000年期间的初版图书编制了价格指南，而且还为1991年到2002年期间更多普遍值得收藏的图书编制了价格指南。我们注意到，在股票市场衰退之后的1987年——与1929年的大萧条正好相反，图书交易价格有所回升，开始出现盈利。连我们自己都弄不明白，为什么初版书的价格在1988年开始暴涨，这其中也包括了许多重要的精品书（被认为是经典或珍品的图书），上涨的幅度每年大约在25%到50%。我们在1978年和1983年也都编制了图书价格指南，结果我们发现，价格上涨的幅度保持在正常的通胀范围之内。但是，按照1986年的价格指南，除了极少数图书之外，1983年到1986年间的价格刚好处于低迷状态。1986年到1987年间，图书市场一直萎靡不振，但到了1988年，精品图书的价格开始攀升，这倒并不意味着其他的图书价格没有上升，只不过因为两类图书的质量水准有所不同罢了。就拿J. D. 塞林格的小说《麦田里的守望者》来说吧，我们对小说初版的精装本（带有防尘护封）做过估算，1978年的售价是100美元，1986年为500美元，2000年的售价为7500美元。如今，该版本的售价甚至高达15000美元之多。哈珀·李的小说《杀死一只知更鸟》①在1978年卖到50美元，1986年的售价为250美元；2000年时

① 美国畅销小说女作家哈珀·李（Harper Lee，1926— ）曾获得美国总统自由勋章，她以1929年大萧条时期的美国生活为背景，创作了《杀死一只知更鸟》（1960），通过两个孩子詹姆和思卡的童年视角，展开了美国南方小镇梅岗的社会生活画卷。书中这对兄妹的父亲艾蒂科斯是一位律师，他接手了一起所谓的强奸案，为被告的黑人辩护。随着诉讼案件的深入，死气沉沉的小镇开始活跃起来，各种人物也一个个凸现出来。这本书透过孩子的叙述与感受，把读者一步步引入人类行为根源的幽深所在。拍摄于1962年的黑白片《杀死一只知更鸟》，至今仍然是众多影迷心中的最爱。这本小说在1999年被评为“世纪最佳小说”。——译者注。

就卖到了7500美元。如今竟然卖到超过15000美元的高价。

50年来，我们能够确信的唯一一件事情就是，不断有人提醒我们，初版图书的市场交易并非一帆风顺。我们甚至可以说，长期以来，一直有人抱怨我们的书价太高。在他们看来，简直难以理喻，有人竟然拿100美元来买初版的《麦田里的守望者》！实际上，我们明白，上述的第一种提醒最终并没有成为事实，因为初版图书的市场交易依然坚挺活跃。而就人们的第二种看法来说，我们的图书定价或许有些超前，正如我们的一位合作伙伴不久前在被问及一本出版书是否真的价值2500美元时所做的公平评价："初版书远远不止2500美元这个价！"

我们从初版图书的现代交易中认识到，一般的古籍书商并不认同我们是真正的古籍书店。对此，我们心知肚明。当有人向我们询问古籍书店与现代初版书店到底有何差别时，我们相信，我们对两类书店的不同内涵是心中有数的，因为，通常情况下，我们或许都会用温斯顿·丘吉尔的初版书《我的早年生涯》（1930）为例做些说明。假如它是一本带有防尘护封（麻布装帧）的精装本，那就会被看成是现代初版图书；如果这本书的护封丢了，书也很破，或者是没有封面，而且是皮革装帧，那么，我们就把它看成是一本古籍书。

我们通常会把18世纪初的那些图书视为古籍图书，在我们看来，如果我们售卖狄更斯、麦尔维尔、或者马克·吐温的作品，那么，我们或许正在开始涉入古籍书店的书海中。但是，如果换成是杰克·伦敦的初版书，特别是带有防尘护封包装的初版书，结果又会怎样呢？这是一本至今差不多有100多年的古书了。它到底算是一本古籍书呢，还是一本恒久的现代初版书？难道海明威、福克纳、菲兹杰拉德、斯坦贝克永远算是"现代作家"？过去的100多年间里，他们作为"现代作家"已经在过去持续了100年光阴。他们在21世纪还能保持"现代"的头衔吗？20世纪末出版的新近图书又算做哪类图书呢？由于这些图书是20世纪出版的，它们如今能否被称作是世纪古籍呢？

因此，不管怎样，我们都将一如既往地进行图书买卖。不过，收藏家们应该下功夫买到最好的版本，要么购买作者签名或题名的版本，要么到售书现场，让作者为你签名。因为作者签名的书，即使很普通，总会比没签名的书要更有收藏价值。

祝大家好运常伴，好书不断。

选自《当代世界文学》2008 年 9—10 月刊

（陆道夫 译）

书卷人生：一位装帧艺人的思考

肖恩·理查兹①

到俄克拉荷马大学图书馆时，已经迟到了整整30分钟。坐电梯到五楼，一边悄悄在想如何给自己的迟到找一个说得过去的借口。门开了，才发现这样的借口根本没有任何必要，因为我以前也极少准时。虽说我对这件事并不感到骄傲，5年下来，人们还是料到我会“时髦地姗姗来迟”。按我的习惯一般来说是先到藏馆区，在那里和工作人员寒暄一番，再去拿需要维修和保护的书籍，然后手里拿着这些书就往门外走了。然而到门口的行进路线无一例外地总是被人卡断。一波又一波的学生和教授趁着课堂间隙赶来和我聊天。最后一聊就是好几个小时。学生和教授挤满了科学史藏馆。他们怀揣着稗官野史之论，向我打探开普勒是否杀害了布拉赫，牛顿的非三位一体观点，哥白尼的遗骨到底被藏在哪儿了。每次来满耳都是这些有趣、辛辣又引人思考的问题。但今天我努力克制自己不再沉迷于扑面而来的讨论中，转身走向一扇锁着的双开门，打开它，来到自己的工作室。对啊，今天是来办正事的，我却已经迟到了那么长时间。连自己都觉得不“时髦”了。

睁着因一夜未眠而红肿充血的双眼，我紧张地与馆长玛丽莲·奥格尔维博士和图书馆珍本管理员克里·马格鲁德打了个

---

① 肖恩·理查兹已经从事珍本古籍装帧和修复工作近十年，专攻早期印刷书籍和手稿。他的客户主要是大学，收藏家和书商，遍布英国、澳大利亚、斯洛文尼亚、尼日利亚、卢森堡、俄罗斯、德国、法国、加拿大和美国。肖恩在过去几年研究如何将传统技术运用到各种图书艺术上。除了从事修复工作，肖恩还曾就印刷历史和装帧技术撰文数篇。在德国和捷克共和国的学徒生涯让他的作品具有一种独特的历史精确感。他是书本历史的教育者，也是一名顶尖的书本艺人。他融合了传统和现代手法，设计出奇妙动人的现代装帧艺术。肖恩还是拜占庭工作室有限公司的所有者兼艺术总监。该书本艺术中心总部设在俄克拉荷马州诺曼市，专门从事图书和手稿的细致保护。

招呼。奥格尔维博士指着保险库示意说“咱们进去吧”。我点点头。如送葬一般严肃地，我们列队走进保险库。“在这儿等着，我输密码的时候别乱动，”奥格尔维博士低声嘱咐道。她在键盘上输密码的时候我把视线移开，不去看在她输什么。这种习惯至今仍未改变。每当想起世界上只有两个人知道这个密码的时候，我心底就浮起一股神圣感。继而觉得为了自己着想，最好别成为他们其中的一个。保安报警系统放行之后，我抬起头来，和往常一样，深深地吸入一口保险库里凉爽潮湿的空气。古代皮革散发出诱人的胡椒味，闻起来真像药味。奥格尔维博士和马格鲁德博士走入保险库深处，消失在一堆堆的古籍后面，而我站在那里，全然为这里的气氛所陶醉。这个保险库我进来过无数次了，可每一次来反应都是一样的。我像个总统签名售书时的秘密保镖扫视着四周，要把一切都收入眼底：每一张封套，每一道压花，边缘的装饰，斜体和字体的风格。觉得自己像个孩子找到了一堆藏起来的糖果，在大人发现之前，想把它们都塞进嘴里。“在这儿啊”玛丽莲的声音从故纸堆后面传出来，接着他们二人拿着一本又薄又小的软牛皮纸做的四开本走了出来。即使已有400年历史，它的封面依旧柔软。软牛皮泛着一层柔和的象牙色，那么温暖而诱人。翻开封面后我被看到一行标题，停了停，用手按住胸口怕它跳得过于剧烈，然后凑近了一些好看个仔细。字迹有点褪色，但它的赭石色仍然相当显眼。是用意大利文写的，这不容易看得出。但最后两个词和夏天的艳阳一样耀眼，“伽利略·伽利莱”。“不得了啊”我低声说，仿佛他本人就站在我面前。在几十年前通过真伪认证，有人传言它的价值超过200万美元。传闻毕竟只是传闻，还没有人敢用金钱来衡量藏书的价值。这些书可都是罕见的，极其罕见的，或者独一无二的。这本《星座报告》乃是孤本，破损情况严重。

我们几个月前就已经说好，由于作品的价值和我把它带离图书馆所要涉及的责任，我将“上门”对它进行必要的养护。

任务相当简单，但这本书显赫的历史地位和不凡的身世把这项任务变得一点儿都不普通。把这本书拆散，弄干净，照相扫描，重新缝合，再装帧回原来的牛皮卷，要花两三个星期。

第二天我花了一整天的时间把设备和工具拖到临时搭建起来的养护实验室，离保险库只有咫尺之遥。安检是非常严肃的工作。即使工作人员对我充分地信任和支持，每一个细节他们都得“照章办事”。每天进出藏馆区时我的包都会被检查。工作人员的认真敬业让我很是敬佩。但他们的工作渐渐让我觉得有些不自在，没过多久惶恐开始爬上我的心头。“这么重要的任务，我准备好了吗?”不知道。不过我养护过的书不少身价也是超过10万美元的。头脑里开始生出各种幻想，同时也感到自己渺小。这种感觉任何人站在伽利略的阴影下都难免会有。“把这份工作干完美了，你会赢得尊重，荣誉，和一张薪水支票!”我对自己说。那要是“把这份工作干砸了，你就拿着你那30块银币去乱葬岗上自行了断吧”。[①] 赌注很高，因为这个圈子的顶层很小。无论成功或失败，消息都将不胫而走，而且会传得很快。

事实上没什么好担心的。我在一些最牛的人手下受过训，最重要的是我有一股与生俱来的对细节近乎偏执的专注，就像一个打了激素的神经外科医生一样。很少错过一个细节，我的工作准确，仔细得让人受不了。对一个连高中都差点儿毕不了业的人来说，这可是一门怪本事。我的父母总是认为我并不笨，不过是不努力罢了。小时候老是挨训，说我懒。但是说实在的我只是觉得特没劲。1989年秋天这一切都变了。当时两件看上去没什么关联的事情，彻底地改变了我的人生轨迹。

14岁的时候我是一个怪小孩儿。放学后爱跑到小溪里趟水，抓小龙虾，偶尔也能抓到红耳龟。成天在农村的小溪里找

---

① 此典故出自《圣经》犹大背叛耶稣后的可耻下场。参见新约《马太福音》。——译者注。

化石啊，小玩意儿什么的。周末就和父母去“淘古玩”，每次去的都是同一家小古董店，在堪萨斯州和俄克拉荷马州的交界处。有一次去那儿，当时是1989年11月，我碰到了我的第一本古书，1790年版的《项狄传》，它当时正倒霉地躺在一个筐子里。筐子里还有一堆路易斯·拉摩的平装本和几本破破烂烂的《麦加菲读本》。

如果不是一个星期后收到那个投错的邮包，生活可能还是老样子。一连串奇巧事件的发生最终让它跑到我这儿来了。是一本珍本的目录，由菲利普·皮瑞戈珍本公司印制。那成百上千张封皮的照片和对装帧的说明立刻抓住了我的心。后来每本目录一到，我捧起来就读。有了这个专一的爱好，渐渐地也不去河沟瞎逛了。这目录我后来接着收了好几年。那段日子里我精通了珍本术语，做了大量的笔记。就算真上了大学，我也学得没有那么刻苦认真。我把每本目录都吃进肚子里，把每张照片都刻在脑海里，检查每一本书的装帧材料，加工方法还有它的使用年代。

我开始成卷地购买古书，从16、17世纪到18世纪的。大部分的书都不成套。就像一位有藏书癖的维萨里①，我把书拿来解剖，把卷帙一层一层地拆开，把每一节都剥离掉，查看它们的制作工艺。我关注每一个细节，并开始把那些被我开膛破肚了的书做成模型。像玛丽·雪莱笔下弗兰肯斯坦的故事一样，我很高兴能让书籍“复活”。把书做成一个简单的抄本是不够的，它必须成为一个有生命气息的活物。为了把它们缝回原状，我尽可能地用同样的原始材料。刚开始的时候这么做简直是难如登天。现在回头看，连我自己都搞不懂为什么能坚持下来。

在珍本市场和其他领域，图书装帧这门手艺依然健在。但当时我对此全然不知，决定还是过自己的日子要紧。本科学的

① 16世纪比利时解剖学家，近代解剖学的奠基人。——译者注。

是心理学，硕士学位开始攻读博物馆研究。在此期间我一直都觉得生活中缺少了点儿什么。当时还在订阅皮瑞戈先生的古籍目录，把古书装帧只当做一种个人爱好而已。1997 年 12 月的有一天，我决定给他打个电话，再续订几年。我虽不是什么大款，还是对他解释说，我可不想免费拿他的目录还麻烦人家。他真够慷慨的，一直都给我寄，没有再收钱。我们那天没聊多久，但在挂电话之前，我问了问装帧艺人的手艺。“现在还有专业人士在干这个吗?”他急忙喊说那当然了，他就常常雇用修复专家。他还说，一个好的装帧艺人能挣大钱。当时我就觉得自己要全心全意去学这门手艺了。记得书上说，掌握这门艺术的最一般方法就是去当学徒，那可是个艰巨的挑战。于是开始找当学徒实习的机会。可过了几个月我还是没弄清楚当学徒到底要干什么，因为我看的例子讲的大都是 19 世纪中叶的事了。“我是不是要和一个不食人间烟火的世外高人住在一块儿。整天不干别的，光打杂，直到突然有一天开了个什么悟。或者给一个白眉老道打工，修炼装帧古籍的密门心法。或者去瑞士阿尔卑斯山拜装帧高人为师，继承到他的装帧作坊，还娶到他漂亮的女儿。那姑娘，我刚拜到她老爸门下时就已经偷偷地看上了我!”我想得那个美哦，那个乱哦，那个好笑哦。一步步了解现实后才明白从前对学徒传统的看法是那么荒唐。我发现这种师傅带徒弟的传统正在迅速消失，并开始意识到哪有人把装帧作坊传给我，哪有待字闺中的装帧艺人的女儿，那我就更没戏了。

我当时只有甩开膀子单干，方圆 500 英里没人和我竞争。只要能找到另一个装帧艺人就已经很不容易了。我发现他们大部分和我志趣相投，但对于任何可能关系到生计的技术细节，便不愿示人了。在阿拉巴马州的一个装帧艺人邀请我到他的工作室去和他合作。吸引我的是他所谓的对这门手艺的真知灼见，还说能给我一个“旧式学徒体验”。结果我发现，这倒是给了他一个机会，得到了一个能天天免费地帮他整理文稿和清扫地板的人。开始只把我当成个一时兴起的业余爱好者，但当他发现我可不是玩玩而已的时候，很快便让我走人。我也不是完全空手而归。趁他没注意的时候，我对他做的活儿做了好些详细的笔记。可是后来我通过自己的研究发现，他的技术和我后来遇到的装帧艺人的相比，那是相当的差劲。经过了许多次让人不愉快的会面，还有一两次火药味颇浓的对话之后，我对这件事感到非常泄气。

对啊，我的确是个单干户。我有一张装帧艺人的名单，和上面每一个人联系，不行的就划去。就这样能过河的桥都被自己拆得差不多了，完全失去了动力，真怀疑这样的追求是否值得。我决定自己规划自己的学徒课程。没有人肯收我当学徒，这个想法有点儿让人沮丧。对师徒之间的关系，我想得太理想化了。一直把自己当成弟子阿德索，师傅是来自巴斯克维尔的威廉姆，就是翁贝尔托·埃可写的《玫瑰之名》那本书里的故事。在寻师问道的途中，我很多次很多次想到这本书。书中描写的传统的学徒模式，师徒之间的传道授业解惑，让我感到惊讶。

给自己制定了任务，开始勤奋地阅读，做项目和练习技术，花了两年时间来打磨我尚处于萌芽状态的技艺。道格拉斯·科克雷尔，札尼斯朵夫，阿瑟·约翰逊和伯纳·米德尔顿（后来我发现他是一位很好的朋友兼顾问）透过他们的工作手册和录像，成为了我的老师。在工作之余，我阅读的学术研究有波拉德，尼克松，高夫，G. D. 霍布森，施密特，舒特，西里尔·达文波特等的，哲学读物包括 T. J. 科布登－桑德森，罗斯金以及艺术与工艺运动的先驱威廉·莫里斯等人的宣言和主张。

我的技术大有长进，还做出了一些非常出色的作品。从折页之后到包封面之前的装订工序我干得越来越好，还有就是边缘压花。我的设计没什么毛病，但在把自己的复杂布局付诸实践方面有些欠缺。我也开始对单干的做法提出质疑。很喜欢按照自己的节奏来，不过这样就学不到技术的细节和“独门秘技”了，也得不到老师的指点。我也需要有一位老师在身旁，在新掌握了一门技术以后鼓励我，在我开始乱做的时候喊停。现在靠装帧书本能赚钱了，可我知道得赶快师从某人才能上到我想上的层次。

决定给一个在这方面我认为是权威的人打电话，他就是皮瑞戈先生。我告诉他，目前我的水平亟待一位装帧大师的指导。他很快便向我推荐简·索博塔，欧洲的装帧大师，目前住在捷克共和国。我在皮瑞戈目录里见过他的作品。在书商和收藏家眼里他的名字是块金字招牌。想到我以前拜师学艺的倒霉运气，我不确定他还收不收徒弟，或者还健不健在。记得有一次我给一座本笃会修道院打电话，想拜他们的道长，一位装帧大师为师。可是哪知在我打电话的两天前他刚过世，享年87岁。

简先生的儿子的教母住在美国，我先和她取得联系，然后通过她和简先生通了电话和电子邮件。我告诉他我的情况，有多么地想学这门手艺。对收我为徒他有些犹豫。他让我寄给他一些我作品的照片和文字说明，以了解我目前的程度。几周之后收到了他的正式邀请，让我过去开始学徒生涯，他和师娘将共同辅导我。师娘嘉米拉也是一位成名的装帧艺人专家。当时我刚和我太太安吉拉结婚。她是在德国出生的。我们两口子带着1岁的小女儿一起去了。到德国的德累斯顿，花了一些时间在普乐崔斯街29号上的公寓安顿下来。不久我和撒克逊州立图书馆的古籍保养项目取得了联系，开始在那里学习纸张和牛皮纸的保养技术。他们还获准我研究雅各布·克劳泽的装帧和马丁·路德金的手稿。从德累斯顿我乘火车到卡罗维发利，去向简先生和他的妻子嘉米拉学习。我打电话说我到了。他来接的我。那天严寒逼人，下着冰雨。半个小时后他到了，我们往回开，到了洛克特，一个在卡罗维发利西面的沉睡的小村子。一路上我们时不时地交谈了几句，试图了解对方但都有些嘴笨。

到达时嘉米拉已经准备了一道传统的捷克菜给我洗尘。我吃完晚饭早早地上床睡了。明天就要开始自己的学习，我想精力饱满，精神集中。

简先生的作坊在一栋三层楼房的一楼。楼建于13世纪左右。这栋楼和其他楼一起，如一条链子一样环绕着一座12世纪的城堡。作坊有美丽的拱形穹顶和两英尺厚的墙壁。这可是学习古老手艺绝佳场所。作坊里靠墙放着许多架子和柜子，上面有切、镀、刻、画的工具，还有各种各样能想得出来的可能用得上的器具。

我从装订开始，重头学起。装订是指成书之前的所有工序。也就是说除了设计封面和烙封面之外，都叫做装订。装订就像是给房子打地基一样，从很多角度来讲是最重要的一环。先生从他的藏书中挑出一本来，让我把它拆散，再严格地依照他的德国传统工艺装回原样。随着时间的推移我开始注意到，在自己单打独斗的那段日子里我养成了些不好的习惯。不过在另一方面，我做的基本上还是自己单干时期做的那些事情。我发现在这里干活是非常有帮助的，并开始对自己的工作产生一种从未有过的自豪感。这段学徒生涯，从始至终先生对我非常慷慨，不断给我书看，还有工具和材料。对我提的问题回答起来也毫无保留。

我们通常从早上7点工作到中午12点，吃午饭，然后先生会睡上一两个小时的午觉。于是我就有充足的时间去逛城堡，教堂和周边的农村。城堡在小街对面的山顶上，当地的考古学家正在从城堡的内部发掘罗马古墓，我在旁看了很久。下午两点左右重新开始工作，我们工作得比较晚，常常一直干到晚餐做好以后，然后就收工。这当中不包括很多中途休息，就在作坊后面的大壁橱里。我们在那儿偷偷享用先生为过年过节准备的饼干，喝他最爱喝的蓓荷萝芙卡酒，一种卡罗维发利这一带特产的草药酒。在这些工作间歇，先生给我讲他的青年时代，还有给卡雷尔·斯林格当学徒的故事。他还告诉我他在60年代遭到秘密警察迫害的悲惨经历，以及在80年代经年流亡，寻求政治庇护的历史。通过他的许多故事，我晓得一个装帧艺人必须对自己从事的工作以及他所继承的传统手艺感到自豪。他让我永远记住前辈祖师爷是谁，自己的手艺又是从谁那里学的。我深深地感到，作为一名装帧艺人，我已经传承了他的老师卡雷尔和他老师的老师的衣钵。他们的生命透过我的技术和技法得以延续。2003年1月回到故乡为俄克拉荷马大学的科学史的收藏馆工作。运回了学徒生涯中先生给我的工具，材料和书籍。我还带回了嫡传之技浓于血的自豪感，还有把这门手艺传给下一代的责任感。

大约两周之后《星座报告》总算修复完毕。当地的新闻记者也拍完了修复工作的最后几个步骤，正在收拾准备离开。我很高兴，终于做完了，也没有镜头再对着自己了。坐在那里盯着自己的作品，长长地舒了一口气。这时记者跑过来问："你是在哪儿学到的这些东西的呢？"

俄克拉荷马州诺曼市

选自《当代世界文学》2008年9—10月刊

（吴永安　译）

当代中国文学与世界

世界知识、地方知识与当代中国文学研究

李　怡①

无论我们如何估价近30年来的中国文学研究成果，都不得不承认这样一个事实，即当代中国文学研究的发展演变与我们整个知识系统的转化演进有着密切的联系，这种联系不仅勾画了迄今为止我们文学研究的学术走向，而且也将为未来的学术前行提供新的思路。

回顾近30年来的中国文学研究的知识背景，我们注意到存在一个由"世界知识"与"地方知识"前后流动又交互作用过程。考察分析"知识"系统的这些变动，特别是我们对"知识系统"的认识和依赖方式，将能折射出我们学术发展过程中的值得注意的重要问题，促使我们作出新的自我反省。

一

当代中国文学研究之中，"世界"的知识框架是在新时期的改革开放中搭建起来的。"世界"被假定为一个合理的知识系统的表征，而"我们"中国固有的阐释方式是充满谬误的，不合理的。新时期当代中国文学的研究是以对"世界"知识的不断充实和完善为自己的基本依托的，这样的一个学术过程，在总体上可以说是"走向世界"的过程。"走向世界"代表的是刚刚结束十年动乱的中国急欲融入世界，追赶西方"先进"

---

① 李怡：文学博士，北京师范大学文学院教授，博士生导师，主要从事中国现当代文学研究。著有《中国现代新诗与古典诗歌传统》《现代四川文学的巴蜀文化阐释》《日本体验与中国现代文学的发生》等。

潮流的渴望。在中国现当代文学研究界乃至中国学术界“走向世界”呼吁的背后，是整个中国社会对冲出自我封闭、迈进当代世界文明的诉求。在全中国“走向世界”的合奏声中，走向“世界文学”成了新时期中国现代文学研究的“第一推动力”。

在那时，当代中国文学研究是努力以中国之外“世界”的理论视野与方法为基础的。以国外引进的自然科学的研究方法——“三论”（系统论、信息论、控制论）为起点，经过1984年的反思、1985年的“方法论年”，西方文学理论与批评得到了到最广泛的介绍和运用，最终从根本上引导了当代中国文学批评的主潮。

当代中国文学研究也是以中国之外的“世界”文学的情形为参照对象的，比较文学成为理所当然的最主要的研究方式。比较文学的领域汇集了当代中国文学研究实力强大的学者，中国学术界在此贡献出了自己最重要的成果。新时期中国学人重提“比较文学”首先是在外国文学研究界，然而却是在一大批中国现代文学研究者介入，或者说是在中国现代文学研究界将它作为一种“方法”加以引入之后，才得到长足的发展。正如王富仁先生所说：“我们称之为‘新时期’的文学研究，热热闹闹地搞了10多年，各种新理论、新观念、新方法都‘红’过一阵子。‘热’过一阵子，但‘年终结账’，细细一核算，我认为在这十几年中扎根扎得最深，基础奠定得最牢固，发展得最坚实，取得的成就最大的，还是最初‘红’过一阵而后来已被多数人习焉不察的比较文学。”①

当代中国文学研究设立了以“世界”文学现有发展状态为自己未来目标的潜在意向，并由此建立着文学批评的价值取向。曾小逸主编《走向世界文学》一书不仅囊括了当时新近涌现、后来成为本学科主力的大多数学者，集中展示了那个时期

① 王富仁：《关于中国的比较文学》，见王富仁：《说说我自己》，125页，福州，福建人民出版社，2000。

的主力学者面对“走向世界”这一时代主题的精彩发言，而且还以整整4万5千余字的“导论”充分提炼和发挥了“走向世界文学”的历史与现实根据，更年轻一代的学人对于马克思、歌德“世界文学”著名预言的接受，对于“走向世界”这一诉求的认同都与曾小逸的这篇“导论”大有关系。一时间，仅仅局限于中国本身讨论问题已经变成了保守封闭的象征，而只有跨出中国，融入“世界”、追逐“世界”前进的步伐，我们才可能有新的未来。

进入1990年来之后，我们重新质疑了这样将“中国”自绝于“世界”之外的思想方式，更质疑了以“西方”为“世界”，并且迷信“世界”永远“进化”的观念。然而，无论我们后来的质疑具有多少的合理性，都不得不承认，一个或许充满认知谬误的“世界”概念与知识，恰恰最大限度地打破了我们思维闭锁，让我们在一个全新的架构中来理解我们的生存环境与生命遭遇。这就如同100多年前，中国近代知识分子重启“世界”的概念，第一次获得新的“世界”的知识那样。“世界”一词，本源自佛经。《楞严经》云：“世为迁流，界为方位。”也就是说，“世”为时间，“界”为空间，在中国文化的漫长岁月里，除了参禅论道，“世界”一词并没有成为中国知识分子描述他们现实感受的普遍用语。不过，在近代日本，“世界”却已经成为了知识分子描述其地理空间感受的新语句，当时中国的知识分子在谈及其日本见闻的时候，也就便将“世界”引入文中，例如王韬的《扶桑游记》，黄遵宪的《日本国志》，20世纪初，留日中国知识分子掀起了日书中译的高潮，其中，地理学方面的著作占了相当的数量，“大部分地理学译著的原本也是来自日本”。[①] 随着中国留学生陆续译出的《世界地理》、《世界地理志》等著作的广泛传播，“世界”也才成为了整个中国知识界的基本语汇。世界，这是一个没有中心的空间概念。

① 邹振环：《晚清西方地理学在中国》，244页，上海，上海古籍出版社，2000。

“世界”一词回传中国、成为近现代中国基本语汇的过程，也是中国知识分子认知现实的基本框架——地理空间观念发生巨大改变的过程：我们所生存的这个世界并非如我们想象的那样以中国为中心。是的，在100年前，正是中国中心的破灭，才诞生了一个更完整的“世界”空间的概念，才有了引进“非中国”的“世界”知识的必要，尽管“中国”与“世界”在概念与知识上被作了如此不尽合理“分裂”，但“分裂”的结果却是对盲目的自大的终结，是对我们认识能力的极大的扩展。这，大概不能被我们轻易否定。

二

20世纪90年代以后人们忧虑的在于：这些以西方化的“世界”知识为基础的思想方式会在多大的程度上压抑和遮蔽了我们的“民族”文化与“本土”特色？我们是否就会在不断的“世界化”追逐中沦落为西方“文化殖民”的对象？

其实，100余年前，“世界”知识进入中国知识界的过程已经告诉我们了一个重要事实：所谓外来的（西方的）“世界”知识的丰富过程同时伴随着自我意识的发展壮大过程，而就是在这样的时候，本土的、地方的知识恰恰也获得了生长的可能。

100余年前的留日中国学生在获得“世界”知识的同时，也升起了强烈“乡土关怀”。本土经验的挖掘、“地方知识”的建构与“世界”知识的引入一样的令人瞩目。他们纷纷创办的反映其新思想的杂志，绝大多数均以各自的家乡命名，《湖北学生界》《直说》《浙江潮》《江苏》《洞庭波》《鹃声》《豫报》《云南》《晋乘》《关陇》《江西》《四川》《滇话》《河南》……这些本土的所在，似乎更能承载他们各自思想的运动。在这些以“地方性”命名的思想表达中，在这些收录了各种地域时政报告与故土忧思的杂志上，已经没有了传统士人的缠绵乡愁，倒是充满了重审乡土空间的冷峻、重估乡土价值的理性以及突破既有空间束缚的激情，当留日中国知识分子纷纷选择这些地域性的名目作为自己的文字空间之时，我们所看到的分明是一次次的精神的“还乡”。他们在精神上重返自己原初的生存世界，以新的目光审视它，以新的理性剖析它，又以新的热情激活它。

出于对普遍主义与本质主义的批判立场，美国著名的文化人类学家克利福德·格尔兹教授（Clifford Geertz）提出了“地方性知识”这一概念，在他的《地方性知识》一书中有过深刻的表述。“所谓的地方性知识，不是指任何特定的、具有地方特征的知识，而是一种新型的知识观念。而且地方性或者说局域性也不仅是在特定的地域意义上说的，它还涉及在知识的生成与辩护中所形成的特定的情境，包括由特定的历史条件所形成的文化与亚文化群体的价值观，由特定的利益关系所决定的立场、视域等。”它要求“我们对知识的考察与其关注普遍的准则，不如着眼于如何形成知识的具体的情境条件。”① 作为后现代主义时代的思想家，克利福德·格尔兹强调的是那种有别于统一性、客观性和真理的绝对性的知识创造与知识批判。虽然我们没有必要用这样的论述来比附百年前中国知识分子的“地方意识”的萌发，但是，在对西方现代化的物质主义保持批判性立场中讨论中国“问题”，这却是像鲁迅这样知识分子的基本选择，当近现代中国知识分子提出诸多的地方“问题”之时，他们当然不是仅仅为了展示自己的地方“独特性”，而是表达自己所领悟和思考着的一种由特定区域与“特定的历史条件”所决定的价值追求。而任何一个不带偏见地阅读了中国现代文学作品的人都可以发现，这些价值追求既不是西方文化的简单翻版，也不是地方历史的简单堆砌，它们属于一种建构中的“新型的知识观念”。

---

① 盛晓明：《地方性知识的构造》，载《哲学研究》，2000（12）。

所以我认为，近代中国知识分子这种依托地方生存感受与乡土时政经验的思想表达分明不能被我们简单视作是“外来”知识的移植和模仿，更不属于所谓“文化殖民”的内容。

同样，在新时期的当代中国文学批评中，在重点展示西方文学批评方法的“方法热”之同时，也出现了“文化寻根”，虽然后来的我们对这样的“寻根”还有诸多的不满；90 年代以降，文学与区域文化的关系更成为了文学研究的重要走向。竭力倡导“走向世界”的现代学人同样没有忽视中国文学研究的地方资源问题，在“后现代主义”质疑“现代性”、后殖民主义批判理论质疑西方文化霸权的中国影响之前，他们就理所当然地发掘着“地方性”的独特价值，1989 年的中国现代文学研究会苏州年会就以“中国现代作家与吴越文化”为议题之一，在学者看来：“20 世纪中国新文学是在西方近代文学的启迪下兴起的。但就具体作家而言，往往同时也接受着包括区域文化在内的中国传统文化的影响——有时是潜移默化的濡染，有时则是相当自觉的追求。”20 世纪在中国当代批评家的眼中引入“地方性”视野既是一种“丰富”，也是一种“尊严”，正如学者樊星所概括的那样：“在谈论‘中国文化’、‘中国民族性’、‘中国文学的民族特色’这些话题时，我们便不会再迷失在空论的云雾中——因为绚丽多彩的地域文化给了我们无比丰富的启迪。”“当现代化大潮正在冲刷着传统文化的记忆时，文学却捍卫着记忆的尊严。”① 在这里，“地方性”背景已经成为中国学者自觉反思“现代化大潮”的参照。

三

重要的在于，“世界知识”与“地方知识”完全可以摆脱“二元对立”的状态，而呈现出彼此激发、相互支撑的关系，中国文学从近代到当代的演化就说明了这一点。

---

① 樊星：《当代文学与地域文化》，21 页，武汉，华中师范大学出版社，1997。

在“世界知识”与“地方知识”相互支持的关系构架中，起关键性作用的是中国知识分子的自我意识的成长。对于文学批评而言，自我意识的饱满和发展是我们发现和提炼全新的艺术感受的基础，只有善于发现和提炼新的艺术感受的文学批评才能推动人类精神的总体成长，才能促进人生价值新的挖掘和发扬。在我们辨别种种“知识”的姓“西”姓“中”或者“外来”与“本土”之前，更重要是考察这些中国知识分子是否将独立人格、自由意志与人的主体性作为了自觉的追求。换句话说，在“知识”上将“世界”与“本土”暂时“割裂”并不要紧，引进某些“外来”的偏激“观念”也不要紧，重要的在于在这样的一个过程当中，作为知识创造者的我们是否获得了自我精神的丰富与成长，或者说自我精神的成长是否成为了一种更自觉的追求。如果这一切得以完成，那么未来的新的“知识”的创造便是尽可期待的，从“世界知识”的引入到“地方知识”的重新创造，也自然属于题中之义，而且这样的“地方知识”理所当然也就不是封闭的而是开放的。

从“世界知识”的看似偏颇的输入到“地方知识”的开放式生长，这样的过程原本没有矛盾，因为知识主体的自我意识被开发了，自我创造的活性被激发了。

在近代中国的思想演变中，浸润于日本“世界知识”的鲁迅提出的是“入于自识，趣于我执，刚愎主己”，即返回到人的自我意识。①

在20世纪80年代，不无偏颇的“方法热”催生了文学“主体性”的命题：“我们强调主体性，就是强调人的能动性，强调人的意志、能力、创造性，强调人的力量，强调主体结构在历史运动中的地位和价值。”虽然那场讨论尚不及深入展开。

过于重视“知识”本身的辨别和分析，极大地忽略了“知识”流变背后人的精神形态的更重要的改变。这样我们常常陷

① 鲁迅：《鲁迅全集》，1卷，50页，北京，人民文学出版社，1981。

入中/外、东/西、西方/本土的无休止的纠缠争论当中，恰恰包括中国文学批评家在内的现代知识分子的精神创造过程并没有得到更仔细更具有耐性的观察和有说服力量的阐释，其精神创造的成果没有得到足够的总结，其所遭遇的困难和问题也没有得到深入细致的分析。

在这个意义上，我们也可以认为，现当代中国文学研究与“世界知识”、“地方知识”的关系又属于一种独特的“依托——超越”的关系，也就是说，我们的一切精神创造活动都不能不是以“知识”为背景的，是新知识的输入激活了我们创造的可能。但文学作为一种更复杂更细微的精神现象，特别是它充满变幻的生长“过程”，却又不是理性的稳定的“知识”系统所能够完全解释的，对于文学创作与文学研究的考察描述，既要能够“知识考古”，又要善于“感性超越”，既要有“知识学”的理性，又要有“生命体验”激情，作为文学的学术研究，则更需要有对这些不规则、不稳定、充满偏颇的“感性”与“激情”的理解力与阐释力。

人类不仅是逻辑的知性的存在物，也是信仰的存在物，是充满感性冲动与生命体验的复杂存在。

自近代、现代到当代，中国文学现象的发生发展，不仅是与新“知识”的输入与传播有关，更与“知识”的流转，与中国知识分子对“知识”的“理解”有关。我们今天考察这样一段历史，不仅仅需要清理这些客观的知识本身，更要分析和追踪这些“知识”的演化过程，挖掘作为“主体”的中国知识分子对这些“知识”的特殊感受、领悟与修改。换句话说，我们今天更需要的不是对影响中国文学的这些“中外知识”的知识论式的理解，而是厘清种种的“知识”与现代中国人特殊生存的复杂关系，以及中国知识分子作为创造主体的种种心态、体验与审美活动，所谓的“知识”也不单是客观不变的，它本身也必须重新加以复述，加以“考古”的观察。这一切的背后，都一再提醒我们特别注意中国知识分子的自由感受、自我生成着精神世界，正如康德对文艺活动中自由“精神”意义的描述那样：“精神（灵魂）在审美的意义里就是那心意赋予对象以生存的原理。而这原理所凭借来使心灵生动的，即它为此目的所运用的素材，把心意诸力合目的地推入跃动之中，这就是推入那样一种自由活动，这活动由自身持续着并加强着心意诸力。”①

① 康德：《判断力批判》上卷，159页、160页、北京，商务印书馆，1964。

什么是中国“当代文学”

——对一个文学史问题的回答

杨　扬①

一

概念有助于廓清思想吗？我看未必。就中国当代文学的情况看，概念越多，思想越模糊；争议越多，评价尺度越具弹性。不是吗？20世纪50年代起步的中国“当代文学”，创作业绩还没有多少，概念上却非常鲜明地与五四以来的“新文学”断裂开来。“当代文学”以其着眼于当下进行时态的文学，而与过去的“现代文学”形成了对照。在50年代，中国“当代文学”与新中国文学具有同等性。其时段性、政治性和区域性所指，极其明确，主要指1949年以来中国大陆范围内具有社会主义价值特征的新文学。80年代，为数不多的几种《中国当代文学史初稿》尽管延续着“当代文学”的命名，时段上却已悄悄做了修正。所谓“当代”，已不再着眼于当下，而是有了30年岁月沧桑。90年代以来，“当代文学”又做了大幅度的调整，除了加重文学史材料的叙述，文学类型和活动空间也在扩大。武侠小说、通俗文学、港台文学、海外华文文学的加入，使得50年代打造的中国“当代文学”概念很难继续1949年至今的时段来限定，更难以用“社会主义文学”来命名。面对越来越多的“当代文学”的可能的命名与阐释，人们会觉得“当代文学”一词，只具有某种象征的意味。它与古典文学、现代文学相比，缺乏起码的明确性。

要给“当代文学”确立一种标准，给予一个明确的定义是

---

① 杨扬，文学博士，华东师范大学中文系教授，博士生导师，主要研究方向为中国现当代文学。著有《现代学术的重铸：闻一多与中外文学关系》、《月光下的追忆》（评论集）、《文学的年轮》（评论集）等。

相当困难的。这就像是在用一种凝固的尺度丈量不断成长之中的事物一样。事物本身在不断变化，而尺度假如不变，再精心尺量，也是没有意义的。所以，对“当代文学”的研究，不是非要给出一种界定不可，它可以有别的理解。英国当代思想家以赛亚·伯林在论及欧洲浪漫主义思潮时曾表达过如下的思想：任何想要给浪漫主义确立定义的做法，都应该小心，人们不是在这里出了错，就是在那里漏掉了重要的东西。最好的办法，应该是在用浪漫主义命名的历史时段中感受和体会浪漫主义所拥有的东西。伯林的研究思路对我们研究“当代文学”或许有一些启发。假如我们不是要给“当代文学”以一种明确的界定和命名，或者以今天的理解来苛求“当代文学”具备当时难以具备的诸多因素，那么，我们不妨从“当代文学”所命名的这段文学史时段中，体会某种独特的文学现象、特征，以便揭示影响“当代文学”发展的某些重要因素和主导模式，思考与“当代文学”相关的诸多关系。

二

在探讨中国“当代文学”概念时，绝大多数学者都指出中国“当代文学”不是一个单纯的时间概念，而是包含着强烈的意识形态内容，代表着改朝换代之后新中国文学正统论的主体意识。[①] 依据这样的标准来考察 20 世纪 50 年代的中国“当代文学”，所谓的港台文学和海外华文文学自然都不在“当代文学”的视野之内。这倒不是说港台和海外华文作家这一时期没有创作，或当时中国大陆完全不知道港台和海外华文作家的创作，而是从中国“当代文学”的价值视野看，这些港台和海外华文作家都是“当代”价值观念之外的创作，代表“当代”中国文学创作的主体应该是中国大陆的社会主义文学。这种思想

---

① 董健、丁帆、王彬彬主编：《中国当代文学史新稿》，2 页，北京，人民文学出版社，2005。

意识在当时表现得非常强烈。50年代初，胡风在长诗《时间开始了》中，将旧政权以及过往的生活宣布为过去，将新中国诞生视为一种新的时间的开始。这种着眼于当下和未来的文学畅想，在很多人心目中确立起一种改朝换代后的“当代文学”概念。作家们自觉不自觉地调整着自己的笔墨，意识到不能像描写旧社会那样来描写新中国。至于新中国的新文学应该如何来表达，绝大多数1949年过来的“现代”作家心中是没有底的，他们尝试着用一种新的眼光打量新社会，像沈从文、郭沫若、老舍、茅盾、巴金等“现代”作家放弃了原有的刻画世界方式，以一种重新学习的姿态来体会新中国新社会的新生活。譬如，对新中国新社会几乎一律采取讴歌的方式加以赞美。这种简单明快的文学歌唱，使得“当代文学”呈现出很少涉及“现代文学”乃至传统文学中那些缠绵悱恻、委婉复杂的情感现象。① 初生的“当代文学”似乎着意于确立的，不是五四以来新文学中强化的拷问灵魂或批判“国民性”的传统，而是充满意识形态色彩的文艺路线、方针、政策和作家个人情感、立场的“正确性”。文学道德伦理的骤然强化，使得作家、批评家在关注和思考“当代文学”创作时，不是着意于从个人出发，以自己的生活、经历、体会来把握社会生活，而是倾向于领会时代精神的要义，从新政权的政策、法规、社会导向出发来选取作家、评论家个人的创作。大凡今天人们所能见到的所有这一时期的文学创作和文学批评，几乎没有五四以来“现代文学”所具有的那种批判现实的精神气魄。少数触及社会现实矛盾题材的作品，像《我们夫妇之间》《红豆》《“锻炼锻炼”》等，只是以极其委婉的笔墨，吞吞吐吐地述说着生活中遭遇到

① 丁玲在1950年8月25日《文艺报》上发表《跨到新的时代来——谈知识分子的旧兴趣与工农兵文艺》一文，她认为“中国的文艺，不正是抛弃了那个徘徊惆怅于个人情感的小圈子么？抛弃了一些知识分子的孤独绝望，一些少爷小姐，莫名其妙的，因恋爱不自由而起的对家庭的不满与烦闷么？——”，在她看来，“现代文学”中所表现的个人情怀恰恰是“当代文学”所要克服的。参见洪子诚主编：《中国当代文学史·史料选》（上），189页，武汉，长江文艺出版社，2002。

的一些不合常理的小事、琐事和烦心事，其立意和用心，无非是希望国家方针、政策，能够顺乎民意、关注民生。但这样的作品和情感处理方式，在“当代文学”中不仅是微弱的一角，而且，作品发表后大多遭遇批评非议的待遇。因为这一时期“当代文学”的主流是歌颂新生活，任务是确立与这种新生活相匹配的社会主义文学新形象。像《李双双小传》中的李双双，《党费》中的老妈妈，《组织部来了个年轻人》中的“我”，《我的第一个上级》中的田副局长等，全然是新中国文学土壤中生长出来的文学青苗。他们与过去的“现代文学”中的形象对比，有一个非常鲜明的特色，这就是“当代文学”中的人物，基本上体现出集体生活条件下人的精神风貌，即便是反映 1949 年前的个别人的个人生活，也是某种集体经验的高度浓缩。譬如《党费》中的老妈妈形象，没有人会把她当做一个个别的农村妇女，而是自觉不自觉地从这位老妈妈身上体会到一种社会、历史的发展趋势。这类普遍存在于“当代文学”中的创作特色，用当时较为流行的理论来概括，就是文学创作应该塑造典型环境中的典型形象。其中“典型”一词的含义，在这里更倾向于集体经验的提炼和浓缩。“当代文学”弱化的是作家个体声音，突现的是社会时代的集体合唱。那些“当代文学”中轰动一时的名篇佳作，很多题材和人物处理，都与政治宣传或明或暗地保持着密切联系。这种文学创作与社会现实之间所具有的直接对应关系，是“现代文学”中少有的。[①] 如果说，“现代文学”大都是呈现写作者个体对自我、对社会的“我”的感受的话，那么，“当代文学”较多地体现出写作者代表“人民”、“社会”等群体在述说和表达。“当代文学”不满

① 沈从文在 1950 年代参加华北人民革命大学学习时写的思想汇报中，表达了这样的看法：“新时代已将社会重造，人和人关系重造，——即在文学方面，过去孤帆独征的探寻工作方式，也起始在文艺座谈共同纲领对于文学艺术所提示原则上，对于年轻一代工作给以各种鼓励和方便。集体生产用在小说方面虽还待商讨，用到戏剧电影舞蹈音乐方面，所作的实验都有了成就。且无疑还有更多样伟大成就在发展中生长。”参见沈从文：《沈从文全集》27 卷，太原：北岳文艺出版社 2002 年版 95 页。

足于一般的文学层面的叙述和抒情，而是要跑到现实生活之前，站在时代的前列，宣传、鼓劲，用当时流行的话来说，就是文学创作要高于生活。

在关注“当代文学”时，有一个表明当时作家身份的词是值得注意的，这就是“文学工作者”。作家已不是普通的文学写作者，而是肩负着宣传社会主义文艺重任的宣传者。与这种身份相关的，是作家队伍的体制化。在“现代文学”中，作家大都为个体劳动者，游离于组织之外。但“当代文学”中，作家大都是组织中人，没有组织关系的作家是不可想象的。由于寄生在组织系统之中，作家、评论家个人的经济、社会方面的关系，逐渐从原来依靠社会转而依赖于组织。不仅稿费制度在“当代文学”中渐渐淡出。作家们像国家机关干部一样有行政级别、拿不同工资，而且，作家们写什么、怎么写等具体的文学问题也进入到组织管理程序。国家体制的高度强化，使得原本国家与个人之间的社会空间渐渐消失。如果问，这一时期的中国“当代文学”普遍呈现的写作特色是什么？我想应该是反映社会集体生活状态的作品比较多，而五四时期那种倡导个人本位的“人的文学”比较少。造就这种注重集体生活经验的“当代文学”的直接原因，与国家对于写作者的高效管理有关。

处于国家组织系统之中的“当代文学”与个人写作为主的“现代文学”，其社会影响和社会地位有着天壤差异。前者是代表国家形象的国家文学，后者只是代表作者个人爱好的个体文学。在“当代文学”行列中，写作者的文学表述总是与国家形象的变化结合在一起。那些流传至今的五六十年代的中国“当代文学”，与“现代文学”中老不长进的老中国的老儿女们的缓慢生活相比，题材上的确有着鲜明的时代感。50年代的生活状态，绝不可能带进60年代。以农村生活题材为例，当50年代的农民正在为是否参加互助组、合作社而烦恼时，60年代的人民公社已经宣布合作化运动成为过去。如此快速的政策变化，造就了“当代文学”若要反映现实，就必须随同政策、法规与时俱进，否则，文学作品中的故事细节、背景描写便会差错连连。所以，对很多不熟悉这些政策变化的当代作家，当他放弃对个人情感的描写转而表现当代题材时，确实面临着很多意想不到的困难。就如沈从文20世纪50年代创作小说《财主宋人瑞和他的儿子》，作者希望通过描写一个地主的后代怎样在新社会条件下转变成自食其力的劳动者故事，来歌颂新中国。但沈从文一落笔就遇到很多现实问题。排除具体的文学写作技巧不谈，单从故事细节考虑，沈从文必须了解新中国地方政府对于地主子女的改造是如何进行的；遭遇到哪些困难和问题；农村的政策、法规前后又有怎样的变化、调整等。如果这一切都不了解，只是简单地讲一个改造地主子女的故事，这种缺乏具体生活现场感的文学叙述，再怎么立意，总难以生动起来。当一些作家整天忙着调整自己，以便让自己适应于不太熟悉的社会生活时，要求他们创作出成熟的文学作品，大概是一种奢望。如果我们考察一下50年代那些从“现代文学”过渡到“当代文学”世界中的作家，会注意到其思想和创作状态，大都处于一种调整之中。所以，与人们对“社会主义文学”热烈憧憬的美好愿望相对照的，是“当代文学”并没有贡献出多少成熟的作品。这是“当代文学”草创期的尴尬。

三

20世纪80年代是中国“当代文学”最为辉煌的时期。不仅以各种文学史面目登场的“当代文学”教程进入了大学讲堂，而且“当代文学”在社会上受人瞩目的程度，超乎寻常。如话剧《于无声处》短时间内在全国上演一千多场。如《假如我是真的》《飞天》《将军，你不能这样做》等作品，因触及现实生活中的“特权”问题，而引起中央领导的关注。其他像文艺理论领域对“现代派”问题、“异化”问题的讨论，都在80年代的社会生活中引发巨大的反响。“当代文学”的这种高度敏感性和社会轰动效应，大大提高和推进了全民对“当代文学”的接受和认同。面对这种全民高涨的“当代文学”热潮，当时唯有少数文学老人公开持保留态度。像唐弢和施蛰存先生在同一时期发表文章，认为“当代文学不宜写史”。[①] 但这种保留意见招致的批评就是“当代文学为什么不能入史”的强烈诘问。很多人难以理解，“当代文学”社会影响如此之大，为什么不能进入文学史的经典行列呢？是不是文学研究者的眼光过于保守，厚古薄今呢？这一论争牵扯到“当代文学”与“现代文学”之间难以理清的诸多复杂关系。对“当代文学”评价不高，或公开持保留态度的，大多是像唐弢、施蛰存、钱钟书这类“现代文学”作家，而对“当代文学”给予高度评价或热捧的，则是“当代文学”作家居多。这不是简单的文坛恩怨，而是涉及很多非常具体的对文学问题的理解和看法。

“现代文学”与“当代文学”是在完全不同的两种社会背景中诞生的。假如需要用一系列关键词来加以表现的话，与“现代文学”相关的，是稿费制度、职业写作、出版市场、自由作家、思想独立、趣味、天才、个性、自我等名词概念；而“当代文学”则与文艺工作者、宣传部门、作家协会、深入生活、思想改造、工农兵形象、阶级感情、阶级立场、思想态度、创作方法、文艺方向、社会效果、典型、社会主义现实主义等概念联系在一起的。在“现代文学”场域中，作为自由职业的文学写作者，较为常态的生活是游离于各种组织之外的个体单干。除了少数参与党派的作家之外，大多数作家的头脑意识中，写作一般只与个体发生关系。写文章发表意见，只图表达自己的文学趣味和爱好，较少想到要以“我”来代表组织和集体。这是当时流行的文坛风气。像施蛰存30年代在《一人一书》中对当时文坛做了一番鸟瞰之后，对茅盾、丁玲等名家

---

① 唐弢《当代文学不宜写史》，刊发于1985年10月29日《文汇报·文艺百家》。施蛰存《关于“当代文学史”》，收入陈子善、徐如麒编选：《施蛰存七十年文选》，523—528页，上海，上海文艺出版社，1996。

作品评头论足。他敢于如此这般高谈阔论，臧否人物，就在于当时的风气是偏重个人的，每个人只代表自己的观点，旁人也可以发表不同意见。与此相对照的，是“当代文学”对于集体的依傍。在“当代文学”中，一篇文章、一次表态，往往不是一种个人的声音和意见，而是体现着组织的意见和集体的决定。人们从历次社会运动中体会到，“当代文学”不再是单纯的作家作品的评价，而是承载着很多丰富的社会变动信息。如对电影《武训传》的讨论，对俞平伯“红学”思想的批判，对胡风集团的处理，对《海瑞罢官》的评论，1976 年天安门诗歌运动的兴起，“新时期”话剧《于无声处》的创作和公演，小说《伤痕》的发表以及引发的“伤痕文学”的讨论，80 年代“现代派”问题的讨论，“寻根文学”的讨论，实验文学的出现等，似乎都勾连着当代社会政治的波澜。“当代文学”如此委以重任，习惯成就自然，“当代”作家在从事文学创作时，也很难再把文学当做个人的遣性之作，而是有意无意寄托起国家、社会、民族的“当代”情感和价值认同。在这样的社会氛围中，80 年代“当代文学”的精神气质，显然直接秉承着 50 年代中国“当代文学”的传统，即代表着集体精神的意愿与写作冲动，它与五四以来张扬个性、标榜自我的“人的文学”不一样。

在“当代文学”环境中滋长起来的这种文学视野和价值观念，是内在于作家创作的。所谓内在，这里指“当代”作家普遍接受这种文学视野和价值观念。撇开一些社会参与意识很强的作家作品不谈，“新时期”文学中，很多标榜“纯文学”的作家或是各种处于民间状态的文学写作者，他们赞同什么、反对什么，表现什么和拒绝什么，似乎也都有某种明显或潜在的集体影子在其中。用他们自己的话说，是“民间思想村落”。①“当代”作家的精神状态似乎不像“现代作家”来得随心所欲、

① 钱理群：《我的精神自传》，46 页，桂林：广西师范大学出版社，2007 年。

自由自在，总是极度紧张、缺乏张弛。像“新时期”作家中文字最为飘逸、意识形态色彩最为淡薄的阿城，在解说自己的创作时，也难免俗。他在那篇被视作“寻根文学”标志性作品的《文化约束着人类》中，一改往日写小说时谈天说地的洒脱作风，转而大谈特谈“文化”、“历史”、“民族”、“创作自由”，似乎唯有如此，《棋王》等作品才显深意。① 如果将他这种高调的“创作谈”与其散淡风格的小说加以对照，大概“创作谈”文体中的集体精神认同更强烈一些。或者反过来说，在小说创作中，集体认同被故事叙述等文学表现淡化和弱化了，而一到“创作谈”等场合，需要较为理性地表述观念时，“当代”作家潜在的集体认同便难以自控地迅速浮现出来。不管持何种立场、态度的“当代”作家，只要一谈及自己的创作，生活化的个人经验会自动消散，留取的大都是一些坚硬的政治和文化概念。可能在他们理解中，个人经验犹如私生活一样，是见不得光的，或不值一谈，唯有将自己的经验与那些宏大的社会政治概念攀上关系，才有一种思想的归宿感。所以，80 年代“当代文学”尽管标榜个性，强调创新，但在那些“现代文学”作家看来，格调和境界均不及“老夫当年所为”。见识过《文坛登龙术》《情书一束》《短裤党》和“一步一回头，瞟我意中人”的“现代”作家，当他们 80 年代接触到“当代文学”中诸如《公开的情书》《调动》以及一边谈《资本论》一边探讨性爱问题的《绿化树》时，多多少少会觉得在“人”的问题上，“当代文学”束手束脚，有点放不开。说到底 80 年代的“当代文学”是一种集体生活条件下的文化产物。再怎么标榜自我、强调个性，与五四以来“现代文学”的丰富多样和鲜明个性相比，终不可同日而语。

作为集体生活条件下的文化产物，80 年代的中国“当代文学”的精神结构，基本还是维持在二元对立的状态之中。人们

---

① 阿城：《文化制约着人类》，载《文艺报》1985—07—06。

对于社会、人生和文学的理解、接受，可以用一组充满张力的概念加以表达。如80年代文学评论中较为流行的概念：文学－非文学、人性－非人性、爱－憎、真善美－假恶丑、歌德－缺德、改革－保守、个人－社会、传统－现代、官方－民间、开放－封闭、文学－政治、中国－世界，等等。用当时较有代表性的文学评论家刘再复的话来说，就是“二重组合”。[①] 为什么是“二重组合”，而不是“多重组合”？名词概念的过多纠缠可能意义不大，重要的是“二重组合”所体现的精神趋向依然是主客二分的对立世界。遵从这种“当代文学”文化逻辑的，或以“当代文学”主体立场建构起来的文学叙述，被视为“新时期”中国“当代文学”的正统和主流，赞同这种理论或以此理论为基础建构起来的文学成果，被当做一个时代的文学新思维、新方法、新视野。此种文学命名和定位的方式，不仅延续着思想进步、理论正确的50年代“当代文学”的旧习，而且，是一种新的正统论的复现。在主体性文学理论视野中，通俗文学、港台文学和海外华文文学依然是在“当代文学”视野之外的。当人们追问：谁代表着80年代的中国“当代文学”时，很多人可能会不约而同地说，那些倡导思想解放、主张改革开放的作品，代表着80年代“中国文学”的进展。如此算来，琼瑶、金庸等作家作品依然是在中国“当代文学”视野之外的。通俗文学，在“当代文学”看来，不是一种文学类型，而是作为正统的“严肃文学”对立面存在着。这种正统论的文学观念，阻断了改革开放后的80年代“当代文学”以一种较为宽广的胸怀和宽松的境地容纳更多的文学类型的可能性。诸多关于中国“当代文学”的“主流”、“主潮”、“进展”和“进步”的说辞后面，人们还是可以感受到某种思想的隔绝和排斥。以文学创作为例，80年代风头最健的一些当代作家，譬如王蒙、刘心武、张贤亮、张承志、阿城、莫言、贾平凹、高行

---

① 刘再复：《论人物性格的二重组合原理》，载《文学评论》，1984（3）。

健、舒婷以及后来的苏童、余华等，他们对文学的接受和理解，基本上还是延续了50年代“当代文学”的传统，不像“现代文学”那样，百无禁忌，无所不为。以通俗文学为例，“现代文学”作家中，施蛰存、张爱玲等都明确表达过对近现代中国通俗文学的接受。但80年代有影响的“当代”作家中，几乎没有一人谈及自己的创作与近现代以来中国通俗文学的联系。通俗文学在他们眼里，好像全都是些不堪入流的庸俗文学。这种思想选择并不是他们阅读、接触了大量通俗文学作品后得出的印象、结论，而是他们接受了50年代以来“当代文学”正统论的影响，以不接触、不介绍、不传播的“三不主义”态度防备正统派之外的文学。这样的自我设防，显然不能以“开阔”二字来概括“当代文学”视野。事实上，通俗文学在80年代是在“当代文学”之外生长着。包括金庸的武侠小说、琼瑶的言情小说，都是先赢得读者市场之后，才慢慢引起作家、评论家们的关注。但在80年代各种版本的“中国当代文学史”初稿和概论中，是很少见到对它们的文学业绩的记录。至于“当代”作家的“创作谈”中，也没有见到有这方面的讨论。这些高筑的“当代文学”门槛，再次见证了中国“当代文学”的核心价值有着自己牢固的地盘和戒律。

那么，“当代文学”从50年代流传到80年代是不是经历着变化和扩展呢？是的。这主要是三方面的变化。首先是“现代文学”作家的回归和挑战。50年代以来，“现代文学”作家基本上是处在一种适应、调整状态。用巴金的话说，解放初很长一段时间，自己始终怀有旧知识分子的原罪感，希望在新社会好好改造自己，重新服务于社会。但“文革”的遭遇，教育了很多“现代”作家。他们由原来怀有负罪感，到怀疑和质疑那些残酷的思想改造。“文革”结束后，随着社会环境的改善，他们在工作中重新找回往昔的自信。像沈从文、施蛰存等在家信和与朋友往来信件中，都明确表示自己的作品是能够流传下去的，流行的各种现代文学史对他们作品的不公正评价是站不住脚的。巴金出版《随想录》，控诉极“左”思潮对“现代”作家犯下的罪孽，用自己的文字再次感染了当代读者。钱钟书、杨绛、张中行、沈从文、施蛰存、季羡林、柯灵、聂绀弩等一批“现代”作家，不仅被重新发现，而且，他们“新时期”以来的创作在文化上的象征意义，远远大于实际的价值。经过了数十年的磨难，人们意识到一度在“当代文学”视野之外的“现代文学”，其文学成就和历史地位远远高于“当代文学”。人们以大师和文化昆仑这样的称号，表达了对一些“现代”作家和学者的尊敬。原来以为只有“当代文学”才意味着“时间开始了”。但现在才慢慢意识到要在今天做到像“现代文学”大师那样的文化成就，已经不是件很容易的事了。当人们一再追问：“当代文学为什么没有文学大师”时，其锋芒指向不只是“当代文学”一度虚高的业绩，而是还包括对整个“当代文学”价值体系和评价系统的质疑。

“右派作家”的归来，是“当代文学”在80年代遭遇到的又一次冲击。这些50年代的少年“布共”，在岁月的磨炼中，已青春不再。他们用自己的切身感受，体会到“文学干预生活”的荒唐。王蒙可能是这批作家中最早反对提“文学干预生活”口号的。在现实生活中，他们意识到作家不应该站在一种自我吹嘘的虚假的思想高度，指点人生，抒写理想。一度在创作中流行的所谓作家要站在时代的前列，所谓作家的创作要高于生活，这只是一种期望而已。真正要将这些愿望变成成功的创作实践，还需根据每位作家的个人具体情况而定，来不得勉强。事实上，就文学创作的常态而言，作家只有老老实实向生活学习，贴近生活，才有可能获得创作的灵感。相对于“现代”作家深厚的文化底蕴和功力，“右派”作家的创作大都呈现出朴实的写实作风。像《蝴蝶》《天云山传奇》《芙蓉镇》《绿化树》《男人的一半是女人》等，均以冷峻、扎实的纪实风格征服了读者。生活和真实是“右派”作家创作的两翼风轮，凭借着这两方面的业绩，他们的创作修正着“当代文学”的诸多观念和传统说法，如“文学干预生活”等理论虚火，就是在他们手中被摁灭的。“现代派”问题的讨论，也是从他们开始。这一讨论意味着中国“当代文学”不再满足于现实主义美学的一统天下，而希望有更大的文学探索空间。

“知青”作家是80年代“当代文学”的追随者。这批喝狼奶长大的新中国青年，在经历了“文化大革命”、“上山下乡”之后，一度坠入失望的深谷。他们追随“现代”作家和“右派”作家，揭示自己身上的“伤痕”，但其中的佼佼者，如阿城、张承志等，有更远大的文学抱负。这主要表现在他们对文坛现状的永不满足。不仅在创作中他们对循规蹈矩的集体生活持有异议，而且，在个人生活上，他们也是最早从单位中出走的作家。他们的文学实践影响，是双重的。一方面是文学作品方面的探索，他们的作品总是呈现着与“当代”集体生活不尽相同的高山、草原、棋手、牧人等文学景观；另一方面，他们是中国“当代”作家中较早辞去公职，还原为写作者个体身份的。他们的这种人生尝试，可能比他们的文学作品对“当代文学”产生更有力的影响。“当代文学”在很长一段时间是偏重表现内容，轻视文学形式的。但在“知青”作家手里，他们从文学形式上寻找到了破除原有“当代文学”森严壁垒的方法。以马原、莫言等作家作品为先导，随后一帮更年轻的60年代生的作家应声而上，构筑起80年代中国“先锋”文学的绚烂图景。当很多人围绕这些作家作品在热烈讨论什么是文学的先锋性时，其实，一个新的文学天地无意中被打开了。这就是破除“当代文学”旧习的可能性变得越来越大。无怪乎当时就有评论家宣称，中国“当代文学”是从1985年开始的。的确，当莫言、马原、余华、苏童这些当时文坛完全陌生的名字出现在文坛，并作为一种时代潮流托起无数文学青年的文学梦幻时，很多人头脑中固有的“当代文学”记忆显得破碎了。由此起步，统一的中国“当代文学”开始分化，“当代文学”中的“革命军”、“马前卒”已不再是实力雄厚的“右派”作家，而是一批当时还没有定论的所谓“先锋派”人士。

四

赋予中国“当代文学”以生命意义的，是90年代。如果说50年代的“当代文学”，再以“当代”来命名，多少总显得有点缺乏当代感的话，那么，90年代以来的“当代文学”与当代的黏连，可说名至实归。90年代初，已有学者质疑中国“当代文学”概念，认为如此没完没了地“当代”下去，还不如以“先锋文学”为分界，将中国“当代文学”分成先后两个阶段。① 有的则认为应该以最近30年为分界。② 过度纠缠在“当代文学”应该分两个还是三个阶段，或许意义并不很大。但有意义的是，人们终于意识到“当代文学”具有分解的可能，而对这种分解的理解的理论依据也是多种多样。像赵毅衡等，较多参照西方标准，以理论上的现代与后现代区分为参照，认为90年代以来的“当代文学”属于“后现代”文学时期。也有一些文章认为，“当代文学”经历了50年代的“工农兵文学”“社会主义文学”，到“新时期”的“人的文学”，以及90年代以来，“人民文学”的历程。③ 这些90年代以来关于“当代文学”的解说，各有各的价值立场和理论依据，而且概念之间对话的可能性越来越小。从这一角度来看待90年代以来中国“当代文学”的变化，并不是研究者与研究对象的距离越近，感觉对象的清晰度就越高。其实，情况正好相反。各种版本的《中国当代文学史教程》在论及90年代以来的“当代文学”状况时，大都持“宜粗不宜细”的审慎态度。所谓“粗”的标准，不仅是“粗放”，而且是弹性十足，怎么说都可以。以对90年代以来“当代文学”的评价为例，有些文章认为，这是一

---

① 赵毅衡：《二种文学史》，载《文艺争鸣》，1992（6）。

② 林岗：《什么是“当代文学”?》，载《扬子江评论》，2008（2）。

③ 旷新年：《“当代文学”的建构与崩溃》，载《读书》，2006（5）。

个文学堕落的时代。单单以那些稀奇古怪的“身体写作”“下半身写作”“美女作家”“美男作家”“70年代生作家”、“80后作家”“后现代文学”“网络文学”“拇指小说”“手机小说”等命名方式，就让人觉得匪夷所思。文学史上什么时候有这样的命名方式呢？针对这样高调的批评意见，也有文章认为文学命名方式从来就不能定于一尊，谁能够决定文学命名的特权呢？在一个开放的社会中，没有人能够超越存在之先，以上帝的名义说：我可以决定一切。就像很多历史上所发生的人类精神现象一样，同时代人面对同时代的问题，人们无法迅速确认其合理性。90年代以来，中国“当代文学”的发展状况也似乎进入了一种盲区。从这一意义上理解“当代文学”，对那些超出原有理解之外的当下文学经验，不能以取消的方式对待，而需要时间来解决问题。以当下的文学批评为例，当一些评论家自信地声称“80后作家”进得了市场，进不了文坛时，“80后作家”似乎并不在意这些评价，他们以自己的作品和日益扩大的读者队伍，证明自己的存在价值。

90年代以来的中国“当代文学”中，快速增长的是市场经济、职业写作、稿费制度、互联网、传媒、书商、欲望、日常生活、解构、反宏大叙述、成长经验、都市、怀旧、性别、全球化、炒作、文化研究等概念。在原来的“当代文学”生存空间中，国家与写作者个人之间，似乎出现了第三个空间，即社会空间。尽管原有支撑“当代文学”的国家价值体系，还在运转，但新增长的“文学”观念在更为宽广的社会空间中争奇斗艳，自由绽放。王朔、安妮宝贝、韩寒等一批写作者，照原有的“当代文学”标准，是很难确定其“作家”身份的。但今天似乎没有多少人在意他们是不是作家等问题。他们只要有作品写出来，只要有书商愿意出版，有读者愿意阅读，这就是他们存在的理由。是不是作家问题，似乎显得并不重要了。立足于这种已经松动的文学现实，如果谁还期望“当代文学”只有一种理解，或希望以“主潮”“主流”方式来概括“当代文学”，那实在是一件非常困难的事。这并不是说“当代文学”的基础全然消失了，而是对“当代文学”的评定和认同，在今天缺乏像50年代、80年代那样高度集中的社会认同度。没有一个权威机构或研究人士敢说：我的判断最接近“当代文学”的实际状况。在今天，每个人都可以对90年代以来的中国“当代文学”说三道四，但任何一种阐释，都只是个人意见。没有了以往的“当代文学”的权威性和稳定性。很多人士可能因此而对“当代文学”这种无力而混乱的思想状况表示不满，但那些有力而坚硬的文学标准又能够给今天的文学理解提供多少帮助呢？

放眼世界，那些跌入“后现代”资本主义晚期阶段的发达国家的文学，与沉浸于战乱和饥饿之中的第三世界国家的文学，在这个经济全球化时代，似乎也不是越走越近，而是离散得比想象更加遥远。所谓多元文化，所谓协商民主，相对于高度集中的强权文化时代，似乎变得更加涣散、更加无力了。但世界并不因此而失去绚烂和美丽，文学也并不因此而与人类深邃的思想绝缘。90年代以来，尽管有人不断宣称文学的时代终结了，但依然有人沉迷于“当代文学”的王国中。

2008年8月暑中完稿

介入、见证、一路同行

——莫言与中国当代小说的变革

张清华①

当20世纪70年代至80年代初期，米兰·昆德拉正审慎地预言着小说的末路、并且为这种伟大的艺术做辩解和最后挽歌的时候，在欧洲这块想象的世界中心之外，在遥远东方的土地上其实正在展开一场小说的复兴运动。从那时到现在，中国出现了一个小说变革的潮头。如果像昆德拉那样诗意地去看，这也许就是人类小说历史上“最后的辉煌”了。但这样说有自大的嫌疑，中国当代在盛产小说的同时，也确实存在着诸多的局限与问题，而且事实上即便如此，它也还远未得到承认——诺贝尔文学奖迄今并没有真正降临到当代中国的小说家头上。不过，我们自己回过头来检视这段历史，也会足以自慰，它确实发生了翻天覆地的变化，确实出现了数量可观的重要作品。

然而现在这样一个过程也许正在“终结”，个人历史终结论当然是荒唐的，但文学确实正在失去“它的世界”，至少它不再拥有那么多渴望和等待的心灵，那么多可以感奋和回应的热忱，这世界确实已不再属于它。

哈，且住罢，这诗意的开头不是一个好兆头。我的意思是说，在经历了将近20年的上升之后，确如昆德拉的断言，我们的小说复兴也正在“世界性地”走下坡路。这个宏观的判断不一定是最终的预言，但它也会提醒我们，一是我们的小说现状确实面临衰败，二是我们真的经历了一个业已终结的辉煌的收获期。任何人回首这段历史，都应该客观和带着深深的惋惜来

---

① 张清华：文学博士，北京师范大学文学院教授，博士生导师，主要研究方向为中国当代文学。著有《中国当代先锋文学思潮论》《天堂的哀歌》《隐秘的狂欢》等著作。

做悉心的审视。

能够见证中国当代小说变革的作家当然不止一位，但莫言的参与和介入之深却属于罕见，他几乎完整地参与了当代小说变革与行进的轨迹，生动地映现着它的每一个脚印与节奏。我当然无力在这样一篇短文中，对这个默契的参与和见证的过程作出完整的分析，但蜻蜓点水，也同样可以提出一些问题。

一　《透明的红萝卜》与1985年的新潮小说

1985年是当代小说最具有标志性的年份之一。这一年中马原、扎西达娃、残雪、莫言、徐星、刘索拉的一举成名，构成了新潮小说的第一个潮头和第一波异样的风景。他们带来的博尔赫斯式的魔幻叙事、加缪与萨特式的存在主义观念、弗洛伊德式的无意识世界的精神分析，还有准嬉皮士式的反讽与玩世情绪，使得此前当代小说在社会学意义上的变革与现实主义美学上的累积，变得脆弱稀松，轻而易举地被废了功夫，当代小说的格局徒然发生了变异。

关于这个变局，无法一下子在这里说得清楚，但无疑“爆炸”构成了这一年最刺目耀眼的景致：马原让我们一下子发现了“怎么写”大于“写什么”的意义；扎西达娃让我们看见了一个古老的文化与一种魔幻般的叙述之间是怎样一种神秘的契合关系；残雪让我们见识了什么是噩梦和呓语，见识了什么是黏稠和阴郁的无意识场景；莫言则告诉我们如何把灵异奇幻的想象参与到叙事之中，如何使超验神妙的感觉派生出鲜活的语言和形式……总之各种新招都找到了展示的通道。正是在这个背景下，《透明的红萝卜》使莫言一炮打响，使他此前就十分突出的生命哲学意识、民间精神取向，还有超现实的、神秘主义的、儿童式通灵与感觉变形的、性幻想与无意识冲动的特点，都得到了集中展现和放大，并引起强烈的关注和反响。

但《透明的红萝卜》究竟是一部什么样的小说？它书写了一个什么样的故事？所有的读者和评论家都在夸赞它，但是它究竟好在哪里，又终究无人说清。1986 年上海的批评家吴亮和程德培在编选《探索小说集》（上海文艺出版社，1986）时，曾对它有个解释，在肯定了作品的“感觉”与“魔幻”的色调与意味的同时，对小说的内容做了若干含混笼统的提示：比如“对以往消逝岁月的忧郁和留恋”“贫困和饥饿的阴影”“荒漠土地的色调”“难以抹去的童年记忆”云云，都止于闪烁其辞；还有的批评家也曾对其“构思方式的变化”，“超现实的想象”，“东方式的魔幻色彩”等等做了描述，但也终究语焉不详。“红萝卜”究竟是什么东西？又何以会“透明”？没有人给出具体可信的细读与解释。

因了这个缘由，这里我要借机对这个问世二十多年的小说做一个分析——我以为它所写的是一个有“非法”色彩“牛犊恋的故事”，或一个“儿童性意识”的曲折表达，形象一点，可以说是一场“少年的爱情悲剧”，或一个“未成年人的性的白日梦”。正是这样一个隐秘的内容，支持了它丰富的心理意蕴，使之生发出了敏感和多解的意义与内涵。

儿童会有性意识吗？这个命题的“非法”性质在 1985 年肯定会使一个写作者感到犹疑胆怯，但莫言大胆而智慧地触及了它，将之转化为一个朦胧甚至凄美的故事，作了一个隐喻式的传达：十来岁的少年黑孩，因为长期忍受继母的虐待，变成了一个近乎哑巴的沉默男孩。他弃儿和幽灵般地存活着，弱小、沉默、诡异、喑哑。在公社的水利工地上，他认识了美丽的村姑菊子，菊子对他的关心和爱护唤醒了他内心沉睡的情感，对母爱的渴望，对成年异性朦胧的爱欲，成为隐藏在他内心中的秘密，两种情感混合在一起，使他对菊子产生了强烈的情感。但随后他发现，与自己同村的青年小石匠与菊子之间发生了恋情，这一事实使他感到很受伤，他不得不用“自虐”的方式——砸坏和烫伤手指、划破肚皮等方式，来吸引菊子对他的关注，他甚至还在菊子前来看望他的时候抓住她的胳膊狠狠地咬了她一口，以此来表达对她的爱慕和怨愤。所有这些异常的行为方式，都是他内心隐秘爱欲的曲折反映。最后，当另一个暗恋菊子的青年小铁匠与小石匠之间发生"决斗"式的冲突的时候，黑孩居然不是偏向同村的小石匠，而是偏向了常常粗暴虐待和打骂他的小铁匠，致使小铁匠在劣势中反败为胜，并且盲目地抓起一把沙石打了出去，正是这一把沙石中的一粒石子，飞进了闻讯赶来的菊子的眼睛，打瞎了她那美丽的眼睛的一只。第二天，菊子和小石匠便从工地上消失了，小铁匠则疯癫了。小说在这样的悲情与遗憾中结束。

有关"红萝卜"的描写是小说中最具有超现实色彩的一幕。在秋日的夜晚，小铁匠让黑孩到田地里挖了一些萝卜地瓜，准备夜晚在铁匠炉上烧烤充饥，那时恰巧菊子和小石匠一起来看望他，菊子替他将萝卜地瓜洗净，放到了炉火之上。但是她无意中忽略了那个最小的萝卜——注意，正是这个动作表明了他对黑孩的"下意识的忽略"。此时，老铁匠看到被炉火映红的村姑的脸庞，忘情地唱起了一段古老苍凉的爱情戏，他的唱词也感染了一对情侣，他们在半明半暗中相拥亲昵，这又反过来刺激了小铁匠和黑孩，小铁匠如坐针毡，黑孩则在失落中陷入了幻觉——他看见那个"被忽略的萝卜"突然通体透亮，发出了光芒。毫无疑问，这红萝卜是黑孩的幻觉，是他无意识中一个"小阳物"的隐喻：

> 他看到了一幅奇特美丽的图画：光滑的铁砧子上……有一个金色的红萝卜。红萝卜的形状和大小都像一个大个儿阳梨，还拖着一条长尾巴，尾巴上的根根须须像金色的羊毛。红萝卜晶莹透明，玲珑剔透。透明的、金色的外壳里包孕着活泼的银色液体。红萝卜的线条流畅优美，从美丽的弧线上泛出一圈金色的光芒……

不难看出，黑孩本能地希望自己有成年人一样的身体和器官，这样他就能够真正参与这场爱情的竞争游戏中，他不愿意自己被当做一个孩子来关爱，而幻想自己能够得到菊子“专一”的情感。但是这一愿望面临着成人世界里两个强壮男子的压制：小石匠英俊善良，与菊子是天生的一对；小铁匠粗壮有力，正对菊子害着狂躁的单相思，对菊子给予黑孩的任何关心爱护都怀着强烈的妒忌，他常常借故打骂虐待黑孩；而黑孩正是因为受虐的习惯和自虐的需要而适应了这种欺辱和打骂——面对成人的竞争，他只有以更加强烈的自虐来引起菊子的关注。当那个萝卜发出了“金色的光芒”的时候，黑孩兴奋地跃起，要将它拿到手里，但不想小铁匠却本能地抢先一步拿到了它，当黑孩拼命争夺、所有人都斥责它欺负孩子的时候，他恼羞成怒地将红萝卜扔向了夜空，萝卜飞行了很远，坠入了远处的小河，并被埋进了沙里。黑孩从此失魂落魄，再也没有找回那美妙神奇的幻觉。

或许可以这样来解释小石匠与小铁匠对于黑孩所产生的压抑关系：小石匠的优势夺走了黑孩的所爱；小铁匠的暴力则构成了对黑孩的虐待，他抢走透明的红萝卜意味着对黑孩构成了“阉割”。这两个成年男子在小说中对黑孩构成了真正的“去势”威胁和压制，而美丽贤淑的成年村姑菊子则构成了唯一温暖和爱的力量。“两害相权取其轻”，黑孩在小铁匠和小石匠的争斗之间，最后居然倒向了小铁匠，这也说明他宁愿忍受虐待、甚至可以忍受“阉割”的屈辱，但他无法容忍他所爱的人被抢走。

儿童会具有性意识吗——回到我们开头的问题，弗洛伊德根据其研究非常肯定地说，“婴儿由三岁起，即显然无疑地有了性生活。那时生殖器已开始有兴奋的表现。”[①] “常常发生这样的事，一个年轻人第一次认真地爱上了一个成熟的女人，或者一个女孩爱上了一个具有权威的年长的男人……因为他们爱

① 弗洛伊德：《精神分析引论》，258页，北京，商务印书馆，1986。

上的人可以使他们的母亲或者父亲的形象重新生动起来。”① 生活中几乎人人都深藏着类似的童年经验，只是按照弗氏的说法它通常会因为其“不合法”的性质而被压抑到了潜意识之中罢了。而《透明的红萝卜》这个小说正是揭示了这样的童年情结和无意识内容而产生了丰富的心理意蕴，得到了隐秘而感人、强烈而广泛的经验的回应。还有，关于黑孩的心理历程也是一个复杂而具有内在逻辑的过程，梳理这个过程，可以获得如下的归纳：

弃儿——得到关爱（母爱与女性爱的混合）——自虐（为了维系这种爱）——忌恨（与小石匠竞争）——模拟的“高潮”（看见透明的红萝卜）——被去势（红萝卜被小铁匠夺走扔掉）——愤怒和焦虑（试图找回力量，以烫伤手掌来更强烈地自虐）——阉割确认（拔出所有萝卜仍不见那一个）——回到弃儿。

这个过程中微妙的无意识活动可以说至为丰富。另外，小说中除了“红萝卜”的性隐喻可以作为一个明显标志，敲石头的“铁钻”也是一个有字眼意义的隐喻性事物：黑孩的手被烧红的铁钻烧焦，小石匠讽刺小铁匠打制的铁钻“淬火”不行、不经用，等等，也暗藏着黑孩与两个成年男性之间微妙的心理与生理的较量。另外还有其他的许多幻觉的景象，都可以从弗洛伊德的精神分析学中得到解释。

还有来自作家本人的“个体动机”：据莫言自己说，《透明的红萝卜》的写作是源于他的“一个梦”，不过这个梦已经有了一个背景，那就是那时他“已经听老师讲过很多课”，后来我们知道这些课中有精神分析学和弗洛伊德学说一类的内容。他说，那是他在一天凌晨做的一个梦，他“梦见一块红萝卜地，阳光灿烂，照着萝卜地里一个弯腰劳动的老头，又来了一个手持鱼叉的姑娘，她叉出一个红萝卜，举起来，迎着阳光走

① 弗洛伊德：《性学三论》，87页，北京，国际文化出版公司，2000。

去。红萝卜在阳光下闪烁着奇异的光彩。我觉得这个场面特别美，很像一段电影。那种色彩，那种神秘的情调，使我感到很振奋”[①] 显然，这是经过了“掩饰”和“修改”之后的描述，它的全部内容也许就是一个隐秘的“春梦”。这个春梦勾起了作家童年的一些记忆，并驱使他写了这个小说。

《透明的红萝卜》打开了当代小说的一扇窄门，一扇隐秘而路径深远的心理之门，它使1985年的小说爆炸具有了更为感性和深度的方向，更为灵动和诡异的色彩，更为遥远的文本生命力，在“写什么”和“怎么写”之间也建立了更为有机内在的统一关系。如果我们在这个年份除了要选择那些“符号性的文本”还要选择真正的“好小说”的话，那么《透明的红萝卜》无疑是首选。

二　长篇小说的三个界碑或峰值

以中短篇起步，莫言从1987年起开始了长篇创作。迄今为止已出版长篇十余部，计有《红高粱家族》（1987）、《愤怒的蒜薹》（1988，原名《天堂蒜薹之歌》）、《十三步》（1989）、《酒国》（1992）、《丰乳肥臀》（1995）、《红树林》（1999）、《食草家族》（2000）、《檀香刑》（2001）、《四十一炮》（2003）、《生死疲劳》（2006）等，这些作品中的多数问世之初都有巨大反响。不过总体看来，其中最不可低估的是《红高粱家族》、《丰乳肥臀》和《檀香刑》三部，如果说一个作家的整个创作历程中必然有起伏曲线的话，那么这无疑是标志着高点或峰值的三部；如果说莫言确实深入地参与了当代小说的变革进程的话，那么这三部便是最富深度和影响力的作品。我注意到，莫言自己曾经多次提到《酒国》，并且相信它也是非常有价值的一部，但从当代文学的总体格局来看，上述三部无疑是最具代表性的。

---

① 莫言：《有追求才会有特色》，载《中国作家》，1985(2)。

1.《红高粱家族》：形式的胀破

关于《红高粱家族》似乎无须多说，它横亘在对于长篇而言有些荒凉的80年代，其文体、形式和风格等等方面的意义不言自明。1987年以前，长篇小说也数量不少，其中有不少都是获得各种奖项的有重大影响之作，但时过境迁，到现在能够留下来的已寥寥无几，无论是伤痕、反思、改革的主题，还是表现乡村社会的历史变迁、还是表现知识分子精神状况的长篇，都迅速地褪色了，大量作品在形式和技艺上几乎没有什么可取之处。即便其具有某种经典性意义，也只能作为文学史的符号，而不具有真正的艺术质地。稍微苛刻一点地看，截至《红高粱家族》问世，能够具有持久可靠的思想价值与一定艺术质地的长篇大概只有《活动变人形》（1985）、《古船》（1986）等寥寥两三部，而这两部小说可以说具有了比较独立的人文品质，以及形式突破的征兆。但要说形式试验和胀破，则明显是从《红高粱家族》开始的，这一点对于当代中国文学来说具有非同寻常的意义。

如果要“罗列”一下《红高粱家族》的意义的话，我想至少可以有这样几点：首先是人类学与历史二元主题与双重视界的展开，这使小说获得了超出社会学语义与政治化历史范畴的思想动力与方法，而这正是桎梏文学多年的锁链和囚笼。尼采式生命哲学思想的注入，红高粱大地作为生存竞争的象征世界这一整体形象的确立，反伦理和反道德本体论的“生命本体论”思想的宣示，还有洋溢着民间文化精神的“东方式酒神精神”的张扬，特别是还有对“进步论历史观”的捐弃与反拨……都使小说彻底胀破了统治当代小说近四十年的“现实主义”规范，而具备了与20世纪现代小说对应和对话的质地。毫无疑问，这些突破是历史性的，如果说在当代小说领域里真的发生过“新潮”或者“先锋”运动的话，那么《红高粱家族》显然是不能排除在外的，而且在长篇领域里，它还是一个起点。

这里有必要强调一点，《红高粱家族》中暗含的一个“传统/反现代”的二元命题，使小说获得了非常复杂多义的文化内涵。这当然首先是“寻根”运动带来的启示，但是在此前主要的寻根小说作品中，概念化文化意识的简单植入是最常见的办法，从故事与人物的审美形态看，则是单薄和孱弱的。而《红高粱家族》则真正把问题复杂化了，首先它暗合了“寻根”文学思潮中的新的民族主义情绪，从中国文化的结构中挖掘解释出了另一个完全不同的东西，一个与儒家正统完全对立的、充满生命活力与感性意味的“东方式的酒神精神”或生命哲学的传统，这使“重构中国文化”的诉求找到了自信和资源；其次，小说所表现的“反进化论”的历史观对于长期统治文学的意识形态来说，是一个有效的更正和超越，因为它是伴随着一种表明的“文化民族主义”而出现的，所以倒也获得了合法性；在此基础上，它还对当代的文化状况提出了尖锐的抨击和反思，以“我”为符号的萎缩的当代文化，与以“爷爷”和“奶奶”、“二奶奶”为代表的原生的传统文化之间，构成了强烈的对照，这不是一个所谓的进步过程，而是一个“降幂排列”衰颓过程，由此它又矫正了容易流于浅薄和盲目的文化民族主义情绪。

在叙事和形式上，《红高粱家族》也大有值得称道之处。照莫言自己所说，他本无意写作一个长篇，原只是计划写几个系列化的中篇，但写着写着，竟然将之连缀成了一个整体。然而正是这“不经意”，使它在结构上获得了始料未及的自由与变化，使之获得了一个“多维”的叙述时空，从而脱离了现实仿真时空对叙述的限制，不再“绑定”在一段外部客观历史段落中。这样，莫言得以不断“穿梭”在各个不同的历史与时间段落中，将历史完全“心灵化”，使之成为个体的经验与记忆，而不再是假以“全知的上帝视角”来讲述人所共知的“宏大叙事”。

另一方面，从技术上说，小说在由“我父亲”这一主要叙事人所设定的过去时空关系中，不断直接嵌入对更早时空的“爷爷”、“奶奶”的心理和见闻的直接叙述，并时时辅以后来者“我”出场议论和抒情，形成了对“过去”的不断交错返回，以及“现在与过去的对话”的奇妙情境。在这个关系上，可以说“时间被空间化了”，置身于不同历史与时间之中的人，犹如墨水河两岸的对话者一样，不断进行着自由的交谈、理解和互证。这是小说在叙事效果上空前丰富、立体和自由的一个主要原因，作者得以举重若轻，甚至可以啰里啰嗦，无节制地加入各种议论、说明、猜度、饶舌……这样一个“对话”关系，不只是使历史的讲述中出现了“复调”的声音，更直接地启示人们，历史原来并不是那样简单和泾渭分明，历史的叙事还存在着如此多的可能性。这就不仅仅是叙事的技术问题，更是哲学和美学的启示了。

总体上，《红高粱家族》对当代长篇小说的文体变革具有首创性的意义，这一点随着时间的流逝，人们会越来越看得清楚。

但是，如果与《丰乳肥臀》相比，《红高粱家族》不过是莫言青年时代的牛刀小试了。那些形式的“意外”胀破或溢出，在《丰乳肥臀》中变成了处心积虑、匠心独运，那种松散跳脱的“穿梭叙事”，变成了整一而宏伟的“星座式结构”，对历史的抽象颠覆与批判，也变成了具体的总结、清理和清算。

2.《丰乳肥臀》：气象、结构、伦理的典范

我始终没有搞明白：为什么在《丰乳肥臀》问世以后的十余年中，一直没有得到学界和批评家的认真关注，对于这样一部重要的作品，为什么很少能够听到人们认真的追问和深究？细酌原因，最重要的一点恐怕是“道德的误解”，是它外表刻意惊世骇俗的“反道德式的叙事”，激起了人们的一种常见的“道德紧张症”，这种本能的反应阻遏了对小说的深入阅读。这和《废都》《兄弟》问世之初所引来的非议与骂名恐有一致之

处。对于一般的读者来说，这种情形当然是可以理解的，但对于专业性的读者来说，则是匪夷所思。难道一部作品的好坏是叙事的道德表象所决定的吗？真正的道德应该是隐含在叙事背后的，是不言自明的，而不是作家自己跳出来所表达的道德态度。一部具有道德力量的小说，不一定看起来是一尘不染的，小说的道德力量与小说家的道德洁癖并不是一个概念。书写20世纪里一个民间母亲饱经磨难和凌辱的一生，书写这个世纪里外部社会对民间社会的侵犯与毁灭的历史，难道不是道德力量的显现吗？批评家如果仅仅以"道德外观"来评价一部作品的高下，那未免太有些不求甚解、沉不住气了。

限于篇幅，这里不能完全展开我对《丰乳肥臀》的分析，而关于它的评论我在以往的文字里曾经比较充分地涉及，这里只是概括地谈一谈看法。首先是小说的立意，在我的阅读视野里，当代小说中不乏有宏伟的构思，但以一位出生于1900年、谢世于1995年（即该小说发表出版的年份）的母亲贯穿了一个世纪的一生，来作为结构的线索，以她饱经苦难与凌辱而生养的众多儿女的同样的命运作为纬线，来展示这一个世纪里民间世界被各种外部的政治势力侵犯乃至被毁灭的历史，实属罕见。这样的一个立意，体现了一个值得尊崇的"写作伦理"——即超乎一切集团或政治立场的历史眼光与道德良心，他必须要有将"历史交还人民"的勇气。关于20世纪的历史，有许多既成的叙述模型，斗争的、进步的、成长的、由被压迫被奴役的半封建半殖民地的悲剧命运转向独立和解放的……种种解释，但在《丰乳肥臀》中，这一切都还原为原生的民间世界遭受外部力量侵犯的历史，母亲上官鲁氏是这样一部历史的见证者、亲历人，她是一切侵犯的忍受者、对象和母体，一切苦难的最终收容者，所有的"解放""进步""胜利"对她来说都没有意义，她所经历和忍受的，就是一部被剥夺、凌辱和侵犯的历史。这就是对历史的最道德的解释，最能够体现知识分子精神的历史伦理的解释。

其次，宏伟的空间结构与所表现的精神伦理的完美统一，是《丰乳肥臀》最值得推崇的艺术境界。能够将结构与立意完美统一的小说，毫无疑问是经得起检验的小说。先来说结构：在时间上，《丰乳肥臀》所采取的是循环的叙述顺序，本来第一章应该从 1900 年母亲（鲁璇儿）的出生、德国人进占胶东开始写起，但小说家富有匠心地将之置于最后，变成了第七章，而将 1937 年日寇打进村庄、母亲临产、她将要生下第八胎（也即上官金童和上官玉女）的戏剧性时刻作为第一章的开端，在书写了她饱经沧桑的一生之后，将她幼年与青年时期的悲欢离合和被夫权、兵痞、匪盗欺压凌辱中生养众多女儿的经历，放在最后来交代，以此形成了一个历史与命运的循环感。另外“七章加七补”，这个数字也符合基督教的观念，小说中无论是母亲还是上官金童，最终都在精神上皈依了基督，这是一个立意与结构上融合的暗线。从空间上，《丰乳肥臀》最具独创性的是它的“星空”或“星座式”的结构模式。母亲是整个空间结构的核心，她历经苦难所生养的九个孩子，其中八个女儿，除了玉女之外，都与 20 世纪中国（包括外来的）各种政治势力之间发生了千丝万缕的联系，并且最终都死于这些它们之间的争斗与残杀，所有的外部力量走马灯式地出现在上官家族的生活之中，铸就这些女儿们的悲惨命运，它们以各种不同的名义，侵入到她们的生活与命运之中，以此来构成 20 世纪中国社会与历史的丰富内涵，而这些繁复的经历和她们各自的悲剧命运，又生成了一个个不同的故事，环绕在母亲的周围，她们的所有不幸与苦难最终都由母亲来接纳、收容与承受，上官家族以此成为 20 世纪中国历史的一个空间结构的完整图景。这一结构所生成的主题，很显然就是一个由母亲所代表的民间社会的原生状态，在众多外部势力的侵犯与介入之下持守、抗争、再生和毁灭的过程。它放射型的星空般的壮丽结构，完全契合了它宽阔宏伟、深邃辽阔的悲剧主题。

不只如此，这个星座式的结构空间还有一个要素和补充，那就是在它之中伸展出的部分——由上官金童的命运所构成的另一个“子结构”。从整体来看，它无疑较小，但却是必要补充。设想，如果小说只有母亲为核心的结构空间，那么也足以称得上壮丽，但却稍显单一了，只是一部“民间之书”，一部民间对抗外力侵犯的书；如果只是以上官金童为主角，来书写一个落魄书生“生错了时代”的一生，那么它的结构就变成了更为单一的模式，即一部单纯的“知识分子之书”，当然，这样一部书也足以感人和获得它相应的深度，但却不如与前者结合在一起，生成一部如此完整和有机统一的大书，来得更令人感奋和震撼。它们彼此水乳交融互相映照，更体现了现代中国知识分子命运与它的母体之间的骨肉关系。

很显然，上官金童是一个经过了若干改装的现代知识分子的化身。他是由中西方两种血缘“杂交”而生，这一身份符合中国现代知识分子的身份：一个来自西方文化的“父本”，一个来自本土文化的“母本”，但正是这一带有“非法”性质的混血身份，使之在现代中国的民族主义革命中不免要遭到怀疑与挫折。这当然并不是现代中国知识分子悲剧性命运的全部原因，但至少是其致命的一个，有无数的例证可以说明这一点。上官金童由此注定了他类似“多余人”的一生，经历了政治狂热时代戏剧性的起伏与磨难，在他中年以后又遭受了市场与物化时代的专制，他在被反复地利用、玩弄之后最终被弃，落了个潦倒终生、连母亲的一块葬身之地都无法找到的结局。这也是对20世纪中国历史的一个真实和饱含血泪的书写。它有力地补充了前者的结构主体，使母亲为核心的叙事显得更为丰富和完整。

另外一点，我之所以坚持认为《丰乳肥臀》是一部重要的、甚至具有了“伟大”气象的小说，主要是因为它成功地塑造了一位伟大母亲的形象。有人曾依据小说中若干细节的描写，认为它亵渎了母亲的神圣，其实这是天大的误解，它恰恰表明了莫言没有概念化地处理这一形象。不错，母亲的一生中确实充满了被凌辱、被侵犯的经历，她甚至也曾经自贱于打狗卖肉的高大膘子，但这和她一生所经历的苦难之间，是必要的补充关系，绝无轻薄之处，相反与那些有道德洁癖趣味的人比起来，莫言所塑造的母亲形象更为生动感人，且不说小说中刻意采用的人类学视角对社会学伦理的反拨，即便是作为真实来理解，我以为母亲的一生也足以可歌可泣、可悲可叹、可以感动天地，更何况她的经历和行为还充满了象征的意味。作为一位民间的母亲，她的一生都持守了天地所赋予的正气与自然的母性，她反对的是一切外来的政治与暴力，所持守的是民间原始的生活与法则。她对于男权和族权的忍受与反抗，可以说充满了个人的自发与本能意味，但她对于政治的厌恶与反抗，却似乎是代表了民间社会的永恒意志。莫言非常合理地描写了她身上的两极性：作为生育的母体的感性力量，和作为神性的母体的道德力量。她养育众多儿女的过程，似乎充满了偷情、通奸、被强暴的“非法”性质，但这本身所体现的是一个女性、一个母亲所无法抗拒和回避的生存现实，是“母亲”所承受和承担的一切苦难含义中的应有之义。另一方面，在历经伟大而痛苦的创造与丧失之后，母亲对一切命运的收容又使她升华为充满神性的圣洁化身。《说文》说，“德，升也，”母亲正是因为她的奉献、忍受、牺牲和衰败而上升，而显现出她那固有的神性光辉。某种意义上，是这样一个汉语新文学中罕见的伟大母亲的形象，提升了《丰乳肥臀》这部小说的品质和境地，使之具有了别的小说所很难比拟的伟大气象。随着时间的流逝，我越来越坚信这一点。

3. 《檀香刑》：戏剧化叙事、美学的自信与文体试验

与《丰乳肥臀》相似，《檀香刑》的问世之初也同样遭受了非议，理由主要是过于“露骨地宣扬了暴力”，好在还有批评家给予了正面肯定，甚至还冠以“伟大的小说”的赞誉，因此我觉得倒没有必要、也轮不到我为之“辩护”。我想说的一

点是，“露骨地宣扬暴力”究竟是出于什么理由，究竟是以怎样的态度来宣扬暴力，这是值得推敲的事情。如果是出于事实，是出于对历史上真实的黑暗和暴力的秉笔直书的话，那么这种露骨就有它的必要性，并且无可指摘。

《檀香刑》仍然取材于中国近现代的历史，我想这是莫言对中国文化的深究和书写越来越走向尖锐和直接的一个表现。它所写的故事的背景是义和拳运动，是这场盲目但实出无奈的运动所引出的一场屠杀，中国人面对洋枪洋炮所武装的西方现代强势文化，内部出现了悲剧性的文化分裂：统治者不得不用它残酷的刑罚、刑罚的艺术来维持它的所谓“文明”；而它的人民则不得不靠着农业文明的反抗方式来保护自己的家国与尊严，这样便出现了孙丙式的人物，他不得不靠装神弄鬼、声称“岳大将军灵魂附体”的方式来对付西方人的洋枪洋炮，并且在失败的时候承担被杀戮和惩罚的悲剧命运。

很显然，《檀香刑》所思考的近代历史某种程度上已超越了历史学家所思考的范围，它所带给我们的启示确非常丰富。在中国文化的内部，从来就存在着残忍和卑鄙的结构性元素，无论是刽子手赵甲，还是热衷围观的民众，他们都是专制者的共谋，为鲁迅多反复描写过的“人血馒头”的主题、围观与杀戮的主题，在这里似乎再次被传承和放大了。某种程度上也是孙丙自己充满蒙昧与荒谬色彩的反抗、还有赵甲这样可以把刑罚变成艺术的职业刽子手、还有具有“嗜血之癖”、把别人的苦难当做观赏机会的“人民”，一同上演了这场轰轰烈烈的《檀香刑》大戏。而在这一点上，莫言戏剧性地安排了“一个女人和她的三个爹”叙事结构，即在行刑者公爹赵甲、被杀戮者亲爹孙丙、监刑者“干爹兼情人”钱丁（他的弟弟反清英雄钱雄飞也曾经被赵甲行刑残忍杀害）之间，完全是血肉相连的亲情关系，是他们共同默契亲密配合，演出了这场惨剧和闹剧。

从艺术上说，《檀香刑》可谓是“炫技之作”，随着艺术技法的日益纯熟，莫言在这部小说中使用了典型的戏剧性结构与语言形式，使叙事成为一个高度形式化和艺术化的表演。单从技艺层面看，《檀香刑》确实超过了此前莫言的所有小说，它“戏中戏”式的结构方式、舞台独白式的戏剧化的叙述语言，它的“杂语共生”、珠玉齐响的复调世界，还有狂欢闹剧式的围观场景的描画，在90年代以来急剧变化和技艺日益纯熟的长篇文本中，都属于绝无仅有之作。

另一点不能不提及的是《檀香刑》传统的叙事风格，莫言自己说是“大踏步后退”的方式，即完全采用了中国传统的白话小说、戏曲和民间小调中的语言方式，这在新文学诞生以来也是独一无二的。它在继承了五四新文学的批判主题的同时，在语言与结构形式上却回归到了传统，这是一个大胆的尝试。虽说90年代以来长篇小说的写作总体上已显现了某种回归传统的迹象，如贾平凹的《废都》、王安忆的《长恨歌》等都显示了对于传统的奇书结构与母题的有意仿照，但像《檀香刑》这样来得彻底和仿得极致的还属首例。在结构上，它还创造性地采用了话本小说与戏剧道白相结合的方式，用“凤头”“豹尾”来展开戏剧化的人物表演，在这两部分中，叙事是通过人物的独白与心理活动式的旁白来展开，叙事功能完全由人物自己来充当，因此叙述完全是戏剧性的，表演化和动作化的；中间需要由“作者”充当叙事人的部分，则叫做“猪肚篇”，夹进了需要交代、描写和叙述的内容。但小说的主调则被头尾两部分改造为戏剧性的叙事。

《檀香刑》再一次表明莫言是一个文体试验家，他的每一部作品都在追求形式的变化，这对当代小说的发展产生了深远影响。如果说《红高粱家族》是开启了当代长篇小说文体变革的进程的话，那么《丰乳肥臀》是构造了成熟并且具有“伟大气象”与结构的长篇小说艺术典范。或许在篇幅上《丰乳肥臀》并不是最大的，但在结构的容量和叙事的气象上却是难有匹敌的。而《檀香刑》在叙事上彻头彻尾的中国化，可谓又标立了一个转折，它表明了新文学叙事在经过一个世纪的西向探求与借鉴之后的一次“返回”，这个返回是富有象征意味的。我不想说这是“终结性”、进步论意义上的事件，毕竟新文学是开放的，但它也是一种象征：象征着汉语新小说在形式上的某种自信和成熟，象征着新文学的某种成熟。因为无论如何，一个民族的叙事传统与美感经验都是最珍贵的东西，结构主义理论家早就说过，故事可以千变万化，但故事的结构功能就是那么寥寥的几种，古往今来小说一直在变，但又万变不离其宗，从基本的功能与叙述模型上、从其相应的美学属性上都有永恒不变的东西，类似《檀香刑》这样的叙事的出现，在新文学的历史上确应是标志性的事件。

上述对莫言三部最重要的长篇小说的分析未免过于简略，但没办法，它们引出的话题太多，无法在这里一一展开。在最近的二十年来，虽有种种争议，但汉语新文学确经历了它诞生以来最富收获的一个时期，其最明显的标志就是出现了重要甚至杰出的长篇小说。这个观点可能迄今尚很难被接受，但我相信在不远的未来人们将怀念这个时代——它至少出现了《丰乳肥臀》《活着》《许三观卖血记》《长恨歌》《九月寓言》《檀香刑》《人面桃花》，甚至包括《白鹿原》《废都》等一批具有成熟气质和非凡美学品质的小说，这些作品所达到的思想和艺术的高度，实为整个汉语新文学诞生以来所仅见，它们标志着历经一个世纪的积累与磨炼之后新文学的成熟。这个判断当然不应该出现在这里，应该另文专述，但我以为，在这里也有必要作为一个提醒：我们没有理由继续忽视和刻意贬抑这个年代文学的成就。而某种意义上，我们也许正在经历和已经经历了一个可遇而不可求的时代——不是因为它的完美，而是因为它的丰富与适宜，甚至它的压抑和带有悲剧氛围的时代气息也是不可缺少的一部分。它正好为作家的创作力的爆发提供了适宜的条件：世纪末的情绪，百年来文学探求的经验，转折时代的语境，历经沧桑翻覆的社会氛围与种族记忆，对西方文学的历经十余年的追赶模仿之后的综合与消化，传统的属于自己本土的独一无二的艺术经验的复活……所有这些条件都出现了。而且还有一个很重要的条件，便是市场化进程的开始和事实上的并未完全实现，这也是一个适时的环境。进入新世纪之后文学局面的颓势，恰恰与市场化的接近完成有深刻的关系。所以我说这个年代是“可遇而不可求”的，它或许正在迅速地终结，而且将在未来很长的时间里不会再出现了。在这个过程中，莫言为我们提供的三部重要的作品，它们对于这个变革的进程所产生的意义，可谓是不可多得的。

三　《生死疲劳》与当代小说的“疲劳”

行文至此，也许才可以回应开头所引的米兰·昆德拉的预言。如果当代中国的小说注定要成为“世界文学的一部分”的话，那么命运也同样会降临到它的头上。

这转折似乎过于急骤了些，但很显然，进入到“新世纪”，文学迎来的并不只是时间的曙光，还有文学环境的迅速的娱乐化。文学受众正迅速地被网络与电子媒介所俘获，传统的文学期待也随之被蒸发。这不是危言，我们所看到的文学的“外形”也许还在，但它的结构已面目全非了。以往以“文学性”为价值主导的文学结构——金字塔式的主体已经不存在，浮在面上的是早已经典化的成名作家，但隐在他们下面的一个本应庞大的写作群体，却已是稀稀拉拉。如今“70后”的作家只有少量还在按照接近“纯文学”的尺度写作，而“80后”整体地却是按照市场和网络时代的规则去规划自己，他们不再接受经典的文学性规则的“规训”，不再按照有精神难度的方式来进行写作。

因此，小说正迅速地迎来它的末路。这并不是它本身思想和技术的衰竭，相反，也可能是技术的迅速生长和繁复，同急速生长和繁复的现代社会一起毁了它。如昆德拉所说，“小说的道路就像是跟现代齐头并进的历史。假如我回过头去，去看这整条道路，它让我觉得惊人的短暂而封闭。”① 如果这预言被不幸言中，那我们二十多年的小说的黄金时代，也许就这样一下子结束了。

某些迹象正在证实类似的判断，《四十一炮》和《生死疲劳》就是例子。它们问世之后的反响明显地比《檀香刑》要寥落。这其中固然有作品成色的差别，这两部小说论思想的震撼力和艺术上的含量，确实略逊于前者，但真正从单个文本的角度认真对比，这两部作品也都有独到的优长与特色，《四十一炮》可以说是对我们充满着原始积累色彩的时代的猛烈炮轰，就批判的尖锐和直接的程度来说，还没有几个能与它相比的；《生死疲劳》可以说是对当代中国农民“被折腾”的苦难历史的生动再现，一部当代农民的生存史，几乎是翻云覆雨生死轮回的历史，就揭示的勇气和深度而言，也堪称无出其右者；再说技艺，《四十一炮》使用的也是高度戏剧化的语言，狂欢的叙述笔法，寓言化的人物故事与起伏跌宕的叙事结构，其酣畅淋漓充满神奇幻感的叙事令人叹为观止。《生死疲劳》则将佛家“六道轮回”之说作为主人公身份变换的巧妙之“壳”，将一个西门闹分解为“六度投胎转世”的多个角色，由此将一部当代农民的悲怆、悲惨而荒谬的历史整合起来，这样的构思可谓奇妙至极，从小说的叙事技法看，则可谓达到了炉火纯青、出神入化之境，在许多地方简直是表演、炫耀和挥霍。然而，为什么读者和批评界的反应也是如此地稀少和“疲劳”呢？

我一直在思考：作品技艺上的成熟和读者反应的下滑之间，究竟是怎样一种关系，这种逆向的反应究竟是出于什么原因？

首先要考察的是外部，很显然，当代文学经过了一个堪称波澜壮阔的二十多年的先锋运动，在中国社会整体地完成了市场化进程之时，也陷入了自身的疲惫和停顿。这个过程中曾有

① 米兰·昆德拉：《小说的艺术》，11页，上海，上海译文出版社，2004。

许多参与因素，首先是来自政治的压力，从上个时代延续过来的意识形态压力，对于这个时代的文学来说绝对是不可缺少的因素，是这样一个压力，激发了文学作为人文思想载体的作用和力量，这如同苏联所出现的情况一样。在这个压力出现松弛和缓解的过程中，上述力量得以释放，并成为文学内部思想的强大动力。20世纪80年代到90年代初期的文学激情可谓与此有密切的关系；而当这个压力接近于释放完毕的时候，真正的考验来了，写作者思想力量的源泉、他所代表的伦理精神，都出现了弱化和枯竭的迹象，这就像苏联解体之后的俄罗斯文学大不如前一样。与此相应的另一个原因，就是市场规则正在生成另一种更为可怕的专制，它改变了文学本身的规则和制度，小说的趣味不再由纯文学的经验来主导，而变成了由市场的利益所控制。这种情况对于小说的先锋运动来说，只有一个短暂的蜜月期，在90年代，社会的松动与转型曾经给予了文学的进一步试验和解放的动力，但很快这种局面就消失了，市场不再是艺术的同盟，而变成了压迫者和敌人。

在上述外力的影响与压迫下，写作者的心态就难免不会出现失衡。我在想，作家的个人经验与技艺当然会是一个不断增值和提升的过程，但当其社会期待发生变化、被某种非文学的力量所诱惑时，他的心态会不会失衡？而一旦出现这种情形，其作品中的思想与艺术之间就会出现某种裂隙和不平衡，也就是说，其技艺会溢出内容和思想的要求，而出现“过剩”——简单地说，形式会成为功利化和表演性的东西。一旦这样，一部作品的质地和水准就会大打折扣。当然，也许有另外的因素，一个作家写得久了，技法和经验就有可能会出现“僭越”，就会出现“收不住手”的情况，而莫言尤其如此，他一直把文体的变化当做写作的目标来追求，使每一部作品都不重复自我，这样也难免出现“单独表演手艺”的倾向，但这也同样会给读者带来“疲劳感”，因为如果这技艺与内容相比不是完全的必要，那么就会变成一种华丽但终不免疲惫的演示。

如果上面的判断是有道理的，“形式溢出内容”的具体原因也要做出分析。在我看来，《生死疲劳》之所以没有充分调动其读者的胃口，首先是因为莫言在处理“集体记忆”和“私人经验”的关系时出现了失衡。比如在《檀香刑》中，莫言的成功在于他所有细节经验的描写，都是为了使小说要表达的“集体记忆”、公共主题表现得更真实和丰富；而在《四十一炮》和《生死疲劳》中，则是过于流连私己的“无意识经验”的渲染。虽然它们整体上也以表现当代社会历史的公共记忆与重大主题为目标，但叙事却过于迷恋局部和细节，盘桓和自得于叙事本身的滑行和快感，这就不免与读者的阅读趣味发生错位，因为作家往往信任自己的手艺，而读者关心的则是公共经验和集体记忆的多寡以及唤起共鸣的程度。类似《生死疲劳》中“猪撒欢”、“狗精神”一类场景，其叙述可以称得上繁花似锦，可以说是奔涌、喷发、漫游、随心所欲；可另一方面，类似《丰乳肥臀》中那种当代的血色历史和苦难也不见了，代之上升为主体的，是动物本能的狂欢和叙事本身的“惯性”——角色已然忘记了自己的使命，变得不受作者支配、“不听使唤”而“独自狂欢”了。就像莫言自己在《四十一炮》的“后记”中所说的，“叙述一旦开始，就获得了一种惯性”，并且越来越“成为一种亦真亦幻的随机创作。”而这随机的结果，一方面是使小说显得大合大开、细节饱满、汁水丰富、叙述酣畅，在细部绽放出绚丽奇崛的景观；另一方面却使小说的主旨不可避免地被搁置、“稀释”和忘却了。说得直白一点，在这两部作品中，莫言的个人想象与经验世界的“天马”，伴随着他日渐膨胀和不受约束的叙事能力，出现了某种“失控”的迹象。

显然，莫言遇到了与余华同样的问题，莫言在《四十一炮》的“后记”中说，“叙述就是一切”，这个说法与余华在《兄弟》的后记中所说的“叙述统治了我的写作”简直如出一辙。单从叙事的规律看，能够产生“叙述的惯性”、被叙述的力量所驱动，当然是一种常人难求的境界，是技艺炉火纯青的表现，但这个叙述如果不受节制，并反过来变得很“自大”，那也就是意味着它的过剩和僭越。

这也许牵扯到另一个带有共性的问题：对当代作家而言，在“文学的使命”和“写作的规律”之间，是否正在发生难以平衡的矛盾？如今我们要是再去要求一个作家“承担”什么“使命”，当然会被视为陈腐。写作是精细复杂和个体精神劳动，但人们评价一个作家或一个时期的文学，却总喜欢用很大的尺度。勃兰兑斯曾说：“一个国家的文学，只要它是完整的，便可以表现这个国家的思想和感情的一般历史，如英国和法国那样伟大的文学，便保存了无数的证据，可以用来推断这个国家在各个历史的时期里如何思想和如何感觉”，而“其他的文学……因为它是不完整的，便引不起太大的兴趣。”① 在勃兰兑斯看来，伟大的文学，即是为自己国家和民族在某个时期的思想“保存了证据”的文学，我们据此推断的话，伟大的作家，自然也是表现了自己民族的集体经验和共同文化记忆的作家。对照以往莫言的作品，也会使我们相信这个标准的正确，《红高粱家族》《丰乳肥臀》，甚至包括《愤怒的蒜薹》那样的作品，都为我们复活了某些至关重要的历史想象和民间记忆。可以说，如果没有《红高粱家族》，人们不会想到，在我们民族的历史中还可以复制出这样具有酒神意志、狂放生命力的文化精神与想象；如果没有《丰乳肥臀》，人们不会这样强烈地意识到20世纪历史的荒谬与宿命性，不会这样强烈地唤起民间社会被主流政治所侵犯的屈辱记忆；如果没有《愤怒的蒜薹》，谁会为底层那些“沉默的人民”见证他们绝望的内心？如果没有《檀香刑》，谁会再度被唤起对国民灵魂的认识和理解？当然，这一切都离不开莫言一直感性丰盈的叙事才华，离不开他个人意识与潜意识世界的极度活跃所带来的想象力、细节经验的感受力。但我们仍有理由相信，一个作家对民族集体记忆的

① 伍蠡甫主编：《西方文论选》，下卷，472页，上海，上海译文出版社，1979。

依赖，有如希腊神话中的英雄安泰对大地的依赖，必须是时时紧靠的。他所描写的所有人物，都既是活的生灵，又同时是他所扮演的角色的代言者，他们不能在自己的意志中产生出游离的惯性，变成跑下了舞台的个体狂欢者。如果从这个意义上来看，《四十一炮》和《生死疲劳》中的人物也许有了某种游离出舞台的嫌疑——好似跑出了圈栏、复萌出了野性、又半路学了雷锋的"猪十六"一样，虽然好玩，却也有点只流于好玩的境界，而不似《红高粱家族·狗道》中的野狗，和此前莫言所写的无数可爱的动物一样，是人性的映射和叙事的必要补充。

历史被饱胀的叙述稀释了，这是我读《生死疲劳》的一个感觉。在我曾给予激赏的《丰乳肥臀》中，一个世纪的血色历史，曾被莫言那样浓缩而波澜壮阔地展现出来，写得那样烟云舒卷、风雨如磐，令人激奋不已，掩卷长叹。而在篇幅相当、时间却被"减半"了的《生死疲劳》中，历史的内容则稀薄了许多。这个缺憾当然不是单独的个例，它所昭示的象征意义令人深思，我们曾经给予无限期待的小说的先锋运动，确实进入了一个疲倦的胶着期，一个形式过剩、溢出了内容的虚浮期。虽然我们不愿意看到，但它确确实实、无法拒绝地来到了我们面前。

2009年1月15日，北京清河居

“我是一个现代农民”：采访郭小橹[1]

张　真[2]

有一些见面需要时间。大约八年之前，我在北京一家大型书店里的电影类书籍中，挑出一本题目引人入胜的中文书：《我妈妈的男朋友是谁》。这是一本电影中篇小说和剧本合集，作者是郭小橹，一个毕业于北京电影学院的崭露头角的剧作家。那时我正在编导一系列影片，想要带到纽约去，所以我正在会见几位新出道的制片人，他们制作过或者正在着手制作表现中国城市生活的新锐电影。郭小橹是《网络时代的爱情》的作者，这本书主题和风格让人耳目一新，但是并不在我们的项目计划之内。它有些过于追求“艺术性”和商业化的二者兼得，总体来说给人以青涩的感觉。但我对这本书背后年轻而才华横溢的女子感到好奇，尤其是因为我当时会见的制片人都是男性，许多都是烟鬼和大言不惭的大男子主义者。

我直到最近才在伦敦见到郭小橹。当我走进出版郭小橹英文小说的双日出版公司位于市中心的建筑里那间宽敞的会客室时，我猜想着她是否看上去仍像《我妈妈的男朋友是谁》封面上的那个雄心勃勃的电影学院学生，微笑的脸上有着一双凝视未来的梦幻的眼睛。不知道这个未来，是否也包括了这幢在时代广场旁拔地而起的曼哈顿摩天大楼以及它所应许的成功？这些年间，我没有读过她中文或者英文的新作，但时常关注着她

① 郭小橹（Guo Xiaolu），电影导演，影评人，小说家。1973 年生于浙江温岭石塘镇渔村，18 岁就读北京电影学院，获学士及硕士学位。出版文集《电影地图》《电影理论笔记》、小说《芬芳的37°2》《我心中的石头镇》和电影剧本《我妈妈的男朋友是谁》等。

② 张真是纽约大学提舒艺术学院副教授。其英语著作包括获奖作品《银幕上的浪漫史：上海电影院，1896—1937》（2005）以及《都市一代：21 世纪转型中的中国电影和社会》（2007）等。其诗集《梦中楼阁》收在 1997 年出版的女性诗歌系列中。她还用多种语言在多类杂志和文集中发表了为数众多的诗歌、实验性随笔和专题论文。

蒸蒸日上的电影事业。几年前，在玛格丽特·米德电影节上，我看过她的纪录片《嵌入肉体的城市》，是关于北京的城市化及其人力消耗的。虽然这是一个近几年国内外纪录片比较流行的题材，郭小橹的独到之处在于采用了诗化电影的方法，抒发了她对这个城市强烈的个人情感，从17岁离开她出生的中国南方的小村庄之后她就一直在这里生活。如果说有的电影过于狂妄自大、缺乏组织，让我想起由几个穿越时空的故事串起来的《网络时代的爱情》，那么她新拍的纪录片《冷酷仙境》则令人如沐春风。这部新纪录片今年春天在纽约现代艺术博物馆的新导演系列亮相。纪录片的内容是郭小橹父母去伦敦看望她的经历，以及他们一起去巴黎和罗马旅行的见闻。影片通过年迈的夫妇，尤其是父亲的眼睛，透视了郭小橹自己当年辛酸的移民经历和所遭受的文化冲击。她父亲因病切除了声带，已经多年没有说话，而是通过在本子上书写和画画来与人沟通。影片打破了时间和空间的界限，将两代人的梦想和记忆交织起来。这部感人、谦卑而成熟的作品让我有了认识郭小橹的冲动。我想进一步了解她在北京和伦敦之间、写作与拍摄之间、记录与虚构之间的往返穿梭。

在俯瞰哈德逊河的一间小会客室里，我们聊了一个小时左右。为了给她的小说新作《饕餮青春之二十片断》做宣传，郭小橹刚刚参加完一个国际作家节，她显得有些疲倦，但仍然魅力十足。一开始，我们对用英语交流感到有点不自然，但由于意识到自己身处中文以外的环境中，我们便像她小说中的那些人物一样，不约而同地扮演起自己的角色。我无法像那些冷峻而自大的西方记者那样，试图迅速勾勒出一个具有异域色彩的年轻作家。我之所以被郭小橹的作品吸引，是因为我感到了内心的共鸣。在20世纪80年代，我放弃了自己作为实验派诗人正在崭露头角的文学事业，被电影业吸引赴北欧求学。在前数字时代，使用外语，尤其是英语这个当代世界的混合语之外的一门外语，来进行创造性的表述，来打造新的身份，被证明是非常辛酸，几乎是不可能的。移居美国后，我渐渐步入学术界。在郭小橹身上，我看见了自己未能完全追寻的创作之路，因此更加佩服她的勇气与恒心，以及她现在拥有的前景与资源。她的电影和小说作品都带有强烈的自传色彩；而其中压抑的精力和锐利的智慧恰是中国年轻一代的痛苦的自画像。这代人成长在20世纪末或者所谓全球化时代，此时中国这个新的经济奇迹正在闪电般地崛起。

我们的谈话主要是关于电影与文学、语言与图像之间的关系。她承认自己虽然对每种媒介都很有兴趣，但又同时矛盾重重。她在海边的渔村中长大，少年时便开始写诗，饥渴地阅读西方现代文学作品的译著。文学的力量为她的想象插上翅膀，从而她得以离开中国农村贫乏的物质与精神世界。她立志要远走高飞，去中国的政治文化中心北京学习和生活。但是她坚决不在传统大学中修习中文专业，虽然那是有抱负的作家常选择的路线。“我是一个现代农民”，她告诉我，重复着《饕餮青春之二十片断》中主人公芬芳的自我描述。“我心中有一些过于叛逆、顽固、无政府和愤怒的东西，以至于我无法呆在传统的体系里。”

她对文学感到的矛盾，正如她后来意识到的，也源于复杂的审美和哲学思考。一方面，她现在主要在伦敦的哈克尼从事的创作会引起内心的孤单和痛苦，强迫她不断与自我及存在的基本问题作斗争；另一方面，在写作的间歇拍电影则将她带回中国，与他人共事，陷入无数的日常琐事中，但这样也使得她能够在一段时间内忘记自己。在文学与电影这两种表达方式不同的要求和回报之间寻求平衡，这似乎是郭小橹的创作生涯中的核心问题。在她的博客（www. guoxiaolu. com）上有一篇题为《眩晕者所见》的文章，便是关于对这两种艺术形式的反思。在文中，她认为“文学死亡的那天，就是世界的末日”。然而，虽然有着魔力，“文字是无能的，软弱的，负荷的，受控的，误读的，生僻的。”“这也许是我同时也使用图像的无数原因之一——使用照相机并且拍摄影像。”这是因为“电影有着捕捉诗歌能量的强烈欲望，并产生类似的效果”。郭小橹的诗歌直觉和才能自小养成，在她的诗化纪录影片及实验性虚构影片中都有明显的反映。在这些影片中，文字和图像相互撞击、协调而并非简单的共存，造就了引人深思的蒙太奇感官效果。

“现代农民”女孩选择了去北京电影学院就读，那是中国当时唯一的电影学院，因为造就了特立独行的第五代、第六代电影制片人而著称。郭小橹与贾樟柯选修了同一个文学与批评课程，后者已经是知名导演，有过《站台》和《三峡好人》等作品。正如北影的许多学生一样，她被特吕弗、戈达尔、小津安二郎、侯孝贤等人吸引，尤其是他们对时间独特的处理方式。这些人都热切地渴望着创造一种“知性电影”，然而由于粗暴而“肮脏”的商业化而非审查制度造成的“不健康的环境”，让郭小橹感到在中国当编剧很不开心。她的剧本很少被拍成电影，而那些被拍成电影的如《网络时代的爱情》和《梦幻田园》，在经过导演和审核制度的改造后已然面目全非。经济压力也迫使她写电视剧的剧本。这种与国家控制的媒体机构的余孽、尤其是与无情的新型文化工业作斗争的经验，在《饕餮青春之二十片断》中好几个人物都有所经历。他们中的许多人都涉足影视界，为了生存跌打滚爬，而非实践自己高贵的艺术梦想。

薄薄的小说由 20 个章节构成，讲述了主人公芬芳 10 年来在北京从打工仔一步步往上攀爬的过程中的 20 个“片断”。小说的结构、节奏和形式都类似电影脚本。郭小橹用来为某些片断或情景定基调的 11 组快照加强了小说的电影因素。芬芳是一个来自中国东南部小村庄的女孩，她像郭小橹一样有着对知识的渴望。芬芳以惊人的速度改变着她的工作岗位，从工厂到咖啡店，再到电影界的边缘，在那里又从编外人员变身为自学成才的编剧。在此期间，她有过几个中国和美国男友，从一处住房搬到另一处住房，在北京迅速变迁的城市中穿梭——从古老都城和社会主义首都的混合体到后社会主义的全球化城市。一个迫切渴望进入大城市的、形单影只的农村女孩，总是被男人误解、背叛，甚至欺凌——男朋友、老板、电影导演和制片人——她最终决定离开丑陋的城市和可恶的男人，去寻找南方海边开阔的风景。这表现出小说女性主义的倾向。值得注意的是，小说是通过芬芳的第一人称视角叙述的，在中国出版多年之后，作者将其译为英语，这一点本身便是意味深长的。

谈话中，郭小橹强调道，小说是一个局外人的呐喊，一个“迷失在大城市中的愤怒的青年”的呐喊，正如《我私人的爱达荷》与《午夜牛郎》中的主人公一样。郭小橹承认自己受到了他们的影响。然而，在郭小橹和她的女主人公幻想中代表着解放和自我实现的北京，实际上却是男权垄断的战场。郭小橹很带感情地说，这部小说是关于“一个年轻女子同一个非常男性化、非常粗暴的城市作斗争”的故事。这个城市露骨的性别歧视在“片断 18”中鲜明地反映出来。在这个片断中，芬芳认识了一个自成一家的编剧，外号“载金同志”的制片人。他事实上是“反盗版组织经理”，有着在影视界发迹所需的广泛联系。在用手机处理股票交易的间隙翻阅了芬芳的文稿之后，他给她下了这样的定论：

> “这么说，你是个女作家。我，嗯，我从来不读，怎么说呢，女人写的东西。请别生气，但我想告诉你，女人不能写作。你能告诉我中国哪位伟大的作家是女人吗？根本就没有。那个台湾女作家琼瑶也许能算一个。”

至于他所喜欢的阅读材料，他提及《警察评论》一类小报上轰动性的故事，那是他正在制作的电视剧《我绑架了一个女人》的材料来源。饥饿、愤怒、绝望的芬芳只想赶快逃离这个欺辱年轻女子的贪婪的男性城市。她最终得以把手稿卖给了一个“地下导演”，得到了一笔微薄的收入。甚至这个人也在递给她

5000 元钱后试图引诱她。“芬芳，我没有想到你如此年轻，有这样红扑扑的脸蛋和滚烫的手心。你看上去可以演你故事情节中那个像血腥玛丽的女人（一个妓女）。”芬芳婉拒了他，一头冲进北京风雨交加的夜色中。

芬芳之所以难以发表她的故事，除了大男子主义势力的阻挠之外，还反映了郭小橹对中国文学的总体看法。这是一个延续至“文化大革命”的、被“男性话语”统治的文学传统。这个传统“贬低细微的声音、女性的声音”。“如果你不书写宏大叙事”，那就不算数。这种宏大的男性叙事可以接受的其他方式，就是《我绑架了一个女人》一类的作品。它们反应了来源已久的轻视女人的传统。像芬芳那样有着“大志向”的女孩根本没有容身之地。如果拒绝被欺辱，她们就被视为威胁。

当芬芳收到神秘的“带数字的纸张”，使她可以免费旅游，买到去南海边上汕头的单程车票，她似乎将迎来新的天地。2002 年，当郭小橹结束在北京的生活，借助一项奖学金去伦敦学电影制作时，她的感觉可能和芬芳差不多，虽然她后来意识到这个旧世界国际大都市对待一个奋斗中的作家和制片人，可能会非常粗暴而冷酷，因为她既是女性又是亚洲人。虽然如此，她仍然从那时起便一直呆在那里，将这个城市作为她写作和拍摄的基地，以及去中国和世界其他地方的根据地。她自己编导大部分影片，去世界各处宣传自己的影片和小说。这是芬芳到达北京时想也不敢想的。“吾心安处是吾乡。我在这里也感到安适。出版社就是我的家。”郭小橹苦笑着说。“你认为自己是世界居民吗?”我问她。她沉默了一下，但很快回答道：“不全是。”她感到自己在中国的根永远会是她的感情和责任的一部分，她骨子里永远是“中国知识分子”。虽然对郭小橹来说，不需要拥有一个现实意义上的家乡，她会通过在语言、词汇与图像之间游走而安家。

在交换了一些关于中国、欧洲和美国不同种类的电影制作的观点之后，我们的谈话告一段落。她对欧洲艺术电影有着现代主义的，如果不是精英主义的信奉，而对美国电影（指好莱坞）及与之相关联的商业流行文化有着尖锐的批评。我对此感到吃惊。然而当她站在俯瞰哈德孙河的大大的窗户旁边，头顶着春日绚丽的穹庐，等着我拍照时，她的姿势让我想到一种只有自己非常熟悉时才能具有的群星意识。当我走出会客室，走上挤满了交通、商业和时尚广告牌的街道时，我希望郭小橹小说的美国版能够获得她想要的成功——对读者真实地表现她自我——而不仅仅是在新近走红的“中国制造”的品牌下获得转瞬即逝的关注。这已经成为不少被包装成异域风情宝贝的中国女作家在美国大众市场上的共同命运。在对郭小橹有了更多了解之后，现在我也希望她的出版商当初为她的作品选择了一个不同的封面，或者封面女郎，因为这是一个有着大志向的现代农民女孩写下的严肃的文字。这个女孩从她的渔村走出之后，已经渐行渐远。

郭小橹主要著作

Twenty Fragments of a Ravenous Youth（2008）《饕餮青春之二十片断》（2008）

A Concise Chinese - English Dictionary for Lovers（2007）《恋人版中英字典》（2007）

Village of Stone（2004）《我心中的石头镇》（2004）

Fengfang's 37. 2 *Degrees*（Chinese, 2000）《芬芳的三十七度二》（中文，2000）

Who Is My Mother's Boyfriend?（Chinese, 1999）《我妈妈的男朋友是谁?》（中文，1999）

郭小橹影片作品

We Went to Wonderland（2008, documentary）《冷酷仙境》（2008，纪录片）

How Is Your Fish Today?（2006, narrative）《今天的鱼怎么样?》

（2006，叙事片）

Address Unknown（2003，short narrative）《未知地址》（2003，短叙事片）

The Concrete Revolution（2004，documentary）《嵌入肉体的城市》（2004，纪录片）

Far and Near（2003，short narrative）《远和近》（2003，短叙事片）

2008 年 7 月—8 月

选自《当代世界文学》2008 年 11—12 月刊

（刘　倩　译）

美国《当代世界文学》杂志与中国文学

刘洪涛①

2008年10月16日—18日，由北京师范大学文学院与美国《当代世界文学》（*World Literature Today*）杂志社共同主办的“当代世界文学与中国”国际学术研讨会在北京隆重召开，来自中国、美国、德国、加拿大、韩国等国家和地区，包括詹姆斯·拉根、里拉·艾斯丘、克瓦梅·道斯、阿法·韦弗、戴维·达莫若什、顾彬、莫言、余华、格非、张炜、迟子建、艾伟、毕飞宇等著名作家、学者在内的160余位代表应邀与会，共同探讨全球化语境下世界文学发展的状况，探讨当代中国文学与世界文学的联系，探讨中国文学如何走向世界。作为会议的主办方之一，设在美国俄克拉荷马大学，有着80余年悠久历史的国际知名英语学术期刊《当代世界文学》也走进了中国读者的视野。

一

了解了《当代世界文学》的历史，读者会发现它与中国合作方共同主办这次高规格、高水平国际学术会议绝非偶然，而是它长久关注中国文学发展脉动的一个必然结果。《当代世界文学》杂志由美国俄克拉荷马大学学者罗依·坦普尔·豪斯博士在1927年创办，最初名为《海外书览》（*Books Abroad*），1977年改用今名。这份杂志主要刊载当代世界文学评论，也发表各国优秀作家作品。作为世界文学的重要组成部分，中国文

---

① 刘洪涛：文学博士，北京师范大学大学文学院教授，研究方向为比较文学与世界文学。著有《湖南乡土文学与湘楚文化》《沈从文小说新论》《徐志摩与剑桥大学》《荒原与拯救：现代主义语境中的劳伦斯小说》等。

学自然会受到它的关注。早在1935年，《当代世界文学》杂志就把目光投向中国。当年的冬季号登载了署名Chih Meng的《转折时期的中国新文学》的文章。文章一开头就纠正西方学者认为中国“停滞不前”的错误认识，强调近二十余年来随着中国政治、经济的巨大变革，文学也发生了根本性的变化。这种变化的最大特征，是以白话文为载体的新文学代替了以文言为载体的古典文学。文章把胡适推举为新文学运动最重要的领袖人物，还介绍了新文学在诗歌、小说、戏剧、散文以及传记方面的代表作家和作品。

此后的1939年至1967年，《当代世界文学》还刊登过8篇长短不等的文章、消息，介绍、总结中国新文学的发展与成就。其中1939年夏季号上的《伟大的中国小说家》和1967年冬季号上的《中国：鲁迅》两篇文章，是介绍鲁迅的专文。前一篇文章称鲁迅“愤世嫉俗”，是“绝望的理想主义者”，认为他的作品批判了人性的弱点。《中国：鲁迅》是一组诺贝尔文学奖专题讨论文章中的一篇，赞鲁迅的《狂人日记》是中国新文学的第一个里程碑。文章提到60年代中国对鲁迅的神化，但作者强调指出，即便没有这种神化，鲁迅的影响也是史无前例的。

1954年夏季号刊登的《当代中国文学》，是一篇对20世纪30年代新文学进行总结的长文，描述了五四以来中国新文学的发展，探讨了新文学产生的原因。文章指出，新文学的产生取决于三个重要因素：对传统文学的继承，政治的影响，西方文明的激励。作者尤其认为，西方文明的影响主要通过翻译文学及作家到国外留学的途径，它是新文学产生的根本原因。作者详细列举了林纾、严复的翻译，以及鲁迅、胡适、周作人、郭沫若、巴金、老舍、徐志摩、冰心、闻一多等在不同国家留学的经历，作为自己观点的佐证。

《当代世界文学》杂志刊登的上述文章，对中国新文学的描述虽浮光掠影、挂一漏万，但基本上反映了美国学界对中国新文学的认识。从把胡适奉为新文学最重要的领袖，到追认鲁迅为“伟大的中国小说家”，新文学的“第一个里程碑”，显示出这种认识不断调整到更符合实际。更重要的是，《当代世界文学》对中国新文学虽然还相当陌生，但它秉承了刊头语所引述的歌德关于世界文学理想的论述，致力于促进各民族文学的相互交流、理解和包容，对待中国新兴文学的态度友善、亲和，没有歧视和偏见。

“文化大革命”10 年，中国文坛万马齐喑，《当代世界文学》杂志也没有刊登一篇介绍中国文学的文章。1978 年改革开放之后，中国文坛百花齐放，欣欣向荣，《当代世界文学》立刻就嗅到了中国文学新的气息。1979 年秋季号发表旧金山州立大学的葛浩文（Howard Goldblatt）教授的文章《当代中国文学与新〈文艺报〉》，围绕《文艺报》的复刊展开评论，认为复刊是中国文学的一个“标志性事件”，是经过“文化大革命”的长期禁锢之后，文学重新获得生机的一个“充满希望的信号”。1981 年冬季号又刊载教授的《重放的鲜花：中国文学松绑》，继续传播着改革开放后新时期新文学获得解放的消息。前一篇文章中，葛浩文教授对中国文学能否持续解冻态度谨慎。仅仅两年之后，葛浩文教授的态度有了根本改观，表示“有理由对中国文学的未来的繁荣保持乐观”。欢呼“四人帮”的倒台和文学春天的到来。最后作者充满希望地指出：“现代中国文学 30 年产生了大师鲁迅，而最近的解禁有希望给文学带来真正的繁荣。”

事实正如葛浩文教授所断言的那样：中国文学进入了发展的黄金时代，而《当代世界文学》追踪中国文学动态，关注中国文学发展，也进入一个崭新的阶段。不仅发表文章的数量大幅度增加，论题所涉范围、探讨的深度也都史无前例。从 1991 年起，《当代世界文学》更开始用专刊的形式集中介绍中国文学。当年的夏季号刊发了 11 篇有关中国文学的文章和访谈，如 John Marney 的《九十年代的中国政治与文学》、Michael S.

Duke 的《走向世界：中国当代文学的一个转折点》、Jie Min 的《变革中的中国小说》、William Tay 的《从王蒙看现代主义与社会主义现实主义》、Bettina L. Knapp 的《中国妇女作家的新纪元》，以及《余光中访谈录》等。2000 年夏季号推出莫言专刊，刊登了莫言的讲演稿《我的三本美国书》，另发表了《莫言的文学世界》《西方人眼中的莫言》《论莫言的〈红高粱〉和〈丰乳肥臀〉》等4篇研究论文。

在此专刊潮中，尤其值得一提的是2007 年 6—7 月号推出的“当代中国文学”专刊，它被称为“Inside China”（来自中国内部），是因为《当代世界文学》编辑部把部分组稿权交给了北京师范大学文学院的专家学者。其中张柠的《中国当代文学的基本格局》，张颐武的《近年来中国文艺思潮的转变》，张清华的《狂欢与悲戚：21 世纪中国文学印象》，以及食指、陈东东等诗人的诗，都来自国内的供稿。这种模式，为西方读者提供了零距离观察中国文学的途径，也把中国当前文坛新锐的文学创作和批评推向了世界。

《当代世界文学》杂志社与北京师范大学文学院仍在继续挖掘双方合作的潜力。2008 年10月，双方共同主办的《当代世界文学》（中国版）创刊。“中国版”的《当代世界文学》第一辑精选了原版 2007 年 6 期中的内容，保留了原版最有特色的三个栏目：绘本文学、濒危语言文学、书评。其他文章按新设栏目重新编列，这些新设栏目是：诗歌选萃、国别文学综论、当代作家评论、作家访谈。“中国版”把西方的世界文学类期刊的理念，观察世界文学的角度，以及当前世界文学的最新信息带到了中国，实现了中国与世界的双向交流。未来双方还规划扩大“中国版”的稿源范围，除选登原版内容外，也直接在世界范围内约请学者撰稿，并固定开辟“中国文学与世界”的栏目，真正把“中国版”办成一个世界文学交流的窗口。

二

《当代世界文学》杂志社除每年出版6期杂志（2006年之前是季刊，之后改为双月刊）外，还评选两年一届的纽斯塔国际文学奖（Neustadt Prize for International Literature）。纽斯塔奖创设于1969年，是第一个在美国设立的世界文学奖项，授予被公认为在诗歌、小说或戏剧方面取得突出成就的作家，并仅以作品的文学价值为授予依据。一个由8到10名作家组成的国际评委会负责评奖活动。奖项包括5万美元、一个银铸的奖章，还有一张证书。这一奖项在国际上久负盛名，有“美国的诺贝尔奖”之称。在它存在的近40年间，与纽斯塔奖相关的25名评委、候选人、获奖者都先后得到了诺贝尔奖，就是最好的证明。

纽斯塔国际文学奖与中国的渊源也很深。自中国改革开放以来，先后有聂华苓、萧乾、巴金、北岛等中国或华裔作家先后担任过纽斯塔国际文学奖的评委，巴金、戴厚英、莫言、北岛等作家被提名为该文学奖的候选人。通常《当代世界文学》杂志都会对重要的评委和候选人加以介绍。聂华苓的专访（1981年冬季号）、巴金的介绍（1981年秋季号）、萧乾的介绍（1987年夏季号），以及莫言和北岛的专刊都与该奖项的评选有关。但遗憾的是，迄今为止还没有一位华裔或中国作家获得这一奖项。笔者在2007年对杂志的主编助理丹尼尔·西蒙（Daniel Simon）博士进行采访时，曾向他询问其中内情。西蒙博士告诉笔者，纽斯塔奖的评委由《当代世界文学》的社长和编辑们遴选，在推选评委时，会尽可能地照顾地区的多样化，同时要求候选人的作品有英语、西班牙语、法语的译本，以便每一个评委都可以对候选人的作品发表意见。对具体投票过程，西蒙博士表示不便透露，但他说，编辑部的同仁们“强烈希望一位中国作家最终能够获得这个奖项。”

随着在2008年刚设立的纽曼华语文学奖把首届奖项授予莫言，中国作家在纽斯塔奖上的挫折感得到了一定程度的补偿。纽曼奖由美国俄克拉荷马大学美中关系研究所设立，每两年颁发一次，旨在表彰在世的对华语写作做出杰出贡献的作家。纽曼奖以文学价值作为唯一的衡量标准，由杰出专家组成的国际评委会通过特定程序提名候选人并遴选出获奖者。纽曼奖的总协调人，俄克拉荷马大学美中关系研究所所长葛小伟（Peter Gries）在谈到创建此奖的目的时说："纽曼奖是第一个基于美国的华语文学奖。我希望该奖能加深美国读者对当代华语文学的繁荣及人文精神的理解，并进一步促进美中关系的改善。"

首届纽曼奖评委员会由七名专家组成。他们分别是：邓腾克（俄亥俄州立大学）、葛浩文（圣母大学）、刘洪涛（北京师范大学）、彭小妍（中央研究院）、许子东（岭南大学）、张颐武（北京大学）、赵毅衡（四川大学）。他们共提名七位作家及其代表作参评：莫言《生死疲劳》（2006）、阎连科《丁庄梦》（2006）、宁肯《蒙面之城》（2001）、王安忆《长恨歌》（2000）、朱天心《古都》（1997）、王蒙《活动变形人》（1985）、金庸《鹿鼎记》（1967—1972）。评委们在四轮投票程序后，一致推举莫言当选。莫言的提名人及其长篇小说《生死疲劳》的译者葛浩文在提名信中写道："莫言是当今中国最杰出也是国际知名度最高的作家。他的作品风格突出、意象诡异、语言超凡脱俗。但在我看来，莫言最独到之处还是他另辟蹊径的历史想象，他的作品会因其对艺术性和人性的完美糅合而扬名后世。"

纽曼华语文学奖并不由《当代世界文学》杂志社直接运作，但它是介绍和评论获奖作家的重要窗口。在"当代世界文学与中国"国际学术研讨会上，《当代世界文学》杂志社社长戴维斯-昂第亚诺教授向与会者郑重宣布了莫言获奖的消息，并表示将在明年推出特刊介绍莫言。这将是《当代世界文学》第二次出莫言专刊。纵观杂志80余年的历史，还不曾有此先例。

三

为庆祝《当代世界文学》2007 年 6—7 月号“中国当代文学”专刊出版，《当代世界文学》杂志社与北京师范大学文学院在当年 6 月共同召开了一个座谈会，莫言、余华、格非、食指等中国当代著名作家、诗人、学者、批评家应邀与会，《当代世界文学》杂志社派代表石江山（Jonathan Stalling）教授参加了会议。这次会议虽然规模不大，但成果丰硕，气氛融洽。正如石江山教授在回顾这次会议时写到的：“当我们试图理解并欣赏跻身于世界最古老、最高贵文明之列的 21 世纪中国文明时，这一创举意味着交流的重要机遇；它还让我们有机会想象世界大同，并探索持续转变中的当代世界的本质。”（参见《北京的老故事与新声音》，《当代世界文学》2008 年 1 月号）。正是在这次会议上，双方有了举办一个大型国际学术会议的动议。经过一年多的筹备，“当代世界文学与中国”国际学术研讨会终于在 2008 年 10 月 16—18 日在北京成功召开。

两天半的会议，共安排了三场主题发言，三场分会发言和四场分组发言。三个分会场的议题是“全球化与当代世界文学”、“全球化语境与批评视界”、“全球化与比较文学”。四场分组的议题是“当代汉语诗歌与世界”、“英语视域中的世界文学”、“汉语视域中的世界文学”、“世界文学理论与中外文学比较”。美国著名作家詹姆斯·拉根、里拉·艾斯丘、克瓦梅·道斯、蔚雅风、中国著名作家莫言分别作了题为《艺术家的高贵与良知》《美国中心地带的种族与救赎》《缔造独特的雷鬼情调：〈乘公车去巴比伦〉》《〈梅花之舞〉与“五行”哲学思想体系》《影响的焦虑》的主题发言。作家们从各自的体验和感受出发，畅谈了全球化时代文学家的身份和责任，所受外来文学影响，艺术创作的可能途径诸问题。国内外知名学者戴维斯－昂第亚诺、罗纳德·施莱费尔、童庆炳、张炯、吉狄马加、雷达、盛宁、陈众议、陈思和、杨慧林、王宁、孟华、曹顺庆、赵毅衡等也出席会议并发表了重要讲话。

10月的会议名为“当代世界文学与中国”，中国文学与世界文学如何互动，中国文学如何走向世界，自然成为大会热衷讨论的议题。这里着重介绍三位作家学者主题发言的要点。莫言在名为《影响的焦虑》的主题发言中认为，在全球经济一体化背景下，全球文学也在日益趋同化，文学的克隆和近亲繁殖越来越严重。但正如我们不可能重新闭关锁国以应对金融危机一样，文学的趋同化也不应该成为中国作家拒绝与外国的同行们交流和学习的理由。相反，我们应该以更加开放的心态，更加积极的态度，更高的热情和更大胆的手段去与外国的同行们交往，去向外国的同行们学习和借鉴。而且，随着中国文学经过近三十年的发展，取得了丰富的经验和丰硕的成就，中国作家不必再像80年代那样去仰视甚至膜拜外国的同行，我们完全可以与他们平等地谈话，平等地交流，而且还能够从他们的作品中发现不完美之处。就借鉴与创新的关系问题，莫言说，对今天的作家而言，如果要写出有个性、有原创性的作品，必须尽可能多地阅读外国作家的作品，必须尽可能详尽地掌握和了解世界文学的动态，让别人的作品唤醒、照亮自己所体验和感悟到的生活。

著名文艺理论家、北京师范大学童庆炳教授作了题为《当代中国文学怎样才能具有世界性》的主题发言。相对于莫言的乐观，童教授对近二十年中国文学的总体评价不高。他认为“世界性”是评价文学优劣的一个重要标准，而中国当代作家缺乏真正意义上的世界性。为改善这种状况，童教授提出三点意见：其一，文学创作要有新的思想精神元素的深刻发现。要用自己的眼光、自己的人文的视野、自己的诗意的深度，去深入钻研和理解当代中国及其复杂的生活，并从中提炼出新的思想精神元素来。其二，要努力创作出具有新质的人物形象。人是文学的永恒主题，人物的创造是文学叙事的作品的中心。人物的精神、性格、命运总是吸引读者最重要的艺术力量。其三，要有文学文体意识真正彻底的觉醒。文体是一种文学语言体式，其背后反映作家的创作个性和时代的、民族的精神。这种文体延伸为艺术性的发挥，具体说作家通过他们的文体，写出作品的氛围、情调、韵味和色泽，从而展现出鲜活的生命的美丽。

著名汉学家、德国波恩大学顾彬教授也在《语言的重要性，或母语与世界文学的关系》的主题发言中为中国文学把脉。顾彬一如既往对中国当代文学提出严厉的批评，认为中国作家受市场诱惑，热衷于渲染色情和犯罪，写得太快太烂。更为严重的是，当代中国作家受不懂外语的局限，无法从其他民族语言文学中直接汲取营养来改善自身语言贫乏的境况。后一点顾彬在发言中阐述得最为充分。他从自己懂英、法、拉丁语、希腊语、希伯来语、日语、汉语等外语的“资历”说起，并拿现代中国的优秀作家大都掌握外语，甚至可以用外语写作为例，指出当代中国作家不懂外语的危害。顾彬在发言中，偏激之词比比皆是，如说中国作家不懂外语是“一种灾难”，中国作家就像“太监恋爱”一样，想创作出伟大的作品，却受到自身的局限。他忘记了他的同胞歌德在短短几个星期之内，写出《少年维特之烦恼》《亲和力》这样伟大的作品，中国现代作家沈从文不懂外语，却写出了《边城》等传世之作。尽管顾彬宣称自己是中国文学“严厉的朋友”，尽管他对中国作家的告诫“只有通过他者，一个作家才可以真正发现他自己，发现他的语言和真正的能力”也许是真诚的，但他的“诊断”是否有效，他的傲慢态度是否会让中国作家产生拒斥情绪，还需要时间来检验。

美国《当代世界文学》杂志80余年的发展历史，见证了中国文学的百年沧桑和巨变。《当代世界文学》杂志社社长戴维斯－昂第亚诺教授在10月北京会议上说，这份有着沉甸甸的学术含量和广泛国际影响力的杂志，关注中国文学的模式目前已经发生转型，“即从带有判断性的遥远的学术视角变成了一种参与和合作的视角。也就是说，为了达到互相理解这一目标，我们用创造性的学术合作代替了曾经的那种对中国文学严谨的学术审视。”它是一面镜子，反射出中国文化的丰富性和力量以及它在21世纪的日益增长的影响力。

北京的老故事与新声音

石江山[①]

当一个个中国文坛的重要人物走进位于高大的北京师范大学主楼七层励耘报告厅时，北师大的中国文学教授们心情激动，满怀期待。励耘报告厅四周的墙壁上依次悬挂着北师大先贤（如鲁迅等）的照片，照片下方端坐着当代中国文坛的精英们。我右边坐着世界著名小说家莫言（《红高粱》的作者，他曾经是纽斯塔特国际文学奖的候选人），余华（作家最新作品《兄弟》极其成功，该作品与另外一部《活着》都和更早的作品《红高粱》一样已被张艺谋拍成电影），格非和李洱（两位都是著名的先锋派作家）。我右边还有一些在中国最受人尊敬的诗人，包括颇具传奇色彩的食指（郭路生，第一位朦胧诗人）和后起之秀寒烟。中国重要的诗歌批评家、学者张清华精选他们的诗，刊登在刚刚出版的《当代世界文学》“中国文学专刊”上。除张清华外，其他著名的批评家如北京大学的陈晓明、北京师范大学的张柠、刘洪涛教授，还有几位深受尊敬的编辑，如林莽和吴思敬（他们也是中国诗歌协会的理事）也出席了会议。就我而言，我不合时宜地坐在了桌子的把头，但当得知仅仅是《当代世界文学》的代表时，我松了一口气。《当代世界文学》有漫长的编辑史、撰稿人史和一些颇具传奇色彩的人物，如在1927年创建《当代世界文学》（当时称为《海外书览》）的罗伊·坦普尔·豪斯。宣读俄克拉荷马大学校长大卫·波尔伦的讲话是我的荣誉，然而在这些观众前用中文讲话

① 石江山（Jonathan Stalling）：俄克拉荷马大学英语系助理教授，专事20世纪美国诗歌和东西方诗学研究，主要论文发表在《波士顿评论》《中国文学：散文、论文、评论》《链条》《当代世界文学》等杂志上。著有《费诺罗萨/庞德与作为诗歌媒介的汉字》，也是名为《虚无的诗学》手稿的作者，目前正致力于食指第一本诗集的英语翻译。

如同做梦，梦醒时既感到欣慰，也感到遗憾。欣慰的是这仅仅是一个梦，而遗憾也出于同一理由。当然，我不会很快就从梦中醒来。

作家、诗人和学者经常讨论中国文学在当今世界所扮演的角色，“世界文学”这一术语的有效性，致力于跨文化多元文学格局时世界文学面临的挑战，还有话语权以及中国文学在海外的发展预测等问题。会后，我和与会代表纵情享受了一顿独具北京烹饪文化的午餐。上午数小时的那种理性争论在那儿逐渐演变成一场场的个人会谈。这些会谈不断被作为东道主的北京师范大学的学者们、他们的客人和美国同行的祝酒所打断。当天下午，活动转到了市中心一个叫做“老故事”的高档酒吧，在那儿举行了一场完全不同但同样令人难忘的中国诗人聚会，这是一个名为“回音”的诗歌朗诵会，以纪念《当代世界文学》中国特刊的发行。和北京师范大学文学院励耘报告厅一样，酒吧的墙上挂满了老照片。但在那儿，木纹色和黑白色的照片记录了中国从 1949 年到“文化大革命”期间的革命史。与大学校园悬挂的那些文学界或学术界巨匠的照片不同的是，酒吧墙上照片中的幽灵徘徊在崇高和混杂的矛盾之中。老一辈人看了这些照片或许会感觉不舒服，但对于很多富裕的北京年轻人来说，它们是“老故事”，与北京这个国际化都市是完全隔绝的。

比较文学教授刘洪涛，诗歌批评家、学者张清华和我首先探讨了特定情形下创作的诗歌，之后我们就把谈话的主角让渡给极少在公众中露面的诗人食指。诗人那沙哑、富于智慧而又饱含深情的声音越过了过去近三十年动荡而又默默无闻的生活，将其“文化大革命”期间创作的不朽诗篇重新呈现给我们。郭路生，其笔名“食指”更为大家所知，诗人的笔名取自于那个无端的指责和迫害压制任何我们称之为诗歌的那种多愁善感的心声的年代。然而食指的传奇经历并不能说明他的心灵是脆弱的，他的二十多年时光都是在精神病院度过的，在一种完全隔绝的状态下他依旧坚持写作。他与外界联系的唯一形式是诗人和仰慕者的拜访，这使我们想起庞德晚年在圣伊丽莎白疗养院的生活。在年轻时代，他的诗歌未能出版，但通过秘密手抄和人们的记忆广为流传。他对诗歌的创新和信仰为后来的朦胧诗人所继承，这些朦胧诗人为当今西方人所钟爱且在西方名气颇大。食指在朗读他的诗歌时，“老故事”酒吧的气氛改变了，毛泽东的照片、“四人帮”和那个时代的革命青年在我们面前的鲜活历史中重新呈现。一个诵诗班接着食指朗读，成员包括王家新、梁小斌、车前子、寒烟和其他一些诗人，总共有24人朗读了他们的作品。

正如米歇尔·叶在《当代世界文学》中国特刊（2007）中所指出的，当今中国诗坛和西方诗坛一样是四分五裂的，诗歌再也不会像食指创作生涯初期那样史无前例地流行。但基于朗诵和之前的会议以及持续到深夜的探讨，没有一位与会者能断定诗歌的处境是否真的如此。作家、诗人和学者济济一堂讨论中国文学在世界历史中的坐标。他们不仅意识到了很多人所称的“太平洋时代”来临时发生的巨大转变，而且也清楚，此刻，他们的时代会伴随着无法抗拒的一个半世纪混乱的惯性，在跌跌撞撞中进入了飞速发展的自由市场经济时代。和那些俯视20世纪困境的西方现代主义文学巨匠不同的是，这些知识分子通过对话、革新和质疑自我的本质、民族和国际共同体等方式对这个时代做出回应。

自1995年之后我再没有到过中国，北京已不是十多年前的那个城市。比一栋栋新楼和基础设施更引人注目的是北京正在发生的文化巨变。二十多年前，向消费文化转变的痕迹随处可见，同时，道观和寺院里的人群主要是游客；而现在它们正经历一场复兴（和基督教教堂一道），重新为人们所喜爱。致力于教授儒家经典（国学）的学校如雨后春笋般遍布全国，回归中国经典文化的流行趋势甚至出现在市政标语和政治精英的政治演说中。这些变化说明：在全球化背景下，中国人对民族和个人身份认同、大众文化产品和伴随日趋加剧的阶级分化的资本主义这些问题正进行更深远的讨论。茶馆的再次流行意义重大，其重要性和深远性仅次于中国学术界的再次繁荣。12 年前，在北京很难找到一家茶馆。这一次在北京期间，我踏进一家茶馆，在里头停留了十多个小时，与茶馆的老顾客和服务员长时间的交谈、令人眼花缭乱的茶品以及它们的精妙复杂具有不可抗拒的吸引力。当我问起他们成为品茶者有多长时间时，他们总是回答："我对茶艺的研究不到五年。"这是一种压力与安逸之间的平衡（毕竟"茶艺研究"并不为功利性的目的而是一个过程），这有助于我搞清楚在北京师范大学举办的"当代世界文学"研讨会是如何与每个人建立联结的。此刻，这个大都市（以及国家）的人民正回味过去的同时创造着未来，在对话中寻找未来的道路，积极乐观地回应着历史上前所未有的巨变。普洱茶的价值在于其精致淡雅，饮茶的过程，就如同召开一次会议，发行一期特刊一样，是一次对话，一次幻想之旅。在对话和旅程中，我们要做的就是不断探索世界不断发展变化的本质。

俄克拉荷马大学

选自《当代世界文学》2008 年 1—2 月刊

（王国礼 译，刘洪涛 校）

新书评论

小 说

朱诺特·迪亚兹:《奥斯卡·沃的传奇人生》

纽约:河源,2007 年,340 页,定价:24.95 美元,ISBN 978-1-59448-958-7。

朱诺特·迪亚兹以其辛辣的讽刺,玩世不恭的口吻,简约犀利的笔锋以及适时的细腻使其首部短篇小说集《溺水》大获成功。迪亚兹出生于多米尼加共和国,后移民美国,在新泽西州长大。他的新作《奥斯卡·沃精彩小传》从一位美籍多米尼加人的视角讲述了一个美籍多米尼加家庭的命运。整个故事穿梭于加勒比海地区与新泽西州的佩特森市之间。在小说中,迪亚兹探索了多米尼加这个国家的历史与暴力(既包括国家的残暴统治也包括个人之间的暴力),描述了主人公无止境的性迷恋(可怜的主人公奥斯卡·沃在性关系上的障碍与失败)以及令人窒息的对爱的渴求,同时也回忆了一种颠沛流离的生活状态。奥斯卡这个人物的与众不同之处在于,尽管对性的过度迷恋使他深受其害,他还有更棘手的问题——坠入情网。“任何事情都敌不过他的心中对阿娜的那份爱。除此之外,他唯一念念不忘的就是自己的那些书以及一切与写作有关的事情。”当书中这个冷血却不可靠的叙述者朱尼尔将他心中多米尼加式的男子气概融入有创意的写作之中,塑造出了奥斯卡这样一个肥胖臃肿,平凡乏味,嗜读科幻小说,还颇有些自卑的男孩形象。孤僻、难相处的性格使他烦恼不已。“你真想知道当一个 X 型男人是什么滋味吗?那就去做一个当今美国社会中少数族裔聚居区的一脸书呆子气的黑皮肤男孩吧。别人看你的眼神就像是你胸脯上长了一对蝙蝠的翅膀。”

迪亚兹的大部分小说都是他饱含愤慨之情对拉斐尔·特鲁希洛独裁统治进行描述。

在整部小说中，迪亚兹采用的都是散文的风格，没有赘述情感，也不受制于传统文体，结构更没有因为描写了无数个“连后现代主义都无法解释清楚的坏角色”而显得混乱不堪。过去的阴影投射到现在，他铭记在心，拒绝遗忘。无论是对整个乱世还是个人挫败的描写，迪亚兹都看透了人生中无法逃避的一个窘境，这恐怕连他硬汉式的叙述也无法否认的：“像我这样，一颗心永远得不到爱的滋养，是最最可怕的了。”

吉姆·汉南（莱莫恩学院）

选自《当代世界文学》2008年3—4月刊

（贾燕芹　译）

卢图·摩丹：《走出伤痛》

蒙特利尔：《漫画小说季刊》（法勒，斯特劳斯和吉罗出版社），2007年，172页，定价：21.95加元/19.95美元，ISBN 978-1-897299-06-7。

在她首部长篇漫画小说中，以色列插图画家、连环画艺术家卢图·摩丹讲述了一位性情冷漠的年轻人在找寻与自己疏远已久的父亲的过程中，意外地发现了生命的意义与价值。寇比·弗兰克是以色列一名普通的出租车司机，与已经年老的叔叔婶婶一起生活。一天，他突然得知自己的父亲可能在哈代拉最近刚刚发生的一起自杀式爆炸中遇害了。努米是父亲的情人，她年轻，做事不太靠谱儿，让寇比通过验血来认领父亲的遗骨。尸体刚刚入土，于是寇比和努米开始调查爆炸发生的那个火车站，询问每一个可能见过他父亲的人。这次调查却让他们发现寇比的父亲同时与多个女人交往。寇比了解自己的父亲，但是努米却对此毫不知情。随着对找寻父亲的线索逐渐减少，寇比和努米的距离却拉近了。但是，直到两人各奔东西，回到原来生活轨迹中的寇比才意识到自己对努米的感情是真挚的。

尽管故事情节不是那么别出心裁，俗套的情节却在大背景环境和漫画艺术的衬托下变得生动起来。此外，作者表达的那种对生存的坚定信念足以麻痹整个社会。爆炸发生的那个火车站旁的小店的伙计提起要开一家自己的店铺时还是兴高彩烈，旁边的一家咖啡馆的老板在爆炸那天失去了自己的丈夫，但是，咖啡店在当天仍照常营业。恐怖活动成了家常便饭（当然也会带来悲痛）：人们甚至把发生在哈代拉的恐怖袭击当成一天后在海法发生的爆炸事件。在以色列，生活似乎从未止步不前，恐怕只有那些守墓人才会记得那些逝去的生命。

摩丹的艺术手法干净利落、细致入微，以独特的方式遮掩了以色列国内笼罩的压抑气氛。虽然整个故事的勾勒不尽完美，但摩丹在细节上的敏锐捕捉以及对人物角色的真情流露真实地展示了以色列人民的生活状态。

阿曼多·萨莉亚（俄克拉荷马大学）

选自《当代世界文学》2008 年 1—2 月刊

（贾燕芹　译）

佩尔·彼得松：《出门窃马》

安妮·波恩译，明尼苏达州圣保罗：格林伍尔夫，2007 年，256 页，定价：22 美元，ISBN 978 - 1 - 55597 - 470 - 1。

佩尔·彼得松的《出门窃马》一书囊括了挪威国内两项文学大奖，2006 年英国的《独立报》外国小说奖以及 2007 年由德国著名医疗公司 IMPAC 赞助的都柏林文学奖。这本小说精湛地刻画了人类情感中的孤独、失落、背叛，用诗一般的语言讲述了生命与自然的联结，同时，也侧面地反映出了第二次世界大战中纳粹德国占领挪威给人们心中留下的情感创伤。

故事的主人公兼叙述者特龙桑德是一位退休寡居的老人，以前在奥斯陆工作，退休后移居到挪威东部一处森林社区里。他居住的房子十分破旧，仿佛随时都会倒塌。在和第一任妻子离婚后，他曾认真地爱上了另一个女人，但是这段恋情终是没有结果。在此之后他又结了一次婚。随着年岁的增长，桑德和许多老年人一样老病缠身。病痛经常让他情绪失控，精神崩溃到甚至无法通知任何人包括自己的女儿自己身在何处。

桑德不久前得知了他的邻居霍格——一个性格古怪的退休老头原来是他早年的至交大荣的亲弟弟。他 15 岁那年认识了大荣，那是在 1948 年的春天，桑德和他父亲当时正在靠近瑞士边境的一个森林社区中度假。桑德的父亲和这个地方颇有渊源，在这里他隐姓埋名、乔装打扮，为的是让自己为盟军送信时不被暴露。那时年少的特龙还发现父亲竟爱上了大荣的母亲。他俩都为盟军工作，后来被迫逃到了瑞典。小说还暗示他们在出生入死的反法西斯斗争中迸发出了爱的火花。

1948 年的往事猛地出现在了桑德眼前，因为在那个暑假之后，他的父亲从此抛下了妻儿远走高飞，从未回过奥斯陆。他和大荣及霍格的母亲的婚外情几乎毁掉了这两个家庭，也造成了桑德在人际交往上的障碍。然而，当女儿艾伦来看望桑德时，她给人的那份温暖和亲切的感觉向读者暗示着她一定能够改变父亲的孤僻与冷漠。

詹斯基维克（华盛顿大学）

选自《当代世界文学》2008 年 1—2 月刊

（贾燕芹　译）

艾尔西·索蒂洛珀罗丝：《蜿蜒穿行于苦桔树下》

彼得·格林译，马萨诸塞州北安普顿：恩特林克出版社，2007 年，234 页，定价：24.95 美元，ISBN 978-1-56656-661-2。

艾尔西·索蒂洛珀罗丝是一位四海为家的希腊作者。她曾求学于美国，谋生于意大利，居住在阿尔及尔，与德国结下了深情厚谊并环游了世界。这是她的第五部小说，也是其第四部被翻译成英文的小说，同时也是第一部赢得美国国家文学奖和美国国家图书评论奖两大殊荣的希腊小说。

这本书讲述了20世纪90年代晚期生活在希腊的四个年轻人的故事：一个因一场莫名的疾病而在医院里等待死亡的女人，她懦弱、冷淡的哥哥以及照顾她的情绪异常的男护士，还有一个处在叛逆期、离家出走的年轻女孩。这部小说将日常生活的陈腐老套、枯燥乏味或者说是生存的荒谬怪诞、愚蠢可笑编织到了一起，但是它没有沿袭传统的人物塑造手法，或者写实风格，显然作者无意于此。

《蜿蜒穿行于苦桔树下》以两方面配合互补的方式呈现了一出后现代闹剧。一波三折的叙述，黑色幽默夹杂其间，创造出了一部充满戏剧性的喜剧作品。叙述者辗转腾挪，以摆脱线性发展的叙述方式的束缚。与此同时，鲜明的戏剧色彩抵消了由于线性因果关系的缺失而带来的混乱感。四位主人公作茧自缚，却又缚人，而他们对此懵然不知。他们的行为或为步入死亡的阴影或为逃离埋下伏笔，与此同时，他们也诱骗他人陷入他们精心设好的局。

索蒂洛珀罗丝并不主张人生就是在设局。与之相反，人与人之间的相互作用、相互影响大多要求个人有所作为，也就是允许自我创造。使两种截然相反的因素形成对比（现实与理想对比、真相与谎言对比、悲剧与喜剧对比、生与死对比、宿命与自由对比）。这种技巧创造出扣人心弦的紧张局势，牢牢地抓住读者并引导他们主动合作。对作品感兴趣的读者将会发现，这部小说并没有经典风物的古风蕴然和现代英雄主义的大义凛然，有的是可塑性强的角色。这些现代色彩浓重的角色因其破碎的思想体系而获得了可协商性。

著名的古代典籍家、小说家、诗人卡瓦菲斯和燕妮思·瑞索斯作品的翻译者皮特·格林与索蒂洛珀罗丝通力合作，完成了这部脍炙人口的作品的英文译本。《蜿蜒穿行于苦桔树下》丰富了我们对后现代主义小说这一当今希腊最重要的创作趋势的认识。《蜿蜒穿行于苦桔树下》与被译成英文的其他希腊作家沙那西斯、瓦尔蒂洛思、丽娅·嘉兰娜基、乔治·雅德罗玛、诺拉奇斯的作品相比，这部宏大的叙事作品的风格之博、主旨之深震撼人心。因此，从这个意义上说，我们再也没有理由将希腊的文学作品仅仅等同于诗歌了。

瓦西利斯·朗布罗鲍罗斯（密歇根大学安娜堡分校）

选自《当代世界文学》2008 年 5—6 月刊

（戴　杰　译）

威廉·崔弗：《打牌作弊》

纽约：海盗，2007 年，232 页，定价：24.95 美元，ISBN 978 - 0 - 670 - 01837 - 6。

威廉·崔弗的《短篇小说新编》对于读者来说是极具挑战性的作品集。由于每篇小说出人意料的谋篇布局，你或许得读上两遍才能领略个中滋味。就拿与作品集同名的短篇小说《打牌作弊》来说，它不是一篇仅与牌局有关的故事。这篇小说讲的是一个男人在威尼斯哈里酒吧里独自用餐，不经意间听到旁桌一对年轻夫妇的谈话。在他们玩卡纳斯特纸牌戏时，他的妻子因为记不住牌路，他按照妻子的叫牌出牌："他打牌作弊，她赢了。"他意识到在他和妻子的较量中，他妻子总是技高一筹。当他无意中听到这对年轻夫妇的谈话时，他察觉到她也是占上风。他的心因此静静地、悄悄地变得平和了，不再为经年累月的两性争执而忿忿不平。

威廉·崔弗所有的小说都如这篇小说一样言尽而意未尽、

扑朔迷离，但并不都像这篇小说这样给人深刻印象，即使这不是他新编短篇小说集中最有趣味的一篇。他的许多非常优秀的小说都是以故乡爱尔兰为背景的，之后他迁居到英国，这是他终生难忘的两个地方。《在橄榄山上》是关于爱尔兰天主教徒的故事；《信仰》是关于爱尔兰新教徒的故事。然而威廉·崔弗对这两个故事的描述同样令人信服。

《在橄榄山上》的情节集中在一个拥有地产的天主教家庭的女家长和她儿子们的冲突上。尽管耕种这块土地只能勉强糊口，但这是祖辈几代人赖以生存的地方，她仍然想维持原样。她观念陈旧，对祖辈留下的土地视若至宝；她儿子们的行事作风则现代又务实。他们对她说："在一个像芒特尼这样大小的城镇没有一个高尔夫球场是不正常的。"当她丈夫还健在时，她能够维持土地原样，但丈夫死后，她不得不屈从于年轻的一代。她的儿子们很快就把曾经兴旺的农场改造成了由绿地和（高尔夫中的）沙土障碍构成的"人造景观"。这篇小说是对快速的城市化进程如何改变爱尔兰古老的农田景观的及时捕捉。

《信仰》中的冲突更加贴近生活。姐弟在"受人尊敬的都柏林社区"长大，而他们的父母是"谨慎地隐藏在曼顿街道两边，整洁的网状的窗帘后一贫如洗的新教徒"。姐姐终身未嫁。弟弟或许有过婚姻生活，但在订婚很长一段时间后，其未婚妻遗弃了他，忽然"和雅各饼干店的男人结了婚"。他在"爱尔兰社区一所失掉荣光的教堂里"做了一名神职人员并以此寻求慰藉。在那里他对"奥斯卡瑞十四名堂区居民，科隆巴瑞二十七名堂区居民，尼阿德十一名堂区居民"执行牧师职务。姐弟两人同住在本堂区的一所房子里。姐姐全身心地投入到一所古老教堂的修复工作中。一天她勇敢地告诉他，她将离开这个世界了。在他的注视下，她在床上从容地死去。这时，他意识到她的信仰比他的更坚定、更崇高。在他充满惊叹的凝望中"她的安详的神态散发着怜悯之情，就像是一个化成现实的奇迹”。这是揭示神谕的感人时刻，也是崔弗艺术生涯的最好呈现。

威廉·普莱特（迈阿密大学）
选自《当代世界文学》2008年5—6月刊
（戴　杰　译）

艾尔弗莱多·布里希·艾契尼格：《潘乔·马兰比奥的破房子》

秘鲁利马：星球出版社，2007年，182页，ISBN 78－9972－239－27－4。

布里希·艾契尼格最新小说中的主人公比恩韦尼多·布埃纳文图拉是一位颇为成功的中年律师，他离开了祖国秘鲁去巴塞罗那开始新的生活。虽然“比恩韦尼多”这个名字在西班牙语中有“大受欢迎”的意思，但是巴塞罗那这座城市似乎并不买他的账；相反他在这个西班牙城市经历了漫长的煎熬和痛苦。在这里，比恩韦尼多遇到了卑鄙无耻的房产中介人潘乔·马兰比奥，并从他那儿购买了一所破旧不堪的公寓（可以说破烂一堆），屋子采光很差，墙壁丑陋，水管也年久失修。“污秽不堪”的住所引出了他内心的阴暗面。因此，出生在有长期酗酒史的家庭中的比恩韦尼多开始重蹈覆辙，酗酒成性。巴塞罗那的魅力和光鲜很快消逝不见，变成了一座噩梦中的城市。深夜的酒吧是其唯一的标志。后来，他在一座精神病院小住了一段，在那里他见到了许多性情怪异的精神病人。离开医院后，比恩韦尼多将自己过去和现在的经历重新打包并继续在欧洲游历。

在很长一段时间里，布里希小说中的人物都带有伍德艾伦的风格，向往着逃离社会和孤独自闭。事实上，我们也发现，布里希的人物善于挑战自我局限，探索自己的内心世界，在这个过程中自然也就会暴露出许多人性的弱点。最终，他们能够重新评价自己，并始终坚持内在的个人信念。比恩韦尼多的堕落和布里希笔下其他一些著名人物的经历极其相像，例如，《马丁·罗马尼亚的夸张生活》（1981）中的马丁·罗马尼亚、《四月里别等我》（1995）中的马依戈·斯特内。布埃纳文图拉在自我审判和责难中战胜了自己，重新认识了自己。带着一种不同的世界主义精神，他重新成为了浪迹天涯的世界居民。同时，这种自我放逐也使他重新觉察到了尘封在自己内心中的秘鲁文化根基。

艾尔弗莱多·布里希·艾契尼格采用了他一贯的叙述风格，即由作者充当文中的叙述者。布里希传统的口语化叙述和幽默风趣的风格将比恩韦尼多的喜怒哀乐刻画得淋漓尽致，这也是他个人最突出的特点。事实上，他的叙述巧妙详细，并使用了丰富的题外话以及互文性的文字游戏，这些都轻松地和文学、电影以及流行文化融合在一起。《潘乔·马兰比奥的破房子》一书回应了劳伦斯·斯特恩和马尔科·姆劳瑞的作品，使用了作者介入性的叙述声音并营造出了一个强烈的引人入胜的虚构世界。

塞萨尔·费雷拉（威斯康星大学）
选自《当代世界文学》2008 年 7—8 月刊
（贾燕芹　译）

和田洋子：《面对大桥》

玛格丽特·光谷译，纽约：新方向出版社，2007 年，186 页，定价：14.95 美元，ISBN 78－0－8112－1690－6。

出生在 1960 年的日本作家和田洋子是一个全球旅行者，从 1982 年起生活在德国，创作的作品包括诗歌、散文和小说，其主题大都与移民带来的影响有关。《面对大桥》就是一个例子。这是一本由三个中篇小说组成的小说集，描述了旅居者介于两种文化之间无法找到一个属于自己的“空无所有”的空间。

第一篇小说《影子人》描述了两个旅行者在跨过大桥踏入异乡后，心理和人际关系上出现的失落感。第一个旅行者是加纳男孩，他被奴隶船带到了欧洲，改名为安东·威廉·阿莫。这个名字“跟你（阿莫）真正的自我没有任何关系”。尽管后来取得了非凡的学术成就，阿莫却一直遭受自我怀疑、种族歧视、学术异化等种种折磨，就连爱情上也受尽屈辱。由于实在无法建立起真正属于自己的空间，他最后还是回到了自己的祖国。第二个旅行者是一个生活在当代德国研究哲学的日本留学生。他也被赋予了新的身份，一个陌生人把他叫做“阿莫的后代之一”。他在德国诸事不顺，受尽挫折，成为一个在流落在异乡的影子。和田洋子用高超的叙述技巧将两个人物的生活编织在一起。然而，就像有些评论家指出的，她把重点放在了阿莫身上，从而模糊了日本旅行者在其主题阐释上的作用。

第二篇小说《在董天桥前》探索了国籍的意义。旅居者是一位在越南的日本游客。她发现国外的日本人很好辨认，他们大多带着“名牌手提袋”，手里拿着“日语版的导游手册”。她也发现，靠民族特征和语言来确定身份往往会陷入困境。她发现越南妇女和她自己在身体特征上有许多共同之处。她还遇见了一个能讲一口流利日语的白种人，并且声称自己是日本人。这个故事体现了和田的一个观点：仅仅通过一个人所属的国家或民族来断定他的身份是根本不可能的，也是毫无意义的。

最后一篇小说《圣乔治与译者》讲述的是语言。故事的第一人称叙述者居住在加纳利群岛，她想把圣乔治和屠龙的传说用其祖国的语言翻译出来。但是她不仅没有完成翻译，还成了故事中供奉英雄的祭品。在故事中，和田着力诠释了语言的不可译性，认为翻译只是这项无用工作的“受害者”。

《面对大桥》扑朔迷离、引人入胜，展示了和田丰富的想象力和独特的叙事手法。光谷的译文巧妙地抓住了和田作品中的细微之处，十分精彩。译文偶尔会有误译和漏译，但这些是微不足道的，可以忽略不计。她写的后记也很有价值。

横芳子·塞缪尔（卫斯理大学）
选自《当代世界文学》2008年
（贾燕芹 译）

谭端恩：《雨的礼物》

纽约：韦恩斯坦，2008年，435页，定价：23.95美元，ISBN 978-1-60286-024-7。

第二次世界大战结束50年以后，一位名叫村上美智子的日本老人来到了槟城菲利浦家的门前，想要了解她过去的情人远藤君的情况。而他们的这次见面也揭开了一段尘封的记忆。这就是谭端恩首部小说《雨的礼物》的起始部分。在这部小说中，作者全面展现了许多重大历史事件，其细微程度甚至堪比托尔斯泰的《战争与和平》和帕斯捷尔纳克的《日瓦格医生》。

菲利浦·哈顿是中英混血儿，父亲是英国人，母亲来自中国，是父亲的第二任妻子。16岁时，菲利浦和隼人远藤成了朋友。远藤君是一位外交官，从父亲那儿租了一个附近的小岛。菲利浦带着这位外交官在槟城四处游览。作为回报，远藤君则教他日本武术合气道。让菲利浦未曾意料的是，他的老师实际上在为日本政府搜集情报。而直到日本开始侵略他的祖国，第二次世界大战全面爆发，菲利浦才明白这一切。菲利浦在儿时便失去了母亲，由于其混血背景，他与英国人和华人社区长期没有任何来往，而现在又变成了家庭和国家的叛徒。

日本人入侵之后便开始了一系列恐怖统治，侵吞商业、杀戮平民并把许多人送进集中营。为了拯救自己的家庭，菲利浦与日本勾结，这招致了抗日武装的痛恨。当抗日武装要放火烧哈顿别墅时，他开始为抗日力量工作，当了双面间谍，但这仍旧无法拯救他的家人。三个同父异母的兄妹和父亲都去世了，最后的两个家人仍控制在他的老师远藤君手里，他现在已经是槟城的副总督了。但远藤君也是受害者之一，他为了拯救家人才为日本政府工作，他的家族因为政见不一而触怒了天皇。在战争后期，日本占领军向英国军队投降，而菲利浦则变卖了家产，成了一位合气道教师。

这部史诗小说将个人经历和日薄西山的日英帝国的皇族历史交织在一起。小说用清澈流畅的英文描绘着旧人往事，字里行间闪烁着深刻的思想和智慧的光芒。例如，“职责这个概念是由皇帝和将军们创造出来诱骗我们按照他们的意愿行为。所以，当职责找上门来时就要谨慎行事了，因为它往往掩盖了其他人的声音。而这些人根本不把你的利益放在心上。”这本书就像一面明镜。在镜子里，帝国的拥护者们能看见自己内心的黑暗并像苏格拉底一样去祈祷：“亲爱的潘……赐予我内心的宁静。”如此他们就能拥有人类共享的，如谭端恩所说“上帝赋予我们的，即努力生活”，不受任何人的干涉。作者传递给我们的就是这样一种强烈而又清晰的信息。他生于槟城，在伦敦接受教育，后来成了一名律师，往返于吉隆坡和开普敦之间。

容内·努尔（德克萨斯大学）

选自《当代世界文学》2008 年 9—10 月刊

（贾燕芹　译）

保罗·洛马米·泰奇巴巴：《啊！姆邦戈》

巴黎：哈麦丹出版社，2007 年，336 页，ISBN 978 - 2 - 296 - 03523 - 2。

刚果作家保罗·洛马米·泰奇巴巴（1914 - 1985）以其小说《卢旺达》（1949 首次出版）一举成名。《啊！姆邦戈》（林格拉语中的意思是《啊！金钱》）的写作时间跨越 30 年，在作家去世 20 年后出版，是近年来非洲撒哈拉以南法语区出现的最重要的小说之一。在此书的前言中，艾兰·莫班克考称这本小说是“刚果文学中罗曼司的开创者”。总体来说，除了对殖民时期的种族歧视和开发掠夺的现实描述，泰奇巴巴的小说还含有一些魔幻现实主义的因素，如在序曲中，主人公的母亲突然被大地吞噬了，而几天后又与刚出生的儿子一起奇迹般地重新出现在小说中。

小说中的中心人物基克瓦是一位乌班吉王子，他象征着部落遗留下来的传统价值观和文化。然而，王子很快被绚丽光鲜的首都吸引住了，在那里一切没用的物品必须用辛苦赚来的姆邦戈才能买到。于是，他离开父母，带着妻子来到了首都——非洲大陆最黑暗的殖民中心。他想找一份能让他富裕起来的工作，但最终却发现自己沉沦到无止境的被虐和耻辱中：“姆邦戈，多亏有了那东西，金沙萨集中营中的工人可以用自己的双手抓住些许快乐。”当基克瓦在辛苦劳作时，他的妻子在一位“很有爱心”的邻居的帮助下进入了自己唯一可从事的职业：卖淫。小说的结尾处，在失去了自由和社会地位后，基克瓦失去了自己的妻子以及其他身份的象征。泰奇巴巴的社会批判难免有歧视女性的嫌疑：“从前骄傲高贵的基克瓦为其妻子的解放付出了代价”。

小说最后是一群罪犯之间的长篇大论。此时已经沉沦的基克瓦也在其中，他们高谈阔论的则是（对他们进行对野蛮剥削的）“欧洲文明”与货币统治之间的联系。泰奇巴巴用不同背景、不同受教育水平的人物形象，揭露了（说法语的）比利时殖民者用武力推进的商业现代化给当地人民造成的影响。当然，也有部分新的抵抗力量出现在殖民化的地主面前。这些人会说一些更复杂的法语，虽然没有什么实际影响，但却给小说增添更多精彩难忘的讽刺笑料。

爱德华·欧塞林（西华盛顿大学）

选自《当代世界文学》2008 年 9—10 月刊

（贾燕芹　译）

诗　歌

陶乃侃、托尼·普林斯编：《八位当代中国诗人》

悉尼：野牡丹出版社（夏威夷大学出版社发行），2006年第四版，132页，定价：22美元，ISBN 1－876957－008－05。

在最近出版的《八位当代中国诗人》诗集中，目前定居在澳大利亚的两位中国文学学者陶乃侃和托尼·普林斯向我们呈现了一些最知名的中国诗人的新作，令人耳目一新。这些诗人在20世纪八九十年代获得国际声誉的“朦胧诗人”之后开始写作。江河和杨炼（二者皆为朦胧诗人）促进了所谓的“精英诗歌”的发展，也借此回应了其他朦胧诗人对社会现实的主观反思。江河和杨炼的诗歌回避主观性，转向对自我和民族的更为神秘和更具历史性的叙述。韩东和于坚则抛弃了富于英雄气概的“精英诗歌”，转向日常生活的细节描写，从而发起了一场被称为“新现实主义”的诗歌运动。翟永明和张真两位诗人在过去的20多年中不仅开创了女性写作的独特形式，而且还通过对社会、文学以及——或许是最重要的——语言中不断改变的性别角色的持续探索，一再改变自己的写作风格。最后的两位诗人是海子和西川。在几十年前发生的文化大革命运动期间，他们居然在诗歌创作中大胆借鉴西方的文学和哲学观及其诗歌体裁，他们的诗歌也因此可以称作是世界性的。

通过选择能够反映这些鲜明的诗歌范式和诗学的作品，这本诗集不仅给英语读者提供了一批富有创新性和影响力的诗歌，而且给他们打开一扇窗，使之得以更加全面地了解中国文学运动概况。当然，围绕如此严格定义的流派来编辑诗集可能带来这样的危险，即读者读到的是分类严密的诗歌，它们无法彰显其彼此间存在的许多共同点。但是，本书对诗学的强调是大有裨益的，将有助于西方读者更深入地理解中国当代诗歌的多样性。

应该说本书所选的诗歌并不仅仅隶属于其所代表的流派。相反，优美的诗行所呈现出的对世界的各种诗意想象可以从审美价值上来欣赏。比如，杨炼在他富有英雄气概的抒情诗中宣布："我的目光挽回了夜色/……我来到的每个地方，没有阴影/触摸过的每颗草莓化作辉煌的星辰/在世界中央升起。"以探索作为女性意识状态象征的黑暗和夜晚而著称的翟永明则写道："渴望一个冬天/一个无边的黑夜""在那里乌云孵化落日/我的眼眶盛满一片汪洋/从我的喉咙深处长出白色的珊瑚。"上述诗行以及选本中的诗歌全面地展示了看待世界的多种角度，并且揭示了我们称之为诗歌的这一奇特感知。

石江山（俄克拉荷马大学）

选自《当代世界文学》2008 年 1—2 月刊

（王国礼、刘　倩　译）

乔芮·格雷厄姆：《巨变》

纽约：艾柯出版社，2008 年，xii + 56 页，定价：23.95 美元，ISBN 978 - 0 - 06 - 153717 - 2。

《巨变》昌乔芮·格雷厄姆的第十一本诗集，主题很大——地球的命运——这些新诗向人们讲述着难以想象的事：世界末日。诗中的声音向着未来说话，甚至像是身后的，仿佛在向着诗人自己死后的世界说话。悲痛覆盖了全书。

书题让人想起莎士比亚的《暴风雨》，巨变使一个人成了"富有而奇怪的某物。""他的眼睛是些房子，"诗人在《海水深处》（*Full Fathom*）中写道，这使人回想起国王/父亲的眼睛在儿子的挽歌中变成了"珍珠"。我们能够像普罗斯佩罗岛上有污点的贵族们那样变形吗？书中问道。我们能够拯救地球和我们自己吗？书中的诗被安排在诺曼底岛沿海的一所小屋里。在第一首和最后一首中，诗人站在窗边看着夜幕降临在一场不寻常的大风里。那儿有海，一只鸽子蹲伏于刺槐灌木丛中的鸟巢。

不时地，风分开灌木，诗人能看见那只鸟妈妈。（它是为惠特曼《从永久摇荡着的摇篮里》一诗中的小男孩保存的“雄－鸟”（“he－bird”）吗，这里是一处对惠特曼是格雷厄姆最尊敬的大师的致敬，书中有许多处这样的致敬。）雨，月亮，四季，树木，还有大海，在书中处处存在。格雷厄姆已成为知名的知识分子诗人，思想者，但自她的第一本书《植物和幽灵的杂种》起，自然就位居中心。自然仍在，但现在因为人类的劫掠，地球处境危险。

在书中倒数第二首诗（《未注明日期的摇篮曲》）中，我们的视线又回到了刺槐丛中蹲伏于自己巢中的那只鸽子。“人的内心是个逃亡者，”诗人试图“把你的同情/制成/音质更细腻的乐器，你会需要它的锋刃。”诗人的“心敞开/善意”看着鸟儿，“但正是在你的手中你必须找到/什么是人类的情感。”我们的双手对地球所为还是为地球而做是真正重要的。诗集质疑，我们对于自己，对于世界的同情去了哪里。同情的苏醒足以拯救我们吗？一个诗人创造美的“行为”和“想象力是你剩下的所有”，格雷厄姆在书中的最后一首诗（《无远行周游》）中写道。想象力的“喉咙被/切断。（但）你没有忘记怎么歌唱，或想要/歌唱。”在这些诗中她歌唱的形式、技艺显得新颖且引人注目。她继承惠特曼的长诗行成为各个“诗章”，但不时地被二、三、四、五或六个短句所截断，这些短句形成了一种阴影诗节，穿越诗章的短语和句子像波浪切进。效果是要消除我们对传统诗节的意识。所有的诗构成了一个长句。这形式能带走呼吸。格雷厄姆是个天然的诗人，在这些极度痛苦的诗篇中她抓住了视像。她是个视像诗人，而并非首先是个智力诗人，或甚至仅仅是个意识诗人。在这方面她像里尔克，并应受重视。

约翰·曼恩（西伊利诺伊大学）
选自《当代世界文学》2008 年 7—8 月刊
（赵　四　译）

李立扬：《我的双眼背后》

纽约：诺顿，2008年，106页+CD，定价：24.95美元，ISBN 978-0-393-06542-8。

李立扬这本由39首诗组成的最新诗集配有一张作者自己朗诵每一首诗的CD光盘，运行时长1:13:12。只有少数健在诗人是他们自己作品的优秀朗诵者，李是其中一位，多数诗人或是太过拘束，不自然，或者仅只是在朗诵（自己或他人）诗歌时缺乏训练。

据说，李最具吸引力的一种特质就是他的诗歌声音（有别于他的朗诵声音）。实际上，"声音"是这本书中一再出现的重点和主题：甚至第一首诗《在他自己的影子里》，诗结束于诗句"尽管所有的身体具有/同样的命运（死亡），每一种声音却不。"这本书一开始就假定了一种可能性，"声音"也许能够幸免于身体的命运。但是一个人如何能够在不能用言语表达的欢欣和悲伤的脸上说话呢？而假如一个人确乎在某种程度上做到了这一点，那么他用的是哪一种体式，声调或语域？从哪一种特殊视角而来？当然，最根本的，声音可能会见证——也就是说，读出或讲出一个人的经验：在《变得适宜》中，我们读到"这样你会记得你的生命/像一本蜡炬之书，/每一页都被它自燃的光阅读。"但是华兹华斯告诉我们诗歌半是感知，半是创造，照此看来，李的作品反思经验，询问未知，探究什么是启示或什么已启示甚或有时仅仅是为了使下一个问题精确。"声音"比见证要做的更多。

对声音的深思在书中最长的一首诗，由五部分组成的《声音的生命》中继续。在这首诗中，鸟，尤其是悲哀的鸽子，成为了诗人或诗人声音的比喻。虽然这是一个寻常的比喻，最著名的是惠特曼用在《从永久摇荡着的摇篮里》的，但李以创造性的方式发展和扩充了这一比喻。一种声音必须是确实的，不设防的，未屏蔽的，他似乎是说："一个声音赤足行走/在事物的名字间是什么意思?"一个声音必须忍耐，幸免于死，甚至穿透逆境而使自己完美，他似乎是说："你是什么意思，/拖离火焰，一个声音蓬勃，/赤裸于开放季节?"还有"抑或这是只新鸟，/冬天的手印下的新页，//冬天的熨斗褶起的一支新歌。"一个声音必须有域宽和声调的柔韧性："鸽子变化的音高，/现在是朝向大海的窄门，/是秋日里未供暖的房间，/是树叶的湿床。"当然，还有更多，但这些例子够用了。

总之，《我的双眼背后》在主题和调式方面有着广阔的范围和独创性；仅需考察一些题目：《为旅行叠放的我的衣服》，《上帝寻找命运》，以及《乏味丈夫的价值》。多么有抒情性，多么有创新性，多么愉悦：读这本书!

弗雷德·汀斯（南卡罗莱纳大学）

选自《当代世界文学》2008年9—10月刊

（赵　四　译）

玛丽亚·西莫科维奇:《基诺瓦》

贝尔格莱德：国家图书出版社，2007，164页。ISBN 978-86-331-2887-2

在巴尔干半岛很难见到女性艺术家的作品。但在2006年我们却在《当代塞尔维亚诗集》中有幸见到了许多当地女诗人的作品，这都归功于一位叫做博亚娜·斯托扬诺维奇·潘托维奇的女士，一位大学教授，诗人兼批评家，正是她把这些女性声音收入到了这本诗集中。而在同年另一位诗人、批评家兼编辑戈伊科·博诺维奇编写并译成英文的诗集《我们所爱的地方：塞尔维亚当代诗选》中却几乎看不到任何上述女性诗人的名字。另外我们还需看到，2008 年声名遐迩的塞尔维亚诗歌奖——布兰科·米利科维奇奖在其创立三十八年的时间里第三次授予了一位女诗人。女诗人玛丽亚·西莫科维奇在工作了三十六年、出版了十一本诗集后终于众望所归地捧回了桂冠，而时年她已是六十一岁高龄。

《基诺瓦》是她最近的诗集，由一百首诗组成。书的编排让我们仿佛体会到能量在艺术家和他们的灵感之间流动、变形。在书中，诗人自始至终都在与两位画家和一位哲学家的作品进行着对话。无论是文字、形象还是思想都表达着一个更大的主题：艺术。诗歌的形式从长篇的叙事诗到格言警句、以至短小的藏头诗，丰富多样。此外，诗中还有丰富的引语、注脚，有的是援引其他诗歌的引语，还有关于米哈伊洛·乔科维奇·季卡洛的绘画《关丁物质的十二件炼金作品》（该作品显示了两位艺术家的灵感是如何相互丰富的）的注释。《基诺瓦》冈此不仅仅是一本诗集，也是一部戏剧作品。

作品的戏剧性来自于艺术家的潜在动机——即寻求真理。就像炼金术士们不断转换物质形式来寻找最佳的化学元素，西莫科维奇通过意象塑造以及意象与思想之间的转化米实现白己寻找真理的理想。炼金术中的这一神秘元素也出现在作品的标题中。“基诺瓦”一种能将金属材料转换为金子的物质。此外，在西莫科维奇运用本体论、数学、希腊神话等方法论中，她也使川炼金术了这一典故，把它当为一种象征，象征某种新事物的诞生——一什形式利内容都独一无二的艺术品。

对于西莫科维奇来说，获取知识的过程就像在探索一座迷宫，路上布满了岔路口、螺旋梯和死胡同。过程中的上下运动像是能量在流动，一会儿跌至低谷，一会儿又升上天空。而左右运动暗示的则是十字架的形状，以及其身后的历史复杂性。最后，环状运动使人想起自然万物周而复始、生生不息的周期变化。

除了思想的幺妙与语言的强大之外，作品的魔力还在丁其交织在一起并互相转换的意象，它们象征着现实的、有形运动。这种语词、思想、意象的舞蹈是我们认识剑所有的事物在本质上是和谐的。在这个令人压抑和痛苦的年代，像西莫科维奇的《基诺瓦》这样的作品可以抚慰我们的心灵。

斯韦特兰娜·托米奇（马里兰州贝塞斯达）

选自《当代世界文学》2008年9—10月刊

（赵四译）

贝扬·马图尔：《亚伯拉罕，他离我而去》

伊斯坦布尔：麦提斯，2008年，110页，定价：8土耳其里拉。ISBN 978-975-342-658-9。

土耳其东部地区的库尔德人只有很少是积极认同的接受者，在赋予其文化能量的过程中也少有所为，但是对贝扬·马图尔来说——生来是库尔德人但用土耳其语写作——命名或被命名的行为形象地预示了一种温和但却持续反抗的诗歌。马图尔的诗歌是一个挑战的声音，它认为大部分未被承认的库尔德人的贡献以及库尔德文化，缔造了当代土耳其。和先于她的杰米尔·叙雷亚、艾哈迈德·阿里夫一样，马图尔写作，很大部分是用土耳其语强迫性地要重新创造一个自己，而离开了她的母语库尔德语。她的节奏和韵律暗示了这一潜在的祖先，我们能感知到那份未说出的沿续性，是一般鲜活的力量，因此死去的存在于活着的内部。

贝扬·马图尔诗歌大部分真正的主旨在于揭露近期土耳其武装力量和库尔德工人党之间发生的国内战争，灾难性的暴乱在20世纪八九十年代大肆竭发。马图尔的同源想象唤醒了在她先前四本书中已为人所熟知的一种折磨人的、荒凉的自然—地理风景。相似地，《亚伯拉罕，他离我而去》拓深了马图尔对疆场所作为感情寄存之地——屠戮之地也是灵魂玷污之所。

在《圣徒的褪色玫瑰》一诗中，她关于暴虐土地的歌乞灵于美索不达米亚创世神话中预言性的命令："光着你的脚/登上那山/感觉山的疼痛/感知它的存在……" 作为书第一部分的长诗《七夜》构成了该诗集的核心，它被列在标题《亚当的孤独》之下。书的后半部分由更抒情更气势磅礴的赞美短诗构成。在书的第四直到最后部分《老虎的斑纹》，马图尔将其想象中的由天使、龙及灵魂组成的虚拟世界与尘世的河流、森林和这个神圣的村庄这些现实意象相融合。她穿越神圣之地，像一只用斑纹伪装起来的老虎，躲避我们的视线。她是隐晦，就像流水淌过异乡他境只留下虚痕。

《圣经》人物亚当和亚伯拉罕成为中心人物，马图尔围绕他们重建起她的起源神话。她在阿拉伯的安拉和土耳其的腾日之间游走，分别召唤伊斯兰教的造物主和部族萨满的多面异教神。如果安拉是神教的监护神，马图尔的腾日（有或没有大写首字母）就是一个泛神论的私密存在的神，她的月神是一个需在感知世界中才能搜寻到的神。

贝扬·马图尔是包括易卜拉欣·哈利勒·巴兰在内的越来越多的年轻诗人中的一员，他们大胆探险，并不为他们所继承的珍贵丰富的库尔德遗产辩护或道歉，并且首次创造了一种土耳其语诗歌，这种诗歌的独特之处在于它戏剧性的隐晦和紧迫感给读者带的奇特感知。

乔治·梅索（沙特阿拉伯胡拜尔）

选自《当代世界文学》2008 年 11—12 月刊

（赵　四　译）

珍妮特·弗雷姆：《鹅澡》

帕梅拉·戈登、丹尼斯·哈罗德、比尔·曼海尔编。奥克兰：新西兰佳酿/兰登书屋，2006 年，221 页，定价：39.99 新西兰元，ISBN 1－86941－765－8。

至2004年1月去世，珍妮特·弗雷姆身后留下了40年生涯中写下的500多首未发表的诗。她对诗歌的态度是矛盾的。20世纪70年代末她第一次恋爱时，曾说道，不幸的是，她感觉不到她“已能写出一首真正的诗”。她对自己的评价大致表明她是个异常苛刻的评论家，敏锐地发现了自己作为诗人的不足之处，但是此刻她的诗歌成就证明她错了。随着时间的推移，她可能也放松了对自己的评论，因为是她本人选定了编辑们来从事这项格外精细的工作，攒集在她身后出版的第一本诗集。

他们选出了120多首诗编成7个部分，与她的各生命阶段平行。这些诗所处理的主题都是弗雷姆的崇拜者们所熟知的。有的描写了大自然的主导力量，通常视角别具一格，如“一群群小鸟像新生的观点”或“蕨草像一排排参差衰朽的牙”。此外，也有描写猫的妙诗以及致亡友的悼念诗。诗人尊崇巴赫和舒伯特这样的作曲家，尽管在诗中有时会打破偶像形象。还有一些精致小诗颂扬了她和良师弗兰克·萨格森之间的友谊。战争和死亡都是贯穿整部诗集的主题，在其中反复出现。

但是虽然这些主题众所周知，弗雷姆却继续用她不规则的表达式来震惊她的读者。这些诗仿佛在表达她自发的思想过程。它们通常为出乎意料的奇喻所统一，个人化的语词也常常被变位、打破并脱离常轨。有些诗近乎反常、不可理解，读起来像是本该知道的代码，尽管熟悉，但要找寻准确意义时，却难以捉摸。如她所言：“诗没有时间留给脚步的羞怯/踮起的足尖已然印下……/诗是习惯崩溃的时刻。”

在自发反思的诗中语言的力量被分析和颂扬。她期待一个指示“所是和所不是的真实的词汇表”，但又能完全意识到词的障碍。语言仍然是，作为基本的需要被唤起：“甜美的每日面包的语言。/闻着它升起在它被赐予的温暖中/品尝它穿过无数泪水和昨日的腥臭/吃下它无论何处伴着无论哪位可见的天使。”

弗雷姆的编辑们精选了一册让读者感到亲近的选本，配备丰富，带来审美上的愉悦，每位编辑都写有一段解释自己的角色和编辑角度的文字。愉悦读者的目的无疑是达到了。他们获得2007年度蒙塔纳新西兰书奖是实至名归，该奖颁给了弗雷姆这部独一无二的诗歌里程碑作品。

西蒙娜·厄特利（日内瓦大学）

选自《当代世界文学》2008年1—2月刊

（赵　四　译）

卡门·菲兰、保罗·多鲁穆古尔、爱德华·福斯特编：《生于乌托邦：罗马尼亚现当代诗选》

安德烈·科德雷斯库介绍。新泽西泽西城：塔利斯曼，2006年，x+355页，定价：27.95美元，ISBN 978-0-8195-6728-4。

即使颇为熟悉过去100年间罗马尼亚诗歌的读者也可能难以认识这本书中的宝贵财富。书中收集了生于1880年至1989年间的66位诗人的作品，其间还包括三篇评论及眉批，对诗人的生平以及诗歌风格和主题作为大致介绍和总结。

除了指出对罗马尼亚诗歌语言和形式上的来源驳杂的影响，安德烈·科德雷斯库还向读者提出挑战，要他们确认哪15位诗人对于学习罗马尼亚语是最为必要的，并允诺“头100名正确指认了这15位诗人的人（将）获得到我的位于特兰西瓦尼亚的家乡锡比乌的费用全包的旅行。”虽然旅行偿报一定会遇到困难，但科德雷斯库也许会坚持卢西恩·布拉加应包括在内。

布拉加其余的诗《世纪》无论用哪种标准来看都十分出众。诗人也像他的先辈们那样，在诗中更多的是祈愿诉求，而不是想像式创造。确实，译者们用标准英语翻译了他的诗，其中形式严格的诗则因韵脚和格律而有句法扭曲的现象。无论这反映了诗人高超的诗艺还是现代译者无力应付晚期浪漫主义修辞的繁复，这都留给罗马尼亚语流畅的读者思考。

莫诺格·洛斯或许希望诗人们少处理些“深切的悲痛和忧郁”，而用更多直接的语言提供具体经验。玛丽亚·巴努什是《一幅自画像的诸草图》的作者，她的译诗听起来最接近当代诗歌。米尔恰·伊沃内斯库是将诗歌美学作为中心主题的诗人之一，在《关于一把椅子》中，他以新奇刺激的方式将才智、审慎的思考和文学典故结合起来。尼基塔·斯特内斯库的诗歌在诗集中长达15页，显然是诗人中最多的。他的诗蕴含丰富的哲思，勾起了美国读者对华莱士·史蒂文斯的回忆，这也证明了其诗在诗集中所占的页数是合理的。

安娜·布兰迪亚娜坚持“大族类的/幸运的诗人/能够忘记他们的出处，他们能够离开，/他们能够成为世界的……”，但是罗马尼亚诗人长久以来都在寻求第二故乡，首先在巴黎，在那里许多超现实主义者自杀了，数目之多连统计学都无法解释。随后在共产党高压统治期间，自杀的人数更多。其次是纽约，这座城市已经成为许多诗人的灵感之源，他们颂扬它的能量与热情。诗集中格鲁·多里安和利维乌·杰奥尔杰斯库都以纽约为主题。纽约这一形象也出现在伊万纳·耶罗尼姆和萨维亚娜·斯特内斯库最新的诗集中。

罗马尼亚诗歌的新读者们也许会发现尼古拉·马诺列斯库简短格言体的文章《诗歌的变形》尤其具有挑战性，充满了对连续流派和文体的归纳，它们都值得闲时一读，耐人回味。

罗伯特·默里·戴维斯（俄克拉荷马大学）
选自《当代世界文学》2008年1—2月刊
（赵　四　译）

马凯肯：《克勒克艇不需要港湾》

南卡罗莱纳：维克森林大学出版社，2007年，66页，定价：21.95美元（平装：11.95美元），ISBN 978-1-930630-33-8。

这本诗集阐释了精神生命这一新主题。马凯肯通过对女性生活的特殊关注，使自己成为了一名描写家常琐事和普通事件的诗人。事实上，马凯肯以往的诗歌都不曾缺少精神层面上的表达，但是这种意义层面的表达却一直不像这本诗集这样占据马凯肯诗歌的主导地位。这本诗集的标题暗示了一种无家的漂泊，诗歌没有把我们停靠在客观物体或者是客观事件之上。这也导致了这本诗集更加难以被读懂：马凯肯没有为读者做出足够的让步，使我们得以挖掘出她在诗歌中所深藏的内涵，从而使诗歌的抽象性与读者的自由联想性凌驾于诗歌的本体含义之上。马凯肯将诗歌中潜藏的主观意义融入了诗歌本体所为我们展现的视觉场景中，这也为诗歌形成了较为苛刻的读者群——它几乎排斥了所有尚处于蒙昧期的读者。在这本诗集中弥漫着一种被幻想魅力所攫住的情绪；然而诗歌的形式与声音似乎都是隐晦的，所以当诗歌最终被创作出来后，诗人的沉思像花瓣一样拥围着诗歌的形式与声音。

同时，诗歌中所表达的秘密和鲜明图像的神秘感觉使马凯肯的这本诗集异常耀眼夺目。马凯肯可以将氛围与情绪完美地表现出来，这两点有着紧密的联系：一点是对情感的理解；另一点是对色彩与结构的感触。同时，马凯肯的这本诗集通过明确的语法结构和规则的形式组成了一页一页的诗篇。“失明的双眼、目眩的双眼和敏锐的双眼”代表了“三束光芒”，每双眼睛都有其自己独有的特性，因此，诗集中的诗歌总是在不同的眼光之间游移。这些眼睛渴望有“梦想成真的天赋”，不仅看到现实，还能够在超越中看向未来，而这审视之道就是相信之道。马凯肯必须用间接的语句来完成她的诗歌，以至于可以保持其视觉感受的完整性，这样才能够直接和她内在的神秘体验相符合。诗歌的悖论在于，如果诗歌通过对人生经验的广泛比喻，使这些神秘经验冲突的彻底调解超越了诗歌本身应有的冲突，那么诗歌将会失去使其逃遁的轻盈。这里有雨水、树木、花卉、月亮的具体意象；这里有对所表现物体的质地纹理，尤其是对于丝状物或者液体的那种柔软的感觉；这里有人物的刻画，大部分是女性；除此之外，马凯肯轻盈地跃过了这个经验主义的世界，将感官直接地与诗歌所表达的精神表象联系在了一起。这本诗集是如此地充满着渴望与不可思议。

梅格达莱纳·凯（英属哥伦比亚省维多利亚大学）

选自《当代世界文学》2008 年 5—6 月刊

（杨一帆　译　梁丹丹　校）

克劳迪娅·兰金、利萨·斯维尔编：《21 世纪美国诗人：新诗学》

康涅狄格州米德尔敦：卫斯理公会大学出版社，2007 年，xiii + 400 页 + CD，定价：27.95 美元，ISBN 978 - 0 - 8195 - 6728 - 4。

诗歌不是导致读者购买《21 世纪美国诗人》的最主要原因。这本书跨越了从夸张的（和通常模糊的）抽象事物到明显的具象事物；从散文/诗到隐藏在诗歌形式表面下的散文，如果读者努力去深入挖掘，那么他们却发现它们仍然是诗歌。尽管读者面对的这些诗人，他们拒绝根据读者的需要而创作诗歌，但是，他们依然赢得了盛誉。听听这些诗人的发言吧，我们会觉得与以往的声音迥然不同。《21 世纪美国诗人》这本书由精选出的 13 位诗人的诗歌组成（乔纳森·克劳瓦、斯泰西·桃乐丝、彼得·杰斯、肯尼思·戈德史密斯、金民美、马克·莱文，特蕾西·莫瑞斯、马克·诺瓦克、D. A. 鲍威尔、朱莉安娜·斯帕尔、克伦·沃尔克曼、苏珊·惠勒和凯文·杨）。他们的诗歌与他们的诗学理论和作品批评是相互共存的，因此，除了他们的诗歌作品以外，我们还可以拜读到那些诗人对于自己作品的诠释与批评。这本书的形式是非常完美的：诗歌作品、诗人对他自己诗作的评论和批评界对诗人的评论；这的确是走向诗歌批评的最民主的方法：即在批评家行动之前先让艺术家陈述自己。

编辑对于这本书中诗歌做出了巨大的贡献，他们在诗歌批评界对诗歌进行诠释之前就先给予诗人以发言权。马克·莱文那质朴如对话般的诗歌表达了他对于文学创作的责任，他为了履行这份承诺而采用了抛弃第一人称并且想象听众而非读者的方式。他对于“柳树”的描写使用了传统而独特的拟人修辞手法，他请求柳树在“人类交通”使它窒息之前借用他的身体呼吸。对于莱文，那棵柳树拥有比人类更为久远且丰富的记忆，人类则仅仅将过去的感觉如仓库般封存起来；莱文还告诉我们，大自然被华兹华斯般的灵魂所笼罩着——他穿越了好似无诗意的琐碎之物而驶入了现在（比如：长椅、瓶盖、雕刻的首字母），但是，他施展了他的个人魔力将这些琐碎之物转变成为了艺术。这样，华兹华斯与诗人所推崇的将平凡之物升华为诗性语言的能力又有什么不同呢？克伦·沃尔克曼的诗作证实了她谨慎地创作严格意义上的十四行诗的能力，但是她从不让她的创作受到形式上的束缚。朱莉安娜·斯帕尔陶醉在广邈的惠特曼式的诗句中，但是，她近来的作品则取材于被艾滋病或9·11事件所改变的世界。凯文·杨采用了短促且断奏的韵脚和一种三行诗体的缩减诗句的形式复制了蓝调，诠释了悲怆与幻灭的音乐情感。

我们可别看走眼。如果其中一些实验诗歌确实因为太奇特而冲击着你的审美，那么也请赐予它一次表达的机会吧。如果你渴望获知当代诗歌的走向，那么这些使你感觉奇特的诗歌则会告诉你答案。诗人们已经遵从了埃兹拉·庞德于上世纪颁布的法令：“日日新”，而他们确实进行了“创新”。我们先读读这些诗歌，再读读诗人们的陈词，最后再读那些评论。这才是艺术得以进步的正常秩序：首先是艺术家，随后是艺术家为自己的作品所做出的解释，最后是有关具体作品的批评。我建议编辑们可以采纳这种方式。

伯纳德 F. 迪克（费尔利迪金森大学）

选自《当代世界文学》2008 年 3—4 月刊

（杨一帆　译　梁丹丹　校）

罗恩·帕吉特：《怎样才能做到完美》

明尼阿波利斯：咖啡厅，2007 年，114 页，定价：15 美元，ISBN 978 - 1 - 56689 - 203 - 2。

当《怎样才能做到完美》出版后，我们便遇到了一位在与英式松饼美味欲望做抗争的诗人。在这本书的结尾，还是那位诗人，他对于消逝的事物进行了思索——巴士底狱、世贸中心、他的母亲，当夜幕降临人们匆忙赶回家吃晚餐的时候，在某一时刻，我们发现我们可以深入到了诗歌的领域，并联想到托马斯·哈代的诗歌《暗处的鸫鸟》。这本诗集开头与结尾处的两首诗：《激烈的战斗》和《巴士底日》，奠定了罗恩·帕吉特作为本土杰出诗人在喜剧与悲情想象方面的成就。

作为诗人，最伟大的天赋在于他从来都听从想象力的召唤。正如他在《规律》一诗中写道，"我的规律，我想可以这样称呼 /哪里开始，去往何处 /取决于诗歌似乎指向的路途。"一首诗歌可能会以对名字或词语的观察为开头——例如"里亚托"与"瑞士鲁滨逊一家"的奇特性。抑或诗人会提出一个疑问："谁在这里陪伴着我？""穿一身白 /我的爱人骑马去—— /那是否是一个误引？"而这些诗歌所展现出的场景有时极具绘画色彩（"医院里充斥着大量白色，"一个与夏加尔绘画风格所不相同的村庄"无法飞翔 /穿越天空——它 /被钉在地面上了"）；有时诙谐且奇妙，诗歌使读者置身于回音湖与护林员鲍勃同行；有时则是彻底的抽象化，比如有些诗歌中的画面是由线条、轮廓、矩形或者“立方体形式的”暴风雪所构成。在诗歌《身处撒哈拉》中，以对一些他指定书籍的冥想（但丁的《神曲》）为开头，又以对喜剧演员希科·格林的思索为结尾。如果类似的诗歌轨迹是可以预测的，那么它们形成的最多只是风格；但是这些轨迹从来不是可预测的，而是形成了一个异常活跃的、精神的些许相互关联着的漫游。

就像人们所期待的那样，这些漫游可以在这本书的大量题诗中延续，它们用不同的口吻提出建议，如当代大众传媒（“喝很多水”）、土旧的20世纪中期美国教科书（“规划你们的活动，它们给予你们舒适的平衡性和多样性”）、毕达哥拉斯哲学的神秘（“要穿越不同的街区”）、波兰人的箴言（“诚实待己，灵活待人”）和式的喜剧。《怎样才能做到完美》这首诗的第二句是什么呢？“别提建议。”

迈克尔·莱迪（东伊利诺斯州立大学）

选自《当代世界文学》2008年

（杨一帆　译　梁丹丹　校）

塔杜施·罗泽维奇：《流行诗》

比尔·约翰逊译，纽约布鲁克林：群岛图书公司出版，2007年，259页，定价：16美元，ISBN 978－0－97785763－0。

尽管塔杜施·罗泽维奇的作品在英国和其他欧洲国家每隔一段时间就会发表出版，但若想找到他更多的诗歌，读者还得翻阅30年前他最后一次在美国出版的诗集。无疑，罗泽维奇在某种程度上很容易与他的同行们发生争论，尤其在他与已故的切斯瓦夫·米沃什之间，而且罗泽维奇以局外人的立场对待自己的祖国，这些因素导致他一直没能跻身于波兰知名诗人之列。但是，最新出版的《流行诗》这本口袋书收录了罗泽维奇最新三本诗集的最完美的翻译，尽管没有刊印序言加以辅助，它的出版，最终将波兰的又一位伟大诗人再次推介给美国读者。事实上，《流行诗》给了我们一个赞美的理由，不仅是因为它出自于一位有着精湛诗歌创作技术的诗人之手，还因为它会帮助我们更为深入地审视波兰诗歌，让我们了解波兰诗歌最新的发展趋势。

罗泽维奇与大多数公认的波兰诗人不同，他出生于1921年，定居于弗罗茨瓦夫。他既是一位非常高产量的诗人，又被那些或年轻或年长的读者们所拥围着，其中也不乏一些年轻且有着独特性格的诗人，他们可以在罗泽维奇的诗歌作品中认识自我。罗泽维奇曾经在"第二次世界大战"中与地下抵抗力量共同奋斗过，之后他就在诗歌中开始描写他所亲眼见证的战争惨状。但是，他的诗歌作品与他人所不同的地方在于，他对于充满古典主义色彩寓意和复杂精美的结构形式给予拒斥，继而追求一种直白，并且祛除了与波兰诗人传统标志相关的一切矫饰，诸如游吟诗人或其他的一些弥赛亚风格的诗人。罗泽维奇对阿多诺所提出的关于"奥斯维辛之后诗歌的合法性"的问题投注了思考，他所创作的诗歌即是战争的见证，其全然的痛切不仅与战争的惨烈相较量，也对书写行为本身提出了质疑。

令我们欣慰的是罗泽维奇对于诗歌的态度和方法没有发生转变。他保持了作为一个诗人的非凡见解力、才智以及讽刺性；作为诗人总是要在诗歌中表达出对于生活在当下时代意义的一种尖刻的意识。他融合了哲学和流行文化的元素，产生出了一种无法拒绝且混合的诗歌形式，罗泽维奇的恶意诽谤者们将矛头指向他的诗歌中所公然表达出的讽刺与讥笑，他们称之为完全的虚无主义。但是，罗泽维奇所追求的在美之上的事物——真实，则在于他审视过去与现在的渴望，而且不带有被两者所吞噬的恐惧，这是一个终其一生的工程。在他最近的一首名为《如果是梦又如何?》的诗歌中，诗人这样写道："我在

描写水 /用少许的辞语 /少许的诗篇 /我建造了一只方舟”，而我们对诗人的回应只能是：不懈地创作，不懈地建造吧！《新诗》是一部必备的读本。

皮奥特·弗洛尔亚克（威尔明顿，特拉华）

选自《当代世界文学》2008 年 3—4 月刊

（杨一帆　译　梁丹丹　校）

杂　著

阿卡斯：《血敌》

雅典：格兰玛塔，2007 年，94 页，ISBN 978 – 960 – 329 – 452 – 8。

从埃斯库罗斯到库什纳，剧作家们都特别喜欢“无出口”。这个主题是：在一个封闭的空间里或在一个最终期限内诱捕几个人，能创造瞬间的戏剧性，因为压力增大到每个人物都无法自制的地步。但是，使那种时空限制发生在一位患肝硬化、刚刚被从一辆出车祸的 D. I. Y. 牌小汽车中拖出来、严重受伤、奄奄一息的酗酒者体内，那可是一个相当大的戏剧性新奇事物。被无助地束缚在这艘下沉船上的人物是两种内脏：小肠和结肠。还有，这是一部可译为《血敌》的薄薄的剧本，其作者本人就是一个巨大的新奇：或许这位当代希腊著名漫画家和仅以“田园牧歌”为笔名而为人所知的深居简出者，以其独特的机智、爱嘲笑的欢闹、但在政治上机敏的长篇故事而受到人们的喜爱，他的长篇故事包括动物、无辜的囚犯、死人、畸形人和写给当代城里人的伊索寓言式的隐喻。为了暴露当代全世界的人类，阿卡斯遵循阿根廷奎诺的《马法尔达》和加里·特鲁窦的《杜尼斯伯里》传统，用每周脱衣舞来讽刺地描写超越希腊现实的社会文化风俗。

《血敌》也不例外，剧中两个主人公沉溺于存在的焦虑，中产阶级个人被慢慢地灌输给了妄想狂的现代生活。小肠易怒，类似妄想狂，专横、但非常聪明，它意识到既然主人的肉体正在死去，那么所有“有用的”器官——心、肾、肝——都将得到援救和移植，而其他器官则注定死去，于是它反思正在工作的傻瓜所具有的恐惧和焦虑，那傻瓜永远面对其同伴（或世界）将要死去的可能性。短、胖、厚的结肠却很乐观，因为系统将会复原并且抛弃它破坏性的酒瘾，甚至在压力增加、事物崩溃、其他重要器官被暴露为反对大脑的政变同谋者，小肠准备拼命地反对政变时，结肠依然是乐观的。

结局只能是 T. S. 艾略特结束世界的“嘘”的一声，因为两个“中层管理”器官都被它们的精英“同事”以时常萦绕阿卡斯心头的社会达尔文主义的方式所智胜，强调了贝克特对这位漫画家剧本创作首次尝试的影响。阿卡斯甚至将这种虚无主义的讽刺针对他自己的诗学，他让剧中最后听到的声音（第一次）成为外科医生宣告死亡和器官收获的声音，从而提醒他全神贯注的观众：关于拼命生存的整个剧本仅仅是一个醉酒失败者感觉不到的死亡。

克里斯蒂娜·多科（雅典大学）

选自《当代世界文学》2008 年 5—6 月刊

（陈世丹　译）

皮埃尔·贝亚德：《巴斯克维尔狗的故事》

巴黎：梅纽特，2008 年，166 页，定价：14.50 美元，

ISBN 978－2－7073－2021－6

皮埃尔·贝亚德在援助了莎士比亚《哈姆雷特》和克里斯蒂《罗杰·埃克罗伊德谋杀案》里受冤枉的被告之后，现在又从事科南·道尔作品中的误判案。他的“侦探批评”全集是一系列试图动摇这种体裁的批评作品，在第三卷里，贝亚德在引人注目的正在试验中的小说文化里放入了一些最著名、最受珍爱的诠释学。确实，像他以前的著述一样，这部书看上去很像一个试验，或像一部侦探小说——在结尾以真相大白结束。这里，我不会放弃贝亚德的诧异。我有足够证据说，他严厉地责备福尔摩斯，对他百般挑剔，突出他根据结果推断原因的方式，即他在激进的怀疑主义和摇摆的易信之间犹豫不决的方式，强调他自己构建关于现实的用于表现特殊心理需求的叙事形式的倾向。

贝亚德用令人赞美的优雅、方法和智慧来论证他的摘要。这是一部既有趣又充满激烈争论的书；但我认为，该书的主要兴趣在于对现实世界与虚构世界之间相互渗透的幻想。贝亚德主张，这两个世界有必要在很大程度上通过无拘无束的会话相互沟通，这种会话定将在这两个世界中都产生结果。他还推论说，虚构的人物享有一种自治，这种自治在非常重要的方面对我们自己的自治表示怀疑，这两种自治在一种虚构与现实碰撞的"中间世界"里相互使对方烦恼。当他为自己反对福尔摩斯的案例辩护时，他也为解释自由提起诉讼，从而使被一般承认的意义发生动摇，并提供了谨慎的可供选择的办法。这里最具讽刺性的反讽之一是，贝亚德的方法在他自己的一些主要表示中扼要重述了福尔摩斯的方法，他出人意料地背离怀疑而走向信任，有目的地从结局反向开始推论，并在叙事中重铸"有生命的"经验。他断言，一代又一代的读者被科南道尔小说中的一种"幻想的现实重写"所欺骗，但这恰恰是对皮埃尔·贝亚德他自己策略的极为合适的描写。这也正是本书一个极有刺激性的特色，其作者小心地滋养它，它反过来可能令我们发笑、发呆、激怒我们、激起我们的兴趣、使我们高兴，从而使我们经常改变忠诚。

沃伦·莫特（科罗拉多大学）

选自《当代世界文学》2008 年 5—6 月刊

（陈世丹　译）

杰弗里·沃塞斯托罗姆：《中国的美好新世界，及其他全球化时代的故事》

布卢明顿：印第安那大学出版社，2007 年，xxiii +210 页，有插图。定价：21.95 美元，ISBN 978 - 0 - 253 - 21908 - 4。

对当代中国感兴趣的读者一看到本书的标题，就会立刻兴奋不已。这部书就是以激发这种兴奋的章节开始。在“伯杰斯、毕珀斯和保龄球场”一章里，杰弗里·沃塞斯托罗姆提出了一个重要的论点：美国人经常听到的关于中国文化的原声摘要播出，不是把它魔鬼化就是把它美国化。像作者解释的那样，“我们所听到的一切都很容易适合任何一种故事情节。”所以，本书承诺要表达现实问题，不仅要分析文化的夸张而且要分析文化的沉默。

确实，关于中国的这些章节深入研究了从最近关于毛的评论（向他表示敬意的一首歌曲现在成了一种集团的语调）到上海的未来派建筑学问题。遗憾的是，全书的十六章中只有五章是明显关于中国的。本书的多数章节涉及这些“全球化时代的故事”，这些章节实际上是对旅行、一些地方和全球化的思考。一些章节是富有思想性的讨论。例如，“为何要去某些地方？”一章认为，全球化加强了我们城市中关于某些地方与历史的独特认识。像“为艾米丽·哈恩搜索恒星”等其他章节看上去完全不切题。这里，沃塞斯托罗姆在圣路易斯参加一次讨论会，没想到会听到该市的“名声漫步”责骂了他喜爱的一位作家。

其他章节还集中在马克·吐温和未来派小说上，包括《1984》和《美好的新世界》。这些文学章节表现了某种类似于阿扎尔·纳菲斯《在德黑兰阅读〈洛丽塔〉》的某种东西，像各种书中精萃的论文集。沃塞斯托罗姆在尝试用旅行叙事和文学写一个全球化论文集。遗憾的是，这些章节与作者和读者都毫无联系。相反，读者感到被本书所暗示的目的抛弃了；封面艺术和背封夸大广告并没有为读者准备这种娱乐。承诺回答关于“中国最近的过去和未来的前景”问题的前言也没有为读者回答这一问题。读者未能参加旅行，而是被留下来讨论全异的话题，从《汤姆·索耶历险记》到布达佩斯，再到中国的书店。虽然这个任务可能对文化研究学者有吸引力，但我认为这部书在写作时并没有把我们考虑进去。关于主题乐园的一章，虽然并未提供任何实际分析，但表示赞成这种文化分析的适当性。最后，杰弗里·沃塞斯托罗姆提供了关于全球化的独特见解，该见解没有原声摘要播出的效果和追求轰动效应，但却同样容易使人误解。

玛丽·E. 亚当斯（路易斯安那大学门罗分校）

选自《当代世界文学》2008 年 5—6 月刊

（陈世丹　译）

钱塔尔·J. 扎布斯：《习俗与权力之间：女性的试验文本和人类语境中的切除术》

加利福尼亚州斯坦福：斯坦福大学出版社，2007 年，xiv +324 页，定价：65 美元，ISBN 978 -0 -8047 -5687 -7。

女性如何在习俗（文化习俗）与权力（先于参与的愿望）之间仲裁？她表现这种斗争的文学作品中的符号是什么？《习俗与权力之间》一书响应号召，对女性割礼（或切除）文学主体做更深刻的探索，它包含一个对试验性文本或对这一现象的第一人称描写的分析，这一分析“纠正”了西方对非洲女性文学创作的理解，钱塔尔·扎布斯称这种理解是错误的。扎布斯认为，关于体验过切除术的女性（第一人称）作品最好地表现了这种经验的本质。这是对有关切除术作品文集的极重要的贡献，因为它改变了西方喜欢窥阴凝视、人权问题、文化相对主义的方向，使之走向人文主义的层面。

本书的研究分为三个部分——“文化祭仪”、“单凭记忆讲：宗教与回想”和“从封闭到开放：性、流放和授权”，探讨了来自非洲和中东的妇女用来断言她们自我表现的策略，这是一种受痛苦或外伤所驱使的自我表现（独立于男性、宗教和/或西方话语）。扎布斯认为，非洲女性的自传是“双倍相关的——或恰好相关的”，它选择那些表现其他女性外貌的女性经验的方面，而它又进一步被相关的男性非洲人主体性（一种与“家庭、社会和扩大的以地球为中心的血族关系网络”的联系）复杂化了。

扎布斯表明，切除术“表现为一种社会习俗，它在避免社会混乱的同时，恢复了性别隔离，在某种程度上，恢复了性别不平等”。它是一种深深植根于非洲神话的习俗，一种维持“社会内聚性”的手段，而不是被经常错误地认为来自伊斯兰教的概念。扎布斯早就巧妙地分析了，而且当代文本也揭示了非洲和西方的文化冲动，这两者都主观地给非洲女性的切除经验涂上了色彩。在本书的最后一部分，扎布斯用图表不加责备地说明女性逃去西方寻找授权。

扎布斯对纳瓦尔·爱尔·萨达维作品的论述是特别值得注意的。爱尔·萨达维被吹捧为第一位公开指责切除术的阿拉伯女性，她谴责切除术是一种危险的传统做法，认为它是一种控制女性性欲的手段。除了别的作品外，扎布斯对于弗洛拉·恩瓦帕、丽贝卡·恩卓、阿立发·利法特等人作品的讨论，稳固地构成了她引人注目的断言。

《习俗与权力之间》是对切除术文学一种调查极好、写得极好的研究。导言是开放的，有思想性的——很好地探讨了当前关于非洲大陆内外的切除术的想法和接受的历史。身体本身彻底地证明了文学——男人女人写的小说和非洲女性的试验文本——终于到达了切除术讨论中长期缺席的中介处。钱塔尔·扎布斯推断，“习俗的确像谚语；当它们濒临消失时，被交托给文学创作。”

阿黛尔·S. 纽森（密苏里州立大学）
选自《当代世界文学》2008 年 5—6 月刊
（陈世丹　译）

莫利·达斯·麦尔瓦尼:《印度英语短篇小说:从殖民地开始时期到后现代时期》

加尔各答:山姆帕克,2007 年,174 页,ISBN 978 - 81 - 7768 - 045 - 4。

莫利·麦尔瓦尼的《印度英语短篇小说》是对印度英语短篇小说的一种总的历史看法,麦尔瓦尼把印度英语短篇小说描写为"文学的继子"。作为一种文类,短篇小说既被出版者也被批评家所忽视,尽管作者们——包括主流小说家——为其简洁和紧张在形式上做了试验。短篇小说可以是哲学的,政治的,抒情的,也可以是颠覆性的。麦尔瓦尼所暗示的是惊人的;作为一种文学形式,它以比印度英语长篇小说更有细微差别的方式表现了多文化印度经验的宽广范围。在印度长篇小说逐渐受到人们注意时,这似乎是批评界及时的感叹。

麦尔瓦尼清楚地表明,他不是在讨论个别的短篇小说,所以每个章节都以时期为基础,为我们简洁地描述作家及其作品,涉及的作家很广泛,从著名的到不著名的和新作家。为了达到那样的程度,他使读者无法预料作品的选择和它们被置入历史和社会政治语境的方式。他的分析从来不使人感到腻烦,因为对每一个作家的介绍都伴随着关于写作和阅读等不同方面精明且有深刻见解的评论。

通常,这种关于一个覆盖 10 年的特殊历史时期的高度概括性介绍,可能给人一种取样的感觉;麦尔瓦尼值得赞扬的是,他的评论既机敏又深刻。有时,他介绍一个作家的原因可能是一个古怪的琐事,但他对单个作家的分析却很少是粗略的。因而我们发现,麦尔瓦尼认为鲁思·帕瓦·加布瓦拉是一个较好的短篇小说作家而不是一个较好的长篇小说家,他对此看法原因的分析十分有趣。有时,他做出令人吃惊的并置,例如他将布瓦拉对讽刺的运用与库什万特·兴的讽刺作品做比较。我们也开始了解到凯基·达鲁瓦拉的短篇小说,这是这位诗人一个鲜为人知的方面。有时，人们有这样一种感觉，印度英语作品很少表现政治这样的重要主题，可是这里的分析仍然精辟且有有深刻见解。麦尔瓦尼的论点是，关于印度英语作品的问题是在两个10年后提出的，所以当拉什金·鲍恩德和巴尼·鲁本用英语写短篇小说时，关于真实的问题就不再是一个重要问题。

然而，正是在分析后现代故事中麦尔瓦尼是可以预言的，人们错过了一个对现代文学更为当代的论述。本书以认可它曾经质疑的东西结束。总之，给予短篇小说继母般的对待，在很大程度上似乎是因为重要作家（主要是长篇小说家和诗人）只对短篇小说进行试验，所以它仍然是一种用过的才能。肖像画廊使人想起平庸之才而不是真正的天才。但是，莫利·麦尔瓦尼成功地把我们的注意力引向了我们可能忽视的作家。举例来说，我就可能被吸引去选读阿西娅·霍塞恩和帕德玛·荷杰玛蒂的作品。

苏鲁帕·穆克赫基（德里大学）

选自《当代世界文学》2008年7—8月刊

（陈世丹　译）

罗南·麦克唐纳：《批评家之死》

伦敦/纽约：康迪纳姆，2007年，xii+160页，定价：23.95美元，ISBN 978-0-8264-9279-1。

在这部篇幅很短但复杂适当的书里，罗南·麦克唐纳哀悼"公共批评家"之死，首先探索近因——学术研究之间的宽大裂痕，这种研究是用难懂的语言、在新闻评论和博客领域内表达的。在这些媒介中"反应的加宽却使辨别的可能性变窄了"，所以人们只和那些与他们有共同情趣和价值观的人交流。在这个过程中，关于相互看法和标准的正确性、甚至确定艺术质量的可能性问题都被忽视了，或者被积极地蔑视了。

然后，麦克唐纳转向从柏拉图到现在的批评简史。尽管这一沿着“如果今天是星期二，那一定是浪漫主义”的诗行而进行的纵览是飞快的，但一般的读者和那些从研究生院毕业很久的人们将会发现它是有用的。更重要的是，麦克唐纳发现了重现的主题和奇怪的类似，包括撒切尔－里根权力的实利主义、左翼文化研究和从艾略特到伊格尔顿那些批评家们的愿望，他们想要发现给文学研究打基础的科学方法论。几乎所有的流派，或许唯美主义除外，都发现很难调和关于艺术价值和艺术评价的争论。

批评家之死的真正或至少最近的原因是文化研究，在文化研究中“文化的创造意识被人类学所包含”，一件艺术作品变成了一个文本，唯一真正的“评价标准仍然在很大程度上是政治的”——像“撇嘴蔑视文学快乐”的社会主义现实主义那样。

在大学文学系里度过 20 世纪最后两个 10 年的任何人，都会理解并赞同麦克唐纳对一场破坏其存在原因并使其贬值的运动所作的说明。任何未被文化研究弄糊涂的人都会有类似于一位秘密助理教授经历的故事，那位助理教授激烈地主张候选人不该被雇用，因为她过去曾在《美国现代语言学协会会刊》的不同栏目中发表过关于马修·阿诺德的文章。这是到目前为止我所看到的乔治·奥维尔称之为“正统性嗤之以鼻”的唯一案例。

像麦克唐纳所注意到的那样，像伊格尔顿这样绝对的异教徒在某种程度上公然抨击了那场运动的过度，同时是重要的后结构主义中心的杜克大学的弗兰克·兰特里霞和简·汤姆金斯宣告，他们首先赞成文学快乐，其次支持《我在幼儿园里学到了我必须知道的一切》这样的一种看法。这份杂志的主管在他作为一位后结构主义者的生涯之后，发表了一份声明，表示支持公众赞同的可理解的批评。（见“任何学者都不会在理论创作的未来落后”，《文学阐释理论》16.4［2005］，第1—12 页）

麦克唐纳对这一问题的分析比他所建议的含糊的解决办法范围更大、更令人信服：重新设立讨论的公共领域（如何设立?）；体谅批评中的和文学系里的印象流派（难以想象没有选择的麻烦或群众的早期退休）；“实用主义的聚焦批评”（自苏珊·桑塔格和波林·凯尔去世以来未被详细说明，或显然未被人们看到）。

像理查德·罗蒂所说的那样，“从实践的脱离产生理论的幻觉”，麦克唐纳谨慎地指出，这种情况不仅仅出现在新近的运动中。唯一真正可供选择的办法，像另外一位批评家所说的那样，将是“非常需用智力的”——需要承认一部艺术作品的复杂性、一个真人对那部作品的创作以及它在特殊时刻和地点的情形。在某一时刻问这样一个问题，“是什么使它值得阅读?”只有在那时美学标准的合法地位才能在批评事业中得到恢复。但是，为了解释表演死亡和喜剧的垂死的演员，理论——或至少学舌其他人的理论好像它是被揭示出的真理——是容易的；而清楚、见多识广的思考是艰难的。

麦克唐纳做了一些仔细的思考，他提出的问题至少值得写一篇很长的论文而不是一篇短评。但是这些问题都是每个参与阅读和评论文学的人——或任何艺术形式——都应该去考虑的问题。

罗伯特·默里·戴维斯（俄克拉荷马大学）

选自《当代世界文学》2008 年 9—10 月刊

（陈世丹　译）

加百利·扎伊德：《名声的秘密：娱乐时代里的文学遭遇》

娜塔莎·维莫译，费城：保罗德莱，2008 年，182 页，定价：14.95 美元，ISBN 978-1-58988-038-2。

现今，读者声明、恶毒攻击、名单、如何议论你从未读过的书、法国的文学辩护、后理论、批评家之死、“反抗文学”的类似形式等大量存在。加百利·扎伊德对这些问题做了有可靠证明的明显的西方式处理，一位评论家对这种博学表示惊讶。扎伊德是一位著名的墨西哥文化批评家，也是《如此之多的书》（2003）的作者。其实不需要惊讶，除非人们仍然把拉美文学文化看做仅在优秀的美国大学里还活着，但不健康的魔幻现实主义的无止境的承办商。

加百利·扎伊德的《名声的秘密》一书在理论上博学，在实践上灵活，用18个章节讨论当前关于文学的自命不凡，避免了古典主义者吉尔伯特·海埃特50年前诊断为批评家职业病的各种各样的“吹毛求疵”。扎伊德的主要关注是用文学在今天做什么，特别是用迷恋行话的解释者所称的文学“副文本”在今天做什么。从那种理解中萌生出惊人的、富于创造的、常常是讽刺性的、真正新颖的观点，这种观点得到详尽的参考资料的支持，这些资料包括从苏格拉底到普波尔，从早期生态学和控制论著作到心理学文章，甚至还有给本书命名章节中所神秘提及的当代通俗文化偶像。

第二章到第七章仔细研究引用语的复杂性（用关于脚注的中止，这些章节是学者气质的杰作，经扎伊德众所周知的能力调节，显得直率、清晰、可信。在第四章的结尾，谈到作为“误用引用语”的剽窃），他提到一种涉及典故、互文性、引用语的国际参考书目，作为专业读物所产生的理论专题研究的证据，声称他不需要“为了用后现代的方式引用而阅读那些读物”。

在扎伊德的文章中没有不和悦的激烈反应，只有用各种西方语言所写的并得到充分检验的一种文学文化的智慧和简洁。扎伊德也汇集了大量的统计数字来支持他的使人喜欢的观点。说了所有这些，而“名声”何在？首先，关于全集的概念（包含在第九章和第十章，扩展到第十一章和第十二章），扎伊德断定：“当然，由作者本人去破坏其作品和文章的一个好的部分是最理想的。作者们在写完最好的上千页之后，都再没有重要的东西去补充。”

秘密何在？它就在戏剧风格中，作者可以用这种戏剧风格去追求他们在公共领域中的地位。扎伊德用热情和有才气的智慧，哀叹今天文学“遭遇”的平凡（因为作者们偶然发现名声，而不是应得到它），没有对过去良好的文学时期的渴望，他表明这种平凡几乎是索然乏味的。尽管他承认这种文学状况在任何时候都将不会很快消失，但他对于正在发生什么的思考是理性的，明智的。

因此，他在第十六章考察了作为禁忌主题的平庸之才如何衍生于现在的相对主义，而在第十七章分析了个人交互作用的缺乏如何导致了对作者而不是对作品的赞颂。《名声的秘密》被娜塔莎·维莫译成了流畅的英文，该书基本上是表现一种关于文学的伦理观念。像卡尔维诺的文学信仰一样，扎伊德的文学信仰在于他认为存在一些只有文学才能给我们的东西。如他所断言的：“文学在‘我’之前就存在了。……阅读，而非写作，是文学的起源。”

维尔·H. 克拉尔（加利福尼亚州立大学萨克拉门托分校）

选自《当代世界文学》2008 年 9—10 月刊

（陈世丹　译）

N. 斯科特·莫玛迪：《三个剧本：〈懒惰的男孩〉，〈太阳的孩子们〉，〈两扇窗中的月亮〉》

诺曼：俄克拉荷马大学出版社，2007 年，ix + 177 页，有插图，定价：24.95 美元，ISBN 978-0-8061-3828-2。

在《三个剧本》的前言中，N. 斯科特·莫玛迪写道：“故事的讲述和戏剧的上演是紧密相关的，因为这两者都是口头传统的例子。”在这个剧本集中，莫玛迪通过文学作品探索他毕生再现美国印第安人口头传统、文化和历史的表现模式。虽然莫玛迪以其长篇小说和评论，特别是1969年获普利策奖的长篇小说《用黎明制造的房子》而知名，但他却被简单地描写为最优秀的艺术家，一位根据需要而改变方法的最优秀的艺术家。作为一位讲故事的人、画家、评论家、小说家，他写道，“我以诗人的身份开始我的写作生涯，如今我仍然是一位诗人。”他给这部作品，他的第一个剧本集，带来的不仅是诗人对语言精确性的关怀，而且是讲故事的人对口头词语力量的关怀。

在《懒惰的男孩》和《太阳的孩子们》中，莫玛迪给读者们提供了两个折射并放大主题与关注的剧本，这两个剧本表现了莫玛迪全部作品的特色：对清楚表现基奥瓦人文化气质的强烈爱好，一种对语言力量的深深好奇和尊敬，以及对理解美国印第安人经验的持久投入。《懒惰的男孩》的背景是莫玛迪的家乡基奥瓦，作品戏剧性地表现了与三个男孩之死有关的事件，那三个男孩在1891年逃离了俄克拉荷马州安纳达尔科的基奥瓦印第安人寄宿学校。《懒惰的男孩》以真实事件为基础，探讨授权与印第安人学校的文化沙文主义及其要“教化”美国印第安人的热情，这场运动的创始人理查德·亨利·普拉特的格言明显地表达了这种热情：“杀死印第安人，拯救人类。”在与三个男孩缺席和死亡有关的混乱之中，典型的基奥瓦学生约翰·佩伊和他的年轻老师卡丽与形成他们关系可能性的历史和文化力量作斗争。

《太阳的孩子们》用生动的对比，以认为孩子是“神圣的人”的世界观戏剧性地表现基奥瓦神话。这部儿童剧讲述了基奥瓦文化英雄的故事，这些英雄是出身于太阳的孪生子和年轻的基奥瓦女人埃拉。这部十二场剧本以“一个创造故事里”的永恒空间为背景，以一个创造塔尔伊岱或“男孩药”的故事向前发展。在今天的基奥瓦，塔尔伊岱或“男孩药”仍然是药包。莫玛迪生动地表现了孪生子的奇迹和神秘，始终在提醒他的年轻读者这对孪生子象征勇敢、坚定、慷慨和善良。

《两扇窗中的月亮》越过基奥瓦世界，登上辉煌的舞台，使人想起与美国旗舰印第安寄宿学校卡莱尔印第安工业学校(1979—1918)的创办、开始和遗产有关的人们和事件。故事是由卡莱尔印第安工业学校毕业生、作者和苏人酋长卢瑟·斯坦丁·比尔的画外音讲述的，因此像理查德·亨利·普拉特、埃塔德柳和卡莱尔学校的学生等历史人物都变得栩栩如生了。莫玛迪的电影剧本在时间上来回移动，从孩子们的聚集到卡莱尔印第安工业学校的开始，再到以后，以1918年卡莱尔和阿尔米两校之间的足球赛作为这部作品的书档。

美国印第安人教育是这三个剧本的重要主题，在每个剧本中莫玛迪都提供一个不同的透镜，通过这个透镜我们能理解接受教育、接受教化的人意味着什么。美国印第安文学的读者、学者和教师将需要买这本书，通过戏剧来体验目前为止他们仅从叙事和学者著述那里所了解的东西。在这三个剧本中，N. 斯科特·莫玛迪给了我们——学者、导演、演员、读者——一份戏剧性表现的故事礼物：一个形式和内容，通过它我们可以想象过去并重新想象我们自己。

克里斯·条顿（丹佛大学）

选自《当代世界文学》2008年7—8月刊

（陈世丹　译）

马尔科姆·劳利：《永不结束的航程：小说、诗歌、片段、信函》

迈克尔·霍夫曼编，纽约：纽约评论书籍，2007年，xvi + 518页，定价：27.95美元，ISBN 978－1－59017－235－3。

书名《永不结束的航程》是纪念马尔科姆·劳利的梦幻计划。像迈克尔·霍夫曼所指出的那样，劳利的梦幻计划原本是一种但丁式的史诗系列，其技巧和想象力完全是现代主义的。

《火山下》是地狱，《像埋葬我朋友的坟墓一样黑暗》可能是一种炼狱，或许“通向春天的森林小路”是通向天堂的入口。但是生活和死亡压倒了劳利（1909—1957）：酒精、过度感受和幻想过度的混合物使他失去了将经验转化为艺术的必要控制。

那些赞美《火山下》的人经常把这部书看做任何其他作者的作品都不可能与之匹敌的杰作之一，很像艾利森的《看不见的人》，或许他们有理由认为劳利已经达到了现代主义抱负的顶点。劳利的其他小说可被视为主张向讲故事回归的作品，具有早期后现代主义暗自反思和喜剧的风格。确实，本卷包含“穿过巴拿马”和“职业提供的奇怪安慰”这样的短篇小说，它们看上去越过了被清楚界定的短篇小说的边界。如果“幽灵监护人”被包括进来，它就会表明这种边界超越。

霍夫曼很明智，他不主张提供梦幻计划，甚至不提供小规模的梦幻计划。这部小说集代之以介绍一位人们希望的读者，他已经读过或将要阅读劳利的一部杰作，该作品与劳利先前创作的和后来发表的最佳作品形成对照，它代表一位重要艺术家的小成就和未完成的诺言——这是一种由于艺术家本人能力而发生的现象。这些信函、诗歌和不完美地小说化的故事表现了一位艺术家的迷人的肖像，他发展到了顶峰，然后走向创造力的边缘。

包括具有独创性的《火山下》在内的几个故事表现了最后出现在小说中的几个人物的发展。霍夫曼在这部小说集中包括了写给出版商的对未出版的《火山》所作的长篇辩护。他对每章的分析本身就是一篇非凡的批评作品——我在讲授这部小说时经常回到这篇分析上来。作为对《火山》情景的回顾和对《火山》扩大范围的思考，来自《像埋葬我朋友的坟墓一样黑暗》的这份摘录是非常有趣的。

优秀的“通向春天的森林小路”和未出版的《贿赂》的摘录突出表现了经常被寻找更多叙述活力的读者所错过的东西：甚至在难以理解的作品（《贿赂》）中，甚至在几乎最曲折、最放纵的小说（“穿过巴拿马”、《像埋葬我朋友的坟墓一样黑暗》）中，马尔科姆·劳利也能在与地方幽灵沟通方面与 D. H. 劳伦斯匹敌。一封早期的（写给康拉德·艾肯的）信函用短语表达了他的文学抱负，他要追求“更好的场面描写……换句话说通过真实经验的直感描写一种想象的场景特性等等”。作为一个地方抒情诗人，劳利当然实现了他的抱负。

迈克尔·霍夫曼出版了一部多彩多姿的小说集，任何喜爱《火山下》的人都想拥有一本作为那部杰作的指南，霍夫曼会因此受到人们衷心的祝贺。

W. M. 哈根（俄克拉荷马浸礼教大学）
选自《当代世界文学》2008 年 11—12 月刊
（陈世丹　译）

安索尼娅·C. 卡鲁编：《莱纳非洲文学选》

科罗拉多州布尔德：林恩莱纳，2007 年，xiii + 976 页，定价：125 美元/ 81.50 英镑，ISBN 978 - 1 - 58826 - 491 - 6。

安索尼娅·卡鲁编选了歌曲、传说、诗歌、短篇小说、剧本、长篇小说、自传作品等，以几乎一千页的篇幅提供了关于非洲文学的全面的文本的档案文献，目的是“表现非洲文学的主要思想和体裁”。这位编辑既选择了原先用英语写的作品，也选择了译为英语的作品。这个单卷本由四个主要的不同历史时期构成：第一个时期，“口头传统”；第二个时期，“早期非洲自传：贩卖奴隶”；第三个时期，“殖民地时期，1885—1956”；第四个时期，“后殖民地时期，1957—现在”，最后一个时期几乎贡献了材料的百分之七十。这些时期又被进一步按地理细分（北、西、中心、南非和东非，包括合恩），但是，如果没有足够的说明，这些细分就不能用来表现贩卖奴隶，也不能完全用于殖民地时期。的确，一部文选需要一个令人信服的结构，但是“后殖民地时期”这一难使用的术语像一个后独立时期的成问题的标签；而加纳1957年独立（这是这一部分开始的时候），莫桑比克（1975）或津巴布韦（1980）新近的独立和南非种族隔离的结束（20世纪90年代）明显地指出了一个像非洲大陆本身一样不同种类的年表。

卡鲁正确地强调欧洲殖民主义历史在非洲延续的反响和非洲化的伊斯兰教的重要性；但是，印度次大陆和东非之间长期存在的关系、“冷战”期间美国和苏联的文化和经济影响、在像中国这样的新奇表演者身边延续的美国影响都被难以置信地遗漏了。当卡鲁谈及“新非洲世界秩序”时，当她率直地断定奥拉达·埃奎亚诺的诞生地是“现在的尼日利亚”而不是新世界时，她明显站不住脚。

或许当选集的编者受出版者为她规定的分界线所限制时，指出其他什么人应该被包括进来那是太容易了。许多像埃伦·哈比拉和利拉·阿不莱拉这样较年轻的该银奖获得者作家都不在书中，但是像奴鲁丁·法拉和塔班·罗伊雍这样的特别重量级人物也不在书中。同时，书中却留有篇幅来安排卡鲁自己写的一个短篇小说，而把像纳魁布·玛法乌斯、纳丁·高迪莫、J. M. 科特兹和多丽丝·莱辛这样的戴诺贝尔桂冠的人挤出去，读者对此会感到惊讶的。

无疑，存在一种对非洲文学选集的急迫需要。早期的选集有一种地区中心，它们仅仅包括一个特殊的体裁或者一个历史时期，或不包括完整的系列作家——或到如今它们已经完全绝版了。现今，许多学生都知道非洲文学是一个丰富多彩的天性有趣的研究领域，他们时常盼望老师们讲授非洲文学，希望它在英语系、非洲美国研究系、在后殖民主义研究语境下得到讲授，或者真正地被包含在非洲研究中。所以，现在的这部选集本应该满足了现成的市场，也满足了日益增长的需要，特别是在设计了重要讲座课程的地方和在学生们应独立制定这一研究领域的地方尤为如此。但是，这部选集未能很好地服务于这个目的，因为除了一般介绍外，读者未被提供关于所编选材料的背景信息：每一个文本只有益于它自己的介绍。一个读者不熟悉的小说选段或者一首语境陌生的诗歌将无法被读者接受。

马克·斯坦（威斯特菲雷彻·维尔海尔姆斯大学门斯特分校）

选自《当代世界文学》2008 年 11—12 月刊

（陈世丹　译）

编 后 记

《当代世界文学》（中国版）第二辑的内容由两部分构成：第一部分是原版《当代世界文学》（*World Literature Today*）2008年全年6期文章和作品的精选；第二部分是本刊编辑部的约稿。全部内容按“诗歌选粹”“国别文学综论”“当代作家评论”“全球化与世界文学”“生态文学”“表演派诗歌”“书籍文化”“当代中国文学与世界”“新书评论”等9个栏目编列。体例上，舍弃了双语形式。这样做的原因，主编在前言中已经交代，此处不再赘述。

来自原版《当代世界文学》的稿件由主编丹尼尔·西蒙博士和刘洪涛共同选出，由刘洪涛审定。原稿由《当代世界文学》（中国版）编委会约请国内外知名翻译家及有经验的译者翻译。翻译完成后，美方聘请的专家对译稿进行了审校。在编辑《当代世界文学》（中国版）的过程中，除编辑部主要成员外，吴永安老师也出了许多力，贾燕芹、刘倩同学也做了不少校对工作，在此向他们表示感谢。

从第二期开始，本刊留出一定篇幅，面向国内外征原创稿件。原创稿件应突出学理性，关注世界文学最新动态和热点问题，探讨当代世界文学理论，研究当代中国文学与世界的联系。来稿一般不超过6000字，书评控制在1500字以内。欢迎广大学者踊跃投稿。

本刊的翻译文章，版权属于美国《当代世界文学》杂志社。若有转载、全文使用等需要，请直接与美国《当代世界文学》杂志社联系。

编　者

2009年12月